増補改装

源氏物語の鑑賞と基礎知識

橋姫

監修　鈴木一雄
編集　雨海博洋

序文

橋姫への招待

鈴木一雄

第三部の始発

『源氏物語』を一つの生命体として捉え、五十四帖の流れに沿って読み進めるとき、どこか物語のリズムに乗りきれない感じを受けるのが、いわゆる第三部の始発、「匂宮」「紅梅」「竹河」の三帖です。

この三帖をめぐる別作者説、偽作説などといった多くの問題点には立ち入る余裕がありませんが、「橋姫」巻を考えるに当たっての必要なだけを述べておきたいと思います。

「匂宮」巻は夕霧一家の、「紅梅」巻は紅梅一家の、「竹河」巻は玉鬘一家の、それぞれ、六条院光源氏などの亡くなったあとを語り、三帖がたがいに、部分的には関連しながら三つの併行する物語となり、物語として発展しそうな話題や新人物もありながら、結局は事がおこらぬままの尻つぼみ式で終っています。

「匂宮」巻頭に、

光隠れたまひにし後、かの御影に立ち継ぎたまふべき人、そこらの御末々にあり難かりけり。

とありますが、三帖のどこかリズムに乗りきれない感じというのは、何よりも最大の人物光源氏の亡くなったあと――紫の上もすでに亡い――をどう描けばよいのか、何を語れば『源氏物語』であり続けるのか、光源氏があまりにも大きな存在であっただけに、ともかくも三統に分けて子孫たちを語り継ぐほかはない、といった消極、停滞に起因するようです。つまりは、光源氏の死の大きさを、三帖の混迷がそのまま示しているのです。

その消極、停滞、混迷を見事に断ち切り、『源氏物語』のこれまでを堂々と受け止め、全く新しい物語世界を築いていったのが「橋姫」巻を始めとする宇治十帖の物語です。

新しい主人公、新しい舞台

「橋姫」巻頭は、

その頃、世に数まへられたまはぬ古宮おはしけり。……時移りて、世の中にはしたなめられたまひける紛れに、……公私に拠りどころなく、さし放たれたまへるやうなり。

いきなり、零落した古宮、八宮一家が語り出されます。新人物のクローズアップです。北の方の逝去、姫君二人を男手一つでの養育、京邸の焼失、宇治移住。

仏道精進の俗聖八宮には修行にふさわしい環境が必要で

す。つねに世俗の注視を浴びる京とは打って変わり、きびしい自然であり清閑な山里である宇治、急流と濃霧の宇治がその舞台になるのです。

新しい主人公は薫です。柏木と女三宮の密通の子であり、表向きは光源氏の子として成人した薫。「匂宮」「紅梅」「竹河」三帖にも共通して登場し、匂宮とともに主人公の資格を徐々に醸成しつつあった薫ですが、この薫がまた、従来の物語世界の主人公とは全く異質な性格の持ち主なのです。匂宮と並んで、

げにいとなべてならぬ御有様どもなれど、いとまばゆき際にはおはせざるべし。(「匂宮」巻)

と評されたり、「ただ世の常の人ざま」(同)と言われたり、常に限定付きの評価であり、

顔容貌も、そこはかと、いづこなむすぐれたる、あなきよらと見ゆる所もなきが、ただいとなまめかしう恥づかしげに、心の奥多かりげなるけはひの、人に似ぬなりけり。(同)

などに至っては、「きよら」(最高美)を誇った光源氏の美と対比するかのように、「なまめかし」(人間としての内側からにじむ美)と言われ、物語主人公の超人的資質に反して、人間的弱さをも内に秘める新しい主人公であることを如実に示しています。

新しい主人公薫は、出生の秘密もあって、心の翳りの多い、出世欲もなければ女性にも関心の薄い、そして仏道志向の強い青年として成長します。その薫の資質がぴったりと俗聖八宮の一途な精進に結びつき、京と宇治との往還のなかに、二人の法の友としての親交が深まることになります。

宇治十帖序曲

新しい主人公薫に配される八宮の娘、大君と中君。特に薫に思慕される大君もまた、初めて物語世界に造型された新しい女主人公と言えましょう。大君については別に書きたいと思いますが、薫が大君たちを初めて垣間見し、対話するのは、宇治通いをして八宮と親交を結んでから「三年ばかり」後としるされているなど、新しい主人公たちの「新しさ」を打ち出す筆致は周到です。

『源氏物語』は、光源氏の生涯を語り、紫の上を描き切ってなお終わらなかった。私はこの事実を重く見たいと思います。その重い意味と、「橋姫」巻に始まる宇治十帖の世界とが、一つの生命体としてどう融け合っていくか。「橋姫」巻は宇治十帖の序曲です。新しい主人公たちの新しい舞台での活躍を、そして、『源氏物語』の主題の更なる深化、発展を期待したいと思います。

増補改装

源氏物語の鑑賞と基礎知識 橋姫

橋姫を読む

○原文は鈴木一雄（全講　源氏物語　NHKサービスセンター刊）を使用、各担当者が若干の補正をした。

○原文の範囲に関連する通釈、語釈、鑑賞欄、基本用語ならびに関係論文は原則として右四名が分担執筆した。

巻末論文

鼎談

関連論文

人物紹介――「橋姫」巻に登場する人々

光源氏（故）一・二部の主人公「光源氏」が亡くなって既に十五年という年月が流れている。源氏が築き上げた権力基盤を背景として、〈ゆかり〉の人々が、源氏の時代を懐かしみながら日々を暮らしている。

冷泉院（四十九歳）桐壺院の第十皇子〈実は源氏と藤壺中宮との不義の子〉。四歳で立坊、十一歳で即位し、二十八歳で今上帝に譲位（在位十八年間）。退位して既に二十一年の年月が流れている。退位後は冷泉邸で秋好中宮（母・六条御息所）や大い君（母・玉鬘）らと気ままな日々を送っている。源氏亡き後、その生前の依頼もあったので、薫を寵愛し、元服も冷泉院で行い、院内の御座所近くの対に薫の部屋を用意している。薫の後見人的立場で、その成長を見守っている。

八宮（五十八歳）桐壺院の第八皇子（母・大臣娘で女御）。父君（桐壺院）とは十三歳で、母君とも幼いころに死別している。源氏の腹違いの弟君で、冷泉院の兄君にあたるのだが、源氏とも冷泉院とも席を同じくしたことはない。だが、この三方は不思議な縁で関係している。源氏が右大臣方の圧力で須磨での蟄居を余儀なくされたころ、春宮であった冷泉院の廃位も画策され、この宮の立坊が企策されたが、この画策は成功しなかった。宮は右大臣方に利用されただけであった。源氏の時代になってからの宮の生活は頼り無い有り様で、都の片隅北の方（大臣娘）とひっそりと暮らしていた。二人目の娘を生んで北の方は亡くなり、その上に不幸はかさなり、都の邸宅が焼亡して、仕方なく娘達と宇治の山荘へ身を寄せている。処世術にも疎い宮は自然と仏道修行に専念するようになるが、娘達の将来のことを思い出家出来ずにいる。世間からは俗聖と噂されている。宮はまた、若いころから管弦に優れていて、それは娘達に受け継がれている。

薫（二十～二十二歳・三位宰相兼中将）父は光源氏、母は女三宮〈実は女三宮と柏木との不義の子〉。薫を生んですぐに母は尼宮となる。柏木は源氏を恐れ病床につき死去する。源氏は不義の子と知りながら薫を可愛がる。薫が五・六歳の頃に源氏死亡。源氏は薫の将来を冷泉院に託す。冷泉院は愛妃秋好中宮と共に薫を寵愛する。十四歳の時冷泉院で元服。薫は幼い頃から世間からの声望が高く、仏が仮に姿を現したかと疑われるほどで、持って生まれた体香は、百歩の外まで薫ったという。周りからの期待とは別に薫は自分の出生に疑念を抱き悩み続けている。母の尼宮からも頼りにされていて、その修行を助ける為に出家も考えているほどである。世間は「匂ふ兵部卿、薫る中将」と持て囃すのだが、世を厭う心の強い薫は、好色には赴かない。世間からは「まめ人」と噂されているが、本人はこの仇名を嫌い、好き者の真似をしてみるのであるが、性格から旨くいかない。この様な薫が冷泉院に出入りする阿闍梨から宇治の八宮の噂を聞き、その俗聖振りに興味を示すことになったのは自然の成り行きであった。

大君（二十二～二十四歳）父は八宮（三十六歳頃の子供）、母は大臣の娘。母は妹中君を生んで、大君四歳の時死亡。父の不遇の時代に生まれ育った。処世術に疎い父は母の死後、益々厭世的になり、仏道修行へと傾斜していく。その様な父の生き方を見て、強く影響を受けて成長した。宇治へ移り住むようになってからも父の教えを守り、世間には関心を示さない。薫の強い求愛をも拒み続けるのである。

中君（二十〜二十二歳）父は八宮（三十九歳頃の子供）、母は大臣の娘。母はこの君を生んで死亡。大君とは同腹の妹。父の意向もあり、世間からは隔離されたような状況でこの姉妹は育てられる。姉君に比べ思慮深さという点では劣る面もあるようだが、妹君らしく優雅に成長している。父は姉君に琵琶を、この君には箏の琴を教えている。宇治へ住むようになってからは、父や姉と音楽や和歌などを嗜みながらひっそりと暮らしている。

匂宮（二十三歳）今上帝の第三皇子。母は明石の中宮。薫とは無二の親友で、世間からの声望も二分するほどである。この巻では薫から宇治の姫君達の噂を聞くだけであるが、以降の巻から深く係わることになる。

柏木（故）薫の実父。亡くなって既に二十二年が経っている。薫は幼い頃から自分の出生に疑念を抱いていた。何時の頃からか柏木が父ではないかと思うようになるが、確かめられないままでいた。この巻で、八宮のに使え、姫君達の後見役の老女（弁尼）から真実を知らされ、柏木からの遺言を渡される。

女三宮（四十三歳）朱雀院の第三皇女。源氏に嫁す。柏木との不義により薫を生む。二人の関係が源氏に知られ、その罪の重さから出家し、尼宮となる。今は成長した薫を頼りにしながら、仏道修行に専心している。

阿闍梨 宇治に籠もる高徳の修行僧。その噂は都にも聞こえている。宇治に移り住んでいる八宮の仏道の師である。また、冷泉院にも招かれて法文を講和している。ある時院へ参ったとき、八宮の仏道精進のこと、姫君達のことなどを話す。これを聞いた薫は八宮への紹介を依頼する。阿闍梨は八宮に薫の道心をつたえた。この阿闍梨こそが、薫を都から宇治へ導いた人物である。

弁尼（五十代後半）母は八宮の北の方と従姉妹同士にあたる。母は柏木の乳母。母の縁で柏木に仕えた。柏木の死後、母も亡くなり苦労するが、今は八宮に仕え姫君達の後見をしている。柏木と女三宮との関係を実際に知っている。宇治に通うようになった薫に柏木のことを伝え、また、姫君達との中を取り持つことになる。（松田喜好）

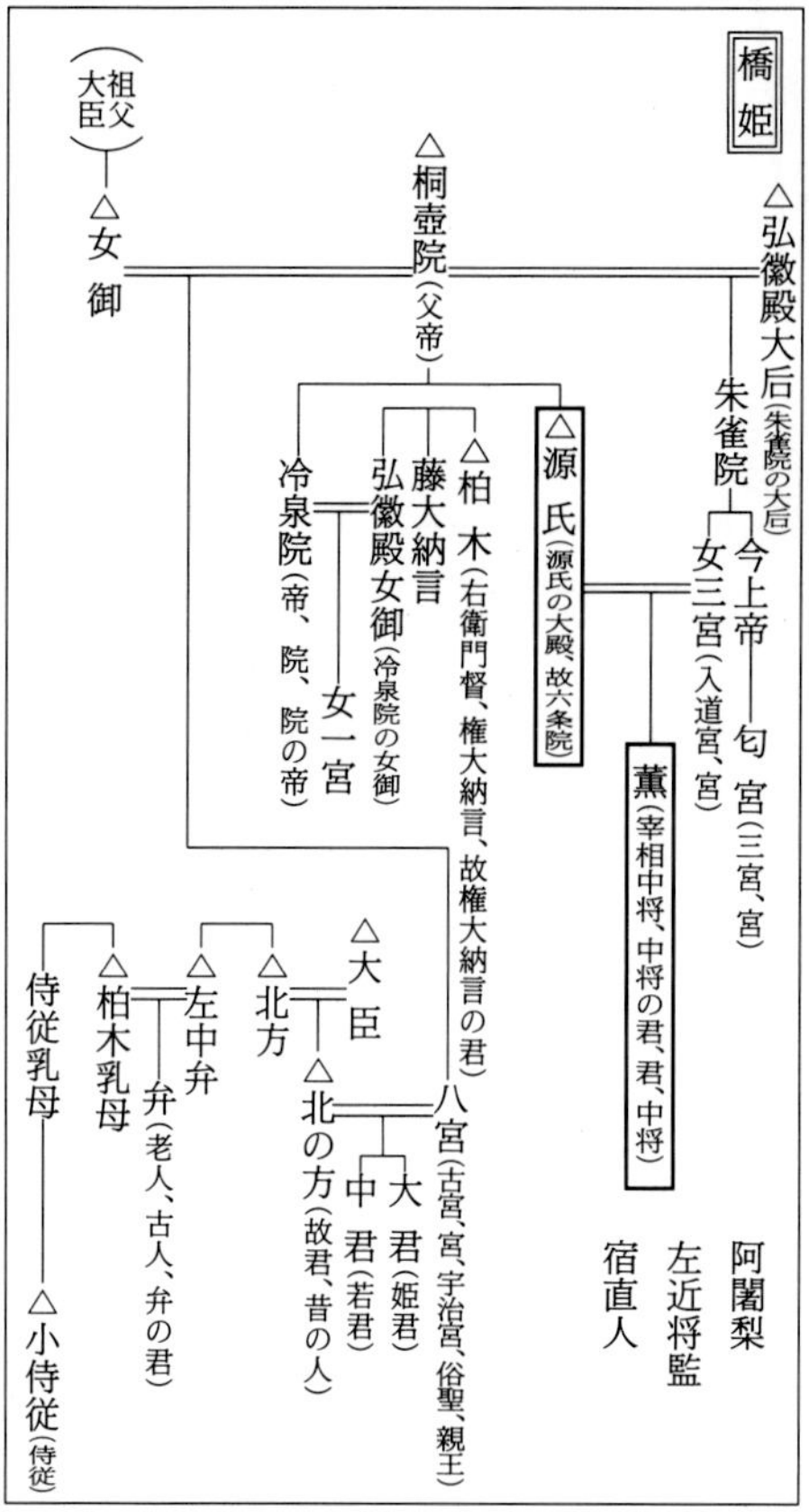

△印＝この巻では故人

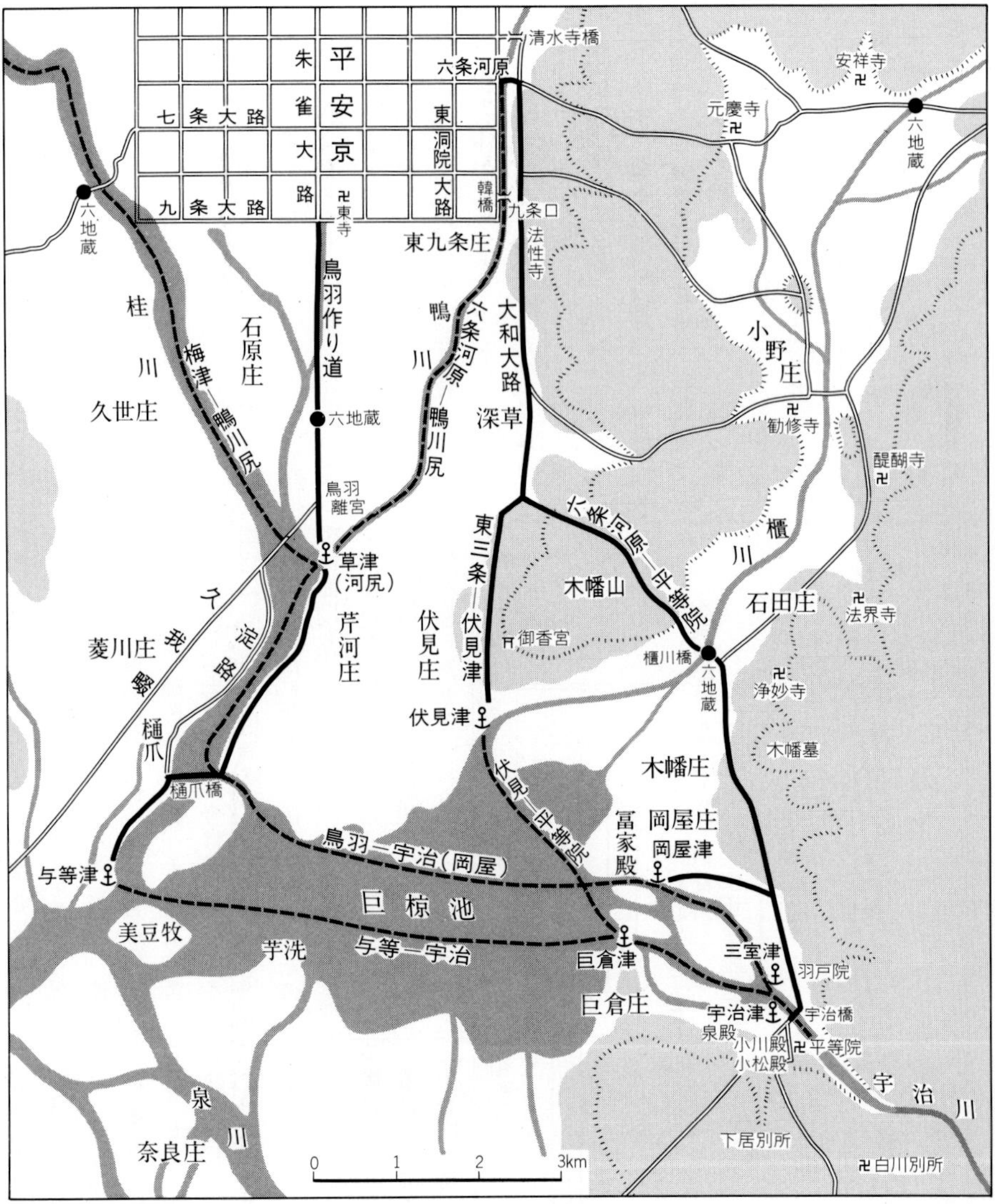

平安時代宇治周辺の交通路
（宇治歴史資料館『宇治橋その歴史と美と』より）

さむしろに衣かたしきこよひもや我を待つらん宇治の橋姫（古今和歌集）

宇治の風土と古蹟

有富裕子

源氏ゆかりの地を訪ねて

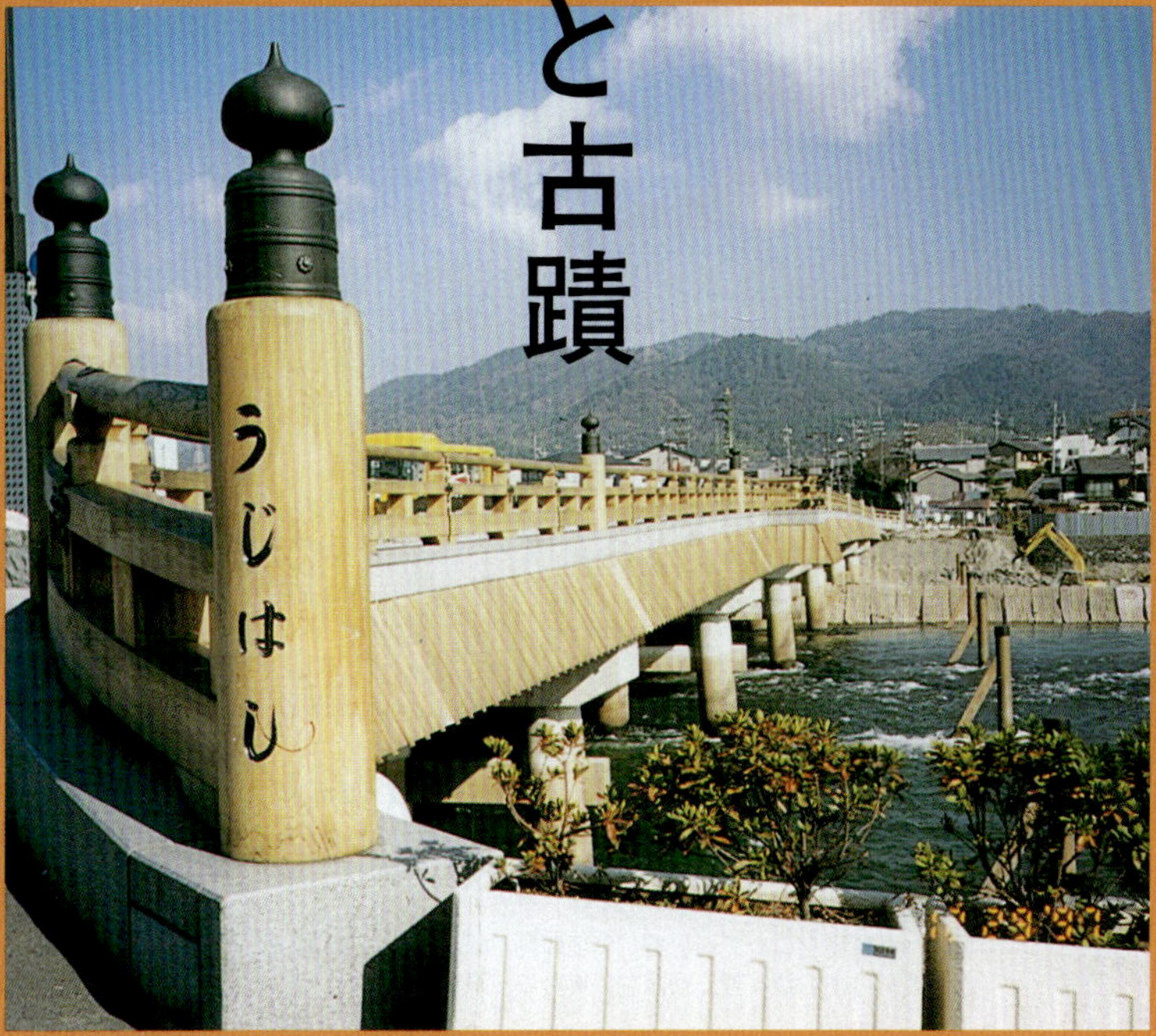

①源氏物語絵巻　橋姫（徳川美術館）

国宝「源氏物語絵巻」は伝承によると、平安末期の宮廷画家「藤原隆能《たかよし》」によって描かれたとされるが、巻巻によっての表現の違いから、おそらく数人によって描かれたものと推測されている。現在、絵巻は徳川美術館、五島美術館、東京国立博物館、春敬記念書道文庫などが所蔵している。「橋姫」の絵巻は、霞の立ちこめる満月の晩秋、宇治の八宮の山荘で、箏と琵琶を合奏する大君と中君、そして姫君たちの姿を初めて透垣越しに垣間見る薫が描かれている。

画面向かって右端が薫、画面左、奥から、箏を弾く大君、琵琶を奏でる中君、手前は姫君に仕える童と女房である。

②宇治川

宇治の風土　『源氏物語』の「橋姫」以降のいわゆる宇治十帖は、華やかな京都から鄙びた宇治へと舞台を移している。「うぢ」という語の響きが「憂し」に通じていることからも、それまでの光源氏を中心にした煌びやかな王朝絵巻的な世界から、どことなく陰鬱なかげりのある世界へと舞台を移したことが示されている。さらに宇治という土地に伝わる古物語りや、伝説などからも宇治の地はなおいっそう物語に陰鬱なかげりを漂わせているのだ。そこで記紀にいう「菟道稚郎子《うじのわきいらつこ》」の話を紹介しておきたい。

菟道稚郎子は、宇治の地名の由来とされる人物で、応神天皇の皇子の一人である。応神天皇が近淡海国《ちかつあふみのくに》への御幸の途中、宇治の木幡《こはた》村でまさに理想とする美しい乙女、宮主宅媛《みやぬしやかひめ》と出会った。そこで天皇は乙女を妻にし、生まれた皇子が菟道稚郎子である。この菟道稚郎子は教典をよく読み、利発な青年に成長した。さらに百済の学者である阿直岐《あぢき》や王仁《わに》にも師事し、仏教の造詣深い人物へと成長を遂げたのであった。

菟道稚郎子は応神天皇の二十人いるといわれる皇子たちの中で特に天皇にかわいがられた。天皇は菟道稚郎子が皇位を継承するように告げて崩御するが、菟道稚郎子はこれを承知せず、宇治に宮居を設け、皇位は兄である大鷦鷯尊《おほさざきのみこと》（仁徳天皇）が継承すべきと言って譲らない。大鷦鷯尊は大鷦鷯尊で菟道稚郎子が皇位を継承すべきと言って譲らず、埒があかない。とうとうこの譲り合いに菟道稚郎子が自害をして決着をつけたのであった――。

『源氏物語』の八宮のモデルが古注釈によっても菟道稚郎子とされるのは、皇子でありながら宇治の山奥で仏教に深く帰依しながら暮らしていくという、どこか厭世的な姿と悲劇的な側面が重なるのである。

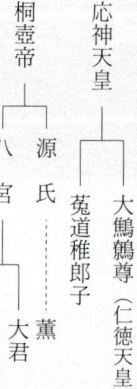

応神天皇
- 大鷦鷯尊（仁徳天皇）
- 菟道稚郎子

桐壺帝
- 源氏 ……… 薫
- 八宮
  - 大君
  - 中君

宇治橋　山崎橋、瀬田橋と並び古代三大橋の一つに称せられる。宇治川の流れが急なため、宇治橋は近代に至るまで、何度となく流されてきた。

宇治橋の起源は、現在「橋寺（放生院）」に納められている「宇治橋断碑」（我が国最古の碑文といわれる）によって知ることができる。この碑文によると、「世有釈子名日道登　出自山尻　恵満之家　大化二年丙午之歳　構立此橋」とあることから、大化改新の翌年（六四六）に山尻の道登によって橋が架けられたことになる。また、「欲赴重深　人馬亡命　従古至今　莫知杭竿」とあることから、宇治川の水量は多く、流れも急であったために、川を渡りきれずに命を落とす者の多かったことが理解できる。このような宇治川に橋を架けることは、宇治川南岸、北岸の物資の流通のみならず、文化や政治の架け橋となったことは言うまでもないことである。そして、この宇治橋が政治的にも重要であったことが、壬申の乱で明らかになる。大友皇子が宇治の橋守に命じて宇治橋の遮断を行ったことである。これは吉野に座す大海人皇子に対し、物資の遮断もさることながら、政治的に藤原鎌足ゆかりの地である山城と結合することを恐れたためであった。この橋の遮断をひとつの理由として大海人皇子は挙兵し、壬申の乱という大乱が引き起こされたのであった。

　現在の宇治橋は一九九六年三月に完成したもので、上流側には「三の間」という張り出しがある。これは大化二年の橋の架設時に、橋の守り神の「橋姫」を祀った祠が設置されていたことから、その祠跡を再現したものである。また、豊臣秀吉はこの「三の間」から、茶の湯の水を汲んだと伝えられている。

③宇治橋と宇治橋三の間

④宇治川上流の天ケ瀬・吊橋の朝もや

⑤宇治上神社本殿

⑥冬の三室戸寺

宇治神社・宇治上神社　莵道稚郎子が宮居としたことから、莵道稚郎子と父の応神天皇と兄の仁徳天皇を祭神として祀っている。また、陽成天皇・朱雀天皇の離宮が所在したとも伝えられている。宇治神社、宇治上神社ともに明治時代までは二社一体で、宇治上神社が上社、宇治神社が下社であった。特に宇治上神社は我が国最古の神社建築として重要文化財に指定され、さらに世界遺産としての指定を受けている。社殿の南には、「桐原水《きりはらすい》」という現存する唯一の「宇治七名水」が懇々と湧き出している。宇治七名水とは室町時代に宇治に湧き出していた七つの泉、桐原水・朝日水・阿弥陀水・法華水・公文水・高野水・百夜月の井を言う。『源氏物語』においては八宮の山荘がこの辺りにあったと想定される。

⑦公文水

⑧宇治神社

橋姫神社　橋姫とは、一般的には橋の守り神を表す語であるが、宇治の橋姫といえば、橋姫神社の祭神、瀬織津姫尊《せおりつひめのみこと》（『延喜祝詞式』によると、「瀬織津姫尊は急流にあって、人の罪を海に運び去る神」）のことを指す。

　神社の由来によると、大化二年（六四六）、宇治橋架設に際して、宇治川上流の桜谷に鎮座していた瀬織津姫尊を橋上の「三の間」に祀った事が始まりとされる。その後、洪水による橋の消失などで、宇治橋の下に祠が移されるなど、時によって祠は移動している。現在の祠は明治三年以降に定められたものである。現在の宇治橋上にも以前の祠跡の「三の間」が再現されている。

　さて、この橋姫に関する伝説は古来から数多くあり、橋姫の姿も様々に表現されている。

　『袖中抄』や『花鳥余情』によると、橋姫は宇治橋下の姫大明神のことで、宇治の離宮に座す神（莵道稚郎子）と恋仲であったため、夜毎、宇治の離宮の神が橋姫に通った伝えがある。

⑨橋姫神社

『源氏物語』では宇治を訪れた薫が、大君に「橋姫のこころを汲みて高瀬さす竿のしづくに袖ぞ濡れぬる」の歌を贈り、大君を橋姫にたとえたことが有名である。

宇治十帖古蹟めぐり

宇治十帖古蹟は、『源氏物語』の愛好家によって江戸時代に建立されたもので、各巻の舞台となる場所に、巻名を刻した礎石が置かれて古蹟となっている。物語を想起しながらそのゆかりの地を訪ね、その風土を理解することは、作品のより深い理解につながる。宇治十帖古蹟めぐりモデルコースを紹介しておきたい。

⑩宇治十帖散策コース案内板

⑪宇治十帖モニュメント

⑬椎本の古蹟

⑫東屋観音

⑭手習の古蹟

⑮三室戸寺境内

⑯浮舟の古蹟（三室戸寺境内）

⑰蜻蛉の古蹟
⑱かげろう石

㉑宇治川先陣の碑

㉒宿木の古蹟

⑲総角の古蹟

㉓浮舟の古蹟

⑳与謝野晶子の源氏物語歌碑

現在、古蹟めぐりのコースは整備され、観光案内所でも地図の配布があり、要所には表示も出ているので便利である。

宇治川の北岸、宇治神社の元に架かる丹塗りの「朝霧橋」のすぐそばに「宇治十帖モニュメント」がある。ここを起点として、「宇治十帖散策モデルコース」が始まる。宇治川沿いの「さわらびの道」を通り、北西に京阪宇治駅を目指し五〇〇mほど行く。駅裏の国道七号線沿い「東屋観音」の入り口に「東屋」古蹟がある。さらに国道を北東に一〇〇mほど進むと、「彼方神社」前に「椎本」古蹟がある。またこの道を北東に京阪三室戸駅に向かい五〇〇mほど進み、三室戸駅への交差点の少し手前に「手習」の古蹟がある。次に京阪三室戸駅を背にし、国道七号線から東に、「三室戸寺参道」の坂道を上り、一三〇〇mほどで三室土戸寺に到着する。山門を入り、本殿奥まで進むと「浮舟」古蹟が立っている。寺の奥の山は、六歌仙、喜撰法師の「わが庵は都のたつみ鹿ぞすむよをうぢやまとひとはいふなり」で知られる「たつみ庵」があったとされる。次は「蜻蛉」古蹟を目指す。三室戸寺参道を戻り、途中で南に住宅街に入る。宇治上神社を目指して三室戸寺より一〇〇〇mほどの、京都翔英高等学校沿いに「蜻蛉」古蹟と「かげろう石」が並んで立っている。うっかりすると見落としてしまうので注意が必要だ。「かげろう石」とは、阿弥陀三尊仏が二m近くの自然石に刻まれたもので、平安時代に刻されたとされ、現在は宇治市の指定文化財となっているものだ。また、さらに東に七〇〇m程進んでいくと遊歩道「さわらびの道」になり、その入り口付近の山側に「総角」古蹟は立っている。この古蹟の手前には、平成十年十一月に開館した「源氏物語ミュージアム」が古蹟めぐりの道の新しい顔として加わった。ミュージアムでは『源氏物語』そのものの世界を復元展示しており、映像による『源氏物語』の紹介や、クイズやゲームによって『源氏物語』に親しむコーナーなどもある。（所在地・宇治東内四五の二六　電話・〇七七四（二八）〇二〇〇）また、「総角」古蹟から遊歩道「さわらびの道」を南に進んですぐの所には与謝野晶子の「源氏物語歌碑」も立っている。さて、遊歩道をそのまま東に一〇〇mほど進むと宇治上神社の前に出る。神社前の道を宇治川に向かって南西に一〇〇mほど進むと、宇治神社脇の道沿いに「早蕨」古蹟が立つ。そのまま宇治神社境内を抜けて行くと、出発点の「宇治十帖モニュメント」に到着する。しかし古蹟めぐりはまだ三カ所を残すので、このモニュメントを通り越し、今度は宇治川南岸を訪ねる。まず、宇治川の中洲「中之島」に架かる朝霧橋を渡ると、『平家物語』で有名な「宇治川先陣の碑」がある。そして中之島から今度は「喜撰橋」を南岸へと渡り、宇治川沿いの道を南東に進んだ所に「宿木」古蹟は立つ。「早蕨」古蹟からおよそ九〇〇mの地点である。次に、宇治川沿いに北西に進み、「平等院」入り口前を西に曲がり、国道三号線に出る。道なりに北に進んだ国道沿いに、入り口の小さな「橋姫神社」がある。この社殿に並んで「橋姫」古蹟が立っている。神社の入り口そばには「公文水《くもんすい》」という宇治七名水跡がある。さらに国道沿いをそのまま北に一〇〇mほど進んで行くと宇治橋に出る。「夢浮橋」古蹟は、宇治橋横の観光案内所の隣に立っている。この宇治橋に臨む「夢浮橋」古蹟で宇治十帖古蹟めぐりは閉じることになる。

「橋姫」を読む

薫20～22歳　匂宮21～23歳。大君22～24歳　中君20～22歳　夕霧46～48歳（所収歌十三首）

いわゆる宇治十帖の最初の巻であり、大君物語の発端の巻でもある。そのころ、世間から忘れられ、不遇な生活を宇治で送っている古宮《ふるみや》がいた。故桐壺帝の第八皇子であり、光源氏の異母弟にあたる八宮である。二人の姫君（大君と中君）を残して北の方が逝去した後は、男手一つでこの姫君たちを大切に養育していた。八宮は、在俗のまま仏道修行に積極的に励む身となっていた。

冷泉院に伺候する宇治の阿闍梨を介して、この八宮のことを聞いた薫は、八宮の生き方に強くひかれて宇治を訪れた。その後も薫は、宇治へと通った。やがて三年ほどが経過した秋の末、八宮の留守中に宇治を訪ねた薫は、月下に琴を合奏する姉妹の姿を垣間見《かいまみ》た。翌朝、大君と歌を詠み交わした薫は、思慮深い大君に関心を抱いた。

応対に出て来た老女房の弁（柏木の乳母子《めのとご》）から薫は気がかりなことを聞いた。自分の出生にかかわる秘密をほのめかされたのである。冬の初め、八宮は薫に姫君たちの将来を託したい旨を語り、薫もこれを気持よく引き受けた。その夜、薫は、弁から自分が柏木の子である旨を知らされた。そして、女三宮あての柏木の形見の文反故《ふみほご》が、二十余年ぶりに、弁から子の薫の手に渡されるのであった。

（巻名は、宇治を訪れた薫が大君に贈った歌「橋姫の心を汲みて高瀬さす棹《さを》のしづくに袖ぞ濡れぬる」（134頁）に由来する。）

（神作光一）

影印本を読む――

源氏物語絵巻「橋姫」詞書

源氏物語絵巻は、徳川美術館所蔵の十五の絵画画面とそれにともなう詞書に、絵画画面を欠く詞書一枚、そして、五島美術館所蔵の四つの絵画画面とそれにともなう詞書に、東京国立博物館所蔵の絵画画面の断簡と、その他の詞書断簡九紙が現存する。『源氏物語』の絵画化は早くから始められたものであろう。この国宝の源氏物語絵巻は、現存最古のもので、絵画・詞書ともに最高の物である。

1　2　3　4　5　6　7　8

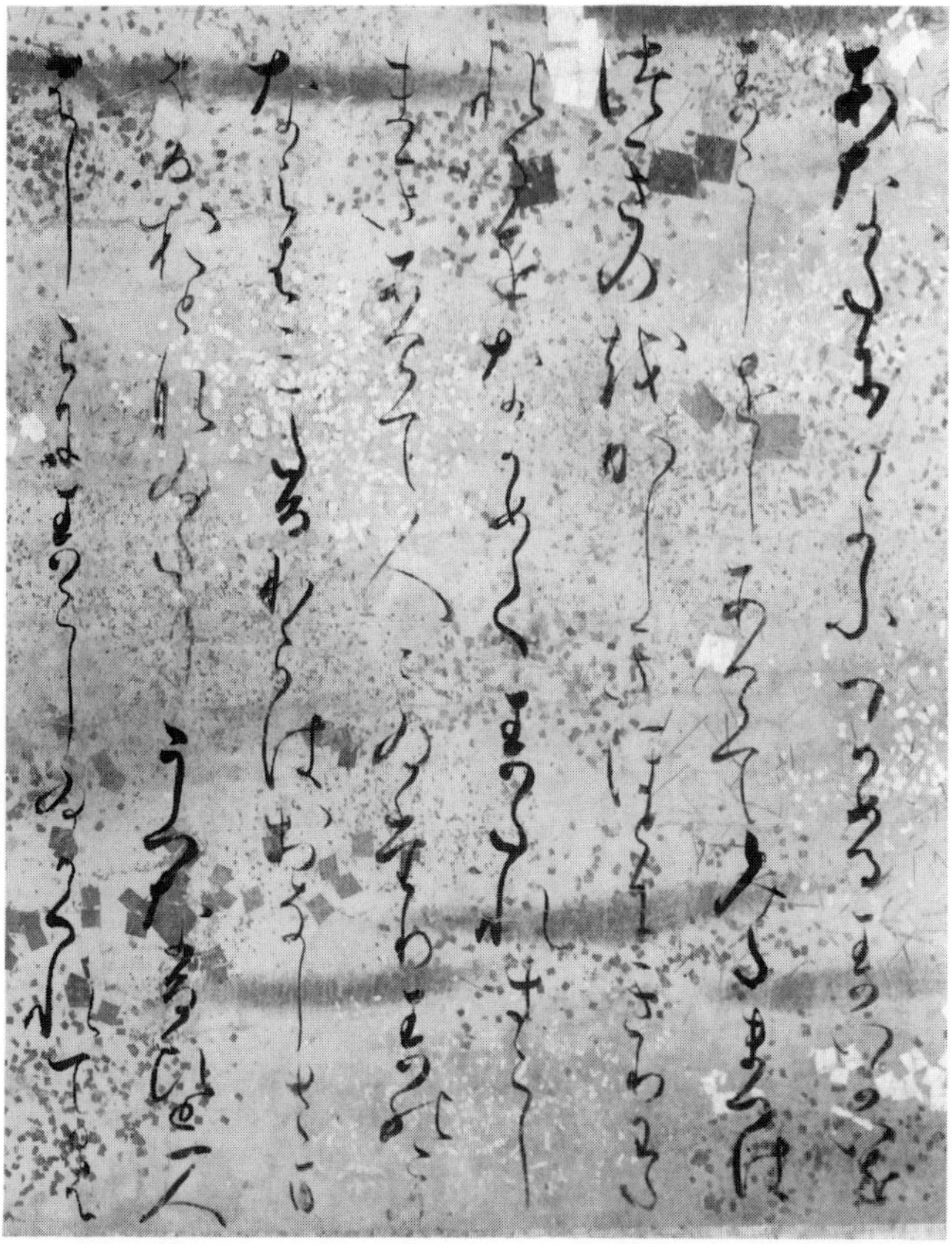

〈翻刻〉

1 あなたにかよふへかめるすいかいを
2 すこしをしあけてみたまへは
3 つきをかしきほとにきりわた
4 れるをなかめてすたれすこし
5 まきあけて人〻ゐたりすのこに
6 なえはみたるわらはおなしさま
7 なるおとなゐたりうへなるひと一人
8 はしらにすこしゐかくれてひは
9 をまへにおきてはちをてまさく
10 りにしてはかくれたりつるつきの
11 にはかにいとあかくさしいてたれは
12 あふきならてこれしてもつきは
13 まねきつへかりけりとてさしの
14 そきたまへるかほつきいみしう
15 うつくしけなりそひふしたま

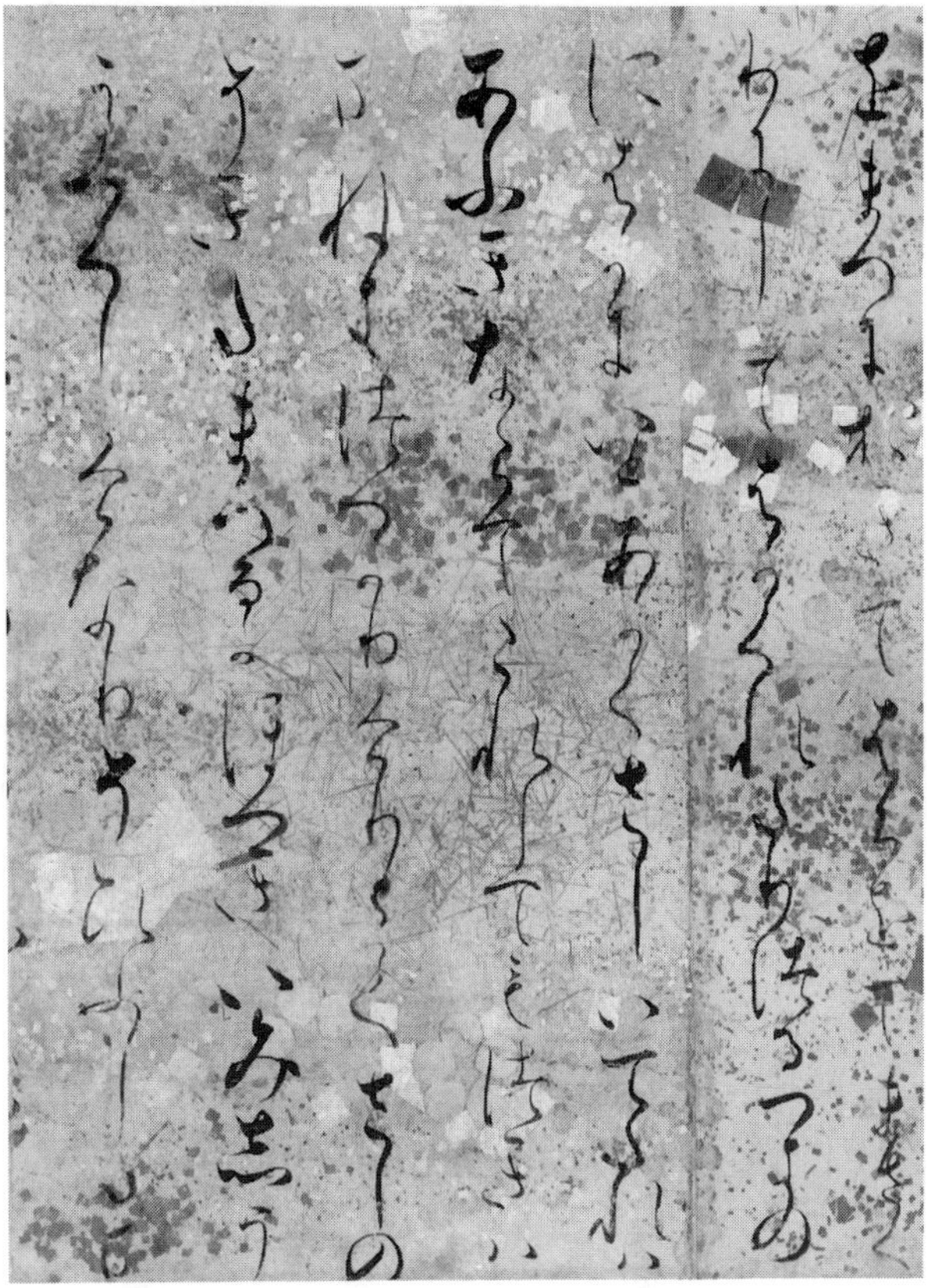

〈本書の本文―100頁三行〜同十五行〉

あなたに通ふべかめる透垣の戸を、
すこし押し開けて見たまへば、
月をかしきほどに霧わた
れるをながめて、簾を短く
巻き上げて、人々ゐたり。簀子に、
いと寒げに、身細く萎えばめる童一人、同じさま
なる大人など居たり。内なる人、一人
柱に少し居隠れて、琵琶
を前に置きて、撥を手まさぐ
りにしつつ居たるに、雲隠れたりつる月の、
俄にいと明かくさし出でたれば、
「扇ならで、これしても月は
招きつべかりけり」とて、さしの
ぞきたる顔、いみじく
らうたげににほひやかなるべし。添ひ臥し

源氏物語絵巻の詞書について

源氏物語絵巻の詞書は、断簡を含めて、若紫・末摘花・蓬生・関屋・絵合・松風・薄雲・乙女・蛍・常夏・柏木・横笛・鈴虫・夕霧・御法・竹河・橋姫・早蕨・宿木・東屋の物が現存する。徳川義宣氏は「源氏物語絵巻について」(『源氏物語絵巻徳川美術館蔵品抄②』(昭和六十年)で、柏木から御法を第一類、蓬生から松風を第二類、若紫・末摘花・乙女・早蕨・宿木・東屋を第三類、竹河・橋姫を第四類、薄雲から常夏を第五類と分けて、第四類の書風について、「全五種の中でも最も力強く、自由奔放で肥痩にも富んでゐる。特に各行を竪に貫く直線感は、他の四種のみならず平安仮名古筆全体の中にあつても、毅然たる風格を示す。この書風を藤原教長筆と見た学者も多いが、これほどの毅然たる風格は、他の教長筆と唱へられる書風には感じられない様に思はれる。」とされて、藤原忠通の書とされる。絵巻詞書は、テキスト本文に□で囲った部分の省略と、傍線部の異同と、テキストでは薫と会話文に使用されている「給ふ」が、姫君たちにも使用されている。原典を抄出して改変したものと認められる。

(山崎正伸)

不遇の八宮一家

不遇の八宮と北の方

①その頃《ころ》、②世《よ》に数《かず》まへられたまはぬ古宮《ふるみや》おはしけり。母《はは》方《かた》などもやむごとなくものしたまひて、③筋異《すぢこと》なるべきおぼえなどおはしけるを、④時移《ときうつ》りて、⑤(八宮は)世の中《なか》にはしたなめられたまひける紛《まぎ》れに、(声望も)なかなかいと名残《なごり》なく、御後《おほんうしろ》見《み》などもの⑥恨《うら》めしき心々《こころごころ》にて、方々《かたがた》につけて(宮家の)世を背《そむ》き去《さ》りつつ、公私《おほやけわたくし》に拠《よ》りどころなく、さし放《はな》たれたまへるやうなり。

北《きた》の方《かた》も、昔《むかし》の大臣《だいじん》の御娘《おほんむすめ》なりける。あはれに心細《こころぼそ》く、⑦親《おや》たちの(后へと)思し掟《おき》てたりし様《さま》など思《おも》ひ出《い》でたまふに、たとしへなきこと多《おほ》かれど、⑧(八宮との)古き御契《おほんちぎ》りの二《ふた》つなきばかりを憂《う》き世《よ》の慰《なぐさ》めにて、かたみにまたなく頼《たの》みかはしたまへり。

北の方、姫君二人を遺して逝去　八宮、出家の素懐

年頃《としごろ》経《ふ》るに、御子《おほんこ》ものしたまはで(八宮は)心もとなかりけれ

①その頃、②世間から忘れられておいでの古宮がいらっしゃった。母方なども、高貴の家柄であられて、③格別のご身分に上られるはずとの噂などがおありであったが、④時勢が変って⑤世間から冷たい仕打ちをおうけになられた騒ぎの末に、かえって昔の声望もなく、御後見の方々も、⑥当てが外れたのが恨めしくそれぞれの思いから宮家の諸事から身を引いていったので、宮は公私ともに頼るところなく、世間からすっかり見放されたような有様でいらっしゃる。

北の方も、昔の大臣家の御娘であったが、今はしみじみと心細く、⑦親達が期待なさっていたことなどお思い出しなさるにつけ、たとえようもなく悲しいことが多いけれど、⑧八宮との長い夫婦仲のまたとない睦まじいことを、辛い世の慰めとして、お互いにこの上なく頼りにし合っていらっしゃる。

何年も経つのに、お子様がおできならず、頼りない気がな

●鑑賞欄

古宮と北の方　宇治十帖の発端〈橋姫〉巻は「その頃、世に数まへられたまはぬ古宮おはしけり」で始まる。その古宮の「古」についで、吉澤義則氏は、古里の「古」と同じく、「荒廃」の意とし、「古宮」はすたれものの宮様と説明している（『対校源氏物語新釈』巻五）。それは『宇津保物語』〈俊蔭〉にも「かくてまた上野の宮とて古親王おはしましけり」とあると同じく、落魄した宮といった意味である。もともと宮の御母は身分の高貴な家筋であったので、他の親王と違って、東宮にもなるべき地位の皇子と世間の声望があった。そして、弘徽殿大后は、この桐壺帝の第八皇子を東宮にしようとしたが、「時移り」権勢が源氏方に移り、冷泉院の立坊となり、昔日の面影もなくなってしまった。これまで八宮の立坊・即位に期待をかけていた後見人の者達は、それぞれ宮の許を去り、公私共に頼るところもなく、「その頃」源氏一門の栄えていた頃、世間から見捨てられた落魄の境涯であった。まさに「古宮」と称される所以であろう。

将来を嘱望されていた頃の北の方は、それに相応しい昔の大臣家の娘であった。「北の方」とは『貞文雑記』に「貴人の妻を北の方とも云ひ、北の政所とも云ふ事、男は陽也、女は陰也、女は奥に引きこもり居て、内所の諸事を取りはからふゆゑ」と説いている。もちろん北の方の親達は、娘が将来皇太子妃、皇后になるのを期待しての上であったが、それもかなわず世を去ったのであろう。北の方は親達のことを思うと、しみじみと悲しく、まったく済まないと切ない気持ちに落ち込むのである。

八宮は、家臣に去られ、公私ともに孤立した境涯に落ち、北の方も両親の期待に背き、栄光の夢が去っても、二人は長く深い愛情で結ばれ、またとない睦まじい夫婦仲を寄る辺に辛い憂き世を過ごしてきたのであった。玉上琢彌氏は「逆境のゆえに一層睦まじい御夫婦だったのである。この北の方は、当時の女としては二人とないしあわせな人と言ってよい。それも、宮が勢力を失ったからのことであったが」（『源氏物語評釈』第十巻）と述べている。

その頃　宇治十帖は「橋姫」に始める。その「橋姫」の冒頭に「その頃、世に数まへられたまはぬ古宮おはしけり」とある。巻冒頭の「その頃」に着目し、その物語に及ぼす意味を精密に検討し、注目すべき好論に、吉海直人氏の『源氏物語研究』而立篇　影月堂文庫　昭和五十八年の名著がある。その第二部〈源氏物語の手法〉中、四・源氏物語「その頃」考を巻末論文として掲載させて頂いた。

●語句解釈

①その頃＝これまで、匂宮・紅梅・竹河と話し続けてきたのと、別の新しい話に入る局面転換の方法。

②世に数まへられたまはぬ古宮＝世間からは問題にされない、過去の存在として忘れ去られていた宮。桐壺帝の第八皇子で、源氏の異母弟、宇治八宮と号す。

③筋異なるべきおぼえ＝親王としての特別の地位、すなわち皇太子にも立たれるほどの世間の声望。宮の母が「やむごとなき」出自であったのも背景として考えられる。

④時移りて＝冷泉院が立坊され、時勢が変ったこと。

⑤世の中にはしためなめられ＝「はしたなむ」は困らせることで、世の中にいられないような目に合う、つまり弘徽殿大后が八宮を東宮に立てようとしたが失敗した事件を言う。

⑥恨めしき心々＝宮の背後にあって、宮を助け、世話をしていた家司達は、宮の立坊をあてにして、我が身の栄達を夢見ていたのに、期待が外れたので、世の転変を恨めしく思う心。

⑦親たちの思し掟てたりし様＝北の方の親たちが、かつて期待した東宮御息所から皇后への道。

⑧古き御契り＝「古き」は夫婦生活が長く、他に類がないほどの睦まじい仲。

ば、さうざうしくつれづれなる慰《なぐさ》めに、「いかでをかしからむ児《ちご》もがな」と、宮《みや》ぞ時々思《ときどきおぼ》しのたまひけるに、めづらしく①女君《をんなぎみ》のいとうつくしげなる生《む》まれたまへり。これ(姫君)を限《かぎ》りなくあはれと(八宮は)思ひかしづききこえたまふに、②さし続《つづ》き気色《けしき》ばみたまひて、(八宮は)このたびは男《をとこ》にてもなど思《おぼ》したるに、③同《おな》じ様《さま》にて、(お産は)たひらかにはしたまひながら、いといたくわづらひて(北の方は)亡《う》せたまひぬ。宮《みや》、あさましう思《おぼ》し惑《まど》ふ。

八宮「(世に)あり経《ふ》るにつけても、いとはしたなく④堪《た》へがたきこと多《おほ》かる世《よ》なれど、⑤見捨《みす》てがたくあはれなる人(北の方)の御有《おほんあり》様心《さまこころ》ざまに(この世に)かけとどめらるる⑥絆《ほだし》にてこそ、過《す》ぐし来《き》つれ、独《ひと》りとまりて、⑦いとどすさまじくもあるべきかな。いはけなき人々(姫君達)をも、独《ひと》りはぐくみたてむほど、⑧限《かぎ》りある身《み》にて、いとをこがましう人《ひと》わろかるべきこと」と思《おぼ》し立《た》ちて、(出家の)本意も遂《と》げまほしうしたまひけれど、(姫君達を)見譲《みゆづ》る

さるので、寂しく所在ない気慰めに、「なんとかして可愛い子が欲しいものだ」と宮は時々仰せになっていらっしゃると、思いがけなく、女①のお子様で、たいそう愛らしい姫がお生れになった。この姫君を八宮はこの上なくいとしいと思い、大切にお育てしていらっしゃると、ひき続いて②ご懐妊なされたので、今度は男のお子がとお思いになっていらっしゃったのに、前③と同じく女の子で、無事お生みになられたものの、産後まことにひどくお患いになって、お亡くなりなさった。宮はあまりのことに途方に暮れられた。

八宮は「世を過ごしていくにつけても、ひどく暮④しにくく、堪え難いことが多い世の中であるが、見捨⑤てがたいほどに愛しい北の方のご様子やお気立てゆえに、この世に引き留められる絆⑥となって過ごしてきたのであったが、一人生き残って、さらに⑦わびしく味気ないものになろうよ。あどけない娘達を男手ひとつで育て上げるには、格式⑧のある身分とて、たいそうみっともなく、世間体も悪いこともあろう」とお考えになって、念願の出家も遂げようと思ったものの、姫君達

●鑑賞欄

心もとなし・さうざうし・つれづれ

24・26頁

長い年月、八宮と北の方は睦まじく寄り添って暮らしたものの、ふたりの間に子どもがないのを、八宮は「心もとなし」とお感じになる。「心許なし」は、心の拠り所がなく、不安な気持ちや、待遠しくて心がいらだつの意。八宮の心からすれば、数年たってもお子が生まれないのは、気が気でなく待遠しかったであろうし、子孫の生まれないのを不安に頼り所なく感じたのであろう。そこで、八宮は「さうざうしくつれづれなる慰めに」「いかでをかしからむ児もがな」と思うのである。「さうざうし」は「さくさくし」の音便で、あるはずのものがなくて物足りない感じを表す語で、当然長い夫婦生活の中に生まれてもよいはずのお子がなく、物足りない心情を表現し、「つれづれ」は「連れ連れ」変化のないもの憂い心情、お子はあれば、楽しくもあり、生きがいも出てくるはずなのにという気持ちを表す。したがって、なんとかして、愛らしいお子が欲しいと願う。「いかで、(副詞)…もがな」は、強く切なる願望を表現している。強く望んだのは「宮ぞ」とあるように、八宮であった。北の方は、それほどでもなかったということである。吉澤義則氏は「それもお産故に亡くなられるといった因縁があったからだといふ意味まで考へに入れて書かれたものと解すべきであらう」(『対校源氏物語新釈』)と述べ、玉上琢彌氏は「子のないのは、女の責任と考えられていたのである」(『源氏物語評釈』)と、北の方が何も言わなかった理由としている。

㉔をかしからむ稚児(明石の君と姫君)
(源氏物語絵巻　住吉具慶筆　茶道文化研究所)

●語句解釈

①女君のいとうつくしげなる生まれたまへり＝「女君」は「大君」と称された長女。「の」は同格の助詞、女君で、たいそう可愛らしい姫がお生れになったの意。
②さし続き気色ばみたまひて＝大君に引き続いて。ただし、その間に三年を経ている。「気色ばむ」は様子が外に現れる。すなわち妊娠のご様子での意。
③同じ様にて＝同じ女の子で。これを中君という。
④はしたなく＝「はしたなし」は「具合が悪い」の意。政争の犠牲者として体裁が悪く、堪え難いことを言う。
⑤見捨てがたくあはれなる人＝見捨てて出家もできないほどいとしい北の方を言う。宮は政争の犠牲者となって以来、出家を志向するようになっていた。
⑥絆＝心を引き付けて束縛すること。ここでは北の方への愛情ゆえ出家できないことを指す。
⑦いとどすさまじく＝前に子供がなく「さうざうしくつれづれなる」とあったが、今度は北の方に先立たれ、一人後に残り「さらに」となる。「すさまじ」はものさびしさを表す。
⑧限りある身＝親王として格式に縛られた身の上。子供たちの世話を自らするのは身分柄軽々しいことなので。

出産と死

失意の八宮にも、北の方との間に、思いがけなく念願の子供が生まれた。それもたいそうかわいらしい姫君であった。八宮はこの姫君をこの上なくいとしく、大切に育てて、寂しく所在ない生活の慰めにしていたところ、北の方は続いて懐妊したので、八宮は今度は男子をと望んだが、同じく女の子であった。お産は無事に済んだが、「いといたくわづらひて亡せたまひぬ」と、北の方は産後ひどく患って、亡くなってしまったとある。当時は衛生がまだ十分に発達していなかったので、お産は女性にとって命定めとも言われ、生命をかけた一大事であった。村上天皇の中宮安子は天皇の寵愛が深く、選子内親王出産の五日後に、三八歳で崩御しているが、懐妊で、宮中退出の折に、

逢ふことの限りのたびの別れには死出の山路ぞ露けかるべき

と、出産の不安さを詠み、天皇もまた、

君のみや露けかるべき死出の山遅れじと思ふ我が袖を見よ

と中宮を思う沈鬱な歌が詠み交わされている。『栄華物語』〈月の宴〉には、元方の怨霊が師輔の家系に祟り、師輔の娘中宮安子が、選子内親王出産後に崩御したと記している。これは、このお産が難産だったことを物語っている。お産の折に苦しみ悩ますのは物の怪・悪霊のせいであるとし、安産祈願として、験者・僧達を召して加持祈禱をさせたりした。

道長の娘一条天皇中宮彰子が、出産の折にも「御物の怪ねたみののしる声などのむくつけさよ」（『紫式部日記』）とあるように、中宮の出産を妨げようとした物の怪が、中宮から霊媒に駆り移され、わめき立てる声が不気味であったとある。したがって、安産祈願のためには、以前から参集していた祈禱僧の他、「山山寺をたづねて、験者といふかぎりはのこるなくまゐりつどひ（中略）、陰陽師とて世にあるばかりめしあつめて」（同前）といったさわぎであった。邪気を払うために米を撒く「散米」のまじないもあった。中宮のお産を見守る女房たちの頭上に米が雪のように降りかかったと『紫式部日記』には記されている。また、同じく安産のために、「御いただきの御髪おろしたてまつり、御いむことうけさせ給ふ」と髪を少し削ぎ、受戒して仏弟となり、仏の加護を願うこともあった。それというのも、一応安らかに出産しても、「後の事まだしき程」後産すなわち胎盤の排出が済まないうちは安心できないからである。産室の母屋から南の廂、更に高欄の程まで、僧も俗も更に一層念誦の声を張り上げ、額をついて、後産の無事終わることを祈っている。

『枕草子』（一五五段「心もとなきもの」）の中に、「子産みたる後のことの久しき」とあるのも、後産がなかなか下りないのは、気持ちが落ち着かないとある。普通、産後三〇分位で、後産を迎えるのであるが、それが過ぎると不安感が増してくる。やがて村上天皇中宮安子のように、「後の御事ども一同にただごとではなく」、あれこれ心配しているうちに息を引き取ってしまうことがあったのである。

一条天皇の最愛の皇后定子も、第二皇女媄子内親王出産の折に、物の怪が取りついて苦しんでの難産であった。『栄華物語』〈とりべ野〉によれば、長保二年十二月の夜、帝も聞きつけてお見舞いの使者がしきりに訪れる。そうこうしているうちに、女子が生まれた。女子であるのが残念であるが、安産であったのが、何よりと一応ほっとするが、「後の御事になりぬ」とあって、額をついては騒がしく祈り立て、あれこれ御誦経の手配をし、御薬湯を差し上げるが、

召し上がらない。誰もなすすべもなくうろたえているうちに、後産がないまま時間が過ぎた。兄の帥殿が皇后の顔を見ると、すでに息がない。

〈橋姫〉巻の八宮の北の方も二女を生んだが、八宮は男子を望んだが、女の子であった。それでも安産であったのをよしとしなければならなかったのだが、その後北の方は、ひどく患って亡くなってしまったのである。つまり、定子と同じく、後産が下りなかったので、「いといたくわづらひて亡せたまひぬ」となったのである。

定子と八宮北の方の出産には共通するものがあるが、定子は落目とはいいながら天皇からしきりとお見舞いの使者を賜り、多くの人々に見守られ、あらゆる祈禱が行われている中世を去っていく。八宮の北の方の場合は、ただ「たひらかにはしたまひながら、いといたくわづらひて亡せたまひぬ」とさらりと寂しく、宇治に隠棲の落魄の宮家らしく描かれている。

出産の図は『餓鬼草紙』『十界図』『北野天神縁起』にもあるが、いずれも『彦火々出見尊絵合』に見られるように、坐ったままの座産の有様が描かれている。『源氏物語』〈葵〉巻に、葵上が、男子（夕霧）出産の折、「かき起こされたまひて、ほどなく生まれたまひぬ」と人々に後から抱き抱えられた姿勢でお産をしている。『彦火々出見尊絵合』は、山幸彦の子を妊った海の神の娘豊玉姫が出産の場面で、その折、女房が「土器（甑）」を踏み割っている。池田亀鑑博士は「これは土器の類をうち壊して、産婦を勇気づけた一種の呪ひ」（『平安朝の生活と文学』）と述べている。また、保立道久氏は「土器によって女性の性器を象徴させ、それを割ることによって難産を避けようという一種の類感呪術」（『中世の愛と従属』）と説いている。

㉕出産

人《ひと》なくて残《のこ》しとどめむを、いみじう思《おぼ》したゆたひつつ、年月《としつき》も経《ふ》れば、おのおの（姫君達の）およすけまさりたまふ様容貌《さまかたち》の、うつくしうあらまほしきを、明《あ》け暮《く》れの御慰《おほんなぐさ》めにて、（八宮は）おのづからぞ過《す》ぐしたまふ。

八宮、自ら二人の姫君を養育

後《のち》に生《む》まれたまひし君（中君）をば、侍《さぶら》ふ人々《ひとびと》も、「いでや、①をりふし心憂《こころう》く」などうちつぶやきて、心に（中君を）入《い》れても扱《あつか》ひきこえざりけれど、（北の方が）限りの様《さま》にて、何事《なにごと》も思《おぼ》し分《わ》かざりし程《ほど》ながら、（中君を）これをいと②心苦《こころぐる》しと思《おも》ひて、北の方「ただ、この君《きみ》をば（私の）形見に見《み》たまひて、あはれと思《おぼ》せ」とばかり、ただ一言《ひとこと》なむ宮《みや》に聞《き》こえおきたまひければ、③前《さき》の世《よ》の契《ちぎ》りもつらきをりふしなれど、八宮「さるべきにこそ（運命）はありけめ」と、（思し）（北の方が）「今はと見《み》えしまで（中君を）いとあはれと思《おも》ひ④てうしろめたげにのたまひしを」と、思《おぼ》し出《い》でつつ、この君《きみ》をしも、いとかなしうしたてまつりたまふ。（中君は）容貌《かたち》なむまことにいとうつくしう、ゆゆしきまでものしたまひ

を任せる人もなくて、後に残しておくのがひどく心配にお思いになりつつ、年月を過ごしていると、姫君達はご成人なさるにつれて、勝ってくるお姿、ご容貌のかわいらしく申し分ないのを、明け暮れのお慰めにして、宮はいつしか年月をお過ごしになられる。

後からお生れになった姫君を、お付きの人々も「どうも、①悪い時にお生れになって」などぶつぶつ言って、身を入れてお世話申し上げなかったが、北の方がご臨終の際に、何事もおわかりにならなかった時なのに、この姫君をひどく②不憫に思われて、「ただ、この姫君を私の形見とお思いになって、可愛がってください」とばかり、ただ、この一言を八宮に申し残されましたので、③北の方と前世の縁のはかなさも恨めしい時ではあるが、宮は「これも然るべき運命なのであろう」とも、「北の方が、今はの際まで、この若宮をひどくかわいそうに思い、いかにも④気遣わしそうに、おっしゃったのに」と思い出しになられながら、この若君をことさらにかわいがりなさった。この君のお顔だちは、本当に愛らしく、気味が

●鑑賞欄

前の世の契り

「前の世の契り」とは、前世よりの約束・宿縁・運命のこと。これは前世・現世・後世の仏教の三世思想に由来するもので、前世のことが因となって、現世に果となって現れる因果・因縁の理である。〈桐壺〉巻にも早々「前の世にも御契りや深かりけむ」と出てくる。桐壺帝と更衣との御宿縁が前世でも深かったせいで、この世に稀な清らかな玉のような男御子がお生れになったのである。〈夕顔〉巻で、源氏が夕顔の家に宿った折、

　優婆塞が行ふ道をしるべにて来む世も深き契りたがふな

と来世でも二人の深い約束を詠みかけたのに対して、夕顔は、

　前の世の契り知らるる身のうさに行く末かねて頼みがたさよ

と応じている。前世の宿縁拙しと知らるる、現世の憂き身ゆえに、わが行く末の来世の約束事はできないという。前世の拙い宿縁、現世の拙い身の運命、したがって、来世も同じく頼りないという。〈橋姫〉の「前の世の契りもつらきをりふし」とは、やっと念願の子宝に巡り合いながらも、二番目の御娘の出産で北の方を亡くし、ともに娘達を慈しむことができなくなったことに対して前世の宿縁の浅さを恨む気持ちを表している。しかし、落魄した八宮は、それも「さるべきにこそありけめ」と、これも然るべき運命・宿世なのであろうと諦観している。前世よりの因縁を宿世ともいって、宿世の因縁から人間は逃れることができない。『源氏物語』には宿世の語が一一七回も出てくる。それが、物語全体に暗いあわれの感を漂わせている。

㉖幼子をあやす（葉月物語絵巻二　徳川美術館）

●語句解釈

①をりふし心憂く＝「をりふし」は時が時とて、つまり母君が亡くなるような折にの意。「心憂く」の下に「生れ給ひぬ」が省略されている。不吉な悪い時に生れたということ。

②心苦しと思ひ＝北の方が後から生まれたお子（中君）をいたわしく、不憫に思うこと。

③前の世の契りもつらきをりふしなれど＝北の方が中君誕生のために亡くなったことを思うと前世の縁を恨めしく思う折ではあるがの意。当時、夫婦仲の長短は前世に定められた運命と信じられていた。

④うしろめたげに＝若宮のこれからが不安で、気に掛かること。

心浅き乳母とはかばかしき乳母

北の方が亡くなって、八宮は二人の愛しい姫をそれぞれ立派に養育しようとしたが、落魄の宮として、思うに任せぬことが多く、年月が経つにつれて、経済状態も苦しくなり、宮邸は次第に寂しくなっていく。召使達も、次々とお暇を取って、散っていった。はては、幼い若君の乳母までが、その若君を見捨てて去ってしまう。

　元来、乳母とは、乳を与え養う養子との間に実母以上の情愛が生まれ、授乳期が終わっても、養い親として、その子の将来まで面倒を見るものであった。『源氏物語』〈夕顔〉巻に、「かたほなるをだに、乳母やうの思ふべき人はあさましうまほに見なすものを」とあり、たとえ、欠点のある子でさえも、乳母というその子を当然かわいがるべき人は、あきれるほど完全無欠だと思うと、忠実な乳母の心情を述べている。乳母といっても、『源氏物語』には、さまざまなタイプの乳母が登場する。藤本勝義氏は、その乳母の属性について、次のように例示されている。

　例えば、紫上の雛遊びを諌め、源氏の妻としてのたしなみを教える少納言の乳母、夕霧と雲井雁二人の意を汲み、密かに会わせる宰相の君、夕霧の微官を見下す、いかにも権門に仕えているといった雲井雁の乳母、自己を犠牲にしても玉鬘の幸せを考える夕顔の乳母、母親代わりとしてかなりの発言権をもつ女三宮の乳母、武骨だが情に厚い浮舟の乳母、さらには、宇治の中君を捨てた打算的な乳母など枚挙にいとまがない。（『文学・語学』一〇七号　昭六十・十月）

さらに、同氏は、乳母の役割について、乳をやり乳幼児の健康に留意することの他に、次のごとく整理されている。

　①貴族としての教養や躾等の教育。②母親代わりの心配りや情愛。③乳児の将来の幸せのために尽力する忠誠心、が基本的に要請されよう。しかし又、これらと背中合せに、乳母とその一族の繁栄を志向する、権勢欲や名誉欲の生じる性格をも備えていた。

とある。乳母には必ずしも、②の母親代わりの心配りや情愛、③の乳児の将来の幸せのために尽力する忠誠心ばかりでなく、一

㉗乳母と幼子（紫式部日記絵巻）

族の繁栄や権勢欲や名誉欲に心ひかれる者もあった。『枕草子』（二二八段）に、

> 『身を変へて天人』などは、かうやあらむ」と見ゆるものは、ただの女房にてさぶらふ人の、御乳母になりたる。唐衣も着ず、裳をだにも、よういはば着ぬさまにて、御前に添ひ臥し、御帳のうちをゐどころにして、女房どもを呼び使ひ、局にものいひやり、文を取り次がせなどしてあるさま、いひ尽くすべくもあらず。

とあり、平凡な女房として宮仕えしている女性が御乳母になった、それは「身を変へて天人」になったとも言えると。皇子の育ての親というので、御乳母ともなると、ともすれば、唐衣・裳などの臣下の礼装は省き、中宮様の御帳台の中に皇子も寝かされているので、平常の居場所としている。その上、女房どもを顎で使い、自分の私用などさせたり、その権勢たるや何とも言いようもないと言う。これは乳母として最も幸運な道をたどった例であろうが、多かれ少なかれ、乳母となる場合には将来の栄光を望んだものであろう。

ところが、八宮の場合は、都を離れた寂しい宇治の地に隠棲し、経済的にも不如意の、世間からは忘れ去られた境遇、これでは前途に希望が持てず、幼い姫君を見捨てる結果となってしまったのである。しかも北の方逝去の騒ぎの中で、「はかばかしき」乳母を選ぶことができなかった。しっかりした頼もしい乳母ではなく「心浅き」乳母を選んだがゆえの悲劇であった。

これに対して、「はかばかしき」乳母の例を〈澪標〉巻の明石姫君の場合についてみてみよう。源氏が明石から帰京後、内大臣に、その上、「御子三人、帝、后必ず並びて生まれたまふべし」の相人の占の通りに、明石の地に姫君が誕生した。そこで、源氏は然るべき乳母を選定する。

> さる所にはかばかしき人もあり難からむと思して、故院にさぶらひし宣旨のむすめ、宮内卿の宰相にて亡くなりにし人の子なりしを、母なども亡せて、かすかなる世に経けるが、はかなきさまにて子産みたりと聞こしめしつけたるを、知るたよりありて事のついでにまねびきこえける人召して、さるべきさまにのたまひ契る。

桐壺帝に仕えた宣旨と宮内卿の宰相との間に生まれた娘を乳母として選んだ。宣旨夫妻はすでに亡くなっていたとはいえ、破格の選定である。このことについて、吉海直人氏は、

> たしかに宣旨の娘は出自も教養もまったく申し分ないのであるが、しかしそれはあまり良すぎて、むしろ乳母などにならない階級に属する人物と言っていい。そのため実母より高貴という誠に奇妙な主従関係になってしまい、更には明石下向という難関さえも生じていた。源氏は当時の常識を破ってまでもそれを見事に克服し、得がたい乳母を手に入れたのである。だからといってそれは娘かわいさ故に行なわれたことではなく、娘が源氏の政権構想の中の大事な駒だったからである。そしてはかばかしき乳母の存在によって、明石姫君の養育については万全であることが保証される（果して姫君は予言通り后になっている）。（『平安朝の乳母達』『源氏物語』への階梯）

と述べている。宇治で生まれた八宮の姫中君の乳母とは、あまりに落差のある話である。しかも、八宮は源氏の弟宮であり、桐壺帝の皇子でもある。

ける。姫君《(大君)》は、心《こころ》ばせ静《しづ》かによしある方《かた》にて、見《み》る目《め》もてなしも、気高《けだか》く心《こころ》にくき様《さま》ぞしたまへる。①いたはしくやむごとなき筋《すぢ》《(中君より)》はまさりて、《(八宮は)》いづれをも、様々《さまざま》に思《おも》ひかしづききこえたまへど、②《(心に)》かなはぬこと多《おほ》く、年月《としつき》に添《そ》へて、宮《みや》の内《うち》ものさびしくのみなりまさる。侍《さぶら》ひし人《ひと》も、③たづきなき心地《ここち》するに、え忍《しの》びあへず、次々《つぎつぎ》に従《したが》ひ《(八宮邸を)》てまかで散《ち》りつつ、若君《わかぎみ》の御乳母《おほんめのと》も、さる騒《さわ》ぎに、はかばかしき人をしも選《え》りあへたまはざりければ、④程《ほど》につけたる心浅《こころあさ》さにて、幼《をさな》き程《ほど》を見捨《みす》てたてまつりにければ、ただ、宮《みや》ぞはぐくみたまふ。

八宮邸の荒廃

⑤さすがに広《ひろ》くおもしろき宮《みや》の、池山《いけやま》などの気色《けしき》ばかり昔《むかし》に変《かは》らで、いといたう荒《あ》れまさるを、つれづれとながめたまふ。⑥家司《けいし》なども、⑦むねむねしき人《ひと》もなかりければ、とり繕《つくろ》ふ人《ひと》もなきままに、草青《くさあを》やかに繁《しげ》り、軒《のき》のしのぶぞ所得顔《ところえがほ》に青《あを》みわたれる。

悪いほどでいらっしゃった。姉の姫君は心持ちがしとやかで優雅なお人柄で、外見や物腰も気品高く奥ゆかしいご様子でいらっしゃる。①可憐で気高いところはこちらがまさっていて、どちらとも、それぞれ大切にお育てになっていらっしゃるが、②思うに任せぬこと多く、年月とともに、宮邸の内の有様は次第に寂しくなっていく。お仕えしていた人も③頼りない気がするので、がまんしきれず、次々にお暇をいただいて散ってゆき、若君の御乳母も、あの北の方ご逝去の騒ぎでしっかりした人を選ぶこともできなかったので、④身分なりの心浅さから、まだ幼い若君をお見捨て申し上げたので、ただ八宮のお手だけでお育てになられる。

⑤さすがに宮邸は広く趣きのある御殿で、池や築山などの様子だけは、昔と変らないが、まことにひどく荒れまさっていくのを、ただなおすこともなく寂しく眺めていらっしゃる。⑥家司なども、⑦しっかり指図できるような人もいなかったので、邸内の手入れをする人もいないので、草が青々と茂り、軒のしのぶ草が我がもの顔にあたり一面にはびこっている。

●鑑賞欄

家司　八宮は現在「世に数まへられたまはぬ古宮」ではあるが、所有していたお邸は広々としたものであったろう。北の方も昔の大臣家の出身、その邸宅も庭も行き届いていたであろう。ところが、今は、池や築地などの様子だけは、昔の面影を伝えているが、荒れる一方で、草が青々と茂り、軒の忍草が辺り一面にはびこっている有様である。これも、家司などしっかり指図できるような人もいなかったからである。

そもそも、家司とは、主家の日常の家政はもとより、年中行事や産養・着袴・元服など子女の通過儀礼、仏事など多くの宗教儀式・行事などの諸役を務める。その他、荘園や領地の管理にも当り、その職掌は多岐にわたっている。家司制度は『家令職員令』の家令制と同じく、親王および職事三位以上に、位によって付けられる官人の制度である。特に親王・内親王家の場合は「勅別当」といって、公卿が天皇の命によって別当に補された。別当とは家司の長官に当る。家司の中で、四位五位の者を家司、それ以下を下家司といった。政治的敗北者の八宮にはその影すらない。平安中期には主人と家司の間には私的な主従関係が強く意識されてきた。家司の多くは実務官人や受領として公務に従事し、精通していた。その経験を生かして主家の多様な家政や儀式・行事を取り仕切ったのである。その上、家司などは受領などして富裕な者も多かったので、主家に経済的にも奉仕した。もちろん、家司達は任官・叙位、その他さまざまな利益を得ることを期待していた。家司として、てきぱきと家政をこなし、主家の繁栄に貢献できる腕利きの者を「むねむねしき」家司といったのであろう。

家司／むねむねし

むねむねし　「むねむねし」は「宗宗し」で、「宗」とは『岩波古語辞典』によれば「〈ムネ〉(棟)・ムネ(胸)と同根。家の最も高い所で一線をなす棟のように、筋の通った最高のもの、また一つの趣旨」とあるように、全体の支えとなるものである。したがって「宗宗し」は「いかにも長となるにふさわしい能力を備えている」の意となる。政治的敗北者で、世間から忘れられた八宮には前途に何の栄光もなかった。家司が、献身的に奉仕しても、財力を献じても、何の恩恵には預かることはできない。「むねむねし」くない家司達では、しっかり家政を整えられなかったのである。

●語句解釈

①いたはしくやむごとなき筋＝いたわってあげたいような可憐さ。そのままほうっておけない高貴な気高さ。
②かなはぬこと＝姫君たちを大事に養育しようにも、経済的に不如意で、思うようにゆかない様子。
③たづきなき心地する＝この宮家は没落していくので、これから先頼りにならない。
④程につけたる心浅さ＝「ほどにつけたる」は、身分相応のという意味で、きちんとした出の乳母なら、それなりの自尊心もあり、責任ある行動をとるのに、北の方の逝去の騒ぎで、しっかりとした乳母を選べなかったことを言う。
⑤さすがに＝「かなはぬこと多く、年月に添へて、宮の内ものさびしくのみなりまさる」を受け、「そうは言っても八宮邸だけあって」の意。
⑥家司＝親王・摂関・三位以上の家政を司る役人。四位・五位の者から選ばれた。
⑦むねむねしき＝「宗宗し」でおもだっている・中心としてしっかりとしたの意。

をりをりにつけたる花紅葉《はなもみぢ》の色《いろ》をも香《か》をも、(亡き北の方)同じ心に見《み》はやしたまひしにこそ慰《なぐさ》むことも多《おほ》かりけれ、いとどしくさびしく、寄《よ》りつかむ方《かた》なきままに、(八宮は)①持仏の御飾《おほんかざり》ばかりをわざとせさせたまひて、明《あ》け暮《く》れ②行《おこな》ひたまふ。

八宮仏事に専念、再婚の勧めに耳を貸さず

③かかる絆《ほだし》(姫君達)どもにかかづらふだに思《おも》ひの外《ほか》に口惜《くちを》しう、④我《わ》が心《こころ》ながらもかなはざりける契《ちぎ》りと思《おぼ》ゆるを、まいて、何《なに》にか世《よ》の人《ひと》めいて今さらに(再婚を)とのみ、年月《としつき》に添《そ》へて世《よ》の中《なか》を思《おぼ》し離《はな》れつつ、⑤心ばかりは聖《ひじり》になり果《は》てたまひて、故君《こぎみ》(北の方)の亡《う》せたまひにしこなたは、⑥例《れい》の人《ひと》の様《さま》なる心《こころ》ばへなど、戯《たはぶ》れにても思《おぼ》し出《い》でたまはざりけり。⑦「などかさしも。別《わか》るる程《ほど》の悲《かな》しびは、また世《よ》に類《たぐひ》なきやうにのみこそは思《おぼ》ゆべかめれど、あり経《ふ》ればさのみやは。(八宮も)なほ世人《よひと》になずらふ御心《おほんこころ》づかひをしたまひて。いとかく見苦《みぐる》しくたづきなき宮《みや》の内《うち》も、おのづからもてなさる

四季折々の花や紅葉の色も香も北の方といっしょに賞美したればこそ、気の慰むことも多かったのだが、独りになった今は一段と寂しく、頼る所もないままに、①ただ持仏のお飾り付けばかりを念入りになさって、明け暮れ②勤行に一心になられる。

③こうした足手纏いの姫君たちに係り合っているのでさえ、不本意で、残念でならなく、④自分の心ながらも思う通りにならない運命と思われるのに、まして、世間並に今さら再婚をなどしようか、年月の経つにつれて、俗世から遠ざかれながら、⑤心だけはすっかり聖におなりになって、北の方がお亡くなりになってこのかた、⑥世の常の人のようなお気持ちなどかりそめにもお起こしにならなかった。人々は⑦「どうしてそれまでになさることがございましょうや。誰でも死別した当座の悲しみは、まことこの世に例のないように思わずにいらっしゃれないようですが、月日がたちますと、それほどまではございますまい。やはり世間並のお気持ちになられまして、それでこそ、このようにまったく見苦しく、どうしようもな

●鑑賞欄

かなはざりける契り

愛しき姫君達を残して世を去った北の方とのはかない「前の世の契り」は恨めしかった。心も身も寄る辺のない寂しさに、ただ持仏のお飾りばかり念入りにしては、明けても暮れてもひたすら勤行に励んでいる。本心はきっぱりと出家したいのだが、「かかる絆」ーこれといって引き取って養育していかれる当てのない姫君達が、足手纏いとなって、望みながらすんなりとは出家できない身の不運さを「かなはざりける契り」と嘆いている。「かなはざりける」は自分の心ながら思う通りにならないことで、「契り」は前世からのそうなるべき宿縁・因縁のことを言う。

　このように、八宮は、時が経つにつれて、ますます俗世から遠ざかり、心だけはすっかり聖僧となっているにもかかわらず、周囲の人々はその気持ちもわからず再婚を勧める。俗世間並みの考え方から、八宮に、死別の悲しみは誰も当座だけであって、またとない悲しみの心も、月日が経てば、時間が解決してくれるものと説得する。そして、新しく北の方を迎えれば、現在のような見苦しくどうしようもない邸内も、自然と整ってゆくのではと、「もどき」非難する。結局、八宮の身上を案じるというよりは、自分達に不如意な生活を余儀なくする八宮を「もどく」のである。

㉘仏像とその飾り（千手観音像　峰定寺）

●語句解釈

①持仏＝常に自分のそばに安置して信仰する仏。

②行いたまふ＝「仏道修行」をすることで、仏前のおつとめ・読経などを言う。

③かかる絆ども＝このように出家入道の障りとなる人々、すなわち二人の姫君。

④我が心ながらもかなはざりける契り＝「わが心」とは出家したいという自分の気持ち。それが二人の姫君のために、かなえられない。そのことを「運命・宿命」と思うこと。

⑤心ばかりは聖＝形はまだ俗体でありながら、心は聖。「聖」は寺に属さず修行する民間の僧で、優婆塞（在家のまま仏門に帰依した男）とも言う。女性の場合は優婆夷。

⑥例の人の様なる心ばへ＝女を近付けようとの気持ち。後添いの北の方を迎えること。

⑦などかさしも…＝以下、世人の八宮への意見。

絆（ほだし）　36頁

八宮は政争の犠牲者として政界からも世間からも見捨てられた「世に数かへられたまはぬ古宮」であった。その存在は宮家としての体面を立てることもできず、かといって身を匿してしまうこともできず、大変「はしたなき」状態であった。「はしたなし」はどっちつかず、中途半端で、間が悪くどういう態度をとってよいかわからないことを意味する。まさに八宮の存在は堪え難い苦しいものがあった。このような時は俗世を去り、仏門に入るのが一つの救いであった。しかし、八宮にはこれまで、睦まじく寄り添ってきた北の方があった。愛する北の方を思うと、出家さえできないものがあった。北の方が出家の妨げる「絆」となったのである。

「ほだし」は平安時代の古辞書『新撰字鏡』に「羈　保太志」、『和名抄』「鞍馬具」の部に「絆　音半保太志」とあり、馬の足など繋ぐ馬具であった。それが、やがて、人の心や行動の自由を束縛する意になってゆく。特に『源氏物語』では、用例も二八例に上り、物語を貫くモチーフになっている。これに関して、笹川博司氏の「源氏物語「ほだし」淵源考――詩語・歌語・仏教語――」（『国語と国文学』平十年七月）という好論がある。

『新撰字鏡』や『和名抄』に見られた「羈」「絆」が「鞍馬具」として「ほだし」と訓まれたが、「羈絆」という漢語を『白氏文集』に用例を求め、馬などの動物を繋ぎ止めるものであると同時に、白居易を「憂患」「憂累」に満ちた俗世間「塵中」に縛り付けるものとして、このような漢詩における比喩的な用法を学ぶことによって、『万葉集』には馬の自由を束縛する綱を意味する「子もだし」という語しか見られなかったが、古今集時代に入ると、人の自由な行動を縛る「ほだし」という用法が成立したと考察している。

『古今集』の「ほだし」の例をして、

　題知らず　　　　　　小野小町
あはれてふ事こそうたて世の中を思ひ
はなれぬほだしなりけれ
　　　　　　　（巻一八・雑下・九三九）
おなじもじなきうた　　物部良名
世のうきめ見えぬ山ぢへいらむにはお
もふ人こそほだしなりけれ
　　　　　　　（巻一八・雑下・九五五）

とあり、「あはれてふ事」「思ふ人」が「世の中を思ひはなれぬ」「世のうきめ見えぬ山ぢへいらむ」の「ほだし」となっており、それぞれの背景にある思想が仏教思想に基づく隠遁思想であったと、漢詩の影響を述べている。

さらに、この古今歌「あはれてふ事こそうたて…」は、『蜻蛉日記』中巻・天禄元年の記事にも意識されたと指摘している。作者が「二なく思ふ」道綱を都に止め、石山詣にやってきたのを機会に「死ぬるたばかりもせばや」と思うにつけても「二なく思ふ人」道綱への「ほだし」が思われて、恋しく切ない気持ちになったとある。その後、源信の『往生要集』が、貴族社会に深く浸透してゆくが、その一節に出離を妨げる「枷鎦（くびかせとくさり、鎦＝鎖）」が出てくる。そして、「枷鎦」＝「父母妻子」という観念が一般化し、「ほだし」と解釈さえるようになる。

以上のような考察を進め、笹川氏は次のようにまとめている。

　以上のように『源氏物語』の「ほだし」は多く「父母妻子」＝「ほだし」として用いられており、それは、『古今集』の歌語「ほだし」を基にしながらも、『往生要集』等に見られるた仏教的世界観によって「ほだし」＝「枷鎦」＝「父母妻子」という図式が『源氏物語』の作者の頭の中にあったことを示している。

さて、宇治十帖の始まり〈橋姫〉には、「ほだし」という表現が三カ所も出てくる。それも八宮がらみものである。前述のごとく、八宮は心ならずも「世に数まへられたまはぬ古宮」と成り果て、世を厭む遁世の意志を抱いていたが、長年連れ添ってきた北の方をいとおしむ気持ちが「ほだし」となって出家できなかった。そして、その北の方が中君を出産して亡くなると、さらに出家遁世の気持ちは強まるが、今度もまた、残された大君・中君の二人の娘が「ほだし」となって果せず、「わが心ながらも、かなはざりける契り」=それも自分の運命と諦め、「心ばかりは聖になり果て」といわゆる「俗聖」として生きてゆくしかないと思うのである。また、八宮が、死後を薫に依頼する場面で、「けふあすとも知らぬ身の、残りすくなさに」その後の二人の姫君達が落ちぶれて、この世を流浪すること「これのみこそ、げに世を離れむきはのほだしなりけれ」と薫に心中を訴える。死に際して、この世に思いを残すことは成仏の妨げになるのである。この八宮にまつわる「ほだし」こそ「橋姫」を貫く暗く重苦しい場面を構成しているキーワードなのである。

㉙出家のための剃髪（春日権現験記絵）

るわざもや」と、人《ひと》（八宮を）はもどききこえて、何《なに》くれとつきづきしく聞《き》こえごつことも類《るい》にふれて多《おほ》かれど、（八宮は）聞こしめし入《い》れざりけり。

①御念誦《おほんねんず》の隙々《ひまひま》には、（八宮は）この君《きみ》たち（姫君達）をもてあそび、（姫君達が）やうやうおよすけたまへば、②琴《こと》ならはし、碁《ご》打ち、③偏《へん》つぎなど、はかなき御遊《おほんあそ》びわざにつけても、（姫君達の）心ばへどもを見《み》たてまつりたまふに、（大君）姫君は、らうらうじく、深《ふか》く重《おも》りかに見《み》えたまふ。（中君）若君は、おほどかにらうたげなる様《さま》して、ものづつみしたるけはひに、いとうつくしう、様々《さまざま》におはす。

い邸内も、自然と整ってゆくものではないでしょうか」とご意見申し上げて、あれこれと似付かわしいご縁談を申し出ることも、縁故をたどって多かったが、宮はお聞き入れにならなかった。

①御念誦の合間合間には、この姫君達を相手になさり、次第にご成長なさると、琴②を習わせ、碁打ち、偏つぎ③など、ちょっとした遊びごとをするにつけて、そのご性分をご覧になられると、姉姫君は物事によく通じ、考え深く重々しくお見えになる。若君はおっとりと可憐で、はにかんだご様子がたいそう可愛らしく、姉妹それぞれでいらっしゃる。

八宮と姫君たち

春の日、宮、水鳥に寄せて姫君達と唱和する

春《はる》のうららかなる日影《ひかげ》に、池《いけ》の水鳥《みづとり》どもの翼《はね》うちかはしつつ、おのがじし囀《さへづ》る声《こゑ》などを、常《つね》ははかなきことと（八宮は）見たまひしかども、つがひ離《はな》れぬを羨《うらや》ましくながめたま

春のうららかな日差しに池の水鳥どもが、互いに羽をうち交しながら、それぞれに囀っている声などを、常日頃はなんでもないこととご覧になっていらっしゃったが、今は雌雄離れず睦じいのを羨ましくご覧になって、姫君達に御琴などお

●鑑賞欄

らうらうじ・らうたげなり

八宮は日課の御念誦の合間合間に、これといった乳母、遊び相手もない姫君達の相手をする。姫君達がしだいに成長するにつれ、父宮として、姫君達の教養を考え、碁を打つことや、琵琶や箏の琴を教えたり、宮自身で、偏つぎなどの遊びごとも仕込んだ。それにつけても、二人の姫君達のそれぞれの性分は、いかにも父親らしく観察する。姉君は「らうらうじく、深く重りかに」、若君は「おほどかにらうたげなる様して、ものづつみしたるけはひに、いとうつくしう」という様であった。「らうらうし」は「労々じ」「臈々じ」の意とされ、洗練され、気品があって美しく巧みな感じで、姉らしく考え深く、しっかりしているようす。「おほどか」は、ゆったりとしてこせこせしない動作・状態を表す語で、母はなくとも父と姉の温かい庇護を受けておおっとり育ったのであろう。「らうたげ」は、かばって世話をしてやりたいほどの可憐なさま、それは「ものづつみしたる」はにかむような初々しさでもある。以上をまとめて「いとうつくしう」と若君の有様を述べている。

㉚庭前の水鳥（春日権現験記絵）

●語句解釈

①御念誦＝念仏誦経のこと。心に念じ、口に経文を唱える。在俗者が後生を祈る方法。

②琴＝絃楽器の総称で、箏（十三弦）・琴（七絃）・和琴（六絃）・琵琶（四絃）など。

③偏つぎ＝漢字の旁（つくり）を示して、それに適当な偏を付けて完全な一字としたり、旁を隠して偏だけで何の字と言い当てたりする遊び。

娯楽・遊戯
——碁と双六——

八宮は姫君達の成長に合わせて「琴ならはし、碁打ち、偏つぎなど、はかなき御遊び」を仕込んでいる。琴は『枕草子』（二十段）に左大臣藤原師尹が、一女芳子が入内する前に、女性の学問・教養として

一つには、御手をならひたまへ。次には琴の御ことを人よりことに弾きまさらむとおぼせ。さては、古今の歌廿巻を、みなうかべさせたまふを、御学問にはせさせたまへ。

と、習字・琴・古今和歌集の三つを挙げている。琴は、教養として大事なものであるが、碁・双六・偏つぎなどは室内娯楽・遊戯の部に入るものである。

『枕草子』（一三五段）「つれづれなぐさむもの」に「碁・双六」とあったり、『源氏物語』にも前述のごとく「はかなき御遊び」として、「碁打ち・偏つぎ」が挙げられている。『枕草子』『源氏物語』を通して、この時代の室内娯楽・遊戯の代表でもある、碁・双六について述べてみよう。

碁は囲碁とも言われる盤上遊戯。古く中国から伝えられたもので、最も古い記録としては、最古の詩文集『懐風藻』に、弁正法師が唐に留学し、囲碁が上手だったので厚遇されたとある。平安時代に入ると、室内遊戯として、天皇を始め、貴族・僧侶・女性の間にも広まっていった。『枕草子』（二九二段）に、

夜いたくふけて、御前にも大殿籠り、人々みな寝ぬる後、外の方に殿上人などにものなど言ふ。奥に、碁石の笥に入る音、あまたひびき聞ゆる。いと心にくし。

とあるように、中宮様も人々も皆寝静まった頃、夜勤の女房が奥の方で碁石を笥に入れる音が何べんも聞こえてくるのは、とても奥床しいと述べている。後宮の女性が夜のつれづれに碁を楽しんでいるようすがわかる。

『源氏物語』にも、〈空蟬〉巻に空蟬と軒端荻、〈竹河〉巻に玉鬘の大君と中君、〈宿木〉巻に今上帝と薫、〈手習〉巻に浮舟と老尼の碁を打つ場面が出てくる。いずれも、物語の展開の大事な場面に登場する。空蟬と軒端荻の碁打ち終わる場面に、

碁打ちはてて結さすわたり、心とげに見えて、きはきはとさうどけば、奥の人はいと静かにのどめて、「待ちたまへや。そこは持にこそあらめ、このわたりの劫こそ」など言へど、「いでこの度は負けにけり。隅の所いでいで」と指をかがめて、「十、二十、三十、四十」など数ふるさま、伊予の湯桁もたどたどしかるまじう見ゆ。

と空蟬と軒端荻の碁打ち興じる様がわかる。光源氏は、この光景を垣間見し、その後、空蟬の所に忍び入り、空蟬が小袖を脱いで逃れ去った後に、軒端荻と契りを結ぶ場面へと展開する。引用文中、「結」は駄目を詰めるところ。「持」は勝敗のない箇

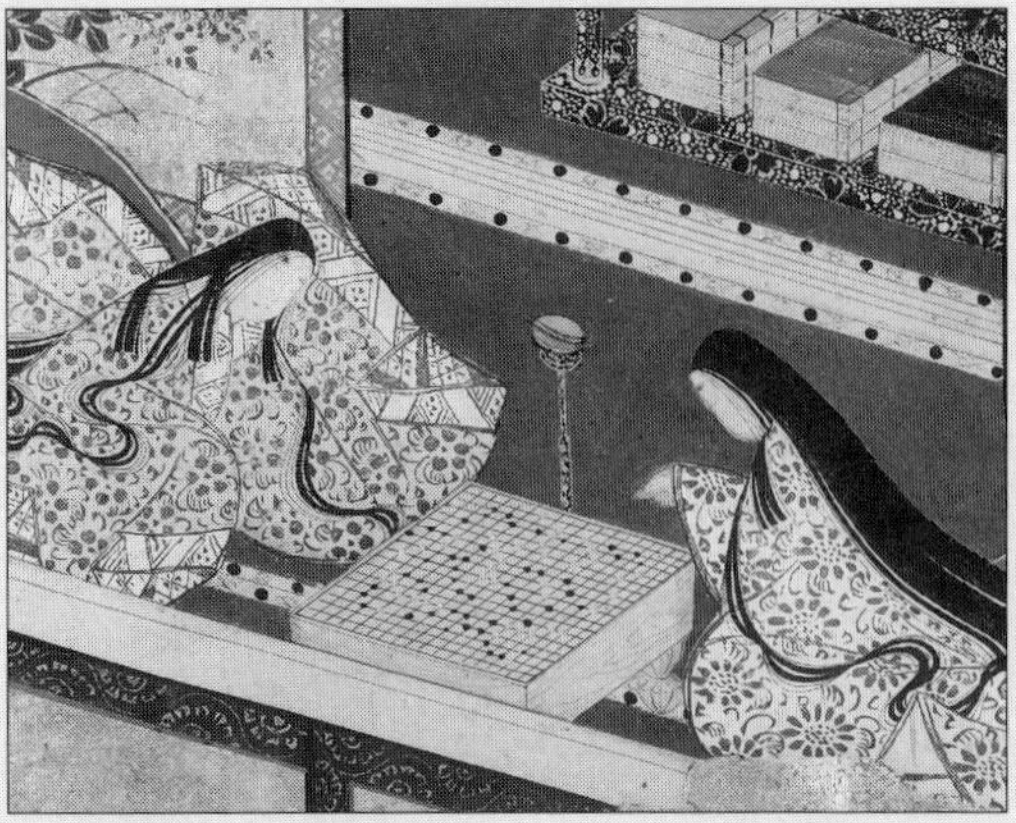

㉛囲碁（源氏物語絵巻　土佐光起筆　京都国立博物館）

所、今日のいわゆる「セキ」。「劫」は一目を交互に取り返す形になった所で、いずれも囲碁用語であった。

徳川美術館蔵「源氏物語絵巻」竹河・二には、桜の木を賭物にして、鬚黒の遺児大君・中君の姉妹が、碁の三番勝負に挑む華麗な場面が描かれる。右下の男性は、弟の藤侍従で「見証」(審判)の役として参加している。このように、碁には多くの場合物が賭けられた。

双六は、前述した『枕草子』「つれづれなぐさむもの」とて、「碁・双六」とあるように、人々に愛好された盤上遊戯で、これも上代中国から伝来した。「石山寺縁起」の「双六」にみられるように、二人相対し、交互に白黒の石(駒)を盤上に並べ、二個の「賽」を「筒」に入れて振り出し、目の数だけ石を進めて、全部の石を先に敵陣に送り込んだ方を勝ちとする。『枕草子』(二四〇段)に、「清げなる男の、双六を日一日打ちて、なほ飽かぬにや、短き燈台に火をともして…」といった具合に、一日中双六に打ち興じている様がうかがえる。『源氏物語』〈常夏〉巻に、近江君と侍女五節君と双六を打つ場面がある。

> 簾高くおし張りて、五節君とて、ざれたる若人のあると、双六をぞ打ちたまふ。手をいと切におしもみて、「小賽、小賽」と祈ふ声そ、いと舌疾きや。(中略)このいとこも、はだけしきはやれる。「御返しや、御返しや」と筒をひねりて、とみにも打ち出でず。中に思ひはありやすらむ、いとあさへたるさまどもしたり。

㉜碁局(正倉院)

㉝双六局(正倉院宝物模造)

近江君は、最近内大臣が引き取った落胤で、五節君はその侍女、この二人が双六に打ち興じる様が描かれている。近江君は早口に「小賽、小賽」ともみ手して祈る。それに対して五節君もせかせかした様子で、「お返し、お返し」と筒をひねくりまわして、急には打ち出さない。この二人の様を「いとあさへたるさまども」とまったく軽薄なしぐさと言っている。双六は、碁に比べ、そう高級な遊戯ではなく、近江君の無邪気で無教養な言動がマッチしている。

ひて、君《きみ》たちに御琴《おほんこと》ども教《をし》へきこえたまふ。(姫君達)いとをかしげに、小《ちひ》さき御程《おほんほど》に、とりどり掻《か》き鳴《な》らしたまふ物《もの》の音《ね》どもあはれにをかしく聞《き》こゆれば、(八宮は)涙を浮《う》けたまひて、

八宮「うち捨《す》ててつがひさりにし水鳥《みづとり》の①かりのこの世《よ》
　　にたちおくれけむ

心尽《こころづ》くしなりや」と、目《め》押《お》し拭《のご》ひたまふ。容貌《かたち》いときよげにおはします宮《みや》なり。年頃《としごろ》の御行《おほんおこな》ひに痩《や》せ細《ほそ》りたまひにたれど、②さてしもあてになまめきて、(姫君達)君たちをかしづきたまふ御心《おほんこころ》ばへに、③直衣《なほし》の萎《な》えばめるを着《き》たまひて、しどけなき御様《おほんさま》いと④恥《は》づかしげなり。

(大君)姫君、御硯《おほんすずり》をやをら引《ひ》き寄《よ》せて、⑤手習《てならひ》のやうに書《か》きまぜたまふを、八宮「これに書《か》きたまへ。⑥硯《すずり》には書《か》きつけざなり」とて紙奉《かみたてまつ》りたまへば、恥《は》ぢらひて(歌を)書きたまふ。

大君 ⑦いかでかく巣立《すだ》ちけるぞと思《おも》ふにもうき水鳥《みづどり》の契《ちぎ》
　　りをぞ知《し》る

教えになる。たいそう愛らしく、お小さい年頃ながら、それぞれにかき鳴らしなさる琴の音などしみじみと面白く聞こえるので、涙をお浮かべになって、

父鳥をうち捨てて母鳥は先立ってしまった。その水鳥の子たちが、①なぜこの世にとり残されたのであろう。
悲しみ悩むことの尽きないことよ。

と涙をお拭いになる。お顔立ちの本当にきれいな宮である。長年の勤行に痩せ細りなさったが、②それがかえって上品で優雅なご様子で姫君たちを大切にお世話なさるお心遣いから、③直衣の柔らかになったのをお召になって、とりつくろわないご様子は、④こちらで恐れ入るくらいである。

姫君が、御硯をそっと引き寄せられて、⑤すさび書きのように字をいろいろお書きになるのを、宮は「これにお書きなさい。⑥硯の上には書き付けないものです」と言って、紙を差し上げますと、姫君は恥ずかしそうにお書きになる。

⑦母もない身で、どうしてここまで成人したかと思うにつけても、水鳥のように悲しい我が身の運命が思い知らされます。

●鑑賞欄

水鳥によせての唱和　春のうららかな日差しの中、庭の池には水鳥たちが羽うちかわしながら、思い思いに春を楽しんでいる様を、八宮は、今はしみじみうらやましく眺める。雌雄つがいの離れぬ水鳥は鴛鴦か。八宮の場合は子供を残して、身まかった北の方を思うと、睦まじい水鳥にしみじみと羨ましさを感じる。そこにがんぜない姫君達のつま弾く琴の音、身に染みて悲しく、涙を浮かべながら、吐息のような、

　うち捨ててつがいさりにし水鳥のかりのこの世にたちおくれけむ

の歌、八宮にとって、眼前のぴったりと寄り添う水鳥をみれば、北の方の急逝は「うち捨て」られた感があったろう。しかも傍らの水鳥の子ならぬ母に先立たれた我が子のいじらしさがとてつもなく悲しいので、「心尽くしなりや」と涙を拭う。父宮の涙ながらの歌に、姉君の方は、それとなく感じ、目を伏せながら、硯を引き寄せて、硯の上に、心に浮かぶ歌など、あれこれとなぞる。乳母などがいれば、硯の面にものを書き付けることをたしなめもしようが、父宮自ら、「硯には書きつけざなり」と紙を渡す。姉君は、ためらいながら

　いかでかく巣立ちけるぞと思ふにもうき水鳥の契りをぞ知る

と、母のない身で、ここまで育ててきた父宮の苦労を思い、感謝の思いを歌っているが、まだ上手に続け字も書けない年端もゆかない少女が「うき水鳥の契りをぞ知る」という詠み方には、奥がある。それを玉上琢彌氏は、

　同調して共に嘆いてあげること、それは、弱くくずおれた人の心にとっては、柔らかくここちよい慰めとなる。幼い頃から、この父宮にぴったりと寄り添って暮らしてきたこの姫は、年端もゆかないながらに、いつの程にか、そうした振舞いを、無意識のうちに見せるようになっている。
（『源氏物語評釈』）

と述べている。父宮と姫君の悲しい歌の語らいをあどけなく眺めている妹君に、八宮は「若君も書きたまへ」とさそうが、さらに幼い若君は、長いことかかって、幼い字でやっと

　泣く泣くも羽うち着する君なくは我ぞ巣守になるべかりける

と書き上げる。幼いながらも泣きながら、優しく育ててくれた父宮の痛みがわかるのである。それだけ感謝の気持ちも深い。

㉞おしどり（伊藤若冲筆　雪中鴛鴦図　宮内庁三の丸尚蔵館）

●語句解釈

①かりのこの世＝「仮りのこの世」と「雁の子」（鴨の卵）を掛け、「子」をひびかす。「たち」は鳥の縁語。鳥は飛び立つものであるから、はかないこの世に残された不運を嘆く歌。
②さてしも＝「痩せ細りたまひにたれど」を受ける。そのように痩せ細っていらっしゃるけれど。
③直衣の萎えばめる＝「直衣」は貴族の平常服。「萎えばめる」は糊気の落ちたのを着ていること。粗末な服装をしていることを指す。
④恥づかしげなり＝こちらがきまり悪いほど、相手が立派で奥床しく感じること。
⑤手習＝気慰みに、心に浮かぶ歌の文句などあれこれ書くこと。
⑥硯には書きつけざなり＝硯は文殊菩薩の眼であるとして、「眼石」とも言い、その面に文字を書かないという禁忌の習わしがあった。
⑦いかでかく（歌）＝「うき」に「浮き」と「憂き」を掛け、「水鳥」を自身にたとえて、子は母に育てられるのに、母亡き後に父に育てられ、成長したことへの感謝と悲哀を詠んだ歌。

よからねど、そのをりはいとあはれなりけり。手《て》は、生《お》ひ先見《さきみ》えて、まだよくも①続《つづ》けたまはぬ程《ほど》なり。「(中君)若君も書《か》きたまへ」とあれば、今《いま》すこし幼《をさな》げに、②久《ひさ》しく書《か》き出《い》でたまへり。

中君　泣《な》く泣《な》くも羽《はね》うち着《き》する君《きみ》なくは我《われ》ぞ③巣守《すもり》になる
　べかりける

御衣《おほんぞ》どもなど萎《な》えばみて、御前《おまへ》にまた人《ひと》もなく、いとさびしくつれづれげなるに、(姫君達は)様々いとらうたげにてものしたまふを、(八宮が)あはれに心苦《こころぐる》しう、いかが思《おぼ》さざらむ。経《きやう》を片手《かたて》に持《も》たまひて、④かつ読《よ》みつつ⑤唱歌《さうが》をしたまふ。(大君)姫君に琵琶《びは》、(中君)若君に箏《さう》の御琴《おほんこと》を。まだ幼《をさな》けれど、常《つね》に合《あ》はせつつ習《なら》ひたまへば、聞《き》きにくくもあらで、いとをかしく聞《き》こゆ。

上手な歌ではないが、その折はひどく心をうたれたのであった。筆跡は、先々の上達がうかがわれるが、まだ満足にも続①け書きもできない年頃である。「若君もお書きなさい」とおっしゃると、もう少し子供っぽい字で、長②いことかかって書き上げられる。

悲しみ泣きながらも優しく育ててくださる父君がいらっしゃらなかったら、私も孵③らない卵のように、とても育つことはできなかったでしょう。

姫君たちのお召物も、着古しで糊気もなく、お側にお仕えする侍女もなく、たいへん寂しくなすこともなさそうであるが、それぞれ可愛らしくしていらっしゃるのを、どうしてしみじみいたわしくお思いにならないことがあろうか。経を片手にお持ちになって、一④方では読経しながら、また姫君たちのために唱歌⑤をなさる。姉君には琵琶、若君には箏の琴を教えなさる。まだ幼かったけれど、常に合奏しながら稽古なさるので、それほど聞きにくくはなく、たいへん結構なものに聞こえる。

●鑑賞欄

姫君に琵琶、若君に箏の御琴　八宮は仏道に志しながらも、一方では姫君達の養育に腐心しなければならなかった。そこで「経を片手に持ちたまうて、かつ読みつつ唱歌をもしたまふ」と経を片手に持ち、読誦し、一方では姫君達に琴を教えるために譜を謡うわけである。姉君には琵琶、若君には箏の琴を教え、常に合奏しながら習わせているので、たどたどしいが、聞きにくくもなく、おもしろく聞かれると記されている。

なぜ、姉君には琵琶、若君には箏の琴を習わせたのであろうか。前のところで、二人の性格を「姫君は、らうらうじく、深く重りかに見えたまふ」とあり、「若君は、おほどかにらうたげなる様して、ものづつみしたるけはひに、いとうつくしう」とある。この二人の年齢・性格に応じて、琵琶と箏の琴に分けて授けたのであろうか。

『夜の寝覚』にも、太政大臣が「姉君には琵琶、中の君には箏の琴ををしへ奉り給に」とあり、また、八月十五夜の晩「大君は、琵琶を御かたちはきよらに、いとけだかくて、おほのかなるものの音を、ゆるゝかにおもしろくかきならし、中の君は、幼くちいさき御程に、こよひの月の光にもおとるまじきさまして、箏の琴をひき給ふ」とあって、八宮の姉妹と通じるものがある。そこには、琵琶と箏の琴の楽器の持つ性質の違いがあったようである。『宇津保物語』〈初秋〉巻には、「さるは、女のせむにうたてにくげなる姿したる物なり」と述べ、また、『源氏物語』〈少女〉巻に「琵琶こそ、女のしたるに憎きやうなれど、らうらうじきものにはべれ」と、琵琶というものは、女が弾いているとかわいげがないようであるが、音色は、人を惹きこむ魅力があるといっている。同じ〈少女〉巻で、「姫君の御さまの、いときびはにうつくしうて、箏の御琴弾き給ふを」と、姫君が、大変子供子供してかわいらしい様子で、箏の琴を弾いていることが記されている。〈明石〉巻で、源氏が「あやしう昔より箏は女なん弾きとる物なりける」と述べている。これに対して、明石入道は「琵琶なむ、まことの音を弾きしづむる人いにしも難うはべりしを」と琵琶の本当の演奏は、むずかしいと述べ、しかし、娘は優しく人の心をそそる上手な弾き手だと自慢する。以上から、琵琶は姉君に、箏の琴は若君にといった理由を解せよう。

●語句解釈

①続けたまはぬ程なり＝「続け」は連綿体で続き書きすること。まだ年少の姫君には無理で、一字一字を丁寧に書く程度であった。

②久しく書き出でたまへり＝若君が書き上げるのに時間がかかったのは、姫君よりさらに幼く、字を書くだけでも大変なのに、歌を作るのにも時間を取られたのである。

③巣守になるべかりける＝かえらない卵が巣の中に残っていること。母君が産褥で亡くなり、自分も育つことなく死んだことであろうという意。

④かつ読みつつ＝「かつ」は副詞で、ふたつのことが連続して、つまり、次々に行われる意。ここでは、八宮が経を読んだり、姫君たちに唱歌することを指す。

⑤唱歌＝「しやうか」とも。笛・琴などの旋律を口ずさむこと。姫君たちに琴を教えるために、楽器の譜を口ずさんだ。

政争に操られた悲運の八宮の半生

(八宮は)父帝(桐壺帝)にも女御(母宮)にも、疾《と》く①後《おく》れきこえたまひて、はかばかしき御《おほん》後見《うしろみ》のとりたてたるおはせざりければ、②才《ざえ》など深《ふか》くもえ習《なら》ひたまはず。まいて、世《よ》の中《なか》に住《す》みつく御《おほん》心掟《こころおき》ては、いかでかは知《し》りたまはむ。高《たか》き人《ひと》と聞《き》こゆる中《なか》にも、(八宮は)あさましうあてにおほどかなる、女《をんな》のやうにおはすれば、古《ふる》き世《よ》の御《おほん》宝物《たからもの》、③祖父大臣《おほぢおとど》の御《おほん》処分《そうぶん》、何《なに》やかやと尽《つ》きすまじかりけれど、行方《ゆくへ》もなくはかなく失《う》せ果《は》てて、④御《おほん》調度《てうど》などばかりなむ、わざとうるはしくて多《おほ》かりける。(八宮に)参りとぶらひきこえ、心寄《こころよ》せたてまつる人《ひと》もなし。(八宮は)つれづれなるままに、⑤雅楽寮《うたづかさ》の物《もの》の師《し》どもなどやうのすぐれたるを召《め》し寄《よ》せつつ、⑥はかなき遊《あそ》びに心《こころ》を入《い》れて、生《お》ひ出《い》でたまへれば、その方《かた》は、いとをかしうすぐれたまへり。

(八宮は)源氏の大殿《おとど》の御《おほん》弟《おとうと》におはせしを、⑦冷泉院《れぜいゐん》の春宮《とうぐう》におはしましし時《とき》、⑧朱雀院《すざくゐん》の大后《おほきさき》の、横様《よこさま》に思《おぼ》し構《かま》へて、この宮(八宮)を世《よ》の中《なか》に立《た》ち継《つ》ぎたまふべく、⑨我《わ》が御時《おほんとき》、も

八宮は父帝にも母女御にも、早く①先立たれなさって、しっかりしたお世話役でこれといったお方もいらっしゃらなかったので、②学問なども深くお習いになれなかった。まして、この世間に住んでいくお心構えなど何でご存知であろうか。高貴な人と申す中でも、驚くばかりに上品で、おっとりとした、女性のようなお人柄でいらっしゃるので、ご先祖伝来の御宝物や、③祖父の大臣のご遺産などあれやこれやと数限りなくあったけれど、どこへいったのやら、いつの間にか失せてしまってお④手許のお道具類などばかりが、特にご立派な物がたくさんあった。ご機嫌伺いに参上したり、心をお寄せの人とてない。宮は所在ないままに、⑤雅楽寮の楽師などといったすぐれた人をお召しになっては、⑥他愛のない音楽の方に力を入れて、成人なさったので、その方面は、たいへんお上手ですぐれていらっしゃった。

八宮は源氏の大殿の御弟でいらっしゃったが、⑦冷泉院が皇太子であられた時、⑧朱雀院の大后が、陰謀をたくまれ、この宮を帝位をお継ぎになるべく、ご⑨自分のご威勢のある折にお世

●鑑賞欄

あさましうあてにおほどかなる

八宮は生まれながら薄幸の宮であった。父の帝にも母の女御にも、早く先立たれ、これといったしっかりした後見もなかった。したがって、貴族男子必須の「才」（漢文の教養）を深く学ぶこともなかったし、この世に処してゆく方法なども知る由もなかった。八宮の許には、古くから伝えられた宝物や祖父大臣の遺産も数限りなくあったようだが、この世に無頓着、世間知らずゆえ、いつの間にか散り失せてしまった。現世に執着したり、将来に野心もなく、八宮を支える人もなく、所在ないままに「はかなき遊び」ごとに傾倒してゆく。「はかなし」は取るに足りない・役に立たないの意で、「遊び」は音楽の世界を指し、世に立ってゆく漢学や処世術に対するもの。八宮の許に出入りする者は、上達部や殿上人などではなく、雅楽寮のその道に優れた楽師達であった。このような情操面に生きてきた八宮は、高貴な身分と申し上げる方の中でも、「あさましうあてにおほどかなる、女のやうにおはする」方であった。「あさまし」はここでは、八宮が他の方に比し、驚くばかり「あてに」は気品があって美しいさまであり、「おほどか」は細かいことにわずらわされず、おっとりとしているさまで、品ある女性の心情態度を表すことが多い。まさに八宮の、あきれるほど、上品でおっとりしているさまは「女のやうにおはすれば」といったたとえにふさわしかったのであろう。

㉟厨子棚（右）と二階厨子棚（東京国立博物館）

●語句解釈

①後れ＝「後る」は死に後れること。

②才＝「才」は漢学の教養。貴族の男性の重要な素養のひとつ。

③祖父大臣の御処分＝八宮の祖父で、母女御の父大臣。「御処分」とは御遺産で、財物や荘園を指す。

④御調度＝手許に置く道具類で、厨子棚・二階棚とか、屏風・几帳の類を指す。

⑤雅楽寮の物の師＝治部省に属し、この寮にある楽人・舞人を「物の師」と言う。雅楽とは雅正なる歌舞音楽で、俗楽に対した言い方。

⑥はかなき遊び＝宮は学問の方ではなく、慰みごとのような音楽に熱中したこと。

⑦冷泉院の春宮＝朱雀院が帝位に、冷泉院が東宮であられた時代。

⑧朱雀院の大后の、横様に思し構へて＝朱雀院の母弘徽殿大后が陰謀をたくらんだこと。東宮冷泉院を廃し、八宮を東宮としようとした。

⑨我が御時＝弘徽殿の大后の御威勢の盛んだった時、八宮を世継ぎの君とすべく世話した政治上のかけひきに。冒頭の「筋異なるべきおぼえ」を指す。

てかしづきたてまつりたまひける騒《さわ》ぎに、①あいなく、(源氏方)あなたざまの御仲《おほんなか》らひには、(八宮は)さし放《はな》たれたまひにければ、いよいよかの(源氏の)御《おほん》次々《つぎつぎ》になり果《は》てぬる世《よ》にて、(源氏方と)えまじらひたまはず。また、この年頃《としごろ》、かかる聖《ひじり》になり果《は》てて、今《いま》は限《かぎ》りと、よろづを思《おぼ》し捨《す》てたり。

八宮の邸炎上　宇治に移住

②かかる程《ほど》に、住《す》みたまふ宮《みや》焼《や》けにけり。③いとどしき世《よ》に、あさましうあへなくて、(京中に)移《うつ》ろひ住《す》みたまふべき所《ところ》の、よろしきもなかりければ、宇治《うぢ》といふ所《ところ》に、よしある山里《やまざと》持たまへりけるに、(八宮は)渡《わた》りたまふ。思《おも》ひ捨《す》てたまへる世《よ》なれども、今《いま》はと(京を)住み離《はな》れなむをあはれに(八宮は)思《おぼ》さる。

④(山荘は)網代《あじろ》のけはひ近《ちか》く、耳《みみ》かしがましき川《かは》(宇治川)のわたりにて、静《しづ》かなる思《おも》ひにかなはぬ方《かた》もあれど、(八宮は)いかがはせむ。花《はな》、紅葉《もみぢ》、水《みづ》の流《なが》れにも、心《こころ》をやる便《たより》に寄《よ》せて、いとどしくながめたまふより外《ほか》のことなし。かく絶《た》え籠《こも》りぬる

話申し上げられた騒ぎのために、①心ならずも、あちらの源氏方のお付合いからは、遠のけられてしまったので、いよいよ、すっかり源氏のご子孫の時代になってしまった世の中なので源氏方との交際もなさらなくなった。その上、ここ数年来、このような聖になりきって、今はこれまでと、一切の望みをお捨てになっている。

②こうしているうちに、お住みになっている宮邸が焼けてしまった。③次々に迫るご不運に言いようもなくがっかりして、京の中にはお移りになるべき所で、適当な所もなかったので、宇治という所に風情のある山荘をお持ちになっていたので、そこにお移りになった。すでに思い捨てた俗世ではあるが、今はこれまでと京を離れるのをしみじみと悲しくお思いになった。そこは、④網代の物音が近く、耳騒がしい川のほとりなので、静かに勤行に打込みたいという願いにそぐわない所でもあるが、いた仕方ない。花や紅葉、水の流れにも、心を慰めるよすがとしながら、前にもまして、物思いにふけるよりほかはない。このような世間と隔絶して籠もり住んでいる野や

●鑑賞欄

あいなし／あへなし

桐壺院の崩御後、弘徽殿大后は、藤壺中宮・光源氏一族の失脚を企て、藤壺中宮の御子（後の冷泉院）の東宮を排斥しようとした。しかし、それに代わる当て馬がなかったので、八宮に眼をつけたのであった。この宮なら、有力な後見人がなく、御しやすく、大后方の意のままになると思ったからである。その上、八宮自身が現世に執着がなく、特別の野心もなく、いたって気品もあり、おっとりした性格で、利用しやすかったのであろう。〈橋姫〉冒頭の「筋異なるべきおぼえなどおはしけるを」は八宮が特別の身分に上るはずの噂があった頃と照応する事柄である。おそらく、源氏の須磨退去の頃と考えられる。大后一派の威勢盛んな間に肩入れしたのである。八宮の意志に関係なく企てられたものであった。「あいなし」は『岩波古語辞典』に、

　古写本には「あいなし」「あひなし」の二つの表記があるが、おそらく語源は、「あひ〈合〉なし〈無〉」であろう。はじめは本来何も関係がない。筋ちがいであるという意で使われた。

とあるように、八宮の意志なく事は運んだのであったが、源氏が明石から京に戻ると、大后方の勢力失墜とともに、「時移りて、世の中にはしためられたまひける」と時勢が変わって、世間から冷たい仕打ちを受けたとあるように、これまた「あいなく」八宮の意志でもないのに、源氏方とは疎遠になり、さらに源氏の子孫の時代には世間に顔出しもできずになってゆく。まったく八宮の運命は「あいなし」のままに悲境に落ちてゆくのである。

あへなし　八宮はいまわしい騒ぎ以来、「また、この年頃、かかる聖になり果てて、今は限りと、よろづを思し捨てたり」と俗塵を避けて、すっかり聖僧めいた心境になっていた。やっと心静かに暮らしてゆく道を見いだした折も折、これまで住んでいた邸が焼けてしまった。次から次へと迫る不幸に言いようもない「あへなし」といった気持ちに陥る。「あへなし」は『岩波古語辞典』に、

　「合へ無し」の意。死・出家・失踪・焼失など、もはや取り返しのつかない結果に対して、手の打ちようもなく、がっくりした気持ちにいうことが多い。

とある。妻も亡く、家も焼け、自分だけが生き残った不幸を嘆くのである。

㊱耳かしがましき川（宇治川）

●語句解釈

①あいなく＝心ならずもの意。八宮の意志とは関係ないのに、担ぎ出されたばかりにという気持ちを含む表現。

②かかる程に＝八宮が仏道修行をしようとしている、ちょうどその折に。

③いとどしき世＝ただでさえ辛い世の中で、さらに御殿まで焼失したので、ひどくがっかりしたのである。

④網代＝鮎の稚魚の氷魚を捕るために、川の中に網を打ち、簀子を敷いた仕掛けで、宇治川の名物。

宇治川の網代

琵琶湖を源にする瀬田川が、宇治の地に流れ入って、宇治川となる。さらに、京都盆地を流れて、木津川と合流する。川は歴史を語り、人の運命を流し多くの思いを綴る。「いとど山重ねたる」〈橋姫〉宇治の地と宇治川は合して、山紫水明の地を形成する。この風土の中にさまざまな歌・物語が生じる。古来名歌の誉れ高い、『万葉集』巻三・二六四の、

もののふの　八十宇治川の　網代木の
いさよふ波の　行くへ知らずも

柿本朝臣人麿が、近江国から大和国へ上る途中、宇治川の辺りまでやってきた時、詠んだ歌で、宇治川の流れが網代木にたゆたうては、何処方ともなく流れ去って行く波を眺めての思いである。流れ去る「いさよふ波」に物の推移を悲しむ眼を感じる。近江の荒都を眺めての思いが、「いさよふ波」に重なり、沈潜の趣をなしている。また、『万葉集』には、宇治を詠んだ歌が一八首あるが、吉海直人氏は、

ところで、『万葉集』における宇治の用例は、ほとんど宇治川を題材としているが、

はしけやし　逢はぬ児故に　いたづらに　宇治川の瀬に　裳裾濡らしつ
（巻十一・二四二九）

の如く、恋歌が非常に多い。宇治川の速き瀬は、愛する人との間を阻んで流れているのであった。（『源氏物語研究』而立篇「第二部源氏物語の手法」五　源氏物語続篇の背景―宇治の内包するイメージ―）

と述べている。

以上のような、宇治川の持つ、流転の悲哀と成らざる恋の二面相は、『源氏物語』宇治十帖の展開に影響を及ぼしている。

また、宇治川の景物の網代もその背景としての効果を発している。網代は『延喜式』巻三十九「内膳式」に、

山城国、近江国、氷魚網代各一処　其氷魚始九月迄十二月廿日　貢之

とあり、山城の宇治川と近江の田上川などが、網代の名所であり、その漁期が九月に始まって十二月に到ることが記されている。晩秋から師走に及ぶ、寂しい季節である。「憂き」イメージを持つ「宇治」の地にあって、ひとしおわびしさを感じさせることであろう。

八宮は、ある時期帝位をつがせる方として、祭り上げられ、やがて政治的敗北を味合わされ、挙句の果てに、京の宮邸も焼失し、宇治の山荘に身を寄せなければならなくなった。家財も散々に失せ、母もない娘二人を手元に置いての不如意な生活である。かねての宿願でもある出家への志向が高まるが、二人の娘の絆で、それもできない。せめて俗聖にでもと思う心に、都から山々を隔てた宇治の地こそ仏道修行に心入れられると思った。ところが、宇治の住居は「網代のけはひ近く、耳かしがましき川のわたりに、静かなる思ひかなはぬ方もあれど、いかがはせむ」という情態であった。網代の波打つ耳騒がしい川のほとりでは、心を澄まして勤行に打込もうという妨げになる。八宮はまだ、仏道に徹しきれない。網代に波がたゆたうように、心に揺れがあった。宇治山の聖だちたる阿闍梨の導きがあるまでは。

〈橋姫〉巻に、薫が宇治を訪れ、思いがけず大君と心をこめて歌を詠み合う場面がある。ここにも宇治川と網代のことが出ている。また、

「網代は人騒がしげなり。されど氷魚も寄らぬにやあらむ、すさまじげなるけしきなり」と御供の人々見知りて言ふ。

と、網代のことをよく知っている供人が、氷魚の季節なのに、網代に集まらないので

気落ちしている宇治の漁師たちの有様を語り合っている、何か宇治のもの憂い一面を象徴しているようである。その詞を耳にしながら、宇治川を眺めていた薫も、

　あやしき舟ども柴刈り積み、おのおの何となき世の営みどもに行きかふ様どもの、はかなき水の上に浮かびたる、誰も思へば同じごとなる世の常なさなり。我は浮かばず、玉の台に静けき身を思ふべき世かはと思ひ続けらる。

㊲網代（石山寺縁起）

と、本来なら、宇治川の網代の景を愛で楽しむべきなのに、粗末な柴舟に身を託して生活のためはかない水の上を去来する様に無常を感じ、玉の台の安泰した暮らしも、よく考えれば、彼らと同じく無常の身であることを実感する。大君にほのかな慕情をそそられるとともに、俗聖の八宮の仏の道をも求めるのであった。この恋と仏心のことについて、吉海直人氏は、

　薫はその八の宮の生活に共感し、
　　俗ながら聖になりたまふ心の掟やいかに
　と仏教性に惹かれて宇治を指向した。しかし薫の到達した所は、実際には八の宮の住む俗界的宇治でしかなかったのである。それ故に悟りを開くどころか、却って煩わしい苦悩を背負ってしまう。だが甘さのある俗界だからこそ、恋物語の展開が可能でもあった。仏心と恋は本来二律背反のはずであるが、宇治川はその矛盾する両者を併有して流れていた（境界線）。　（同前）

と述べている。

野山《のやま》の末《すゑ》にも、(亡き北の方の)昔の人《ひと》ものしたまはましかばと、思《おも》ひきこえたまはぬをりなかりけり。

八宮　①見《み》し人《ひと》も宿《やど》も煙《けぶり》になりにしを何《なに》とて我《わ》が身《み》消《き》え残《のこ》りけむ

生《い》けるかひなくぞ(亡き北の方を)思しこがるるや。

八宮、宇治山の阿闍梨に師事し仏道に精進

②いとど、山重《やまかさ》なれる御住《おほんす》み処《か》に尋《たづ》ね参《まゐ》る人《ひと》なし。あやしき下衆《げす》など、田舎《ゐなか》びたる山賤《やまがつ》どものみ、まれに馴《な》れ参《まゐ》り仕《つか》うまつる。峰《みね》の朝霧《あさぎり》晴《は》るるをりなくて(八宮は)明《あ》かし暮《く》らしたまふに、この宇治山《うぢやま》に、聖《ひじり》だちたる③阿闍梨《あざり》住《す》みけり。④才《ざえ》いとかしこくて、世《よ》のおぼえも軽《かろ》からねど、⑤をさをさ公事《おほやけごと》にも出《い》で仕《つか》へず籠《こも》り居《ゐ》たるに、この(八宮)宮の、かく近《ちか》き程《ほど》に住《す》みたまひて、⑥さびしき御様《おほんさま》に、尊《たふと》きわざをせさせたまひつつ、(阿闍梨に)法文《ほふもん》を読《よ》みならひたまへば、尊《たふと》がりきこえて常《つね》に参《まゐ》る。(八宮が)年頃《としごろ》学《まな》び知《し》りたまへる事《こと》どもの、深《ふか》き(阿闍梨は)心を説き聞《き》かせたてまつり、いよいよ、この世《よ》のいと

山の果てでも、今は亡き北の方が生きていらっしゃったらと、お思い出しならない時はないのだった。

①ともに暮らした北の方も住みなれた邸も煙と消えてしまったのに、どうして自分だけが生き残ってしまったのであろう。

生きている甲斐もないと、恋いこがれておいでになる。

②今まで以上に、山また山を重ねたお住まいには誰一人としてお訪ね申し上げる者はない。身分の低い下人や田舎びた山住みの者ばかりが、時折親しく参ってお仕えする。峰の朝霧が晴れる間のない思いで、日を送っていらっしゃる。この宇治山には聖めいた阿闍梨③が住んでいた。学問④にもたいそう勝れていて、世間の信望も厚かったが、めった⑤に公式の仏事にも出仕もせず、引きこもっていたが、この宮が、こう身近い所にお住まいになって、寂しい⑥ご様子で、尊い修行を重ねられては、阿闍梨から経文を読み習っていらっしゃるので、殊勝に思い申し上げて、常に宮邸に参上する。八宮が長年学び会得された経文の、深い道理を説き聞かせ申し、ますますこ

●鑑賞欄

野山の末にも

もはや八宮には京に住むのに格好の邸宅もなかったので、「宇治といふ所によしある山里持ちたまへりけるに」移ることになる。「宇治といふ所」という表現には、疎遠な感じや、喜撰法師の「わが庵は都の辰巳しかぞすむ世をうぢ山と人はいふなり」（古今集巻一八・雑下）の「憂し」といった意味も響いていよう。いくら「よしある山里」にせよ、住み慣れた京を去って、宇治に移るのは傷心の八宮には、やはりわびしいのである。それにつけても、亡き北の方となら「かく絶え籠りぬる野山の末」なりと暮らせるのにと嘆くのである。「野山」とは、新潮日本古典文学全集『源氏物語』巻五の〈橋姫〉巻の頭注に、歌言葉として、「いづくにか世をば厭はむ心こそ野にも山にもまどふべらなれ」（古今集巻一八・雑下・素性）をふまえるかとある。俗世から隔絶した避遠の地といった意であろう。〈椎本〉巻で、八宮の亡くなった宇治の晩秋は「野山のけしき、まして袖の時雨もよほしがちに、ともすればあらそひ落つる木の葉の音も、水の響きも、涙の滝もひとつもののやうにくれまどひて」と野山の寂寥感を述べている。〈手習〉巻で浮舟は、雪深く降り積もり、人目も絶えた野山の雪を眺めては「かきくらす野山の雪を眺めてもふりにし事ぞ今日も悲しき」と詠んでいる。

㊳峰の朝霧（鳳凰湖の秋）

●語句解釈

①見し人も（歌）＝上の句に北の方の火葬の煙と邸宅炎上の煙を重ね、独り消え残る悲しみを詠んだ独詠歌。「消ゆ」は「煙」の縁語。

②いとど＝「いとど」（副詞）は下の「尋ね参る人なし」に係る。京にいた時でさえ、訪れる者はなかったのに、この山奥ではなおさら、一層の意。

③阿闍梨＝「阿闍梨」は天台宗・真言宗で宣旨によって任じられた僧。修法や儀式の導師を勤める。

④学問。特に漢学を指すが、ここでは仏教の奥義。

⑤をさをさ公事にも出で仕へず＝「をさをさ（副詞）…ず（打消）」で、「めったにない」の意。阿闍梨でありながら宮廷の仏事など晴れがましい儀式に参列することなく山に籠もりがちであった。「聖だちたる阿闍梨」と称される由縁。

⑥さびしき御様＝『新潮日本古典集成』では、「さびしき御様」を「不如意なお暮らしから」とし、「尊きわざをせさせたまひつつ」を「〔寺に〕功徳になるお布施などなさっては」と解し、経済的に不如意ながら、寺にお布施をすることとしているが、ここは通説のごとく、「寂しい環境の中に修行を積まれた」とする。

かりそめにあぢきなきことを（阿闍梨が八宮に）申し知らすれば、八宮「①心《こころ》ばかりは蓮《はちす》の上《うへ》に思《おも》ひのぼり、濁《にご》りなき池《いけ》にも住《す》みぬべきを、いとかく（姫君達）幼き人々を見捨《みす》てむうしろめたさばかりになむ、えひたみちに容貌《かたち》をも変《か》へぬ」など、（阿闍梨に）隔てなく物語《ものがたり》したまふ。

の世がはかない仮の世であり、つまらないものであることを教え申し上げると、八宮は「①心だけは、極楽の蓮の上に座っているような気持ちでおり、濁りのない池の上にも住めそうに思うのですが、まったく、この幼い娘達を見捨てていくのが気がかりで、ただ、一途に出家することもできません」など、心を割ってお話なさる。

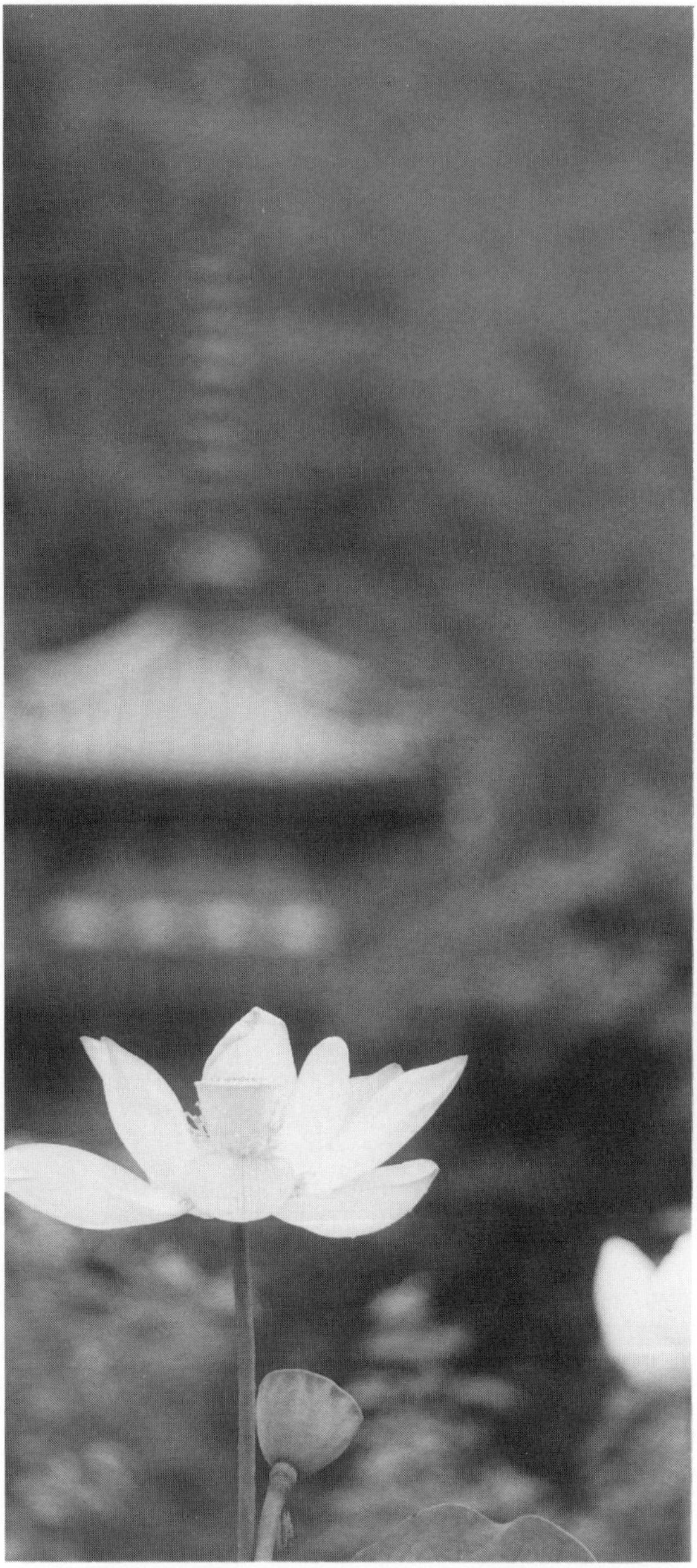

㊴蓮の上に思ひのぼり（蓮の美しい三室戸寺境内）

●鑑賞欄

聖だちたる阿闍梨　54頁

八宮は、人少なの宇治に住んで「心ばかりは蓮の上に思いのぼり、濁りなき池にも住みぬべきを、いとかく幼き人々を見捨てむうしろめたさばかりになむ、えひたみちに容貌を変へぬ」と心だけは極楽往生を願い、濁りない池にも住めそうに思うが、現実的には幼い娘達ゆえに出家できない悩みにさいなまれていた。ただ一つの救いとして、宇治山に「聖だちたる阿闍梨」が住んでいたことであった。

阿闍梨とはそもそも、弟子を教授し、その規範となる師の意で、宣旨をもって補せたれた高僧である。朝廷や摂関家の法会の役僧に任命されたり、高官貴顕の加持・祈禱に招かれたり、栄誉に輝くことも多かった。その背景には、数々のお布施、物心両面の欲望からの宗教界の堕落の風潮があった。だから、心ある僧には、正規の寺院を離れ、山奥に入り込んで、修行を続ける者もあった。このように、山林に隠遁して、難行苦行を積む修行者を聖といった。宇治山の阿闍梨も、この聖に該当し、経典の知識大変深く、世人の尊崇も重かったのであるが、多くの僧が名誉とした朝廷の法会などにも仕えることなく山籠りし、修行に励んでいた。ただ、この八宮の許には、近いうえに、宮が俗世から離れ、尊い修行を積んでは、経文の道にいそしんでいるのを、殊勝なこととして、常に出入りしていた。八宮と阿闍梨の間には、ひたすら仏道を求めるところに、通ずるものがあり、二人は密に交流するようになる。八宮はこれまで自分なりに法文を読み、自身の体験と完全に一致していないもどかしさがあった。それを阿闍梨は法文の奥義を明確に解き、会得させる。そこで、八宮は安心立命の境地を得るのである。玉上琢彌氏は、このことを「阿闍梨の男性的に縛られた思考が、今まで、自分とそのごく狭い周囲にしか向けられていなかった宮の視野を、広く人間界に向けさせることになったのだ、と思われる。自分のみに憂いもの、辛いものと嘆かれ、恨んで来たこの世は、実は本来そうした厭われるべきものなのだと、あらためて冷静に思えば、心の霧も晴れる。姫たちゆえに、俗体にある嘆きはあるが、そうした嘆きを語り合う伴を得た宮のお心には、今までにない晴々しさが、感じられるのである。」(『源氏物語評釈』)と述べている。

●語句解釈

①心ばかりは蓮の上に思ひのぼり＝「極楽国土、七宝ノ池有リ…池中ノ蓮花、大キナルコト車輪ノゴトシ」(『阿弥陀経』)による。「住み」に「澄み」を掛け、「濁りなき」の縁語。

薫、八宮を訪れる

阿闍梨、八宮の道心を冷泉院に語り薫も関心

この阿闍梨《あざり》は、冷泉院《れぜいゐん》にも親《した》しく侍《さぶら》ひて、御経《おほんきやう》など(冷泉院に)教へきこゆる人《ひと》なりけり。(阿闍梨が)京に出《い》でたるついでに(冷泉院に)参りて、①例《れい》の、さるべき文《ふみ》など(冷泉院が)御覧じて問はせたまふこともあるついでに、阿闍梨「②八《はち》の宮《みや》の、いとかしこく、③内教《ないけう》の御才悟深《おほんざえさとりふか》くものしたまひけるかな。さるべきにて生《む》まれたまへる人《ひと》にやものしたまふらむ。(仏道を)心深く④思《おも》ひすましたまへるほど、⑤まことの聖《ひじり》の掟《おきて》になむ見《み》えたまふ」と(冷泉院に)聞こゆ。冷泉院「いまだ⑥容貌《かたち》は変《か》へたまはずや。(八宮を)俗聖《ぞくひじり》とか、この若《わか》き人々《ひとびと》の付《つ》けたなる、あはれなることなり」などのたまはす。

宰相中将《さいしやうのちゆうじやう》(薫)も、(冷泉院の)御前に侍《さぶら》ひたまひて、我《われ》こそ、世《よ》の中《なか》をばいとすさまじう思《おも》ひ知《し》りながら、行《おこな》ひなど、人《ひと》に目《め》とどめらるばかりは勤《つと》めず、口惜《くちお》しくて過《す》ぐし来《く》れと、人知《ひとし》れず思《おも》ひつつ、(八宮の)俗《ぞく》ながら聖《ひじり》になりたまふ心《こころ》の掟《おきて》やいかにと、⑦耳《みみ》とどめて聞《き》きたまふ。阿闍梨「出家《しゆつけ》の心《こころ》ざ

この阿闍梨は、冷泉院にも親しく伺候して、お経などを教え申し上げる僧であった。京に出かけたついでに院にお伺いして、①いつものように、院がしかるべき経典などをお読みになられて、ご下問などもある機会に、「②八宮様は、まことにご立派なお方で、③仏典のご学問にも深く通じておいでになることです。こうなるような前世からの因縁で、この世にお生まれなさった方でいらっしゃるのではないでしょうか。④心底から悟り澄ましたご心境でいらっしゃるご様子は、⑤まことの聖のお心構えとお見受けされます。」と申し上げる。「⑥まだご出家はしていらっしゃらぬのか。俗聖などと、この辺りの若者達があだ名しているようだが、感心な事だ」などと仰せられる。

薫も、御前に控えていらっしゃって、自分には、この世が本当に何の意味もないものと、よく分かっていながら勤行なども人目に立つほどまでは行わず、むざむざと月日を送ってきたものだと、心密かに後悔しながら、俗人のままで、聖におなりになる心構えとはどんなものか、⑦耳をそばだててお聞

●鑑賞欄

八宮と冷泉院　このお二人は（故）光源氏の弟君達であり、腹違いの御兄弟ということになる。源氏の母は桐壺更衣、八宮の母は大臣の娘で桐壺帝の女御、冷泉院の母は藤壺中宮である。源氏より九歳下が八宮であり、この宮よりまた九歳下の弟が冷泉院という年齢構成になっている（冷泉院の実父は源氏）。これは作者の意識的な作法であったのかどうかはわからぬが、世代構成が感じられる。八宮は兄の源氏とも、弟の冷泉院とも席を同じくする機会はなかった。だがこのお三方はある時期水面下で深く係わっていたのである。源氏の須磨退去の時、右大臣方（弘徽殿大后）は源氏ばかりでなく、春宮であった第十皇子（冷泉院）の立場も奪おうと企てていた（冷泉院八歳の頃）。春宮の後見者が源氏であったからである。右大臣方は春宮の後釜に第八皇子（八宮）の擁立を考えていた。この策略は結局実らず、源氏は政界に復帰することになる。八宮は右大臣方に利用されただけなのであるが、源氏の世となってからは我が身を憚ってか、表舞台に登場することはなかった。

冷泉院は四歳で春宮となり、十一歳で即位し、二十八歳の時、今上帝に譲位した。この間、源氏の後見があったことは申すまでもないことである。

すさまじう

「すさまじう（形シク・ウ音便）」期待や情熱が冷めてしまう（薄れてしまう）感じ、または、その状況から生ずる〈しらけた〉気分を表す語。興味が持てない、気乗りしない、殺風景だなどの意味。『枕草子』（二三段）に「すさまじきもの」として、

昼ほゆる犬。春の網代。三四月の紅梅の衣。牛死にたる牛飼。ちご亡くなりたる産屋。火おこさぬ炭櫃。地火炉。博士のうちつゞき女児むませたる。方違へにいきたるに、あるじせぬ所。まいて節分などは、いとすさまじ。（中略）婿どりして四五年まで産屋のさはぎせぬ所も、いとすさまじ。おとななる子どもあまた、ようせずは、孫などもはいありきぬべき人の、親どちひるねしたる。（以下略）

などと、並べられている。これらは見聞きしただけで、興ざめがして〈しらけた〉気分になってしまう事柄なのであろう。

この場面では、薫が自分の将来に対しての期待も目標も持てずに厭世的気分に陥り、世間を「いとすさまじう思ひ知り」、〈しらけた〉気分で眺めているのである。「世の中」に対するこのような思いが、薫を仏道へと導くのである。

●語句解釈

①例の＝先例に従い繰り返されること。「例によって・いつものように」の意。

②八の宮＝宇治に隠棲する「古宮」は源氏の弟君であることはわかっていたが、ここで初めて桐壺帝第八皇子とわかる。

③内教＝仏教徒において、自らの教えを内教とし、外教に対する。外教とは孔孟老荘等の教えをいう。

④思ひすましたまへる＝「すまし」は〈澄まし〉で、ここは、邪念を払って仏道に専念すること。

⑤まことの聖＝補助論文「俗聖考」を参照。

⑥容貌＝〈かたち（形）〉は、明確なはっきり見える外郭をいうが、人の容貌についていうことが多かった。ここから「容貌」を〈かたち〉と読む。ここは八宮の出家（剃髪）姿をいう。

⑦耳とどめて聞きたまふ＝聞き耳を立てること。ここは阿闍梨が話す八宮の様子に薫は強い感心を示しているのである。

俗聖《ぞくひじり》―市井の聖人たち―

宇治に隠棲する八宮は、世間から「俗聖」と噂されていた。八宮の仏道修行振りは阿闍梨に「（仏道を）心深く思ひすましたまへるほど、まことの聖の掟になむ見えたまふ」と言わしめる程であった。冷泉院は「（八宮は）いまだ容貌は変へたまはずや。」と俗人ながら修行に励む宮に思いを寄せ、薫は「俗ながら聖になりたまふ心の掟やいかに」と関心を示す。このような「俗聖（者）」とは、どの様な人を指すのであろうか。長編のこの『源氏物語』の中で、たった一度だけ、この場面にだけに用いられている要語であるが、この〈橋姫〉の巻では重要な意味をもつであろう。

ここでの「俗聖」とは、出家しないで俗体のまま、仏道修行に専念する者のことをいっているようだ。この様な形で修行に励む人々がこの時代（紫式部の時代＝平安中期頃）にいたということであろう。但し、用例の少なさから見ても一般的状況ではなかったようである。〈俗〉とは世間の風習・習慣をいうが、ここから僧侶に対して出家していない人・俗人をもいう。それでは〈聖〉とはどの様な者達を指すのであろうか。この物語では三五例程見受けられるが、一応の形ではない。広義には天皇や神仙をも指し、またはその道（芸）の達人を指す場合もある。この場面では高徳の僧をイメージしていると見てよいようだ。但し、官僧ではなくて、一般の僧を称しているようだ。たとえば「峯高く深き巖の中にぞ、聖入り居たりける。（若紫）」と描かれる北山の聖や、「同じき法師といふ中にもたつきなく此の世を離れたる聖にものし給ひて（蓬生）」とか、「愛宕の聖だに時に随ひては出でずやはある。（東屋）」などと同じ形の「聖」をイメージしてよかろう。

平安時代、仏の教えを信じて仏道へ入ろうとする人は、世俗の生活を捨て去り、修行者の仲間に加わることが大切であった。その仲間は信仰生活をおくる為に様々な戒律を持っていた。戒律を理解し遵守を誓うことを受戒といい、受戒した者を僧・尼といった。家を出て（出家）僧・尼となることは、世間の秩序からの離脱を意味していたから、朝廷はその様な者達を統制する制度を作った。「僧尼令」である。この制度の元で僧・尼になるためには度牒という公験（証明書）が必要であった。これを得ることは出家者としての身分を得ること（得度）であった。律令国家としての朝廷はこの得度者（僧・尼）に対して様々な制限を加えようとしたが、その効力は平安時代初期までで、時代が下がるにつれて、僧尼のあり方は多様化して複雑な様相を示すようになる。朝廷の僧尼に対する制度の変遷は多様で複雑な方法を辿ったが、最終的には僧綱（僧尼の綱領）の制度が作られることになる。この制度では、〈僧・尼〉の修行を正す職を「僧正」・統率する職を「僧都」・戒律を示す職を「律師」といった。この三職を総称して僧綱と呼んだ。僧綱は僧としての最高の官職で権威も高く、当初は僧正・大僧都・少僧都・律師各一人が定員であったが、時代とともに、この職は栄誉職と考えられるようになる。こうなると僧綱の数も増えていくことになり、結果として僧綱制度は著しく形骸化されていった。だが、出家者達は大寺院に所属して修行を積み、この職を得ようとするのが殆どであったと見てよかろう。

一方、巷には正規の手続きを得ない（得度を受けない）で僧の姿をして、山間で修行したり、市井で民衆の信仰を集める宗教者もいた。この者達を正規の出家者と区別して〈沙弥〉とか〈聖〉とか呼ばれていたようである。「市聖」とか「市上人」と呼ばれた空也などがその代表者であろう。当時の「聖」達の活躍を歴史資料で垣間見ることができる。

・今日、聖と称する者、北野に於ひて画仏、同じく画塔千基を供養す、拝見者計へ尽くすべからずと云々（『小右記』長和二（一〇一三）年二月二十八日条）

・今日京中上下万人、一日の中に一切経を書写す。これ、一聖人あり、夢想の告げを得て人々に進め催し、各家々に於ひて書写せしむ。則ち供養了りて聖人の許に送るといへり。（『中右記』嘉保三（一〇九六）年三月十八日条）

市井の聖（聖人）達の活動振りである。また、『今昔物語集』には、聖（聖人）の説話が多く収められているが、その中から「神名睿実持経者語（巻第十二―第三五）」を抜粋ではあるが、紹介しておこう。尚、睿実は九〇〇年代末に活躍した聖である。

・　今昔、京の西に神明といふ山寺あり。そこに睿実といふ僧住けり。これは下賤の人にあらず。（中略）初めは愛宕の山に住して、極寒の時に衣無き輩を見ては、着る衣を脱て与つれば、我は裸也。然れば、大なる桶に木の葉を入れ満てて、夜はそれに入てあり。ある時には食物絶ぬれば、竃の土をぞ取て食て命を継ぎける。（中略）

　而る間、円融院の天皇、堀川の院にして重き御悩あり。様々の御祈共多かり。御邪気なれば、世に験ありと聞ゆる僧共をば員を尽して召し集て、御加持あり。然れども、露の験しおはしまさず。或る上達部の奏し給はく「神明と云ふ山寺に睿実と云ふ僧住して、年来法華経を誦して、他念無し。彼れを召て御祈あらむに何に」と。

（中略）蔵人宣旨を奉て、神明に行て、持経者に会て宣旨の趣を仰す。

（中略）

　而るに、東の大宮を下りに遣せて行くに、土御門の馬出しに薦一枚廻して病人臥せり。見れば女也。髪は乱れて異体の物を腰に引き懸てあり。世の中心地を病むと見たり。持経者此れを見て、蔵人に云く「内裏には只今睿実参らずと云とも、やむごとなき僧達多く候ひ給へば、何事か候はむ。此の病人は助くる人も無かめり。構て此れに物食はしめて夕方参らむ。且つ参て、今参る由奏し給へ」と。（中略）

　持経者、さばかり穢げなる所に臥たる怖しげなる病人に、いと睦ましげに寄りて、胸を捜り頭を仰へて病を問ふ。病人の云く「飯を、魚を食ひて、湯なむ欲き。然れども、食はしむる人無き也」と。聖人、此れを聞て、忽に下に着たる帷を脱て、童子に与へて、町に魚を買に遣つ。亦、知りたる人の許に飯一盛・湯一提を乞に遣りつ。暫許ありて、外居に飯一盛指入て、坏具して、提に湯など入れて持来ぬ。亦、魚買に遣つる童も、干たる鯛を買て持来ぬ。それを自ら小さく繕ひて飯を箸をも以て含めつつ湯を以て漉しむれば、欲しと思ければ、病人にも似ず、いとよく食つ。残れるをば折櫃に入れて、坏の有るに湯は入れて、枕上に取り置て、提は返し遣りつ。其の後に、薬王品一品をぞ誦して聞かしめける。

（以下略）

このように市井で活躍し信仰を得た聖もいたようである。また、積極的に布教活動をした聖達とは別に、山間の草庵に住み、または荘園などに引き籠って仏道修行に専念する遁世の聖達もいたようである。物語での八宮は、出家者ではないが、遁世の聖なのであろう。何れにせよ〈聖〉と呼ばれた僧は、大寺院（平安仏教諸教壇）とは一線を画した立場の宗教者達であった。

〈参考文献〉

・「平安時代の信仰と生活」山中裕・鈴木一雄編（至文堂）
・「平安京くらしと風景」木村茂光編（東京堂出版）

しはもとよりものしたまへるを、①はかなきことに思《おも》ひとどこほり、今《いま》となりては、心苦《こころぐる》しき女子《おんなご》どもの御上《おほんうへ》をえ思《おも》ひ捨《す》てぬとなむ、(八宮は)嘆《なげ》きはべりたまふ」と奏《②そう》す。

冷泉院、姫君に関心を持ち、薫、八宮に心惹かれる

さすがに物《もの》の音《ね》愛《め》づる阿闍梨《あざり》にて、「げに、はた、この姫君《ひめぎみ》たちの琴《こと》弾《ひ》き合《あ》はせて遊《あそ》びたまへる、川波《かわなみ》に競《きほ》ひて聞《き》こえはべるは、いとおもしろく、極楽思《③ごくらくおも》ひやられはべるや」と、古代《④こだい》に愛《め》づれば、帝《⑤みかど》ほほ笑《ゑ》みたまひて、冷泉院「さる聖《ひじり》のあたりに生《お》ひ出《い》でて、(姫君達は)この世《よ》の方《かた》ざまはたどたどしからむと推《お》しはからるるを、をかしのことや。(八宮は)うしろめたく、思《おも》ひ捨《す》てがたくもてわづらひたまふらむを、⑥もししばしも後《おく》れむほどは、譲《ゆづ》りやはしたまはぬ」などぞのたまはする。(冷泉院)この院の帝《みかど》は、(桐壺帝の)⑦十の皇子《みこ》にぞおはしましける。朱雀院《すざくゐん》の、故六条院《ころくでうゐん》(源氏)にあづけきこえたまひし入道《にふだう》(女三宮)の宮の御 例《おほんためし》を思《おも》ほし出《い》でて、「かの君《きみ》(姫君達)たちを

きなさる。「(宮は) 出家したいという志は、もとからお考えだったのですが、①この世の些細なことで心がにぶり、今では、不憫な姫君達の身の上を思うと、とても見捨てて出家できないと、お嘆きでおられます」と奏上②する。

僧でありながら、さすがに音楽を愛する阿闍梨なので「本当にもう、この姫君達が琴を合わせて演奏なさるのが、せせらぎの音と競いあって聞こえますのは、誠に風情があり、極③楽もこんな所だろうと思いやられることでございます」と、④古風な褒め方をするので、院⑤はほほえみをお浮かべになられて「そんな聖のような宮のそばで大きくなったのでは、俗世の方面は疎かろうと想像されるのに、感心なことではないか。宮はこの姫君達のことが心配で、見捨てて出家出来ないと苦にしていらっしゃるらしいが、⑥もし、ちょっとでも私が生き残った時には、姫君達を私にお預け下さらないだろうか」などと仰せになられる。この院の帝は、第⑦十皇子でいらっしゃったのである。朱雀院が故六条院にお預け申しあげた入道の宮の前例をお思い出しになられて「その姫君達を引取たい

●鑑賞欄

冷泉院と薫　薫は源氏が四十八歳の時の子供である（実父は柏木）。母は女三宮である。源氏の愛情を受け、廻りからの寵愛を得て成長する。源氏亡き後、院は薫を益々寵愛する。源氏からの後見を頼まれてのことでもあるが、歳の離れた弟、幼くして父を亡くした哀れな弟という思いもあったことであろう。薫は十四歳のとき冷泉院で元服をした。その後も院の薫への愛情は続く。院の御座所近くの対に薫の部屋が特別に設けられ、ことある毎にお側に薫をお呼びになった。この年の秋には院の恩賜もあって、右近中将を賜り、四位に昇叙した。

源氏や院から寵愛されて育った薫は、幼い頃から世間からの声望が有り過ぎるほどで、仏の化身かと疑われた程で、持って生まれた体香は「百歩の外」まで薫ったという。世間から持て囃される薫ではあるが、彼には世を厭う心が強く好色には赴かない性格であったようである。

この世の方ざま

〈世〉とは元来は仏語で過去・現在・未来の三世の称である。ここから「先の世・此の世・あの世・世の中（等々）」便利に使われている。特に現世のこと、男女の仲のことなどに用いられる場合が多い。〈方ざま〉とは、明確な方角をいう「方」と、漠然と方角をいう「様」の複合語で、「方」の意を和らげた表現になる。

この場面では、阿闍梨が八宮に育てられた姫君達の、宇治での様子を冷泉院に語る。院は宮の俗聖振りから想像して、その人に育てられた娘達は〈この世（俗世）〉の〈方ざま（方面）〉にはきっと疎いであろうと思うのである。つまり、音楽の方面は別にして、当時の女性（宮の娘）としての嗜みや教養の面は劣っていて、どこか抹香臭い姫君達であろうと、院は想像するのである。

㊵姫君たちの読み書き
（源氏物語絵巻　東屋一　徳川美術館）

●語句解釈

①はかなきこと＝出家者は俗世の総てを「はかなきこと（これといった内容のない些細なこと）」とするわけだが、八宮は俗世のことに躊躇いがあり出家出来ずにいるということ。

②奏す＝「言ふ」の謙譲語で「申し上げる・奏上する」の意。天皇や上皇に対してだけに用いられる。因みに、皇后や皇太子に対しては「啓す」が用いられる。

③極楽＝極楽浄土のこと。西方十万億土の彼方にあるという阿弥陀如来の居所で、生死・寒暑・苦悩等のない平和で安楽な世界をいう。そこには美妙な楽の音が常に流れていると伝えられている。

④古代に愛づれば＝「古代」は〈古体〉に通じ「古めかしい・昔風」の意。「愛づ」は「感心する・褒める」の意。ここは、昔風な褒め方をすること。

⑤帝＝冷泉院のこと。すでに譲位しているのだが、ここは重々しさを出すために「帝」と表現した。

⑥もししばしも後れむほどは＝冷泉院のことば。〈八宮が私より早く死亡したり、出家したりしてこの世を去ったりした場合には〉ということ。

⑦十の皇子＝補助論文64頁を参照。

十の皇子

この場面での「十の皇子」とは冷泉院のことである。桐壺院の第十番目の皇子（親王）という描き方になっている。だが、次頁に掲げた系図を見ても分かるように、桐壺院の十人の皇子（親王）達の全員がこの『源氏物語』に登場しているわけではない。系図上で見るならば、四親王（皇子）と八宮の間にもう一人の皇子がおり、八宮と冷泉院の間にも九親王がいることになるのだが、物語には登場しない。だからと言って、この皇子たちは存在しなかったとはならないが、ここでの「十の皇子」を「十のみこ（御子）」と見ることが出来るとすれば、桐壺院の〈十人の御子様達〉と捉えることも可能なわけである。そうなると系図に現れた女一宮・女三宮を含めれば、十人の御子達と言うことになる。ここでまた女二宮のことが気掛かりなのだが、この二方の内親王は弘徽殿大后の子供達で、朱雀院とは同腹である。ここから大后が生んだ最初の御子が内親王（女一宮）で、二番目の御子が親王（朱雀院）で、三番目の御子が内親王（女三宮）と言う見方も出来なくもないように思える。何れにせよ冷泉院は「十の皇子」なのであり、桐壺院の末子であったと見てよかろう。勿論、読者には冷泉院の実父が源氏であることは周知の事実である。この兄弟姉妹達を系図に添いながら、この物語の主人公である光源氏を中心に概観して見よう。

〈朱雀院〉一の皇子。母は弘徽殿大后。源氏より四歳年長。七歳で立太子。二十五歳のとき即位。三十二歳で冷泉院に譲位。崩御時は描かれていないが、源氏と前後しているものと考えられる。「一の皇子は、右大臣の女御（大后）の御腹にて、寄せ重く、疑ひなき儲の君（春宮）と、世にもてかしづききこゆれ《桐壺》」と描かれ、「この君（源氏）をば、私ものに思ほしかしづきたまふこと、限りなし。」と、対立的構図で描かれるが、本人達にはそのような意識は薄かった。政争の中で対立者に仕立て挙げられ二方ともに心痛した。譲位後は肝胆相照らす仲となった。

〈蛍宮〉三の皇子。母は不詳。源氏の弟だが年齢は不詳。帥宮から兵部卿宮となる。所謂、玉鬘系物語で活躍する。兄弟の中で源氏とは特に親しい仲である。絵合せの判者になるような風流人であり、また奏楽の名手でもあった。源氏の元に身を寄せていた玉鬘に心引かれるのだが成就せず、後に真木柱と結婚する。紫上を亡くした源氏は悲しみの余り誰とも会わなかったが、この宮とは対面した。

〈四皇子〉四の皇子。母は承香殿女御。源氏の弟だが年齢不詳。《紅葉賀》で朱雀院への行幸の時、その試楽に源氏と頭中将が青海波を舞うが、この時「童」として秋風楽を舞った方であるが、その後は登場しない。

〈帥親王〉不詳。母・年齢不詳。《蛍》で、源氏が花散里の方（六条院東北の町）に泊まった時、話の中で、蛍宮よりは品格は劣っていると噂される方である。

〈蜻蛉宮〉不詳。母・年齢不詳。蜻蛉兵部卿の宮。娘（宮の君）を甥の薫と結婚させようとしたり、春宮への入内も考えたが成就しなかった。源氏との関わりは描かれていない。

〈八宮・冷泉院〉は「人物紹介・鑑賞欄」を参照。

〈女一宮〉内親王。母は大后。年齢不詳。琴を好み、父（桐壺院）から宣陽殿に伝わる名琴を頂いた方である。

〈女三宮〉内親王。母は大后。年齢不詳。朱雀帝の時斎院に卜定され、その御禊式の日に葵上と六条御息所の車争いの事件があったことは有名でる。

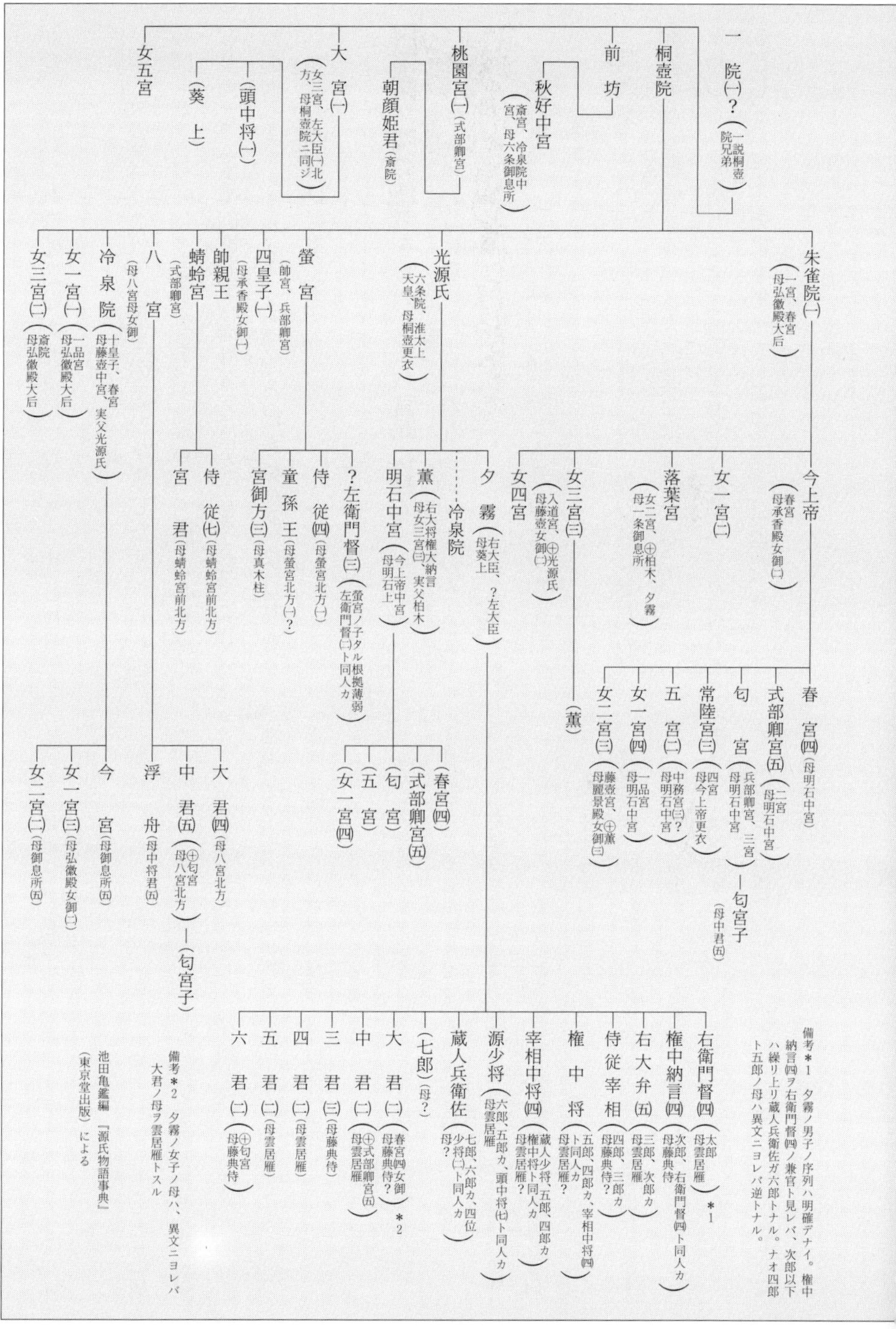
一院(一)？（一説桐壺院兄弟）
桐壺院
前坊
秋好中宮（斎宮、冷泉院中宮、母六条御息所）
桃園宮(一)（式部卿宮）
朝顔姫君（斎院）
大宮(一)（女三宮、左大臣(一)北方、母桐壺院ニ同ジ）
頭中将(一)
葵上
女五宮
朱雀院(一)（一宮、春宮 母弘徽殿大后）
光源氏（六条院、准太上天皇、母桐壺更衣）
螢宮（帥宮、兵部卿宮）
四皇子(一)（母承香殿女御(一)）
帥親王
蜻蛉宮（式部卿宮）
八宮（母八宮母女御）
冷泉院（十皇子、春宮 母藤壺中宮、実父光源氏）
女一宮(一)（一品宮 母弘徽殿大后）
女三宮(二)（斎院 母弘徽殿大后）
今上帝（春宮 母承香殿女御(二)）
女一宮(二)
落葉宮（女二宮、⊕柏木、夕霧 母一条御息所）
女三宮(三)（入道宮、⊕光源氏 母藤壺女御(二)）
女四宮
夕霧（右大臣、？左大臣 母葵上）
冷泉院
薫（右大将権大納言 母女三宮(三)、実父柏木）
明石中宮（今上帝中宮 母明石上）
？左衛門督(三)（螢宮ノ子タル根拠薄弱 左衛門督(二)ト同人カ）
侍従(四)（母螢宮北方(一)）
童孫王（母螢宮北方(一)？）
宮御方(三)（母真木柱）
侍従(七)（母蜻蛉宮前北方）
宮君（母蜻蛉宮前北方）
春宮(四)（母明石中宮）
式部卿宮(五)（二宮 母明石中宮）
匂宮（兵部卿宮、三宮 母明石中宮）
匂宮子（母中君(五)）
常陸宮(三)（四宮 母今上帝更衣）
五宮(二)（中務宮(三)？ 母明石中宮）
女一宮(四)（一品宮 母明石中宮）
女二宮(三)（藤壺宮、⊕薫 母麗景殿女御(三)）
（薫）
（春宮(四)）
（式部卿宮(五)）
（匂宮）
（五宮）
（女一宮(四)）
大君(四)（母八宮北方）
中君(五)（⊕匂宮 母八宮北方）
（匂宮子）
浮舟（母中将君(五)）
今宮（母御息所(五)）
女一宮(三)（母弘徽殿女御(二)）
女二宮(二)（母御息所(五)）
右衛門督(四)（太郎 母雲居雁）＊1
権中納言(四)（次郎、右衛門督(四)ト同人カ 母藤典侍）
右大弁(五)（三郎、次郎カ 母雲居雁）
侍従宰相（四郎、三郎カ 母藤典侍？）
権中将（五郎、四郎カ、宰相中将(四)ト同人カ 母雲居雁？）
宰相中将(四)（蔵人少将、五郎、四郎カ 権中将ト同人カ 母雲居雁？）
源少将（六郎、五郎カ、頭中将(七)ト同人カ 母雲居雁）
蔵人兵衛佐（七郎、六郎カ、四位少将(二)ト同人カ 母？）
（七郎）（母？）
大君(二)（春宮(四)女御 母藤典侍？）＊2
中君(二)（⊕式部卿宮(五) 母雲居雁）
三君(三)（母藤典侍）
四君(二)（母雲居雁）
五君(二)（母雲居雁）
六君(二)（⊕匂宮 母藤典侍）
備考＊1 夕霧ノ男子ノ序列ハ明確デナイ。権中納言(四)ヲ右衛門督(四)ノ兼官ト見レバ、次郎以下ハ繰リ上リ蔵人兵衛佐ガ六郎トナル。ナオ四郎ト五郎ノ母ハ異文ニヨレバ逆トナル。
備考＊2 夕霧ノ女子ノ母ハ、異文ニヨレバ大君ノ母ヲ雲居雁トスル
池田亀鑑編『源氏物語事典』（東京堂出版）による

がな。つれづれなる①遊《あそ》びがたきに」などうち思《おぼ》しけり。

中将《ちゅうじゃう》の君（薫）、②なかなか親王《みこ》（八宮）の思《おも》ひすましたまへらむ御《おほん》心《こころ》ばへを、対面《たいめん》して見《み》たてまつらばや、と思《おも》ふ心《こころ》ぞ深《ふか》くなりぬる。さて阿闍梨《あざり》の（宇治に）帰り入《い》るにも、薫「必《かなら》ず参《まゐ》りてもの習《なら》ひきこゆべく、まづ内々《うちうち》（八宮の）にも気色《けしき》たまはりたまへ」など語《かた》らひたまふ。

阿闍梨、院の使者を案内して八宮邸に赴く

帝《みかど》は、③御言《おほんこと》伝《づ》てにて、（阿闍梨に）「あはれなる御住《おほんす》まひを人伝《ひとづ》てに聞《き》くこと」など聞《き》こえたまうて、

冷泉院　世《よ》をいとふ心《こころ》は山《やま》に通《かよ》へども④八重《やへ》たつ雲《くも》を君《きみ》や隔《へだ》つる

阿闍梨《あざり》、この御《おほん》使《つかひ》を先《さき》に立《た》てて、かの宮《みや》に参《まゐ》りぬ。なのめなる際《きは》の⑤さるべき人《ひと》の使《つかひ》だにまれなる⑥山蔭《やまかげ》に、いと（冷泉院の使は）めづらしく待ちよろこび（八宮は）たまひて、⑦所《ところ》につけたる肴《さかな》などして、さる方《かた》（お使を）にもてはやしたまふ。御返（八宮の）し、

ものだ。所在のない折りなどの遊び相手①として」などと、ふとお思いになった。

薫は、以前②よりも、この宮の俗聖でいらっしゃるご心境を、お目にかかって拝見したいものだと思う気持ちが強くなっていったのである。そして阿闍梨が帰山する際にも「必ず参上して仏道のことなど教えて頂けるよう、まずは内々にご意向を伺ってください」などとお頼みになる。

院の帝の御言③伝てとして「お寂しいお暮らしぶりと人伝に耳にいたしました」などと申しあげられて、

俗世を嫌う私の心は貴方の住む宇治山へと通じていますが、お会いできぬのは幾重④にも連なる雲で、貴方が隔てているからでしょうか。

阿闍梨は、院のお使いのお供をして、この宮の山荘に参上した。普通の身分の、それも尋⑤ねて来て当然の使者さえも、ほとんどない山陰⑥では、実に珍しいことなので、歓待なさって、山里⑦らしい酒肴などで、それなりの趣向でもてなしをなさる。御返し、

●鑑賞欄

（歌）**「世をいとふ」** 冷泉院が宇治に住む八宮に贈った歌である。この二人は世間的には腹違いの兄弟（父は桐壺院）なのだが、未だに席を同じくしたことがない。また、過去に政争の具とされ、勝者（院）と敗者（宮）の経験を持つ二人である。それぞれに深い思いを寄せていたであろうが、行き合う機会はなかったのである。それが今、阿闍梨の仲介で心を通わせようとしているのである。あの政争からは長い年月が経っている。あの時、春宮だつた冷泉帝も、今は譲位して院の立場である。だからこそ出来ることだろうが、やはり勝者であった院から呼びかけるのが自然であろう。

私の「世をいとふ（厭う）心」は、貴方の今住んでいる宇治（憂し）の「山に通へども」やはりまだ「八重たつ雲（幾重にも重なった雲）」で、私との間を「君や隔つる（貴方が隔てているからでしょうか）」と、関係修復を呼びかけるのである。「八重たつ雲」には、二人を隔てる障害物のあることを込め、それは暗に、今では遠い昔の出来事、あの忌まわしい政争の件を院は気にしてのことだろう。〈宮の答歌は、補助論文を参照〉

なのめなる際

〈なのめ〉は「斜《なの》め」より変化した語。「真っ直ぐ」を《きちんとしていて良い》としたことから「斜《なの》め」は《いい加減、おろそか、どうでもよい》ことをいう意となった。そこから、「平凡なさま、ひと通りなさま、尋常なさま」を表す語となった。特に「なのめならず」の使い方で「普通でない、格別だ等」の意味で用いられる。〈際《きわ》〉は元来「端、側、程度等」を表す語。そこから「貴賤の階級、家柄、身分等」をいう意になった。

この場面では、宇治の山荘で仏道修行に勤しむ八宮の所へは、都からそれなりの人物は尋ねて来ないという背景がある。それを踏まえて、暗に、八宮（親王）であれば、「それなり（並々・平凡）の身分」の者なら普通に出入りして当然であることを示している。八宮の特異な状況を際立たせるための表現であろう。

もちろん、宇治に住むようになって、この状態になったのではない。京に居る時からすでに「世に数まへられたまはぬ古宮」と世間から噂され、八宮自身もまた「あり経るにつけても、いとはしたなく堪へがたきこと多かる世」と世間に背を向けるのであった。

●語句解釈

①遊び＝補助論文を参照。
②なかなか＝「いっそ・かえって・むしろ」の意。ここは年上の院が姫君達に関心を示したの対して、むしろ若い薫が八宮の道心振りに以前よりも興味を示したこと。
③御言伝て＝後に「御使」とあることから、ここは院（帝）が八宮の所に派遣する使者に伝言したこと。
④八重たつ雲＝歌語。幾重にも重なる雲のことで、ここは兄弟（院と八宮）の没交渉状態を表現している。
⑤さるべき人＝「然るべき」で「さる」は〈サアル〉の約、「べき」は推量の助動詞〈ベシ〉の連体形。二語の連語。「然るべき・相応な」の意。
⑥山蔭に、いとめづらしく＝先に「いとど、山重なれる御住み所に尋ね参る人なし」とあり、ここを受けた表現。〈世間から忘れられた〉ことの隠喩。
⑦所につけたる肴＝場所柄のこと。「肴」は酒を飲むときに食う肉や菜のこと。ここは宇治という場所柄から、山菜や川魚であろう。

遊びがたき

ここでの「が（か）たき」は〈敵〉のことであるが、所謂「敵《てき》」〈仇〉のことではない。「敵」の本来の意味は、一組（対）をつくるその一方を指す語である。ここから「（〜ノ）相手」を示すことになり、結婚の相手とか遊びの相手等を現すことになる。一方「敵討ち」などの語から、敵対する相手を指す言葉ともなったものと思われる。

この場面では「遊び相手」の事である。阿闍梨から宇治の里に隠棲し、仏道修行に励む八宮のことを聞いた冷泉院は、そこで一緒に生活しているという二人の娘達のことが気になるのである。ここでの「遊びがたき」とは、この二人の姫君達のことを指しているのである。院はこの姫君達のことを「さる聖のあたり（八宮の元）に生ひ出でて、この世の方ざま（俗世間の事）はたどたどしからむと推しはからるる」と強い興味を示す。そして「もししばしも後れむほどは（もし、一寸でも私が宮より長くこの世にいられたら）、譲りやはしたまはぬ（姫君を私に預けてはくれないだろうか）」と、その興味にも具体性が帯びるのである。また、その言い方が「などぞのたまはする」と強調表現になっている。このことから察すれば、もしかしたら、院は阿闍梨が紹介する八宮の話の中で最も興味を持ったのは、宮の道心振りよりもこの姫君達のことではなかったのか。そして「朱雀院の、故六条院（源氏）にあづけきこえたまひし入道の宮（女三宮）の御例」を院は思い出したというのである。

この「御例（の物語）」は『源氏物語』第二部の重要のテーマである。この物語の根幹に係わる問題でもある。朱雀院は冷泉院に譲位して十年も過ぎたころ、かねてから考えていたように出家しようと思うのだが、子供達（春宮と四人の内親王）のことが心配でならない。特に三番目の内親王（女三宮）を寵愛していて、その将来のことが気掛かりである。この宮を誰か頼れる者に託してから出家をと考えていた。「この宮を」と望む者（柏木・蛍宮等）は多いのだが、朱雀はその相手を決めかねている。朱雀の心中の相手は源氏なのである。源氏は朱雀（兄）の意思を伝え聞き、一旦は固辞するのだが、たっての願いと聞き断り切れずに承諾する。宮（十三歳）の裳着の式を済ませ、源氏の承諾を得た朱雀は、その三日後に心を軽くして出家する。

源氏は三十九歳、準太上天皇の位に就いて間もなくの頃の出来事である。源氏は冷泉帝の後見役として政治的には磐石の体制にある。邸宅の六条院は紫上を中心に華やいだ雰囲気の中で平穏を保っている。長い間、源氏と紫上の心のわだかまりの一つであった明石姫君を入内させ、姫の母親である明石上と紫上は始めての対面を果たすのである。二人ともその人柄に引きつけ合ったという。このような紫上に源氏は益々信頼を深めていった。そんな矢先に、女三宮の源氏への降嫁が決まったのである。紫上（三十一歳）は心中穏やかでないが、平静を装いながら女三宮の六条院への輿入れの準備を手伝う。紫上は源氏の元（二条院）へ引き取られてから既に二十二年の歳月が流れている。この間源氏の女性関係、または須磨・明石での蟄居など、辛い思いの連続であった紫上であるが、その思慮深さと源氏の愛を信じて乗り切って来たのである。だが、今回のことは紫上にとって別の意味を持っていたのだろう。六条院の〈女主〉としての立場の問題と係わるのであろう。この宮は源氏の兄君（朱雀院＝先帝）の寵愛して止まない姫君なのである。その立場からしても将来的に、この六条院の〈女主〉はこの女三宮になる筈である。また、裳着は済んだとはいえ、幼い姫が輿入れをすれば、当然源氏が可愛がることは自分の経験からも分かっている紫上なのである。やっと落ち着いた六条院に大きな波紋が立ち始めるのである。彼女の予想通りに事は進展していく。

冷泉院が思い出された「朱雀院の、故六条院にあづけきこえたまひし入道の宮の御例」とは、物語的にはこんな事なのだが、冷泉がどこまで紫上の心中を察していたのか、源氏（故六条院）・朱雀院の立場をどれだけ理解していたのかは分からない。この「御例」の結果が、今目の前にいる薫であることは冷泉院は知っているのであろう。そして自分にも他人には言えない出生の秘密があるのである。現在の冷泉院（四十九歳）は秋好中宮を最愛の方として平穏な日々を送っている。そこへ八宮の姫君を呼び入れたいと冷泉は思ったというのである。「入道の宮（女三宮）」とこの姫君達とでは立場は違うが、物語の構図は似ている。読者からすれば、冷泉院（邸）に新たな波風が立ち〈冷泉院の物語〉とでも言えそうな展開を期待できる気配を感ずるのであるが、物語は実際そのようには展開しなかった。この場面では姫君達に一切興味を示さず、八宮の俗聖振りに強い関心を示した薫、その〈薫の物語〉へと『源氏物語』は展開していくことになるのである。

㊶筒井筒（伊勢物語絵巻　住吉如慶筆）

八宮　あと絶えて心《こころ》すむとはなけれども①世《よ》をうぢ山《やま》に宿《やど》をこそ借《か》れ

②聖《ひじり》の方《かた》をば卑下《ひげ》して聞《き》こえなしたまへれば、なほ(八宮は)世《よ》に恨《うら》み残《のこ》りけると、(冷泉院は)いとほしく御覧《ごらん》ず。

阿闍梨、八宮に対面し薫の道心深きを語る

阿闍梨《あざり》、中将《ちゆうじやう》の君《きみ》の③道心深《だうしんぶか》げにものしたまふなど(八宮に)語《かた》りきこえて、「④『法文《ほふもん》などの心得まほしき心ざしなむ、いはけなかりし齢《よはひ》より深《ふか》く思《おも》ひながら、え避《さ》らず世《よ》にあり経《ふ》るほど、公私《おほやけわたくし》に暇《いとま》なく明《あ》け暮《く》らし、(山に)わざと閉《と》ぢ籠《こも》りて習《なら》ひ読《よ》み、大方《おほかた》はかばかしくもあらぬ身《み》にしも、世《よ》の中《なか》を背《そむ》き顔《がほ》ならむも憚《はばか》るべきにあらねど、おのづから⑤うちたゆみ、⑥紛《まぎ》らはしくてなむ過《す》ぐし来《く》るを、(八宮の)⑦いとあり難《がた》き御有様《おほんありさま》を(阿闍梨から)承り伝《つた》へしより、かく心《こころ》にかけてなむ頼《たの》みきこえさする』など、(薫が)ねむごろに申《まう》したまひし」など(八宮に)語りきこゆ。

宮《みや》、「⑧世《よ》の中《なか》をかりそめのことと思《おも》ひ取《と》り、⑨厭《いと》はしき心《こころ》のつきそむることも、我《わ》が身《み》に愁《うれ》へある時、なべての

世俗を捨てて悟りすましているのではないが、①世を憂きものと思い、この宇治山に仮住まいをしています。

②仏道修行の方は謙遜して御返歌申し上げなさったので、院は八宮が今も世間に恨みを残しているのだと、お気の毒な気持ちでご覧になられる。

阿闍梨は、薫が③仏道帰依の心が深くていらっしゃることなどお話し申しあげて「④『法文などを会得したいという願いは、幼い頃から強く持っていながら、やむをえず世間と係わっているうちに、公私ともに忙しく日を過ごし、わざわざ引き篭もって法文を勉強し、おおかたこれということもない身なので、世間に背を向けたふりをして暮らそうとも、誰にも遠慮はいらないのだが、何となく仏道修行も⑤怠り、俗事に⑥紛れがちで暮らしてきたが、⑦(あなた様の)世にも稀な御様子を承ってからは、このように心からお頼り申し上げております』などと熱心に申しておいででした」などとお話し申し上げる。

八宮は「⑧この世を仮のものと悟り、⑨厭わしい心が生ずるのも、我が身に不幸がある時、世の中は、何につけ思うに任せ

●鑑賞欄

八宮と薫（一）　この宮は世を憚るように、都の片隅でひっそりと暮らしていた。北方（大臣の女）との間に二人の娘（大君・中君）を設けたが、北の方は幼子（大君四歳・中君一歳）を残して他界した。宮は出家を志すが、この幼子達の将来を思うと心が鈍り断念せざるを得ない。我が身の不自由さを実感している。また、不幸は重なり、都の邸宅は火災にあい、仕方なく宇治の山荘へと、娘達共々身を寄せている。出家への思いは日々に増すばかりなのであるが、やはり思い切れない。仏典への理解も深く、世間からは俗聖と噂されている。

薫にとって、八宮は叔父にあたるお方である。だが、お会いしたことはない。薫は、源氏の子供として何不自由なく、世間から愛されて成長する。だが、幼い頃から自分の出生に疑念を感じている。若くして出家した母宮の尼姿から、何か悲劇的なものを感じ取り、噂から、今は亡き柏木が自分の実父ではないのかと嗅ぎ取ってもいる。が、確かめるわけにもいかず、煩悩し続けるしかない。世間から持て囃され、心には深い悩みを持つ薫は自然と仏道へと傾斜していったのであろう。

はかばかしくもあらぬ身

〈はかばかし〉の「はか」は、予定していた仕事の進展をいう。「はかばかし」で、いかにも物事がはかどり、目に見えて成果が現れてくる感じをいう。《はかなし》の対語。ここから、「際立っている、明確である、はきはきしている、頼みがいがある等」の意となる。また、この引用部のように、打消しの語（あらぬ）を伴って、可能と思われる程度にもそれが出来ない意を表す。ここでの〈身〉は、自称の代名詞で「自分自身（私）」を表す。

この場面では、阿闍梨が八宮に薫の道心振りを伝える所である。形としては本文に二重括弧（『……』）で示したように、薫の言葉をそのまま、八宮に語る形式になっている。つまり、薫が自分自身を「はかばかしくもあらぬ身（これということもない自分自身）」と言っているのである。周囲からの期待、世間の声望から「はかばかし」の状態にいる薫なのであるが、〈身〉は何事に対しても「はかなし」の心境なのである。

●語句解釈

①補助論文「俗聖」考60頁を参照。

②聖の〜聞こえなしたまへれば＝八宮が「聖」と噂されていることを謙遜して、という意。歌に「あと絶えて心すむ（澄む）とはなけれども」を受けての表現。

③道心深げに＝菩提を求める心・仏道に専念する心をいう。

④法文＝仏の教えをしるした文章。仏教の教義問答・法談・経論・釈の類をいう。

⑤うちたゆみ＝「打ち弛み」で「うち」は言を強める接頭語、「たゆみ（む）」は、油断する・気が緩む、の意。

⑥紛らはしくてなむ＝大事なことが疎かになる場合などにいう語。雑事にとりまぎれている、の意。

⑦有り難き（し）＝は、めったにない・稀だ、の意。薫が八宮の宇治での様子を聞き〈めったにありえないお暮らし振り〉と想像している。

⑧世の中をかりそめのことと思ひ取り＝この俗世での生活は、ただ一時の借りの宿りだということ。「世間虚仮、唯仏是真（上宮聖徳法王帝説）」と見える。

⑨厭はしき＝「厭ふ」の形容詞化「厭はし」で、嫌だと思う・煩わしい、の意。八宮が世の中を煩わしく思った（厭世感）ということ。

「世をうぢ山」といふなり（院と八宮の贈答歌）

冷泉院は阿闍梨から、宇治の山荘で侘住まいをしている、兄君（八宮）の噂を聞き「いまだ容貌は変へたまはずや。俗聖とか、この若き人々は付けたなる、あはれなることなり」と感想を漏らす。院（邸）に僧を呼んで、仏道への関心を深めている、譲位後の冷泉院にしてみれば、八宮の様子は「あはれなること」と感心せずにはいられないのであろう。ただ、いまだに出家しておらず、世間から「俗聖」と噂されていることが気掛かりのようである。そこで院は宇治山へ帰る阿闍梨に託して、

　世をいとふ心は山に通へども八重たつ雲を君や隔つる

と、宮に歌を贈るのである。この歌には院の現在の心境と、没交渉である兄君への複雑な思いが込められていると見てよかろう。「世（俗世）をいとふ（厭う）心（わたしの心）は、山に通へども（貴方の住んでおられる宇治の山へ通じていますが）、八重たつ雲を（幾重にも重なる厚い雲で）君や隔つる（わたしとの関係を貴方が隔てているから会えないのでしょうか）」と、弟が兄へ呼びかけるのである。「山に通へ（ふ）」からは、院の出家への気持ちをよみとることもできよう。また兄弟の没交渉を嘆く気持ちもよみとれよう。〈貴方のような信仰生活に憧れる。貴方にお会いしたい。だが、それを拒んでいるのは貴方の方だ。〉と、呼びかけているのだろう。院のこのような積極的な呼びかけの歌に対して、

　あと絶えて心すむとはなけれども世をうぢ山に宿をこそ借れ

と、宮は歌を返すのである。「あと絶えて（俗世を棄てて）心すむとはなけれども（悟り澄ましてこの所に住んでいるのではないのですが）、世をうぢ山に（俗世を憂きものと思ってこの宇治山に）宿をこそ借れ（仮住まいをしております）」と答えるのだが、宮は弟（院）に会いたい気持ちは示していない。この歌は現在の宮の心境を詠んだ歌と見てよかろうが、院からの呼びかけには消極的態度と見てよかろう。またこの歌は「聖の方をば卑下して」院に差し上げた返歌だという。つまり〈貴方のような信仰生活に憧れている〉という点にだけ遠慮しながらも答えるのであるが、〈貴方にお会いしたい〉という呼びかけには答えない。だから院は「なほ世に恨み残りける」と宮の心中を察するのである。院が推察するこの宮の、世（俗世）に対する「恨み」とは単にこの世間に対する未練がましさをいうのではあるまい、図らずも巻き込まれてしまった、あの「政争」へのわだかまりを言っているのだろう。宮にしてみれば、俗世を棄てて仏道へ志したその原因は「政争」であった筈だから。

　この世を〈憂し〉と思い、信仰生活に入ろうとする者にとって、この宇治（うし）の里は恰好の地であったのだろう。但し「うぢ（宇治）山」なる山は存在しない。宇治の里にある「喜撰山」をいうのだが、歌枕としては「宇治の山」として広く知られている。この喜撰山の西側山麓の岩洞は、六歌仙の一人「喜撰法師」が隠棲した所という。

　我が庵は宮この辰巳しかぞすむ世をうぢ山と人はいふなり
　（古今集・小倉百人一首）

［私が確かに住んでいるこの所を、他人は世を憂しとして住む宇治山といっている］

と詠んだ法師である。この歌から益々この地は〈憂し人〉の住む場所としてのイメージを強くしていったのであろう。勿論、宮の歌はこの喜撰法師の歌を踏まえていることは明らかであるし、院の歌の「山」もこのイメージの山とみてよかろう。親王とし

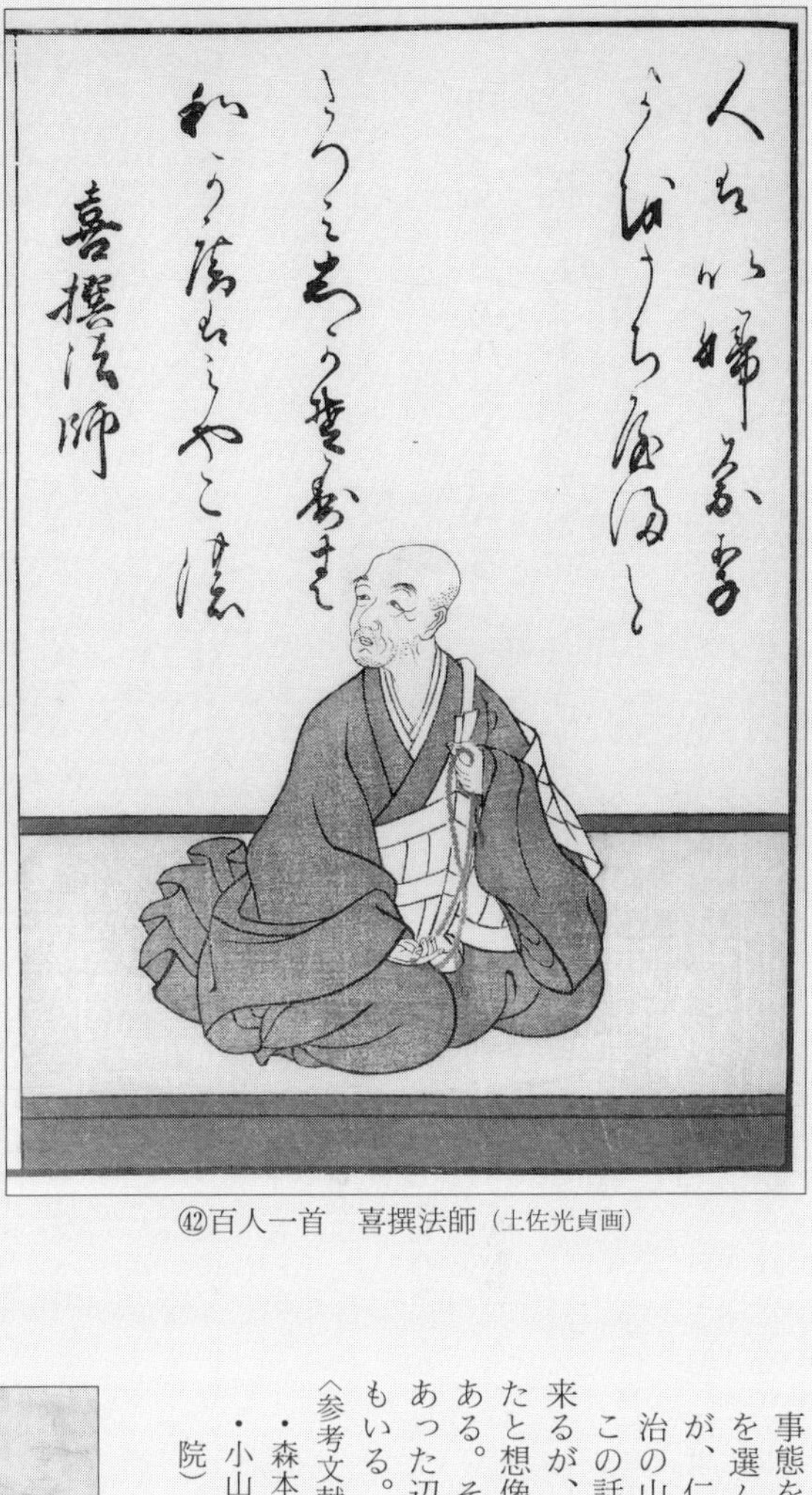

㊷百人一首　喜撰法師（土佐光貞画）

て生まれ、みずから望んだのではないにしても「政争」に加担し、結果として破れ〈世を憂きもの〉と強く感じ取った宮の終の住処としての「宇治の里」は、物語の場面としては恰好の場所なのであった。

八宮が宇治の里に住むことになった理由を、古注（花鳥餘情）はこの宮のモデルが「菟道稚郎子《うじのわきいらつこ》」であったからともいう。この稚郎子は『古事記（中巻）・日本書紀（巻十）』に登場する人物である。記・紀からこの人物の話の概略を述べてみよう。

応神天皇が近江国に行幸された時、その途中、宇治野の木幡村で美しい乙女（矢河枝姫）と出会い、菟道稚郎子をもうけた。やがて、天皇は譲位にあたり、兄の大山守皇子をさしおいて、弟の稚郎子を皇太子に任命した。天皇の没後、この兄弟は互いに皇位を譲り合って、三年間の帝位空白が続いた。この間、稚郎子は宇治野に宮室を建てて住んでいたが、事態を解決する為に、三年の後に自ら死を選んだ。こうして帝位に就かれたのが、仁徳天皇である。稚郎子の亡骸は宇治の山の上に丁重に葬られたという。

この話からは兄弟愛の姿をみることが出来るが、背景には凄まじい権力争いが有ったと想像するのに難しいことではない筈である。そして、この稚郎子の宮室（館）のあった辺りが八宮の山荘の地と想定されてもいる。

〈参考文献〉
・森本茂著『源氏物語の風土』（白川書院）
・小山利彦著『源氏物語と風土』（武蔵野書院）〈その他〉

㊸市の聖図

世《よ》も恨《うら》めしう思《おも》ひ知《し》るはじめありてなむ道心《だうしん》も起《お》こるわざなめるを、年若《としわか》く、世《よ》の中思《なかおも》ふにかなひ、何事《なにごと》も①飽《あ》かぬことはあらじとおぼゆる(薫の)身の程《ほど》に、②さ、はた、後《のち》の世《よ》をさへたどり知《し》りたまふらむがあり難《がた》さ。③ここには、さべきにや、ただ、厭《いと》ひ離《はな》れよと、ことさらに仏《ほとけ》などの勧《すす》めおもむけたまふやうなる有様《ありさま》にて、おのづからこそ、静《しづ》かなる思《おも》ひかなひゆけど、(寿命の)残り少《すく》なき心地《ここち》するに、④はかばかしくもあらで過《す》ぎぬべかめるを、来《き》し方行《かたゆ》く末《すゑ》、さらに得《え》たどるところなく思《おも》ひ知《し》らるるを、かへりては心恥《こころは》づかしげなる⑤法《のり》の友《とも》にこそは(薫は)ものしたまふなれ」などのたまひて、かたみに御《おほん》消息《せうそこ》通《かよ》ひ、自《みづか》ら(薫)も(宇治に)参《ま》うでたまふ。

薫、初めて宇治の八宮を訪れる

げに、聞きしよりもあはれに、住《す》まひたまへる様《さま》よりはじめて、いと仮《かり》なる草《くさ》の庵《いほり》に、思《おも》ひなし、⑥ことそぎたり。同《おな》じき山里《やまざと》といへど、さる方《かた》にて心《こころ》とまりぬべくのどやかなるもあるを、(この山荘は)いと荒《あら》ましき水《みづ》の音波《おとなみ》の響《ひび》きに、

ないと知るきっかけがあって始めて、道心も起こるものだろうに、彼はまだ年も若く、世の中は思うままになり、何につけても①不満はあるまいと思える境遇で、②さように後世のことまで考え及びであられるとは殊勝なことです。③私はこうなる運命だったのか、ただこの世を厭離せよと、わざわざ仏などが誘い勧めて下さっているような有様で、否応なく、静かに仏道修行をしたいという願いは充たされていくが、今や余命幾許もない気がするのに、④これといった悟りも得られずに終わってしまいそうで、過去のことも未来についても、私には何一つ会得していないと痛感されるのに、あのお方は、かえってこちらが恥じ入るような⑤仏法の友でいらっしゃるようだ」などとおっしゃって、その後、お互いにお手紙を交わし、ご自身も宇治へ参上なさる。

なるほど、伝え聞いた以上に寂しげなお暮らしぶりからして、まったく間に合わせの草庵で、そう思うからか⑥簡素なお住まいである。同じ山里とはいえ、それ相応に心引かれるような落ち着いた所もあるものだが、ここは実に荒々しい水の

●鑑賞欄

八宮と阿闍梨　八宮は宇治へ住処を移し、仏道三昧の日々を送っている。出家への思いは益々募るのだが、美しく成長した姫君達の将来を思うと、どうしても決心できないでいる。やはり俗聖のままである。

　八宮と薫を繋いだのは、宇治に住まう阿闍梨であった。この阿闍梨の出自は不明である。だが、時々冷泉院からお招きを受けて、宇治の山奥から都へ出掛け、院に仏教を御進講する程の高僧でもある。宮廷での仏教行事にも滅多に参加せず、宇治の地で仏道に精進している僧侶なのであろう。だからこそ、俗体でありながら僧侶以上に仏道修行に勤しむ八宮に敬愛の情を寄せるのであろう。八宮もまた、この阿闍梨の仏道に対する真摯な態度を見たからこそ、親交を深めることが出来たのであろう。この宮にとって阿闍梨は、唯一人の理解者であり、心の友であった。

　この場面は、薫の様子を阿闍梨から聞いた八宮は、自分の若かりしころと薫の今とを重ね合せる。「世の中思ふにかな」う薫に対して、自分は「ただ、厭ひ離れよ」という仏の導きであったと、その宿世を思うのである。

心恥づかしげ

〈心恥づかし〉は、話し手側が相手に対して「きまりがわるい感じがする、気おくれがする」ような時に用いる語。または逆に、こちら（話し手側）が気おくれするほどに相手が「立派な感じがする」ような場合に用いる。〈げ（接尾語）〉は、外観から推測されたようすをいう語。内実はともかく、少なくとも「（よそ目には）……に見える」の意となる。平安時代から広く使われ始めて《気色…様子…感じ》を「……ソウ、……ラシサ」と表す。例えば「清ら」は内実からの美しさを表すが、「清げ」は美しそうに見えるの意で、美しさにおいては「清ら」に及ばない。

　この場面では、八宮が阿闍梨から薫のことを聞く。特に仏道への関心の深さを知らされて、噂に聞く薫との違いを知る。また、自分の仏道修行への経過と比較して、薫のそれは純粋であると思い、まだ出会った事のない薫に対して、立派だと感じ「（こちらが）気おくれする」程だというのである。

●語句解釈

①飽かぬことはあらじ＝「飽く」は、もうこれでいいと満足する・（満足の度合いがすぎて）嫌気がさす、の意。「ぬ（打消・助動詞）」が付いて〈不満〉となり、「あらじ」がついて〈不満はあるまい〉となる。

②さ、はた＝「さ（副詞）」は、そのように・そう、の意。「はた（副詞）」は、さらに・その上、の意。八宮から見て薫（の状況）は道心など必要ない身の上なのに（そのようにさらに）仏道に興味を持っていることをいう。

③ここには、さべきにや＝「ここには」は、八宮が自分自身を指す語。「さべきにや」は〈さあるべきにやあらむ〉の略。自分はさうなる（仏道に志す）宿命だったのでしょう、の意。

④はかばかしくもあらで＝「はかばかし」は、物事が思い通りに進むさま・てきぱきとはかどるさま、をいう語。「あらで」がついて、ここは八宮が仏道の深い悟りの境地まで辿りつけそうにないことをいう。

⑤法の友＝「法《のり》」は、仏法のこと。「法の友」は、仏道修行の同志の意。

⑥ことそぎたり＝「事削ぎ（ぐ）」は、簡略にする・質素にする、の意。薫から見て八宮の山荘は想像以上に簡素であることをいう。

「山里」考①——京都を中心とした山荘

この場面は、薫が初めて八宮の住む宇治の山荘を尋ねる場面である。実際に見てみるとその山荘は阿闍梨から聞いて、想像していた以上に荒涼としているというのである。薫に「同じき山里といへど、さる方にて心とまりぬべくのどやかなるもあるを」と思わせる程、「聞きしよりもあはれ」な所だったのである。ここでの「山里」とは山荘そのものを指しているようだが、その山荘の周辺をも含めて山里と見てよかろう。

八宮の都での邸宅は荒れ果ててはいたが、「さすがに広くおもしろき宮（邸）」であった。その邸宅が焼亡して「（都の中に）移ろひ住みたまふべき所のよろしきもなかりければ、宇治といふ所に、よしある山里持たまへりけるに」移り住んだというのである。そしてこの場所を八宮自身が「かく絶え籠りぬる野山の末」とこの山里（山荘）を言っているのである。薫にとって「山里（山荘）」とは「さる方にて心とまりぬべくのどやかなる」所をいうらしい。となると、京郊外の、小野や嵯峨野などの景勝の地を「山里」といい、その地に貴族達が建てた趣深い山荘を想像していたようである。宇治の山里は薫の想像を絶していたのである。これは無理もないことであろう。八宮は薫から見て叔父にあたり、親王（皇子）である。不如意な状況にあるとは言え、また俗聖と噂されているとは言え、姫君達と一緒にこのような「野山の末」に住んでいるとは想像も出来なかったはずだ。

「山里」とはどのような所をいうのだろうか。ある辞書（岩波古語辞典）によれば〈①普通は人の住まない山にある人里・山の中の里。②山水に便りあるある景勝の地に貴族の営んだ別邸・山荘〉とある。この辞書の意を踏まえて、この場面を解釈するならば、薫は八宮の宇治の山荘を〈②〉の様に想像していたのだが、実際は〈①〉に近いイメージだったのであろう。では、この『源氏物語』に登場する他の人達はどのような所（山里）に山荘（別邸）を営んでいたのだろうか。例を挙げて見てみよう。

源氏には嵯峨野に「嵯峨野御堂」があった。「山里ののどかなるを占めて御堂を造らせたまひ（絵合）」とあって、この山里が嵯峨野を指している。また此処は源氏の「四十の賀」の祝いが行われた重要な所である。源氏の終焉の地という説もある。現在の大覚寺辺りを指す。また桂（桂川の西）にもあった。「桂にみるべき事侍るを、いさや、心にもあらで程経にけり。とぶらはむといひし人さへかのわたり近く来居て待つなれば、心苦しくてなむ。（松風）」とある。源氏が桂に別邸（桂殿）を造り、明石から上京した明石の上を住まわせているのである。この桂と嵯峨野は一里程の距離である。

朱雀院は西山に別邸（御寺）を造った様である。「西山なる御寺つくりはてて、うつろはせ給はむほどの御いそぎをせさせ給ふ（若菜上）」とあり、朱雀院が出家の為の寺を西山（現在の仁和寺辺り一帯）に造らせるのである。

小野にも山荘があった。「御息所、物の怪にいたう煩ひ給ひて、小野といふわたりに山里持給へるに渡り給へり。（夕霧）」とある。ここでの「御息所」は柏木の未亡人の落葉宮の母上を指す。落葉宮も母と共にこの小野の山荘（別邸）でくらしている。夕霧が通った所である。また横川僧都の母尼君と妹尼君が住む山里があった所でもあり「比叡坂本に小野といふ所にぞ住み給ひける。（手習）」とある。この地は「かの夕霧の御息所のおはせし山里よりは、今すこし入りて（手習）」と示された場所であった。この両者の山荘は近い所に有ったのである。この小野の地は「比叡坂本」とあることから見て、現在の修学院辺りであろうと考えられている。尚、この横川僧都の山荘には後に浮舟が隠れ住む所となるのである。

宇治には八宮の山荘の他に「故朱雀院の御領にて宇治の院といひしところ（手習）」と見られるように、朱雀院の別院（別邸）もあり、夕霧の山荘も八宮のとは川を挟んで対岸に在った（椎本）。また物語の展開としてはこの巻（橋姫）の後になるが、薫もこの地に宇治御堂を建立することになる。

「山里」を山荘及びその周辺と見立てて、『源氏物語』に見られる山荘（別邸）の凡そを見てみたのであるが、横川僧都の山荘（山に片かけたる家）以外は、京近郊の景勝の地に立派に建てられていたと見てよかろう。その中にあって八宮の山荘は、本人も「野山の末」といっているように見劣りする山荘であったのだろう。だからこそ薫に「同じき山里といへど、さる方にて心とまりぬべくのどやかなるもあるを」と思わせたのである。

㊹嵯峨野　大沢の池

㊺御室　仁和寺

㊻横川　根本如法堂

(薫は)もの忘《わす》れうちし、夜《よる》など、心《こころ》とけて夢《ゆめ》をだに見《み》るべき程《ほど》も①なげに、(川風は)すごく吹《ふ》き払《はら》ひたり。薫「聖《ひじり》だちたる御為《おほんため》には、かかるしもこそ心《こころ》とまらぬもよほしならめ、女君《をんなぎみ》たち、何心地《なにごこち》して過《す》ぐしたまふらむ。世《よ》の常《つね》の女《をんな》しくなよびたる方《かた》は遠《とほ》くや」と、推《お》しはからるる御有様《おほんありさま》なり。

音や波の響きで、世の憂さをふと忘れて、夜に安心して夢さえも見られそうにない①ほどに、川風がはげしく吹いている。「聖めいたお方の為には、このような所の方が俗世の執着を絶つ機会ともなろうが、姫君達はどんな気持ちでお暮らしになっていらっしゃるのだろう。世間並の女らしい優しさの点は欠けているのではなかろうか」と、推し量られるようなお住まいのご様子である。

薫、八宮と親交

薫、度々宇治の八宮を訪れ、八宮に私淑

仏《ほとけ》の御隔《おほんへだ》てに、②障子《さうじ》ばかりを隔《へだ》ててぞ(姫君達は)おはすべかめる。③好《す》き心《ごころ》あらむ(男)人は、(姫君達に)④気色《けしき》ばみ寄《よ》りて、(女)人の御心《おほんこころ》ばへをも見《み》まほしう、さすがにいかがと、ゆかしうもある御《おほん》けはひなり。されど、(薫は)⑤さる方《かた》を思《おも》ひ離《はな》るる願《ねが》ひに(八宮を)山深く尋《たづ》ねきこえたる本意《ほい》なく、⑥好《す》き好《ず》きしきなほざり言《ごと》をうち出《い》で⑦あざればまむも、事《こと》に違《たが》ひてやなど、思《おも》ひ返《かへ》して、宮《みや》の御有様《おほんありさま》のいとあはれなるを、ねむごろにとぶらひきこえたまひ、度々参《たびたびまゐ》りたまひつつ、思《おも》ひしやう

仏間との御境には、襖②障子だけを隔てにしてお暮らしのようである。好③き心あるような男なら気④のある素振りを見せて近づき、どんなお人かお付き合いしてみたいと、やはり気がかりで心引かれもするご様子である。だが、そ⑤の方は思い捨てたい願いから、こんな山深くまで尋ね申しているのであるから、それに背き、色⑥めかしいその場限りのことを口に出して戯⑦れかかるのも、志に反するのではないかなどと反省して、宮のご様子の実にお労しいのを懇ろにお見舞い申し上げなさり、何度もお訪ねしているうちに、願っていたように優

●鑑賞欄

八宮と薫（二）　八宮は若い頃から仏道修行に深い関心を示していたわけではない。大した後見もなかった宮は、帝王学のような学問を深くは身につけなかった。その人柄は高貴でおっとりとしていて、女性的でさえあった。このような宮だからこそ、弘徽殿大后（右大臣方）から利用されたのであろう。その後の宮の生活は失意の日々であった。世の中に対する厭世観、不如意性、そして北の方の死、残された娘たち、邸宅の焼亡と不幸は重なる。このような現実への疎ましさが、宮を仏道へと導いた。それは宮にとって、自然な成り行きであった。

　薫は生まれながらにして将来を約束された人物であった。その通りに成長する。廻りから嘱望され、世間からは寵児的羨望を集めている。廻りから見て、何一つ不自由ないかのようである。だが、薫は物心付くころから、出生に対して疑念を抱き、尼姿の母（女三宮）への思いを深くしていた。このような誰にも話せない心境が薫を仏道へと導いているのである。このようにの仏道への傾斜の方向は宮とは違っているのだが、この二人は出会うことになる。

女しくなよびたる

〈女しく〉の「しく」は、〈及く…如く〉などの意で、後ろから追って行って、先行するものに追いつく意を表す。「（……に）肩を並べる…及ぶ…匹敵する等」の意味になる。ここは「（世の常の女に）肩を並べる（匹敵する）」ことから「女らしく」の訳になる。〈なよびたる〉の「なよび（ぶ）」は、性質が弱々しくものやわらかで、優雅に振る舞うの意。〈なよびか…なよよか…なよらか〉と同根の語句である。

　この場面では、初めて宇治を尋ねた薫の目からは、その山荘は想像以上に殺風景であった。ここで八宮と一緒に暮らしていると聞く姫君達の様子を薫は思いやるのである。薫の常識からして、この様な殺風景な所に住んでいる女性は「世の常の（普通の）女しく（女らしい）なよびたる（柔らかな）方（面）」は、きっと欠けているに違いないと想像されるのである。

　逆に、当時の男達からは、普通の女性として「柔らかで（弱々しく）優雅（風流）に振る舞う」女性が求められていたという事であろう。この物語に登場する多くの女性達の描かれ方からも想像されることである。

●語句解釈

①なげに＝「（……も）無げ」は、「なし」の語幹に「げ（接尾語）」の付いた形。（……も）なさそうだ、の意。

②障子＝室内の仕切りに立てる建具の総称。襖障子・唐紙障子・衝立障子等がある。この場面は襖障子であろう。因みに現在の一般の障子は〈明かり障子〉という。

③好き心あらむ人＝気に入ったものに対して一途に向かう心のこと。ここは後に「気色ばみ」とあることから〈あだ心〉に近い意か。「あだ」とは、気まぐれで疎かなさまをいう。

④気色ばみ寄りて＝「気色ばみ（む）」の〈ばむ〉は接尾語。思いを顔色に表す・意中をほのめかす、の意。

⑤さる方を思ひ離るる願ひ＝ここは薫の心中で、色恋などの世俗への執着心をいう。

⑥好き好きしきなほざり＝いかにも恋にひたむきな様子で、いいかげんなことをいう事。

⑦あざればまむ＝ふざけた態度をとること。

に、①優婆塞《うばそく》ながら行《おこな》ふ山《やま》の深《ふか》き心《こころ》、法文《ほふもん》など、わざとさかしげにはあらで、(薫に)いとよく(八宮は)のたまひ知《し》らす。

薫、宇治の八宮と親交深まる

聖《ひじり》だつ人《ひと》、才《ざえ》ある法師《ほふし》などは、世《よ》に多《おほ》かれど、あまりこはごはしう気遠《けどほ》けなる②宿徳《しうとく》の③僧都《そうづ》、僧正《そうじやう》の際《きは》は、世《よ》に暇《いとま》なく④きすくにて、ものの心《こころ》を問《と》ひあらはさむも事々《ことごと》しくおぼえたまふ、また、その人《ひと》ならぬ仏《ほとけ》の御弟子《おほんでし》の、忌《い》むことを保《たも》つばかりの尊《たふと》さはあれど、けはひ卑《いや》しく⑤言《こと》葉《ば》たみて、⑥こちなげにもの馴《な》れたる、いと⑦ものしくて、(薫は)昼は公事《おほやけごと》に暇《いとま》なくなどしつつ、しめやかなる宵《よひ》の程《ほど》、気近《けぢか》き御枕上《おほんまくらがみ》などに召《め》し入《い》れ語《かた》らひたまふにも、いとさすがにものむつかしうなどのみあるを、(八宮は)いとあてに心《こころ》苦《ぐる》しき様《さま》して、のたまひ出《い》づる言《こと》の葉《は》も、同《おな》じ仏《ほとけ》の御《おほん》教《をしへ》をも、⑧耳近《みみちか》き譬《たと》ひにひきまぜ、いとこよなく深《ふか》き御《おほん》悟《さと》りにはあらねど、よき人《ひと》は、ものの心《こころ》を得《え》たまふ方《かた》の

①婆塞のままで、山で修行する深い意義や法文のことなど、特に知ったかぶりもせず、たいへん上手に教えて下さる。

聖らしい聖、経典に精通した法師などは世間にいくらもいるけれども、あまりに堅苦しく、また、近づき難い②宿徳の③僧都、僧正といった身分の僧は世間的に多忙で④生真面目だし、法文の内容を解き明かそうとするにも仰々しく感じられてしまうし、また、かといって、しかるべき身分でもない、仏の忠実なお弟子といった者で、戒律を保っているというだけのありがたみはあるけれども、人柄は下品で説教の言葉⑤には訛りがあって、⑥不作法で馴れ馴れしい僧たちは、たいへん不⑦愉快であり、昼間は公事に多忙だったりした時は、もの静かな宵のころにお側近く御枕許などに、僧をお呼びになってお話なさるにも、どうもやはり何か嫌な気持ちになってしまうが、この宮は大変上品でこちらが気の引けるような物腰で、お話なさるお言葉の一言一言も、同じ仏の御教えも、⑧身近な譬えを引き出して説かれ、格別に深いお悟りというわけではないのだが、高貴なお方は物事の道理を会得なさり方が、ま

●鑑賞欄

こはごはしう気遠けなる／あてに心苦しき様

「こはごはしう気遠けなる」〈こはごはし（強々し）〉は、「こはし（強し）」の強調表現。表面が堅くて弾力性に乏しいことを表すのが原義。「いかにも手触りが堅い（ごわごわしている）…いかにもやさしい気持ちがない（無骨である）等」の意。ここから融通性のない、堅苦しい状態を表現する語。〈気遠け（し）〉は、「気近し（近く感じる…親しみやすい）」の対語表現で、「気高し」の俗的表現に通じる。人気（ひとけ）がなくもの寂しい状態をいう。ここから、「馴染みがうすい…よそよそしい」の意となる。

　この場面では、薫は仏道に深く関心は寄せているが、出家して本格的に、とまでは踏ん切れず、この俗世にも未練を持っているという、迷いの状態にある。だからこそ、世間に名だたる高僧の説教を聞いたり、仏典の講義を受けたりもするのであるが、馴染めないのである。

　逆に、格調高い法話に「こはごはしさ（堅苦しさ）」を覚え、「気遠けさ（よそよそしさ）」を感じるのである。だからこそ、八宮の俗聖振りに深い関心を示すようになったのであろう。

「あてに心苦しき様」〈あて〉は、《貴《あて》》の意で、高い血筋に相応しい上品さをいう。ここから「身分が高いこと…上品さ」を表す。類語に「やむごとなし」が考えられるが、こちらは第一流の尊貴さを表し「尊くて大切な相手」のことをいう。〈あて〉は「やむごとなし」には及ばない「上品さ」をいう。〈心苦し（き）〉は、相手の様子を見て、自分の心も狂いそうに痛むことが原義。ここから「心に苦痛を感じる…気の毒だ…胸がつまる等」の意となるが、ここは原義に近いと見るべきだろう。〈様〉は、その物の内容を漠然と指示することから、ここは「様子…物腰」をいう。

　この場面では、薫は同じ説法を聞くにしても、世の高僧達には「こはごはしう気遠け」な感じを受けるが、八宮のそれは「あてに心苦しき様」に聞く事ができるのである。それは八宮に血筋からくる上品さ、専門の僧にはない気品の高さが漂っているのであろう。俗聖の立場で仏道修行に専念している宮の姿に、薫は自分の現状と比較して「こちら（薫）が気の引けるような〈宮の〉物腰」に感じ入ってしまうのであろう。

●語句解釈

①優婆塞＝梵語の音訳で在家のままで仏門に仕える男性のこと。因みに女性は優婆夷という。前に「俗ながら聖・俗聖」とあり、いずれも八宮のことを指す。補助論文「俗聖考」60頁を参照。

②宿徳＝仏道修行をつんで徳を備えること、または徳を備えた人のこと。

③僧都、僧正＝朝廷より任ぜられた僧界の統制者。「僧正」が僧官の最高位で「僧都」がそれに次ぐ。

④きすく＝「生直〈きすぐ〉とも」は、堅苦しいさま・生真面目なさまをいう。ここは位の高い僧のこと。

⑤言葉たみて＝「言葉訛み（む）」は、ことばがなまる・声が濁る、の意。僧の説法などが聞き取りにくいということ。

⑥こちなげにもの馴れたる＝「骨なし」の語幹に「げ（接尾語）」が付いた形で、不作法に見える・ぶしつけに思われる、の意。

⑦ものし（く）＝不愉快だ・目障りだ・厭だ、の意。

⑧耳近き譬ひにひきまぜ＝八宮は聴き手次第で、相手に分かりやすいような〈例え話〉をしてくれるということ。

公事──貴族たちのお勤め──

「公事《くじ》」とは元来、公務・政務の事を意味していたが、平安時代の中・後期ごろになると朝廷で決められた「年中行事」に沿って、それを先代から行われた作法で正しく挙行し受け継いでいくことが、何よりも大事な「公事」となった。即ち、平安朝の高級貴族たちにとっては、天皇が中心となり挙行される「年中行事」への参加が最も重要な「公事」であったのである。「年中行事」には〈節〉と〈宴〉とがあり、それが各月毎に日時が決められ、その作法も事細かに決められていた。一つの行事を行うためにどれだけの費用・時間と労力が費やされたかは計り知れないであろう。だが、「年中行事」だけが公務ではなかったはずである。当時の貴族（高級官僚）達はこれとは別に、当然のことながら公務を行っていた筈なのだが、この辺りのことはわかりにくい。この『源氏物語』においても他の作品においても「年中行事」に関わる件については多く見られるが、所謂公務の実状について記されている場面は皆無といってよい。

　この場面で薫は「昼は公事に暇なくなどしつつ」とある。「公事」を〈おほやけごと〉と読ませたわけは「年中行事」に関わる件だけではなくて、一般の公務をも含むと見て、だから、多忙なのだと見るからである。薫はこの時点（橋姫）で「三位宰相中将」の公職にある（十九歳で着任）。「三位」は所謂「公卿」で最高級官僚の地位である。「宰相中将」とは、三位の位階にいながら中将の職務に在る者を特別にいう職名である。「中将」とは、近衛府に勤める高級役人である。大将が筆頭で位階によれば、従三位の者が任ぜられることになっている。中将は次官で従四位下の者が着くことになっている。薫は三位でこの位に着いたので、特別に「宰相中将」と呼ばれたという次第である。では「近衛府」に勤める役人達はどのような職務をしていたのだろうか。ここに勤める役人の数は時代によって差はあるものの、左右に別れて四・五百人は居たようである。その仕事は、

> 近衛府の職、禁兵を統べて宮闕に宿侍し、兵杖を帯して禁中を警護することを掌る、而して、大小の朝會に隊仗を率ゐて威儀を備へ、大駕行幸に、禁兵を率ゐて前後を警衛するが如き、亦本府の職とする所なり。〈古事類苑　官位部二十二〉

と見られる。ここから想像するに「年中行事」が宮廷で盛んに行われれば、何かに付けて益々忙しくなるのが近衛府の職務であったろうと考えられる。薫の多忙さは想像出来そうである。

　では実際、当時の一般の役人達はどのような勤めをしていたのだろうか。この辺りのことは実にわかりにくいのであるが、日向一雄氏がお書きになった「男性貴族の一日」（『平安貴族の生活』所収・有精堂）はこの辺りのことを分かりやすく書いている。ここから抜き書きさせてもらうことにする。一日の勤めの始まりは宮城の諸門の開鼓の音からはじまる。開鼓は季節によって時間が異なる。夏至は（今の時刻で）四時三十分、春分秋分は五時四二分、冬至は六時四八分に第一開鼓が鳴る。これから約一時間後に第二開鼓が鳴る。これは仕事始めの合図らしい。つまり、第一開鼓ころに起きて、第二開鼓までの間に身支度を整えて職場に出仕することになる。まず大内裏の朝堂院に集まり、その後曹司（各自の職場）に赴いて執務をこなしたらしい。勤務は退朝鼓が鳴ると終わり。夏至は九時二四分、春分秋分は十時二四分、冬至は十一時十八分に太鼓が鳴る。勤務時間は三時間半から四時間くらいであったという。勤務は午前

中、それも早々と終わるのである。この様な勤務体制であるが、勤務評定は厳しかったようで「故無き空座・三日以上の不参・政事の怠慢」は「推科して考に付せ」とか「厳しく禁制を加へよ」などと見える。

それでは退朝後の午後はどうしていたのだろうか。『律令』の規定によれば「宿直」が義務付けられていたようである。但し、職場の上席の者には義務付けられていたが、仕事が暇なときは輪番制を採っていたようだ。忙しい時には下位の者でも宿直に着いたようである。また資料に「夜仕曰宿。昼仕曰直」とあるように〈宿〉とは夜間勤務のことを指していて〈直〉とは昼間勤務のことであるが、午前中は正規の勤めであるから午後の勤めのことである。ただ、昼勤務（直）だけとか、夜勤務（宿）だけとかは認められず、直の者は宿まで勤めていたようである。「宿直」とは今風にいえば残業のことであろう。尚、当時は大体五勤一休の体制であったので、単純に一ヵ月を三十日にすると、月に五日の休日があり、皆勤して二十五日であった。この様に体制で当時の役人達は仕事をしていたようである。詳しくは是非日向氏のお書きになった「男性貴族の一日」を参照してほしい。

㊼年中行事御障子

いとことに①ものしたまひければ、(八宮を)やうやう見馴《みな》れたてまつりたまふ度《たび》ごとに、(薫は)常に見《み》たてまつらまほしうて、暇《いとま》なくなどして程経《ほどふ》る時《とき》は(八宮を)恋しくおぼえたまふ。

この君《きみ》(薫)のかく(八宮を)尊がりきこえたまへれば、冷泉院《れぜいゐん》よりも常《つね》に御消息《おほんせうそこ》などありて、年頃《としごろ》の音《おと》にも②をさをさ聞《き》こえたまはず、いみじくさびしげなりし(八宮の)御住《おほんす》み処《か》に、やうやう人目見《ひとめみ》る時々《ときどき》あり。(冷泉院が)をりふしに(八宮を)とぶらひきこえたまふこと③いかめしう、この君《きみ》(薫)も、まづさるべき事《こと》につけつつ、をかしきやうにもまめやかなる様《さま》にも、心寄《こころよ》せつかうまつりたまふこと、三年《みとせ》ばかりになりぬ。

晩秋、薫中将、宇治を訪れるも、八宮は不在

秋《あき》の末《すゑ》つ方《かた》、④四季《しき》にあててしたまふ御念仏《おほんねんぶつ》を、この川面《かはづら》は⑤網代《あじろ》の波《なみ》もこの頃《ごろ》はいと耳《みみ》かしがましく静《しづ》かならぬを、とて、かの阿闍梨《あざり》の住《す》む寺《てら》の堂《だう》に(八宮は)移ろひたまひて、七日《なぬか》の程行《ほどおこな》ひたまふ。

姫君《ひめぎみ》たちは、いと心細《こころぼそ》く、⑥つれづれまさりてながめたまひける頃《ころ》、中将《ちゆうじやう》の君《きみ》、(宇治に)久しく、参《まゐ》らぬかなと、(八宮を)思

るで常人とは①違っておいでなので、だんだんと親しみ申し上げるに連れて、いつもお会い申し上げていたくなって、暇がなかったりして日が経つ時は恋しくお思いになる。

薫が、かくまで尊がり申し上げるので、院からも常にお便りなどがあって、長年②めったに人の噂にのぼることなく、寂しげであったお住まいに、ようやく人影を見る折々もある。機会あるごとにお見舞い申し上げられることも、③大したもので、この君も、しかるべき機会に事寄せて、趣向の面でも実生活の方面も心を配りお世話申し上げなさることが、三ヵ年ぐらいになった。

晩秋のころ、八の宮は④季節ごとに催しなされる御念仏を、この川面の邸では、⑤網代の波音もこの頃ではますます耳障りで落ち着かないということで、あの阿闍梨の住む寺の堂にお移りになられて、七日間のお勤めをなさる。

お邸で待つ姫君達はたいへん心細く⑥所在無さがつのり、物思いに沈んでいらっしゃる頃、薫は、長い間お尋ねしていな

●鑑賞欄

薫と姫君達　姉（大君）は薫より二歳年上で、妹（中君）とは同年齢である。源氏の子として生まれた薫は、生まれながらにして将来を約束されていた。また、周囲から寵愛され、世間からの声望も厚い中で期待に違うことなく成長した。姫君達が生まれた時、既に父（八宮）は世を厭い都の片隅に北の方とひっそりと暮らしていた。北の方の亡き後、父のもとで美しく成長するが、宮は娘達の将来を考え世間に披露することを強く拒んでいた。宇治へ移り住んでからも益々その傾向は強くなる。娘達も父の世間に対する処し方を理解し、教えを守り、自ら進んで世間に出ようという気持ちにはなれない。

　薫は宇治へ通うようになり、娘達の存在は承知していたが、八宮の「俗聖振り」に引かれての宇治通いであったので、三年もの間会うことはなかったのである。先に、阿闍梨が冷泉院で宇治の姫君達の様子を語る場面がある。その時、院は「さる聖のあたりに生ひ出でて」と、八宮へよりも姫君達に興味を示す。薫は「俗ながら聖になりたまふ心の掟やいかに」と、八宮に強い関心を示すのである。薫の〈まめ〉振りが窺えるところである。

をかしきやうにもまめやかなる様にも

〈をかしきやうにも〉の「やうにも」は「様にも」で、後の「様にも」と同じ用い方。「をかしきやう」と「まめやかなる様」は並列になっている。〈をかし（き）〉は、客観的に観察して興味深く思い、賞賛したい気持ちを表す。〈やう…様〉は、ここでは「〜方面」のことであろう。「興味深く賞賛したい（趣味的）方」を表す。〈まめやか〉は、実意を持っているように感じられる様をいう。「まめ」よりは度合いのゆるい場合に使う語。また、趣味的でない実用本位にもちいられる。ここはそちら方面のことで、生活必需品そのものを指す。

　この場面では、宇治へ通うようになった薫は、冷泉院の意向もあって八宮一家の面倒を何くれとなく見るようになる。日常の実用的（衣類や食物等であろう）な面の援助は勿論のこと、宮の趣味的な方面（宮らしく風雅に扱い方のこと）でも、薫は気を配ったのである。物心両面の援助を受けた八宮のこころは、どんなにか慰められたことであろう。こんなことを通じて、この二方は信頼し合うのである。

●語句解釈

①ものしたまふ＝「物し（す）〈尊敬の補助動詞〉」は、「たまふ（給ふ）」を伴う際、補助動詞「あり」にかわって用いられる語。

②をさをさ＝下に打消しの語（「ず・で」等）を伴って、少しも・ほとんど・めったに（等）、の意。

③いかめしう＝「厳めし」の〈ウ音便形〉で、威厳がある・厳かだ、の意。ここは院からのお届け物等のことを指す。

④四季にあててしたまふ御念仏＝各季毎に行う念仏会のこと。ここは秋の念仏会のことで「秋の末つ方」とあることから、急いでいるのであろう。

⑤網代＝「山城国近江国氷魚網代各処其の氷魚九月に始めて十二月三十日迄之を貢ぐ（延喜式）」と見える。この場面は「秋の末」なので網代漁が始まって一ヵ月ばかり、川漁も盛んな頃であろう。

⑥つれづれまさりて＝姫君達の宇治での生活は常日頃から単調で所在ないのである。それなのに父の八宮が修行の為に寺に籠られた。所在なさは何時も以上なのである。それを「つれづれまさりて」と表現した。

「山里」考②　——宇治の里——

〈「山里考」—①〉で「山里」とは、京近郊の景勝の地に建てられた貴族の別邸（山荘）を指している例が多いことを見てきた。だが、必ずしも別邸だけを指すものでない例も見られる。「いとあはれに淋しく荒れまどへるに、松の雪のみあたたかげに降りつめる、山里の心地してものあはれなるを（末摘花）」とも描く。この場面は末摘花の邸宅を描いているのである。故常陸宮（末摘花の父）の邸宅は京内にあるのだが「山里」のように荒廃している様子を描いているのである。一方「木高き森のやうなる木ども木深く面白く、山里めきて、卯の花の垣根ことさらにしわたして（少女）」とも描かれる。この場面は源氏が四町にも及ぶ六条院の造営にあたり、東北の一町（花散里の住む屋敷）を夏向きに作庭したのである。京の邸宅の庭をわざと「山里」の景観を移し風情を出したというのである。このように「山里の心地してものあはれなる」といい、「木深く面白く、山里めきて」ともいう。「山里」は当時、好尚の対象としても用いられていた言葉でもあるようである。

また「さる方に見所ありぬべき女の、もの思はしき、うち忍びたる住みかども、山里めひたる隈などに、をのづから侍べかめり。」（橋姫）とも描かれる。この場面は宇治の山荘で姫君達を垣間見した薫が京に帰り、その様子を友人の匂宮に語る薫の言の中に出てくる言葉である。〈それ相応に魅力がありそうな女性で、憂いに沈んだ感じのする女が隠れ住んでいる所などは、人目にたたない山里の片隅によくあるようです。〉という事なのだが、ここでの「山里めひたる隈」の印象は「昔物語」と重なるのである。つまり薫はこの垣間見をする時「昔物語などに語り伝へて、若き女房などの読むをも聞くに、かならずかやうの事を言ひたる」（橋姫）と物語の世界と合わせている。目前の状況が物語によく見られる世界と同じだという。そして物語の世界のような出来事を、現実として見たことを薫は匂宮に語るのである。当時の物語では、物憂さに沈む魅力ある女性の住み所として「山里」が相応しかったようである。また「をかしげなる女絵どもの、恋する男の住まひなど書きまぜ、山里のをかしき家居など、心々に世の有様描きたる」（総角）とも見え、「女絵」（物語絵）などにも、趣深い「山里」の絵が描かれていたようだ。〈帚木〉巻の〈雨夜の品定め〉の場面に「（女が）心一つに思ひあまる時は、いはむ方なくすごき言の葉、あはれなる歌を詠み置き、しのばるべき形見をとどめて、深き山里、世はなれたる海づらなどにはひ隠れぬる」ともある。〈わけあり女〉の隠れ家としては「山里」が相応しかったようだ。そのような〈女〉の集大成的な物語が、この「橋姫」の巻から始まる〈宇治の物語（宇治十帖）〉なのである。尚、この巻に「山里びたる若人どもは、さし答へむ言の葉もおぼえで」とあり、薫に対しての接待が、ここに使えている女房達ではままにならないことを言い、女房達の鄙びさを言っている。このように都（雅び）人に対して「山里ぶ・山里人」などの例もみられる。

それでは他の作品ではどのように「山里」が扱われているのだろうか。若干について見てみよう。『枕草子』には三章段〈一一三・一一五・二〇九段〉に見られる。〈一一三〉は「描きまさりするもの　松の木。秋の野。山里。山道。」とある。絵に描くと実景よりも勝って見えるものというのだから、ここは「山里」の風景のこと。〈一一五〉は「あはれなるもの（心にしみじみと感じられるもの）〉として「山里の雪」を挙げている。こちらも風景としての「山里」をいっている。〈二〇九〉には「五月ばかりなどに山里ありく、いとおかし。」とある。夏の暑い日に実際に山里を散策したというのである。勿論牛車でのことで、今風に言えば山間部のドライブの感じだろう。当時のことであるから出掛けた場所は京近郊の「山里」であることは確かだろう。『古今集』には五首に見られる。

　山ざとは冬ぞさびしさまさりける人めも草もかれぬと思へば（三一五）
　山里は物のわびしき事こそあれ世の憂きよりは住みよかりけり（九四四）

この「山里」は解釈として山荘を想定してよかろうと思われる。他の三首（二五・二一四・三二六）も同じと見てよかろう。『後撰集』にも五首に見られる。

　山里のまきの板戸もさゝざりきたのめし人を待ちしよひより（五九〇）

ここも山荘を想定出来そうである。他の四首（六八・一〇八四・一一七三・一三五五）も詞書をも含めて見るならば、同じように見てよかろう。『拾遺集』には六首に見られる。

　山里は雪ふりつみて道もなし今日こむ人をあはれとはみむ（二五一）
　春きてぞ人もとひける山里は花こそやどのあるじなりけれ（一〇一五）

この二首も同じと解釈出来よう。他の四首（五一・九八・九九・一〇三一）もやはり同じように見ることが出来る。ここに採り上げた『枕草子』や歌集では「山里」について、『源氏物語』でのような複雑で多様な意味には使われていないようである。

㊽道長邸の庭（紫式部日記絵巻　藤田美術館）

ひ出《い》できこえたまひけるままに、①有明《ありあけ》の月《つき》のまだ夜深《よぶか》くさし出《い》づるほどに出《い》で（京を）立《た》ちて、いと忍《しの》びて、御供《おほんとも》に人《ひと》などもなく、②やつれておはしけり。

③（山荘は）川のこなたなれば、舟《ふね》などもわづらはで、御馬《おほんむま》にてなりけり。入《い》りもてゆくままに霧《きり》ふたがりて、道《みち》も見《み》えぬ繁木《しげき》の中《なか》を分《わ》けたまふに、いと荒《あら》ましき風《かぜ》の競《きほ》ひに、ほろほろと落《お》ち乱《みだ》るる木《こ》の葉《は》の露《つゆ》の散《ち》りかかるもいと冷《ひや》やかに、④人《ひと》やりならずいたく濡《ぬ》れたまひぬ。かかる歩《あり》きなども、をさをさならひたまはぬ心地《ここち》に、（薫は）心細くをかしく思《おぼ》されけり。

薫　山《やま》おろしに堪《た》へぬ木《こ》の葉《は》の露《つゆ》よりもあやなくもろ
　　き我《わ》が涙《なみだ》かな

⑤山賤《やまがつ》のおどろくもうるさしとて、⑥随身《ずいじん》の音《おと》もせさせたまはず。柴《しば》の籬《まがき》を分《わ》けつつ、そこはかとなき水《みづ》の流《なが》れどもを踏《ふ》みしだく駒《こま》の足音《あしおと》も、なほ、忍《しの》びてと用意《ようい》したまへ

いことだと、お思い出し申し上げられるままに、①有明の月がまだ夜深くてさし昇る時分に京をご出立になり、誰にも知られないように、お供の人数も少なくして、②目立たぬようにいらっしゃった。

お邸は川の③こちら岸なので、舟などを使う面倒もない所なので、お馬でお出でになった。山路にかかるにつれて霧が立ち込めていて、道もはっきりしないような林の中をお進みなさると、すごく荒々しく風が吹きつのるので、はらはらと乱れ散る木の葉の露が散りかかるのも、たいそうひんやりとして、④自ら求めてのことながらいたく濡れておしまいになられた。このようなお忍びの夜歩きなどはめったになさらないこの君の心地には、心細くも興のあることにもお思いになられるのであった。

山おろしの風に耐えきれずに、散り落ちる木の葉の露よ
りも、なぜかむやみにこぼれる私の涙であることよ

⑤山賤が目を覚ましたら煩わしいので、⑥随身に先払いの声も立てさせなさらない。柴の籬をかき分けながら、川ともはっきりしない水の流れを幾筋も踏みつけて進む馬の足音も、やは

●鑑賞欄

(歌)「**山おろし**」　薫の独詠歌である。宇治へ通うようになって、三ヵ年が経っている。薫は益々八宮の俗聖振りに心酔していくようである。晩秋のある夜、有明の月が出かかった頃に、薫はお忍びで京を出立した。大亀谷から小幡山の辺りに差しかかったころだろうか、この辺りは霧深い所でもあろうか「いたく濡れ」てしまった。ましてや、晩秋の明け方近い山の冷気は身に凍みる。こんな時ふっと薫は歌を口ずさむのである。「山おろし(颪)」に堪えきれなくなって振り落とされた「露」より、もっと訳もわからないのに落ちてしまうのが「もろき我が涙かな」と。〈あやなし(く)〉は「道理にあわぬこと…原因がつかめぬこと」をいう。《因みに「あやし(怪し…奇し)」は原因についての疑いをいう》

薫のこの歌は、流れ落ちる「涙」を自分の意思を超えた「あやなし」のものとする。晩秋の落ち葉する、それも厳しい自然に我身を同化させ、人間の運命の不可知さを観じ得た歌と鑑賞できよう。薫もこの三ヵ年の間に八宮の影響を受けたのか、多少は聖らしい物思いをするようにもなったようである。

㊾ほろほろと落ち乱るる木の葉(興聖寺境内)

●語句解釈

①有明の月のまだ夜深くさし出づるほどに＝陰暦の十六日以降で月が出ているままで、夜が明けようとする頃を「有明」といい、明け方になってもまだ空に残っている月を「有明の月」という。本文に「秋の末つ方」・「まだ夜深くさし出づるほど」とあることから、陰暦九月二十日以降のこと。

②やつれておはしけり＝「窶れ」は、人の容姿、着物などが前とかわって地味な目立たない様子になる意。

③川のこなた＝京から見て、八宮の山荘は宇治川のこちら側になる。現在の宇治神社・宇治上神社の辺りが想定される。「宇治の風土と古蹟」を参照。

④人やり＝「人遣り」は、自分から進んでですることではなく、他から強いられてすることをいう。

⑤山賤＝『能因歌枕』に「山がつとは、物おもひしらぬを云、あやしき人をも云、山ざとにすむをも云」また「山里に栖をば山がつといふ」と見える。

⑥随身＝貴人の外出の時弓矢を持ち、太刀を帯び護衛として随従した近衛府の役人のこと。『弘安礼節』に「太上天皇十四人、摂政十人、大臣・大将八人、納言・参議六人、中将四人、少将二人……」と見える。薫は中将なので四人を従えていたことになる。

るに、(薫の)①隠《かく》れなき御匂《おほんにほ》ひぞ、風《かぜ》に従《したが》ひて、主《ぬし》知《し》らぬ香《か》とおどろく寝覚《ねざ》めの家々《いへいへ》ありける。

(山荘に)近くなるほどに、その②琴《こと》とも聞《き》き分《わ》かれぬ物《もの》の音《ね》ども、いとすごげに聞《き》こゆ。薫「(八宮が)常にかく(姫君達と)遊びたまふと(阿闍梨に)聞くを、ついでなくて、(八宮)親王《みこ》の御琴《おほんきん》の音《ね》の名高《なだか》きも、え聞《き》かぬぞかし。よきをりなるべし」と思《おも》ひつつ入《い》りたまへば、琵琶《びは》の声《こゑ》の響《ひび》きなりけり。③黄鐘調《わうしきでう》に調《しら》べて、世《よ》の常《つね》の掻《か》き合《あ》はせなれど、所《ところ》からにや、耳馴《みみな》れぬ心地《ここち》して、掻《か》き返《かへ》す撥《ばち》の音《おと》も、ものきよげにおもしろし。箏《さう》の琴《こと》、あはれになまめいたる声《こゑ》して、絶《た》え絶《だ》え聞《き》こゆ。

薫、琴の音に惹かれて姉妹の部屋の方に歩む

(薫は)しばし聞《き》かまほしきに、忍《しの》びたまへど、御《おほん》けはひしるく聞《き》きつけて、④宿直人《とのゐびと》めく男《をのこ》なまかたくなしき、出《い》で来《き》たり。宿直人「⑤(八宮は)しかじかなむ籠《こも》りおはします。御消息《おほんせうそこ》をこそ聞《き》こえさせめ」と申《まう》す。薫「⑥なにか。しか限《かぎ》りある御《おほん》

り目立たぬようにと気をつけていらっしゃるのに、隠①しようもない御身の匂いが、風にのって漂い、一体どなたのお通りかと目を覚ます家々があった。

近づくにつれて、何の②絃楽器とも聞き分けられない楽の音の、ぞっとする程の美しい音色が聞こえてくる。「いつもこの様にお遊びなさっておいでと聞いたが、機会がなくて宮の琴の音の上手は評判なのに、全然聞いていない。良い機会のようだ」と思いながら邸内にお入りになると、琵琶の音の響きであった。黄鐘調③に調子を合わせて、普通の合奏ではあるが、場所柄のせいか、聞いたことのない珍しい気がして、掻き返す撥の音も澄んだ感じで風情がある。特に箏の琴の音がしみじみと優雅な音色で、とぎれとぎれに聞こえる。

しばらく聞いていたいのに、やつし姿ではあるが、御気配をすばやく察知して宿直④の者といった風の男で、融通のきかなそうなのが出てきた。「八宮様は、⑤これこれの事情で山寺に篭もっておいでなのです。お取次ぎを申しあげさせましょう」と申す「⑥いやいや。そのように日を限ってご修行なさっ

●鑑賞欄

「すごげに聞こゆ」〈すごげ〉は、「凄…し」の語幹に、外から見るとそのように見える(感じる)意を表す「げ」の付いた形。態度や様子などが、冷たさを含んでいて身にこたえる感じを表す。荒涼とした気分で季節的には秋…冬に用いられることが多い。ここから、「寂しくて気味が悪い様子…ぞっとするような美感があること等」の意になる。〈聞こゆ〉は、ここでは「聞く」の自発形で「(自然に)耳に入ってくる」の意をいう。

この場面では、薫が宇治の山荘を何の前触れもなく尋ねる。それも晩秋の夜明け方近い頃である。薫は真夜中に寂しい山道を夜露にしどどに濡れながら、山荘へと馬を走らせるのである。周りの風景は荒涼としていて、気分までもが、萎えてくる感じなのであろう。そんな時、突然と楽の音が聞こえてきたのである。常日頃の薫にしてみれば、ましてや管弦の嗜みもあるのであるから「すごげ」とは、普通は感じないはずである。このような舞台設定(晩秋の明け方…荒涼とした山荘…萎えるような気分)だからこそ「ぞっとする程の美しい音色」として聞こえてきたのであろう。

すごげに聞こゆ／ものきよげにおもしろし

ものきよげにおもしろし 〈もの〉は、対象として個々に直接示すことを避けて、漠然と把握し表現するのに広く用いられた語。ここは「きよげ」の様子を漠然と把握し表現している。〈きよ(清)げ〉は、平安時代に広く用いられた語であるが、「きよ(清)ら」は美しさそのものを表すの対して「きよげ」は美しそうに見える(感じられる)の意である。ここも「(そのように)感じられる」のである。〈おもしろし〉は、明るいもの(景色・装飾・音楽等)を見たり聞いたりして、眼前がぱっと明るくなり、気分が晴々とする意を表す。「をかし」のように批評的な意を含んだ表現としては用いられない。

この場面では、薫は目的地の山荘についてほっとしたのであろう。先程は「いとすごげに」聞こえた「物の音」が、今は美しく感じられ、心も晴々とした気分なのである。ただ薫は、この琴の音が八宮のものだとまだ思っている。宮は琴の名手だと知っていて、何時かは聞いてみたいと思っていたが、宇治へ通う目的が異なっていたので遠慮していた。今それを偶然にも聞けるという嬉しさもあるのだろう。

●語句解釈

①隠れなき御匂ひぞ～家々ありける＝薫の持って生まれた体香は「遠く隔たるほどの追風も、まことに百歩のほかも薫りぬべきここちしける。(匂宮の巻)」と見える。この場面を受けての表現か。

②その琴＝「琴」は、弦楽器の総称。〈琴《こと》・箏《そう》・琵琶《びわ》〉を含む。補助論文「琴のこと」92頁を参照。

③黄鐘調＝雅楽の六拍子の一つ。「黄鐘」は律旋音階で西洋音階のイ調に近いとされる音階。

④宿直人めく＝「宿直」は、職務により宮中または役所や貴人邸に宿直して、仕事をしたり警戒に当たったりすること。「宿直人」は、その任にあたる人。「……めく男」は〈……らしい男〉のことで、こんな荒れた山荘には宿直人など普通には居ないことを暗に示す。

⑤しかじかなひ＝「然然(副詞)」で、具体的な叙述を略して、その文句や文のかわりに用いることが多い。かくかく・かよう、の意。

⑥なにか＝「何か(感動詞)」で、相手の言葉に反対したり、質問を軽く受け流す時などに用いる。なあに・いやいや、の意。

琴のこと——琴の琴・箏の琴・琵琶の琴、絃楽器について——

八宮の二人の姫君は、御念誦の合間合間に「琴ならはし、碁打ち、偏つぎなどはかなき御遊びわざ」をしてつれづれをなぐさめていたというが、この場合の「琴（こと）」は、『源氏物語絵巻』「橋姫」（図①、59）の薫が垣間見する場面に、中君が琵琶、大君が箏を弾奏する姿が描かれていることからもわかるように、いわゆる横長のツィター型弦楽器だけをいうのではなく「弾物（ひきもの）」、弦楽器を総称していっていたのである。

「あづまごと・やまとごと」（和琴）、「きんのこと」（琴）、「さうのこと」（箏）、「びはのこと」（琵琶）、「くだらごと」（箜篌《くご》）も「こと」と呼んでいた。「橋姫」の巻に限っていえば「きんのこと」「さうのこと」「びはのこと」の三種が登場する。「琴」は宇治を再訪した薫が先夜の箏の音の話を持ち出した折に、この音のことかと八宮が弾奏してみせる中国渡りの七絃琴のことである。宮が箏ではなく琴を弾奏したのは、「君子左琴」といって、中国では君子は右に書物、左に琴を置くことを心がけたということを踏まえれば、琴は男子の楽器という意識が働いてのことかと察せられるが、箏とは別種の楽器である。基本的な相違は、箏は柱（じ）を胴面に立てて調弦するのに対して、柱を用いない点にある。大きさは時代によって異なるが、総じて四尺前後と小さい。楽箏（雅楽用の箏）は嵯峨天皇時で六尺五寸、のちに同四寸に改められたというが、琴よりは大きかったわけだ。琴の伝来は奈良時代で、独奏のほか御遊に加わって合奏もしたというが、平安時代末期には廃れて、その後江戸時代に再興されるという道をたどる。対して箏は、元来東アジアの楽器で、中国においては周代末期の戦国時代に秦で最初に用いられたとして「秦箏」とも呼ばれた。日本にはやはり奈良時代に伝来したが、中国では雅楽と別物であった宮廷の宴饗楽が、日本においての雅楽となったために、十三絃の箏もそのための楽器としての地位を得た。床に置いたままで演奏できたから、大きくとも女性の演奏に適していた。因みに和琴も箏に形状は近いが六絃で「むつのを」とも呼ばれていた。

㊿琴を弾く（金銀平文琴の部分）

ところで日本の弦楽器は「管絃」という語が代表するように、西洋のそれの弦が羊などの腸を使ったガットや、馬毛・金属を材料としているのに対して絹の繊維を撚った絹弦を用いているから、当然音量は小さかった。が、独奏楽器に用いられ、箏はその相承血脈に、仁明天皇をはじめとして、文徳・清和・宇多・醍醐・村上と天皇方の名を連ね、琵琶は後年、帝王の楽器として天皇・皇族方にもっぱらにされるようになる。公卿・殿上人による音楽会である御遊の場において、管楽器には専門の楽人が養成されていて、彼らが地下に控えて助奏もするのだが、琵琶や箏には位は低くとも蔵人とか受領階級の者が助奏を勤めた。箏については簾中の女房が担当することもあった。総じて絃楽器の演奏には肺活量とか、体力がいらず、篳篥のように頬を膨らませることもないから、貴顕や女性が手に取るには格好の楽器であったわけだ。

しかし、琵琶は女性が演奏するには大きくなかったろうか。琵琶は中国・朝鮮・日本のリュート型弦楽器で、中国唐代には「胡琴」と称されたことから推察されるように、起源はさらに西方に求められるものである。日本への渡来は七世紀ころかと考えられているが、正倉院の宝物として知られる、あの五絃の琵琶は定着せず、頸の曲がった四絃のものが雅楽の琵琶として伝わっている。ここにいう琵琶もいわゆる雅楽琵琶（楽琵琶ともいう）で、院政期に妙音院藤原師長によってまとめられた楽琵琶の楽譜集成が『三五要録』と名付けられたことに象徴されるように、それは通常全長が三尺五寸もあったという。大型で、胴も太いから重く、そのままでは姫君が構えて演奏するには無理があったように思われる。事実、先年女性の平曲演奏家が楽琵琶を演奏するのを聴く機会を得たが、彼女は楽器が大きく重いと感想を洩らしていた。特に胴は細くないと『源氏物語』当時の女性に十二単衣では抱えられまい。そうした観点から琵琶を通観してみると現行の平家琵琶（名古屋）は二尺二寸、薩摩琵琶は三尺、その他、全長が不定のものも少なくないし、五絃のものもある。胴の太さも一定ではない。当時は楽琵琶にも種々の大きさ、型があったのではないか。三尺五寸というのはむしろ他楽器との合奏用の最大サイズとみることができる。『順徳院御琵琶合』の記録から楽器の大小に因んだ名称を抽出してみると、「小琵琶」「大鳥」「大唐花」「小唐花」「大紫檀」等を挙げることができて、中でも「小琵琶」は「これは上東門院

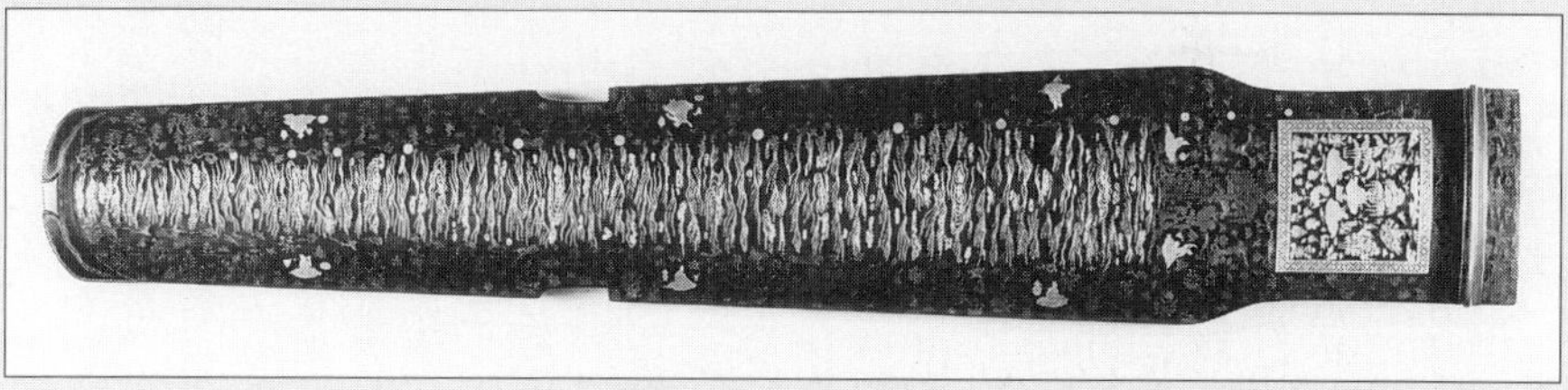

㊿金銀平文琴（正倉院）

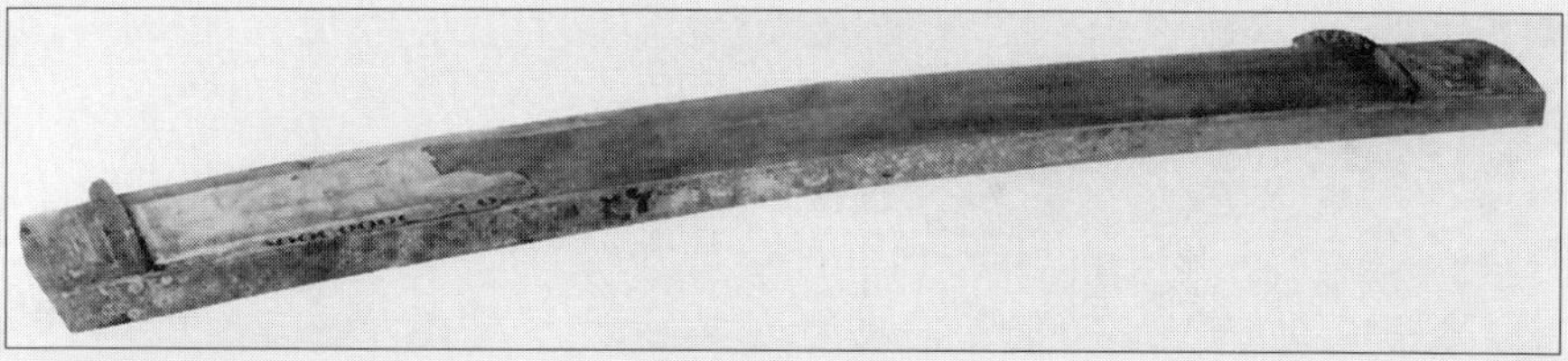

52 箏残闕（正倉院）

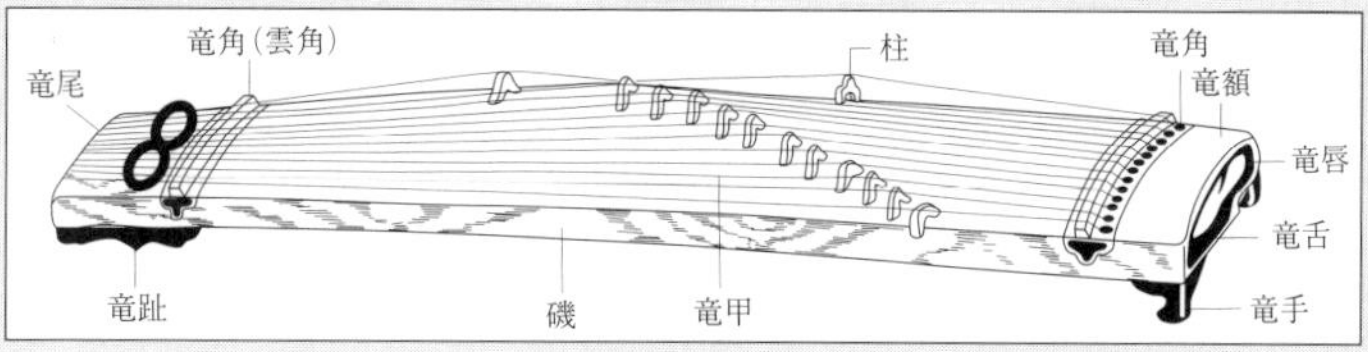

53 琴の各部名称

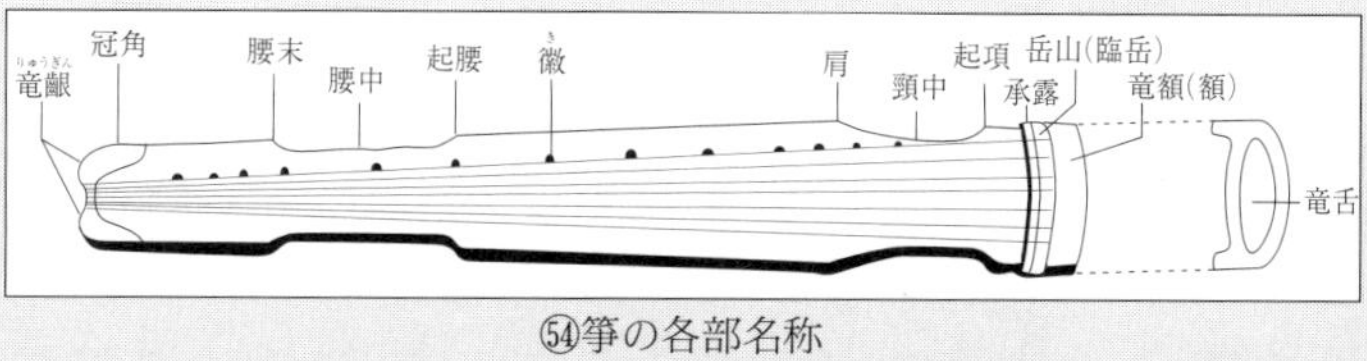

54 箏の各部名称

の琵琶云々」と注記されており、まさに女性用であったことがわかる。小さいと、やはり音も小さかったらしいが、そういうものもあったのである。現在の子供用ヴァイオリンを例に上げるまでもなく、弦楽器はその弦の張り加減で音高を調節することができるから、楽器を少々小さくしたところで問題はないのである。それに対して管楽器はそうはいかない。子供用フルートは大人サイズを曲げており、長さを変えていない。音高が変化してしまうからだ。フルートを短くしてはピッコロになってしまう。別項に詳しく触れるが、現行の篳篥と当時存在していた大篳篥とでは音高が四度違っていたという。ともあれ楽琵琶は三尺五寸よりも小型のものがあったとみてよく、『方丈記』に「折琴・継琵琶」というように細工を施されたものもあったのである。

　ところで、八宮は「姫君に琵琶、若君に箏の御琴」を習わせたという条が見えるので、冒頭に述べた『源氏物語絵巻』の情景は「中君が琵琶、大君が箏」を弾奏する姿を描いていて、絵巻の楽器は逆ではないかと思われるがそうではない。物語本文でも「琵琶を前に置きて、撥を手まさぐりにしつつゐたるに、(中略) 中君『扇ならで、これしても月はまねきつべかりけり』とて、さしのぞきたる顔、いみじくらうたげににほひやかなるべし。添ひ臥したる人は、琴の上にかたぶきかかりて」とあって話者注記がなければわかりにくいのだが、琵琶の前にいるのが中君、箏の琴の上にもたれ掛かっているのが大君と見てよい。

この条、旧説では逆に父宮から習っていたとおり琵琶の前に大君、箏の琴の上に中君とするが、当時の管絃者の多くはどちらも能くしていたと見て大過はないし、この姉妹の場合、どちらの楽器も身近にあったのであるから、こうした情景にも無理はないのである。ましてこの場面における姉妹の会話が、舞楽「陵王」の所作「日搔手(ひかきて)」を下敷きにしていることはよく知られている。宇治の山荘にひっそりと生い育つ二人の姫君の舞楽管絃に関わる造詣の深さを思えば、中君は琵琶を習っていないなどと考える必要はなく、むしろ当時の貴族の子女の教養を思うべきで、特筆されていた楽器は、その相承血脈に関わるほどに技量を上げているものとみてよい。そうして、前述した父宮が「姫君に琵琶、若君に箏の御琴」を習わせたという条は、父宮が経巻を片手に「かつ読みつつ唱歌をし」て教えたという、その教授法を述べたかったものと理解するべきである。

「唱歌」「声歌」、「しやうが」は、楽のこえ・ふしを人の声で歌唱することである。それは歌謡または楽として歌唱される場合と、楽の教授・練習等の目的で楽器の代わりに唱えられる場合があるが、ここの場合は後者の意味となる。父宮は仏に仕えつつ、姫君方を傍に置いて楽のこえ・ふしを口ずさみ、琵琶と箏を教えていた。その情景を作者は描きたかったのである。『竹取物語』に「あるいは歌をうたひ、あるいは唱歌をし」とあるのが歌詞を唱えることではないことを示す証左とされている。この『源氏物語』に見える唱歌は、琵琶・箏教習に唱歌を用いる初例のようにいわれるが、父宮は絃楽器のリズムだけを口で刻んだものと考えることはない。時には雅楽の主旋律楽器である篳篥のふしを唱歌してそれに姫方の絃を合わせさせたり、時にはこえを変え、テンポを変えて付いてこさせる修業をほどこしたと推察される。

　管絃は、笙に始まって同じ旋律形を篳篥・竜笛・鞨鼓と吹物・打物が続け、最期に琵琶と箏の弾奏が重なっていく。ほら、父宮は薫の前で琴の弾奏をする時、「しるべする物の音につけてなん、思ひ出でらるべかりける」と述べて、薫の琵琶に導かれて弾奏していこうという姿勢を示していたろう。琵琶から琴へ、こえを、ふしを写していこうというのは、まさに管絃の手法なのである。父宮は繰り返し、さまざまなバリエーションで唱歌をして姫方の即興演奏の能力を養っていたのである。

本来は雅楽寮や大歌所成立以前の歌儛所において歌を教えるものを唱歌師といったらしく、『源氏物語』には催馬楽の歌唱者を「唱歌の殿上人」といっている例が認められるが、こちらは御遊等の正式演奏の場における歌謡の歌唱を指していて、楽器の代わりに唱えるのとは明らかに異なる。明治以降、こちらの流れは「しょうか」と読みならわされて洋楽教育用の歌曲をいうようになったが、一方は和楽器と同様に一部演奏家の専門用語になってしまったのは残念なことである。

現在の琵琶には前述した平家琵琶や筑前琵琶のように、語りの合いの手を打つ間奏楽器となったものがあり、また、筝にも雅楽用の楽筝以外に筑筝・俗筝があって、歌唱の伴奏楽器となったものがある。そうした形で、楽器としては合奏の形をとらなくとも楽を形成することは可能なわけであるが、歌唱なくしての、語りなくしての弾奏はどのようなものであったのか。古代においても、琵琶の曲、筝の曲というものは単独では存在せず、概念もなかった。姫君方の弾奏していた楽に思いをめぐらしてみる時、想起されるのはやはり「相府蓮」のような管絃用の、それも「詠」があったというような曲である。心中に歌詞を詠じながら、二人はその楽と歌詞の世界に浸っていたとみるのはいけないだろうか。

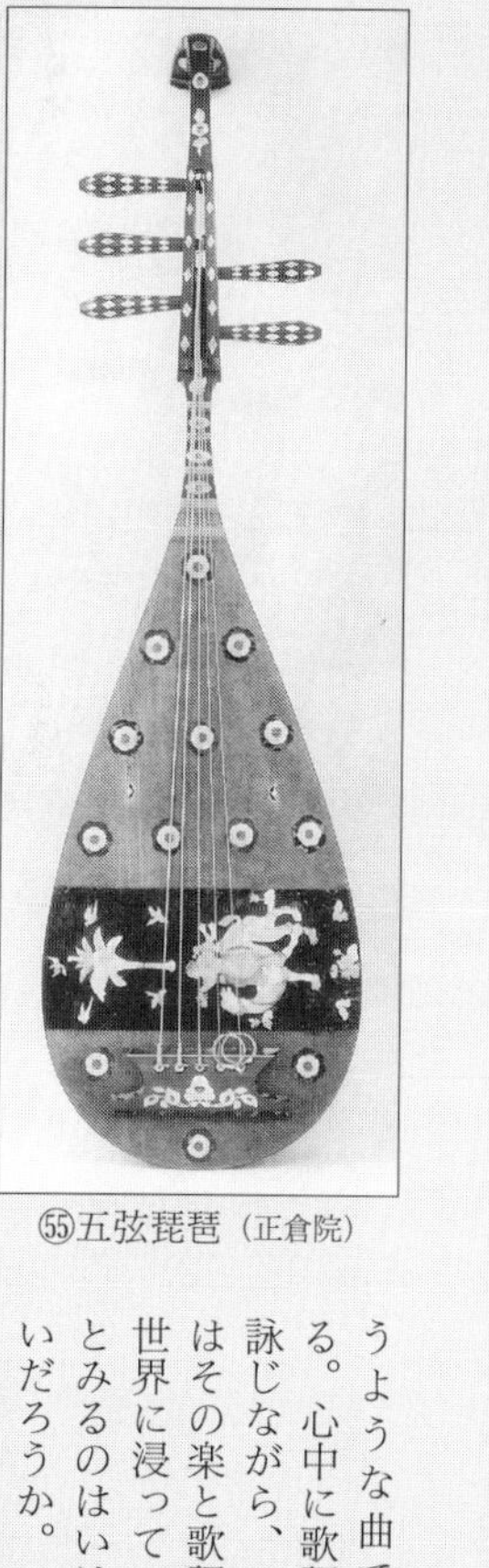
㊿五弦琵琶（正倉院）

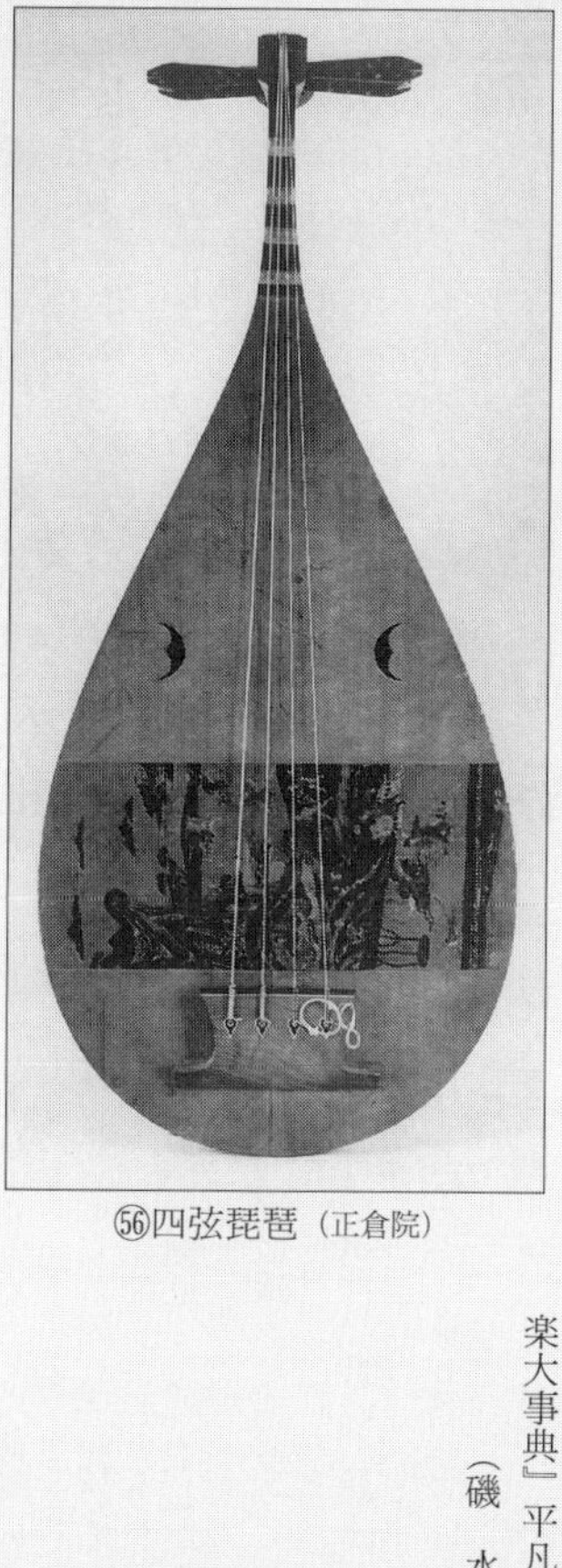
56四弦琵琶（正倉院）

57阮咸（正倉院）

（参考文献『日本音楽大事典』平凡社）

（磯　水絵）

行《おこな》ひの程《ほど》を、紛《まぎ》らはしきこえさせむに①あいなし。かく濡《ぬ》れ濡《ぬ》れ参《まゐ》りて、②いたづらに帰《かへ》らむ愁《うれ》へを、姫君《ひめぎみ》の御方《おほんかた》に聞《き》こえて、(姫君達が)あはれとのたまはせばなむ慰《なぐさ》むべき」とのたまへば、醜《みにく》き顔《かほ》うち笑《ゑ》みて、宿直人「申《まう》させはべらむ」とて立《た》つを、薫「しばしや」と召《め》し寄《よ》せて、「年頃《としごろ》、人伝《ひとづ》てにのみ聞《き》きて、ゆかしく思《おも》ふ御琴《おほんこと》の音《ね》どもを、うれしきをりかな、しばし、すこしたち隠《かく》れて聞《き》くべき物《もの》の隈《くま》ありや。つきなくさし過《す》ぎて参《まゐ》り寄《よ》らむほど、③みなことやめたまひては、いと④本意《ほい》なからむ」とのたまふ。御《おほん》けはひ、顔容貌《かほかたち》の、⑤さるなほなほしき心地《ここち》にも、いとめでたくかたじけなくおぼゆれば、宿直人「人聞《ひとき》かぬ時《とき》は、明《あ》け暮《く》れかくなむ遊《あそ》ばせど、下人《しもびと》にても、都《みやこ》の方《かた》より参《まゐ》り、立《た》ちまじる人《ひと》はべる時《とき》は、音《おと》もせさせたまはず。(八宮は)大《おほ》方《かた》、かくて女《をんな》たちおはしますことをば隠《かく》させたまひ、なべての人《ひと》に知《し》らせたてまつらじと、思《おぼ》しのたまはするなり」と申《まう》せば、(薫は)うち笑《わら》ひて、⑥「あぢきなき御《おほん》もの隠《がく》しな

ておいでの時に、お邪魔申し上げるのも①宜しくない。このようにずぶ濡れになってお伺いをして、②むなしく帰るこの嘆きを姫君達の御方に申し上げて、気の毒なとおっしゃって頂ければ、それで気も晴れましょう」とおっしゃると、醜い顔をほころばせて「申し上げさせましょう」と言って立ち上がるのを「ちょっと待て」と呼び止めになって、「長い間、噂にばかり聞いていて、お聞きしたいと思っていた御琴の合奏を、よい機会だ、少しの間、ちょっと立ち隠れて聞けそうな物陰はないのか。不相応に出過ぎてお側近くに参上したりする間に、③合奏をお止めなさっては、④実に残念であろう」とおっしゃる。ご様子、ご容貌がこうした⑤平凡な者の心地にも、実に素晴らしく畏れ多く思われるので、「誰も聞いていない時はいつもこのように合奏なさいますが、たとえ下人であっても都の方から参って、このお邸に逗留なさる方がございます時は、音もお立てになりません。だいたい、こうして姫君達のいらっしゃいますことをお隠しになり、世間の人にお知らせ申すまいとのお考えで、おっしゃりなさるのです」と申し上げると、ほほえんで「それは⑥つまらないお隠し立てだ

●鑑賞欄

なまかたくなしき／つきなくさし過ぎて　90・96頁

「なまかたくなしき」〈なま〉は［接頭語］。用言に付いて、その状態の不完全さを表す語。「どことなく・いくらか・なまじ等」の意となる。因みに「なまにくし（生憎し）」は、どことなく憎らしいの意となる。〈かたくなし（き）〉の《かたくな（頑）》は、判断が行き届かず偏っていることをいう。ここから「要領が悪く気のきかない様・物の道理が理解できずに愚かな様等」の意となる。

　この場面では、薫は山荘内から聞こえてくる演奏を暫くはこのままで聞いていたいと思うのである。ところが、番人が薫の気配にさすがに気付いて、すぐに出て来てしまったのである。

　薫にして見ればよけいなお世話なのであるが、これがまた番人の仕事である。これまでも何度か八宮との取次ぎをしてくれた宿直人なのであろう。だからこそ早速に宮の様子を伝えるのだが、今日の薫の心境が違っているのだ。このことを理解してほしいのだが、そこまでは気がまわらない。薫にしてみれば「どことなく、要領が悪く気のきかない（男）」に見えてしまったのであろう。

「つきなくさし過ぎて」〈つきなく（し）〉は、手掛かりがないとか、どうしていいかわからない状態を表す語。ここから「（時・所・年齢などが）似つかわしくない・ふさわしくない・不案内だ等」の意になる。〈さし過ぎ（ぐ）〉の《さし（差し・指し）》は、一定の方向に向かって直線的に運動する意が原義。因みに「さしあげ（差し上げ）」は、上へ高く直線的に挙げること。ここから〈さし過ぎ〉は、「出過ぎる・やり過ぎる・度を超える等」の意となる。

　この場面では、薫は琴の演奏者が八宮でないことを知ったのである。三ヵ年前のことであるが、この宮のことを阿闍梨から聞いたとき、「げに、はた、この姫君たちの琴弾き合わせて遊びたまへる、川波に競ひて聞こえはべるは、いとおもしろく、極楽思ひやられはべるや」と阿闍梨が話したのを思い出したのであろう。

　薫は姫君達の演奏を聞きたくなったのであろう。だから、その場に「似つかわしくなく、出過ぎる」のを憚ろうというのである。

●語句解釈

①あいなし＝「合ひ無し」で、本来の筋から外れていて本意でないこと。感心しない・宜しくない・面白くない、の意。

②いたづらに＝「徒ら」で、当然の期待に反して、何の役にも立たないことが原義。ここは、期待しただけのこともない状態・無駄、の意。

③みなことやめたまひて＝「みなことやめたまひて」は「皆琴止め給ひて」とも解釈できそうだが、ここは「皆事止め給ひて」と見るべきだろう。

④本意なからむ＝「本意」は、こうしたい・こうありたいと思うもともとの意向・意志のこと。「本意なし」で、本来の意向・意志に反する、の意。ここから〈残念〉となる。

⑤なほなほしき＝「直々し（き）」で、普通だ・平凡だ・つまらない・劣っている、の意。前に「宿直人めく男なまかたくなしき」とあり、同じ人を指す。身分の低さをいう。

⑥あぢきなき＝「あづきなし」の転で〈あづき〉は、分別・道理の意。「あぢきなし」は、道理をわきまえず、どうにもならない状態に対する半ばあきらめの気持ちを表す。つまらない・役に立たない・もはや無用である、の意。

(58)透垣図と貝合に描かれた透垣（岡山美術館）

り。しか忍《しの》びたまふなれど、皆人《みなひと》あり難《がた》き世《よ》の例《ためし》に、聞き出づ（姫君達を）①べかめるを」とのたまひて、薫「なほしるべせよ。我《われ》は好《す》き好《ず》きしき心《こころ》などなき人《ひと》ぞ。かくておはします（姫君達の）らむ御有様《おほんありさま》の、あやしく、げになべてにおぼえ（自分には）たまはぬなり」とこまやかにのたまへば、宿直人「②あなかしこ。心《こころ》なきやうに後《のち》の聞《き》こえやはべらむ」とて、あなたの御前《おまへ》は③竹《たけ》の透垣《すいがい》しこめて、皆隔《みなへだ》てことなるを、教《をし》へ寄《よ》せたてまつれり。御供《おほんとも》の人《ひと》は、西《にし》の廊《らう》に呼《よ》びすゑて、この宿《との》直人《ゐびと》④あひしらふ。

ね。そのようにお隠しなさるようだが、世間の人は皆、めったにないこの世の例として聞き知っているらしいのに①」とおっしゃって、「かまわず案内しなさい。私は色めいた心などない人間だ。こうしてお暮らしになっているご様子が不思議で、誠に普通のこととはお見受け出来ないのだ」と、親密に仰せなさるので、「ああ、②恐れ入ります。ものをわきまえない奴だと、あとでお叱りを受けるかもしれません」と言って、姫君達の御前は竹③の透垣を巡らして、他とは別の囲いになっているのを教えてお連れ申し上げた。お供の者達は西側の廊に呼び入れて、この宿直人が接④待する。

●鑑賞欄

めでたくかたじけなく／好き好きしき心　96・98頁

「めでたくかたじけなく」　〈めでたく（し）〉は、《愛づ》を形容詞化した語で「愛すべきだ・賞すべきだ」が原義。ここから「申し分なく素晴らしく賞賛する以外にない・結構な事で慶賀すべきである等」の意となる。高貴の人を褒め讃えるときなどに用いられる語。〈かたじけなく（し）〉は、容貌が醜いことを指すのが原義。ここから、人前でみっともなく恥ずかしいの意となる。転じて「相手に失礼と思い、恐縮する」気持ちを表す。

この場面では、宿直人の心中表現として用いられている。山荘の番人と薫とでは、歴然とした身分の差がある。尋ねて来る薫を山荘へ案内するだけでも恐れ多い事なのに、今日は言葉を交わさなければならない。その思いが番人を緊張させる。

相手（薫）を「めでたし（申し分なく素晴らしく賞賛する以外にない）」と感じ、そんな高貴な方と言葉を交わす自分を「かたじけなし（みっともなく恥ずかしい）」と思うのである。このように相反するような意を持つ、二つの語を重ねて用いることにより、相手を賞賛する気持ちを益々高めた表現となっているのである。

「好き好きしき心」　〈好き好きし（き）〉の《好き》は、気に入った事柄に対してひたすらになる気持ちを表す語。ここから「一途になる・熱中する・身を打ち込む等」の意となる。特に恋愛ざたに用いられる場合が多い言葉である。「好き」を重ねた〈好き好きし〉は、「好き」の状況が少々行き過ぎた状態をいうようだ。「一途になりすぎる・熱中し過ぎる等」の意とみてよかろう。ここから恋愛ざたに関しては「如何にも恋にひたむきである・色めかしく浮いた様子である等」の意となる。但し、後世の「好色」とは趣が違う。

この場面では、薫が姫君達の演奏に興味を示したのに対して、下衆の番人は、この山荘の姫君は男との関係は一切ないことを話す。薫の宇治に通う本心など理解できない番人には、薫が姫君達の垣間見を所望しているとでも思ったのであろう。そう感じ取った薫は番人に言い訳をするのである。「（お前が思っているような）色めかしく浮いた気持ち（心）」など私にはないのだと。

勿論、薫にはこのようにきっぱりと言い切れる自信が、世間的にも心情としてもあるのである。

●語句解釈

①べかめる＝「べかるめり（る）」の撥音便形「べかんめり」の撥音の無表記形「べかめり」で〈きっと……に違いないようだ（そのように見える）〉の意。

②あなかしこ＝「あな」は、強い感動から発する語。多くは下に形容詞の語幹が来る。「かしこ」は〈畏し〉の語幹。ああ、もったいない・ああ、恐れ多い、の意。

③竹の透垣＝竹で間を少し透かして作った垣根のこと。〈すいがき〉とも。

④あひしらふ＝調子を合わせて相手をする・対応する、の意

宇治の姫君たち

薫、月光に、姫君達の姿を初めて垣間見る

①あなたに通《かよ》ふべかめる透垣《すいがい》の戸《と》を、(薫が)すこし押《お》し開《あ》けて見《み》たまへば、②月《つき》をかしきほどに霧《きり》わたれるをながめて、簾《すだれ》を短《みじか》く捲《ま》き上《あ》げて、人々《ひとびと》ゐたり。③簀子《すのこ》に、④いと寒《さむ》げに、身細《みほそ》く萎《な》えばめる童一人《わらはひとり》、同《おな》じさまなる大人《おとな》など居《ゐ》たり。内《うち》なる人《ひと》、(中君)⑤一人柱にすこし居隠《ゐかく》れて、琵琶《びは》を前《まへ》に置《お》きて、撥《ばち》を手《て》まさぐりにしつつ居《ゐ》たるに、雲隠《くもかく》れたりつる月《つき》の俄《にはか》にいと明《あ》かくさし出《い》でたれば、中君「扇《あふぎ》ならで、これしても月《つき》は招《まね》きつべかりけり」とて、(月を)さしのぞきたる顔《かほ》、⑥いみじくらうたげににほひやかなるべし。添《そ》ひ臥《ふ》したる人は、(大君)琴《こと》の上《うへ》に傾《かたぶ》きかかりて、大君「入《い》る日《ひ》を返《かへ》す撥《ばち》こそありけれ、さま異《こと》にも思《おも》ひ及《およ》びたまふ御《おほん》心《こころ》かな」とて、⑦うち笑《わら》ひたるけはひ、今《いま》すこし重《おも》りかによしづきたり。中君「及《およ》ばずとも、これも月《つき》に離《はな》るるものかは」など、はかなきことを(姉妹が)うち解《と》けのたまひかはしたるけはひども、⑧さらによそに思《おも》ひやりしには似《に》ず、いと

①むこうに通じているらしい透垣の戸を、少し押し開けてご覧になると、②月が美しい具合に霧が一面に立ちこめている景色を眺めて、簾を高く巻き上げて、人々が座っている。③簀子には、④とても寒そうに、やせて着古しの着物の女童が一人、同じ姿の年かさの女房などが座っている。奥にいる人は、⑤一人は柱に少し隠れて座っていて、琵琶を前に置いて、撥を手で玩びながら座っていたが、雲に隠れていた月が急に明るくさし出ると、「扇でなくて、これでも月は招くことができましたね」と言って、月を覗いた顔は、⑥まことに愛らしくつややかであるようだ。その傍らに伏しがちの人は、琴の上に前かがみにしていて、「入り日を招き返す撥という話はありますけれど、変ったことをお思いつきなさるお心ね」と言って、⑦にっこり笑った感じは、もう少し落ち着きがあって優雅である。「扇に匹敵しないにしても、これも月に関係ないことがありましょうか」などと、とりとめもない冗談を打ち解けて言い合っていらっしゃる様子は、⑧まるでよそながら想像

●鑑賞欄

「月をかし」は、「桐壺」50頁に「夕月夜のをかしきほど」と、「末摘花」に「十六夜の月をかしきほどにおはしたり」、「賢木」に「二十日の月やうやうさし出でて、をかしきほど」とあって、時刻・形態・状況から、その日の月の美しいことを表現する。「月おもしろし」は、「桐壺」90頁に「月のおもしろきに」とあり、前に「夕月夜のをかしきほど」とあるので、十日過ぎの月を指す。王朝日記の中から二、三の例を上げると、『土佐日記』一月十三日の条に「十日あまりなれば、月おもしろし」とあり、十七日の条に「十七日。曇れる雲なくなりて、暁月夜いとおもしろければ」とある。『紫式部日記』では、九月十五日の条に「十五日の月くもりなくおもしろきに」、十六日の条に「またの夜、月いとおもしろく」、十七日の条に「暮れて月いとおもしろきに」と、三夜連続して「月おもしろし」とする。望月を前後すること三、四日の、月が明るく輝く月齢の頃の月の美しいのを表現する。

この場面は、88頁に「有明の月」とあり、二十日過ぎの夜遅く出た月を待って、うっすらと霧立ち渡る東の空の月を鑑賞している。

「月をかし」「月おもしろし」／簾を短く捲き上げて

「簾を短く捲き上げて」の解釈は、「簾を下の方だけ巻き上げて」という解釈もあるが、「短し」と表現される調度は几帳のみで、「野分」の「短き御几帳引き寄せて」「椎本」の「高きも短きも、几張を二間の簾におし寄せて」とある例のように、物の存在側をもって長いとか短いと判断する。『岷江入楚』に「簾を高く捲たるなるべしまきのこしたる上の方の短きなるべし」が正しい解釈であろう。なお、11頁の源氏物語絵巻では、高く巻き上げ、22頁の絵詞では「すだれをすこしまきあげて」とする。簾に少しと表現するのは、「若紫」に「簾すこし上げて、花たてまつるめり」があるが、これは動作であって状態ではなく、絵と詞にずれがある。

㊾簾を短く捲き上げて（源氏物語絵帖　橋姫）

●語句解釈

①あなたに〜＝姫君の居間。宿直人に教えられた間取りによる薫の推量。

②月をかしきほどに〜＝以下薫の眼を通しての描写。覗き見た全体が最初に表現され、そして細部観察へと向う。

③簀子＝寝殿造で、廂の間の外側にある縁側。

④いと寒げに＝寒そうで十分に着重ねていなく、糊気が落ちた衣装に宮家の家計が想像される。

⑤一人柱にすこし居隠れて＝簀子と廂との境の柱。ここに居るのが中君。古くは演奏楽器によって、琵琶の前には大君、箏の琴の前には中君とするが、現在は、性格により前者が中君、後者が大君とする。

⑥いみじく〜にほひやかなるべし＝月光の下に見て、いたわりたいと思うような愛らしい色艶と、陽光の元として推量する薫の判断。

⑦うち笑ひたる〜よしずきたい＝顔と仕草と会話による薫の中君の評価に対して、うつ伏し気味で顔を見ることができず、中君との会話から判断される薫の大君評価は、中君と比較的に表現されている。

⑧さらによそに〜なつかしうをかし＝薫はこれまで78頁に「世の常の女しくなよびたる方は遠くやと、推しはからるる御有様なり」と、世間一般の女性のもの柔らかさとは縁遠いと想像していた。

隆能源氏物語絵巻　橋姫

ちょうどこの段の場面の「源氏物語絵巻」が徳川美術館に所蔵されている。こちらはその絵詞とともに、巻頭のグラビアを飾っているので、そちらを見て戴くとして、下段白描図をもって、この場面について考えてみよう。

透垣の戸をそっと押し開けて垣間見ると、雲間を破って月が急に明るくさし出ると、琵琶を前に置き、扇でなくて、撥ででも月は招くことができましたねと言って、月を覗いて見ている中君と、その傍らで琴に前かがむようにいて、沈む日を招き返す撥というのはありますが、月をとは変ったことをお思いつきねと言って、うち笑う大君は、落ち着いていて優雅であるという、薫の眼を通してその場が表現される。この大君と中君については、『小学館日本古典文学全集』の「二人は柱にすこしゐ隠れて」の注に、

> 姫君二人のうちの一人。以下の、姉妹と楽器の関係は旧説と新説とでは逆になる。『細流抄』『岷江入楚』『湖月抄』など旧説では、琵琶の前に大君、箏の前に中の君がいるとするのに対して、最近説はいずれも琵琶が中の君、箏が大君とみる。つまり後者によれば、「二人は…『扇ならで、…』…にほひやかなるべし」までを中の君、「添ひ臥し…よしづきたり」までを大君、「『およばずとも…』など」が中の君になる。右の二説の相違は姉妹の容貌・性格と演奏楽器とのいずれに重点をおくかに由来する。ここでは容貌・性格の対照を重視して後者の説に従っておく。

とする。現在の諸注釈はこの琵琶中君、箏大君で一致する。注の容貌・性格によるというのは、40頁の「姫君は、らうらうじく、深く重りかに見えたまふ。若君は、おほどかにらうたげなる様して、ものづつみしたるけはひに、いとうつくしう、様々におはす。」に、演奏楽器によるというのは、46頁の「姫君に琵琶、若君に箏の御琴」による。森野正広氏は「宇治姉妹と箏の琴（『王朝文学史稿』平成六年）で、中君が箏を弾くときには「御」が付くとして、この場面の箏の琴は大君とする。

次に、「源氏物語絵巻」の解説側から見ると、昭和四十七年の七月号の『太陽』では、

> いましも、姉で二十四歳の大君が、扇でなくてこのばちでも月をまねきよせることができるといって、空をあおぐ。これを見て、妹で二十二歳の中の君が、かわった思いつきだといい、琴にかぶさるようにして笑う。

と、この演奏楽器による識別となる。また、秋山光和氏の中公新書の『王朝絵画の誕生』（昭和四十三年）には、

> 透垣の戸をそっと押して垣間見ると、折から雲間を破って照り初めた月影に、中の君は「これにても月は招きつべかりけり」と琵琶の撥をあげ、大君はひきさした箏の上に身を傾けてほほえむ姿が、物語の一節のように眺められた（この琵琶と箏をひく二人のうち、いずれを大君とし中の君とするかは、物語本文からは二様の解釈が可能である。）

〈同氏の集英社の『図説日本の古典7　源氏物語』も同じ（昭和五十三年）〉

とある。ここに掲載した白描図の『源氏物語絵巻　徳川美術館蔵品抄②』（昭和六十年）には、現在の注釈と同じ立場に立つ解説が付けられているが、もう一つの解説文には、

> 当腰の帯を外に見せて締める薫の直衣の着用法は珍しく、風俗史研究の上で重要な資料である。簀子の二人の女房は侍女である。画面上方から中程にか

けて、深い山荘の霧を、銀で縁取った群青で現し、右上の雲の中に、銀で明るくさし出でた月を描いている。箏を弾くのが大君、撥を持つのが中君とする説もある。

とあり、巻末に付されている「源氏物語絵巻主要登場人物略解」でも、この場面の琵琶の撥をもつ姫君を大君に当て、二つの解釈が混在している。このような解釈の混乱の現象を柳井滋氏は、『鑑賞日本の古典6 源氏物語』（尚学図書昭和五十四年）で、

かように異説が生じるのは、作者の書き進め方のあいまいさにも責任があるだろう。（中略）琵琶は大君、箏は中の君と読者は承知して読んできているから、ここも琵琶は大君が弾き、箏は中の君が弾いているのだろうと想像する。そしてかいま見の場面、琵琶を前にしているのが中の君ということでは、読者は混乱してしまう。（中略）また、『源氏物語』では、物の音や手習いの字の批評はそのまま弾き手・書き手の人柄の批評に通じて行く傾向がある。「なまめいたる声」と箏の音をいうことは、箏の弾き手のなまめかしい風情を想像させる。姉妹のうちで「なまめかし」とされるのは姉の大君の方である。とすれば、箏を大君が弾き、そのまま箏にかたぶきかかっていたことになる。（中略）作者の書き進め方のあいまいであることはいいうるだろうと思う。

と説かれる。逆に、この姉妹と楽器の逆転した取り合わせのもたらすくいちがいを積極的に読み取って、

父の姿勢をうけつぎ中の君を押し立てようとする大君と、あくまで大君を求める薫と、相剋する二人のあり方を描くべく、物語はここにあらたな展開を予感させる。

という西耕生氏（『中古文学』四七号「『ものの音めづる』心」平成三年）や、物語の作意と読む久下裕利氏（『源氏物語絵巻を読む』笠間書院　平成八年）、垣間見からの誤解を昔物語の類型に読み解こうとする中川照将氏の「八宮の『本心』と薫の『誤解』」（『詞林』第22号　平成九年）などの解釈がある。

本文語釈に「うつ伏し気味で顔を見ることができず、中君との会話から判断される薫の大君評価」と注した。そして、135頁の鑑賞欄の「直面」に大君の臨終の場面を引用したが、作者は、大君の顔をあらわにはしていない。この垣間見の折の琵琶を中君、箏の琴を大君とする通説に従う。大君の仕草と気配、この日の箏の音に惹かれて行く薫の、予期せぬ垣間見の場面である。

(60)源氏物語絵巻　橋姫の配置図

あなたに通ふべかめる透垣の戸　100頁

『源氏物語』は、創作であって現実世界が描かれているのではないが、作者によってある時とある場が提供され、おのずと作品世界を形成している。この垣間見の場面も、「秋の末つかた」（84頁）、「有明の月の、まだ夜深くさし出づるほどに」（88頁）京を出発し、「入りもてゆくままに、霧ふたがりて、道も見えぬ繁きの中」（88頁）を分け入られて、「山賤のおどろくもうるさしとて、随身の音もせさせたまはず。柴の籬を分けつつ、そこはかとなき水の流れどもを踏みしだく駒の足音も、なほ、忍びてと用意したまへるに、隠れなき御匂ひぞ、風に従ひて、主知らぬ香とおどろく寝覚めの家々ありける。」（88頁）、「近くなるほどに、その琴とも聞き分かれぬ物の音ども、いとすごげに聞こゆ。」（90頁）と道中が描写され、「よきをりなるべしと思ひつつ入りたまへば、琵琶の声の響きなりけり。黄鐘調に調べて、世の常の掻き合はせなれど、所からにや、耳馴れぬ心地して、掻き返す撥の音も、ものきよげにおもしろし。箏の琴、あはれになまめいたる声して、絶え絶え聞こゆ。」（90頁）とあって、この垣間見の場面へと繋がる。ここまでを整理すると、陰暦九月二十日過ぎの、ある夜のことである。「源氏物語絵巻」では望月のように描かれているが、物語上では、下弦の月に近い頃となる。陰暦九月二十一日は、今年一九九八年では十一月九日となる。この日のこの辺りの月の出は二一時五四分頃、月の入りは一一時一三分あたり、勿論、地形の関係で月の出の時刻は遅れ、月の入りの時刻は早まる。薫の出発は二二時を過ぎた頃となろうか。

宇治までの所要時間は、〈浮舟〉の巻で匂宮が大内記に宇治行を語るところで、「夕つかた出でさせおはしまして、亥子の時にはおはしまし着きなむ。さて暁にこそは帰らせたまはめ。」とあり、『蜻蛉日記』に、「日悪しければ、門出ばかり法性寺の辺にして、あかつきより出で立ちて、午時ばかりに宇治の院にいたり着く。」（上巻・安和元年九月）と、予定の日が凶日なので、門出だけを法性寺のあたりにして、夜明け前から出発して、正午ごろに宇治の院に到着したという、牛車で六時間ほどと考えられようか。二回目は「さて七八日ばかりありて、初瀬へ出で立つ。巳の時ばかり、家を出づ。（中略）未の時ばかりにこの按察使の大納言の領じ給ひし宇治の院にいたりたり。」（中巻・天禄二年七月）と、四時間ほどとなる。秋山虔氏・池田弥三郎氏・清水好子氏の三者対談で、

清水　私はあの、薫が宇治を訪ねて行くところ好きですの。「入りもてゆくままに霧りふたがりて、道も見えぬしげ木の中を分けたまふに」（「橋姫」）というところ。（下略）

池田　薫などは、宇治にどのくらいの時間で行ったのでしょうか。

清水　宵に出ますと夜中に着いているのですね。ですから、四時間ぐらいで行ったのではないでしょうか。馬で行くときと車で行くときとは違いましょうが。薫が露や霧で濡れているというのは、あれは馬で行っているのですね。

池田　薫なんかは馬でなきゃ通えないですね。『今昔物語』でしたか、大泥棒の話が出てきます。たいへん足の速いやつで、これが宇治へ、宇治産の布を買いに行くんですね。翌日までに品物が必要だというのですが、もとが泥棒ですからみんなが警戒していて、その男に金を渡さないんです。だけど、そんなことをしていたらとても明日の用の間に合わないので、七条のところでお金を預かって宇治にとんで行くん

です。（中略）稀代に足の速い泥棒で、それでも往復に、いまの時間で二時間はかかっているんですね。（『源氏物語』を読む筑摩書房　昭和五十七年）

とある。池田氏の『今昔物語』は、『古今著聞集』の、往復二時間というのは、「戌の刻ばかり」に出発して、「子の始めばかりに」帰参したとあることから、片道二時間の思い違いと思われるが、この小殿平六という強盗の棟梁は駿足で、「高名のはや足の力者をえらびさだめられたりけるが、この小殿があゆむに、いかにおくれじとあせかきけれど、かなはずおそかりければ」と、駿足の下僕法師を選び決められた者が、どれほど汗をかいて頑張っても追いつかない。この小殿が往復四時間。馬の薫は供の者のことや、駒の足音に配慮するのであるから、三時間前後の所要時間と推定すれば良いであろうか。

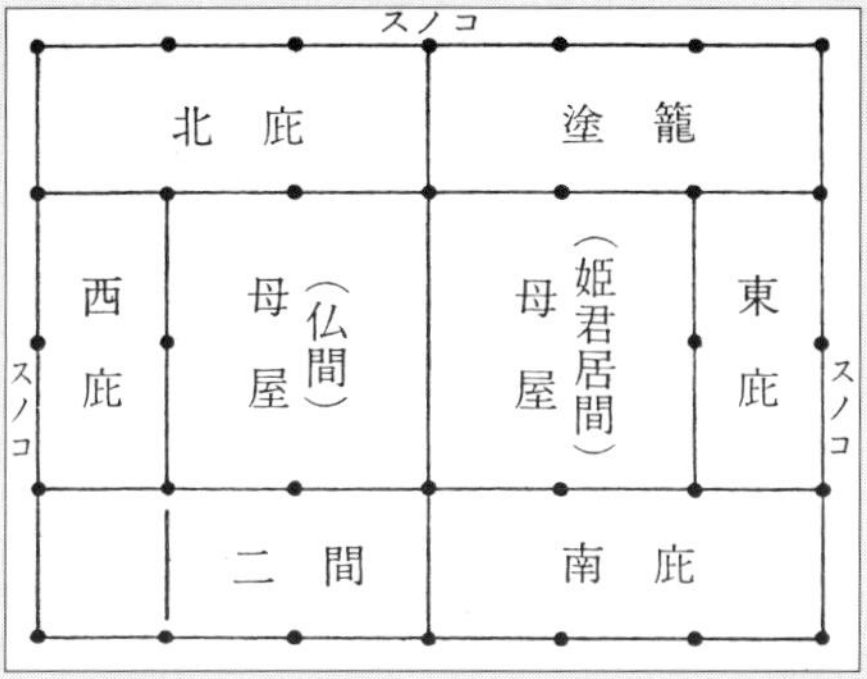

61増田繁夫氏による八宮寝殿想定図（梅花女子大学文学部紀要Ⅲ「源氏物語宇治八宮の山荘」より）

62あなたに通うべかめる透垣の戸（源氏物語　末摘花　石山寺）

　薫が八宮の山荘に到着したのは、今の時間で午前一時を回った時刻となる。月は東南上空となる。八宮の山荘については、増田繁夫氏の「源氏物語宇治八宮の山荘―その間どり等について―」（梅花女子大学文学部紀要Ⅲ　昭和四十一年）に詳しい。この場面の場については、

　姫君たちは南庇にゐたのである。透垣からのぞいた薫には、その南庇にゐる姫君の一人が柱に少し隠れて見えなかったという。勿論この柱は、簀子と庇との間の柱であり、さすればこの庇の東西の柱間は二間以上あると推定される。（中略）源氏物語絵巻の成立はまづ十二世紀であり、どの程度に本文をふまえてゐるかも疑問であるが、橋姫のこの場面を庇の柱間二間の構図に収めてゐるのも一往の参考とならう。姫君たちは月を見るため母屋（居間）から南庇に出てきてゐるのである。なほ、絵巻ではこの南の簀子と平行に透垣が描かれ、薫はこの庇の南正面からのぞいてゐるのは、本文とは離れた絵画としての必要性からであらう。（中略）この庇の部分はぐるりと透垣でとりかこまれてゐるのであり、絵巻のやうに左が切れてゐないはずである。特に絵の左方、つまり客間があり、中門がある西側からの一目を防ぐのが透垣の目的なのである。薫のあけた透垣の戸も、絵巻とちがって東西に通うためのものであらう。薫は正面からではなく、西側から斜めにのぞいたのである。だから奥から客のきたことを知らせた人の姿が見えなかったのである。

とされる。『源氏物語絵巻』も『絵入源氏物語』の絵も、一つの解釈である。

あはれになつかしうをかし。昔物語《むかしものがたり》などに語《かた》り伝《つた》へて、若《わか》き女房《にようばう》などの読《よ》むをも聞《き》くに、①必《かなら》ずかやうのことを言《い》ひたる、②さしもあらざりけむと、(薫は)憎《にく》く推《お》しはからるるを、げにあはれなるものの隈《くま》ありぬべき世《よ》なりけりと、③心移《うつ》りぬべし。

霧《きり》の深《ふか》ければ、さやかに(姉妹の姿を)見ゆべくもあらず。また、④月《つき》さし出《い》でなむと(薫が)思すほどに、奥《おく》の方《かた》より、女房「人《ひと》おはす」と告《つ》げきこゆる人《ひと》やあらむ、⑤簾《すだれ》おろして皆入《みない》りぬ。(姉妹の)驚き顔《がほ》にはあらず、なごやかにもてなして、やをら隠《かく》れぬる⑥けはひども、衣《きぬ》の音《おと》もせず、いとなよらかに心苦《こころぐる》しくて、いみじうあてにみやびかなるを、(薫は)あはれと思《おも》ひたまふ。

(薫は)やをら立《た》ち出《い》でて、⑦京《きやう》に、御車率《みくるまゐ》て参《まゐ》るべく、人走《ひとはし》らせつ。ありつる侍《さぶらひ》に、薫「をりあしく参《まゐ》りはべりにけれど、なかなかうれしく、思《おも》ふことすこし慰《なぐさ》めてなむ。(自分が)かく侍《さぶら》ふよし(姉妹に)聞こえよ。いたう濡《ぬ》れにたる⑧かごとも聞《き》こえ

していたのとは違って、とても胸にしみ親しみやすく魅力的である。昔物語などに語り伝えて、若い女房などが読むのを聞くと、①必ずこのような話を言っているが、②まさかそうではなかったろうと、腹立たしくおもんばかっていたのだが、なるほど美しい姫君の隠れ所があればある世の中だったと、③どうやら薫の心は姫君にひきつけられてゆくらしい。

霧が深いので、はっきりとは見えようはずもない。④もう一度、月が出てほしいと思っていらっしゃると、奥の方から、「お客様がおいでです」とお知らせ申す者があるのか、⑤簾を下ろしてみな奥へ入ってしまった。あわてたそぶりではなく、穏やかにふるまって、そっと隠れてしまった⑥様子は、衣ずれの音もせず、とてもの柔らかでいたわしく、たいそう上品で優雅であるのを、薫はしみじみとお思いなさる。

薫はそっと出て、⑦京に、帰りのお車を引いて来るよう、使者を走らせた。さきほどの男に、「運悪く八宮様のお留守に参上してしまったが、かえってうれしいことに、日頃物憂く思うことが少しまぎれた気持ちがするよ。こうして参上している旨を申し上げよ。ひどく霧に濡れてしまった⑧お恨みをもお

●鑑賞欄

なつかし／昔物語

「なつかし」は、動詞「なつく」の形容詞化したもの。近寄って行きたいという思いを表現する。源氏物語ハンドブック（解釈と鑑賞）によると、「源氏に二二一使われている。このように多いのは、所持品にでも衣類にでも住宅にでも音楽に何にでも使うからである」とある。「なつかしうらうたげなりしを思し出づる」（桐壺90頁）と、桐壺帝が桐壺更衣を思い出し、「若くなつかしき御ありさまを、うれしくめでたしと思ひたれば」（帚木）と小君が光源氏を思い、「心につくべきことをのたまふけはひの、いとなつかしきを、幼き心地にも、いといたう怖ぢず」（若紫）と幼い紫上が光源氏の様子に引かれるように、男女に使われ、また、「世の常の山のたたずまひ、水の流れ、目に近き人の家ゐありさま、げにと見え、なつかしく柔いだる形など」（帚木）と大和絵の点景にも、「近き橘のかをりなつかしく匂ひて」（花散里）と、花の香りにも用いる。特に、「空蟬の身をかへてける木のもとになほ人がらのなつかしきかな」と和歌を詠み、「かの薄衣は小袿のいとなつかしき人香に染めるを、身近く馴らして見ゐたまへり」（空蟬）と光源氏の心を引く空蟬が描かれる。この場面で、もう既に薫の心は宇治の姫君たちに引きつけられている。

「昔物語」には、「昔から伝わる物語」と「昔あったこと」の二つの意味がある。「橋姫」後文174頁の「この昔物語は尽きすべくなむあらぬ、また、人聞かぬ心やすき所にて聞こえむ」は、後者の意味で、老女房弁が語る柏木の遺言や弁の過去の話を指す。前者には、「継子いじめの昔物語」（胡蝶・蛍・真木柱）や「物の怪の昔物語」（夕顔）「鬼が食う昔物語」（蜻蛉）などがある。ここでは、「いといたう荒れわたりて、さびしき所に、さばかりの人の、古めかしう、ところせく、かしずきすゑたりけむなごりなく、いかに思ほし残すことなからむ、かやうの所にこそは、昔物語にもあはれなる事どももありけれ」（末摘花）や、「いかなる人にかあらむ。世の中をうしとてぞ、さる所には隠れゐけむかし。昔物語の心地もするかな」（手習）と、身分ある女性が寂れたところに住んでいて、男に見出だされるという昔物語。薫は、比定していた昔物語の世界を、発見する形で恋の世界へと誘われて行く。

●語句解釈

①必ずかやうのことを言ひたる＝山里や荒廃した所で、思いがけず美女を発見すること。『伊勢物語』初段の姉妹、『宇津保物語』俊蔭巻の零落した俊蔭の娘のことなど。
②さしもあらざりけむと＝物語として現実の存在を否定していたのだが、現実の中に物語世界があったという薫の判断。
③心移りぬべし＝薫は宿直人に「我は好き好きしき心などなき人ぞ」（98頁）と言うものの、予想に反した大君と中君の美しさや優しい物越しに、これまで、現実性を否定していたが、垣間見で反転して、薫の心に姫君への執心が起こるのも無理からぬことという語り手の推量。
④月さし出でなむ＝もう一度月が出てほしい。群雲の空模様で、光の変化が激しく、霧と共に垣間見に効果的役割りを果たしている。
⑤簾おろして＝前の短く捲き上げてあった簾。ここも結果が表現され、以下にそれまでの細部の様子が表現される。
⑥けはひ＝姫君二人の様子。
⑦京に、御車率て＝京に到着するころは明るくなるので、旅姿を人に見せまいとする薫の心遣い。
⑧かごとも聞こえさせむかし＝姫君合奏を聞けたことと垣間見は嬉しいが、濡れてまで来た無駄足の恨み言を言うというのである。

垣間見

薫は、冷泉院に伺候する宇治山の阿闍梨から八宮の道心の深さを聞いて、法文を学ぶために宇治を訪れる。そして、八宮と薫とは法の友として親しみ合うようになって、薫は宇治へ通うのである。薫は、簡素な山荘、荒々しい水音、すさまじい波のぶつかる音、ざわめく風の音、俗聖の八宮には俗世への執着を断ち切るに相応しい住まいだが、姫君たちはどうであろうか、世の常の女らしくものやわらかなのとは無縁であろうと推量する(本文78頁)。そして、この仏間とは襖ぐらいを隔てにしていらっしゃる姫君。好き心のある男なら気色ばみそうな、いかに姫君たちに関心が低い薫であっても、心がひかれる様子ではあるが、自分はそうした俗世の迷いを捨てたいとここへ通って来ているのだから、色めかして戯れかかるのもわが意に反すると思い返す。こうして姫君たちの居間の隣の仏間に通って三年の月日が流れた(本文84頁)。これは、薫の性格や態度にも依るものだが、姫君たちの存在を知らせまいとする八宮の方針でもあった。これまで琴の音によってそれとなく薫に姫君たちのことを気づかせるということもなかったのである。薫も、「常にかく遊びたまふと聞くを、ついでなくて、親王の御琴の音の名高きも、え聞かぬぞかし」と八宮の琴の音も聞いてはいない。山荘に近づくうちに「その琴とも聞き分かれぬ物の音ども、いとすごげに」聞こえたのは、八宮の琴の音ではなく、「琵琶の声の響きなりけり。黄鐘調に調べて、世の常の掻き合はせなれど、所からにや、耳馴れぬここちして、掻き返す撥の音も、ものきよげにおもしろし。箏の琴、あはれになまめいたる声して、たえだえ聞こゆ」と、「その琴とも聞き分かれぬ物の音ども」とは、琵琶と箏の合奏であった。そして、八宮の不在を知って、薫は姫君たちのものと知る。以前から阿闍梨に、「げに、はた、この姫君たちの琴弾き合はせて遊びたまへる、川波に競ひて聞こえはべるは、いとおもしろく、極楽思ひやられはべるや」と、姫君たちの合奏のことを聞いていた薫は、長年の願いがかなって、ちょうど良い機会と、宿直人に「なほしるべせよ。我は好き好きしき心などなき人ぞ。かくておはしますらむ御有様の、あやしく、げになべてにおぼえたまはぬなり」と、世の常の女らしくものやわらかなのとは無縁であろうと思う延長上にある薫は、当面の願望である姫君たちの合奏を中断することなく聞きたいと願うのである。こうして思いもよらない垣間見へと発展する。

63いとなまめいたる女はらからを垣間見る（嵯峨本伊勢物語）

　垣間見は、『伊勢物語』の初段に、有名な元服したての男の垣間見の場面が描かれる。「いとなまめいたる女はらから」を垣間見して恋心を抱く、同一相手による展開はないが、この男の恋愛が発展的に展開される。以後、垣間見は物語に恋愛の始発として発展する機縁となる働きをする。

　垣間見と覗きは、『大和物語』のように、「垣間見」が、一四九段の新しい妻の日常を覗き見る場面と、一五四段の大和の国に住む美しい娘を都から来た男が覗き見る場面で使用される。「覗き」は、六五段の伊予の御が南院の五郎を顔を見て判断しようと覗き見るというのと、一〇三段の出家した武蔵守の娘の家の女が使いに来たのを平中、平貞文が誰かと確認のため覗き見るというのであって、物語の恋愛の展開に係わるものと、係わらないものの違いがあるが、『源氏物語』の場合は、この薫の垣間見の場面は「透垣の戸を、すこし押し開けて見」たとあり、〈椎本〉巻での垣間見も、掛け金をした所に穴が開いていたのを知っていて、屏風をひきのけて「見たまふ」とあり、〈早蕨〉巻ではこの椎本の垣間見を「垣間見せし障子の穴」と思い出しており、垣間見の行為を同一の語彙によってのみ表現するのではなく、語彙数による検出が不可能なものだけにその検出は難しく、今井源衛氏は「物語構成上の一手法―かいま見について―」(『王朝文学の研究』角川書店　昭和四十五年)で、十七例とされ、篠原義彦氏は「源氏物語に至る覗見の系譜」(『源氏物語の世界』近代文藝社　平成五年)では五五例とされる。

この数の相違は、垣間見の枠取りの違いであろう。今井氏は「見られる者」側からの考察で、

かいま見は古代作家―中でも物語作者にとって、表現上の客観性と高層上の合理性とを併せ獲る絶好の手法として採用される条件を具えていた

また、表現と高層から「主人物の複数化」「副人物の登場」「容貌服色の描写」「多様な景物」「対話」「人物の動作の叙述」の六に分類され分析されて、

従来のかいま見がある瞬間における他人の生活姿態をふと覗き見るという、時間的截断面において成立していたのに対し、ここでは相当長い時間的延長において執拗に対象の姿態動作を捉えて行こうとするものであり、それ以前のものが静的、平面的、絵画的であったのに対して、さらに新しく時間の要素を導き入れる事により、動的、立体的にした成長したのであり、人物相互の交渉における多角性、あるいは対立性を考慮すればさらにこれを演劇的と称することもできよう。このようなかいま見の例として(中略)浮舟巻、及び椎本巻末尾に見える二例を挙げることができる。そしてこれらは源氏物語全篇の中でも、その丹念な構成的手法、極点に迄達した写実的描写等、最も際立った成熟度を示していると思われる。

とされる。

この場面の垣間見について、今井氏は、主人物の複数化に分類され、「美人比べの意識も手伝い、一層場面を華やかにする」とされる。ここでは、これまでの八宮の目から娘としての姫君たちの容姿や性格が描かれたものが、薫の目を通して、恋愛の対象となるべく描かれるとともに、この折の「うち解けたりつる事ども」、父八宮の留守で、訪れる者も考えられず寛いだ一時、気を許して弾いていた二人のそれぞれの琴の音は、本来の大君の琵琶と中君の箏ではなかった。このことが、八宮と薫と姫君たちとの間の齟齬を生むこととなる。

㊹姫君たちを垣間見る薫（絵入源氏物語絵　橋姫）

させむかし」とのたまへば、参《まゐ》りて聞《き》こゆ。

薫の来訪に、やむなく大君自らが応対する

(姫君達は)かく見えやしぬらむとは思《おぼ》しも寄《よ》らで、うち解《と》けたりつる事《こと》どもを(薫が)聞きやしたまひつらむと、いといみじく恥《は》づかし。あやしく、①かうばしく匂《にほ》ふ風《かぜ》の吹《ふ》きつるを、思《おも》ひがけぬ程《ほど》なれば、②おどろかざりける心《こころ》おそさよと、③心も惑《まど》ひて恥《は》ぢおはさうず。(薫が)御消息《おほんせうそこ》など伝《つた》ふる人《ひと》も、④いとうひうひしき人《ひと》なめるを、⑤(薫は)をりからにこそよろづの事《こと》もと思《おぼ》いて、まだ霧《きり》の紛《まぎ》れなれば、⑥ありつる御簾《みす》の前《まへ》に歩《あゆ》み出《い》でて、突《つ》い居《ゐ》たまふ。山里《やまざと》びたる若人《わかうど》(女房達)どもは、さし答《いら》へむ言《こと》の葉《は》もおぼえで、⑦御褥《おほんしとね》さし出《い》づる様《さま》もたどたどしげなり。薫「この御簾《みす》の前《まへ》には、はしたなくはべりけり。うちつけに浅《あさ》き心《こころ》ばかりにては、かくも(宇治に)尋《たづ》ね参《まゐ》るまじき⑧山《やま》のかけ路《ぢ》に思《おも》うたまふるを、さま異《こと》にてこそ。⑨かく露《つゆ》けき旅《たび》を重《かさ》ねては、⑩さりとも、(この心を)御覧《ごらん》じ知《し》るらむとなむ頼《たの》もしうはべる」と、いとまめやかにのたまふ。

聞かせしたい」とおっしゃるので、男は参上して申し上げる。

姫君達はこのように見られてしまっていようかとは思いもよらず、気を許して弾いていた琴の音をお聞きなさったろうかと、まことにひどく恥ずかしい。妙に、①香り高く匂う風が吹いてきたのを、薫が来ようとは思いもかけない折なので、②気付かなかった迂闊さよと、③心も乱れて恥ずかしがっていらっしゃる。ご挨拶などを取り次ぐ者も、④とても不慣れな者のようなのを、⑤時と場合によって何事もと薫はお思いになり、まだ霧でよく見えないので、⑥先ほどの御簾の前に歩み出て、跪《ひざまず》かれる。田舎びた若い女房達は、お答えしようにも言葉も思いつかず、⑦お座布団をさし出す様子もおぼつかない様である。「この御簾の外では、きまり悪うございます。その場かぎりのいい加減な気持ちだけでは、こうしてわざわざ参上できそうにない⑧険しい山路と存じますが、これは変わったお扱いですね。⑨こうした露がちの道のりを何度も重ねておりますうちには、⑩いくらなんでも、志のほどはお分り頂けようと心強く存じております」と、まことにまじめにおっしゃる。

●鑑賞欄

「おどろく」は、それまで意識していなかったことにはっと気がつく。前文88頁に「柴の籬を分けつつ、そこはかとなき水の流れどもを踏みしだく駒の足音も、なほ、忍びてと用意したまへるに、隠れなき御匂ひぞ、風に従ひて、主知らぬ香とおどろく寝覚めの家々ありける。」と、薫の香が目覚めている住人の意識に働き掛けている。そんな薫の香に気づかないくらいに、人の訪問など考え及ばない山里で、晩秋の霧の向こうに霞む月を愛でて、琵琶と箏の琴の合奏に熱中し、会話を楽しんでいたのであろう。

　この「おどろく」という感覚が際立つのが、『古今和歌集』巻第四の秋歌上の一六九番歌、

　　秋立つ日よめる　　藤原敏行朝臣

　あききぬとめにはさやかに見えねども
　風のおとにぞおどろかれぬる

秋がやって来たと目にははっきりと見えないけれども、風の音でそれと気づかされた、という。

　こんな鋭い感覚を持ち得ていた王朝人。姫君たちも当然のことであろう。それだけ没頭していたのであり、薫はゆっくり垣間見ることができた。

おどろかざりける／うちつけに

「うちつけ」は、急に物事が進むさま。場面や性格などに使われる。性格としては、光源氏が「目馴れたるうちつけのすきずきしさなどは好ましからぬ御本性」(帚木)と、ありふれた出来心の色事などは好まない性質といい、「うちつけにねぢけたることは好まずかし」(真木柱)と、いきあたりばったりのことはできない性分という。そして、光源氏が空蟬と契る場面でも、「うちつけに、深からぬ心のほどと見たまふらん、ことわりなれど、年ごろ思ひわたる心の中も聞こえ知らせむとてなん。」(帚木)と、突然のことでありながら、浅はかな出来心ではないと言う。薫もこの場面で大君に、「うちつけに浅き心」ではないと言うが、その大君に対面以上のことを望む自分に「いとうちつけなる心かな、なほ移りぬべき世なりけり」(椎本)と思い、中君にも「うちつけに浅かりけりともおぼえたてまつらじ」(総角)と思い、浮舟のことも「かかる心の願ひ年経ぬるを、うちつけになど浅う思ひなすまじうのたまはせ知らせたまひて、はしたなげなるまじうはこそ」と思う。突然の恋心に躊躇する薫の性格が見え隠れする。

●語句解釈

①かうばしく匂ふ風の吹きつるを＝「風に従ひて、主知らぬ香」(90頁)とあり、匂宮巻に「遠く隔たるほどの追風も、まことに百歩のほかも薫りぬべきここちしける」とある芳しい薫の追風。
②おどろかざりける心おそさよ＝薫の芳香とは気付かなかった迂闊さ。
③心も～おはさうず＝「おはさうず」の主語は複数。姫君達は、互いに恥ずかしがっている。
④いとうひうひしき＝世間と没交渉の八宮家の女房で、このような応対に慣れていない。
⑤をりからにこそ＝女房の不慣れな様子を察して、何事も時と場合に応じてと判断した薫は、自ら応対する。
⑥ありつる御簾の前に歩み出でて＝前の「短く捲き上げ」てあった簾の前の簀子の縁に進み出る。
⑦褥＝茵、坐るときに用いる敷物。
⑧山のかけ路＝『和名抄』に「戔道夜末乃加介知」とある。険しい山道。『古今集』に「世にふればうさこそまされみよしののいはのかけみちふみならしてむ」と、懸け道とも。
⑨かく露けき旅を重ねては＝難儀を冒しての訪問に自分の誠意を分かって欲しいと懇願する。
⑩さりとも～頼もしうはべる＝大君の拒否を先取りして認めたうえで、志を認めて欲しいと願う。

宇治の霧

『源氏物語』の「霧」「霧る」とそれに複合する語を拾いだすと、六九例検出される。その分布を示すと、夕顔四例・若紫四例・末摘花一例・葵二例・賢木五例・須磨二例・明石一例・松風四例・槿二例・野分二例・藤裏葉一例・夕霧十四例・橋姫十一例・椎本五例・総角五例・宿木四例・東屋二例となる。十例を越すのは夕霧と橋姫で、この二つの巻が突出している。事例的には夕霧巻が勝るが、『桐壺』の対談（二二七頁）で言及されている湖月抄の丁数が、夕霧七八丁で橋姫四三丁、大雑把な言い方で、夕霧は橋姫の一・八一倍、試しに、新潮古典集成の行数で計算すると、〈夕霧〉巻が一二二一行、〈橋姫〉巻は六四三行となり、一・九〇倍となる。巻の中で使用される「霧」の頻度からすれば、〈橋姫〉巻が一番高い。

この霧の象徴性について、上坂信男氏は「小野の霧・宇治の霧」（『言語と文芸』61号昭和四十三年）で、夕霧巻を「秋で始まり、巻の三分の二が秋を背景に展開しているというのは、内容と背景との関連という意味で注意に値すると思う。」とされ、橋姫の巻は、「大君・中君を中心に秋が基調となって物語は展開し、その背景には宇治の霧が繁く流れている。（中略）姫君の将来を暗示する橋姫伝説ゆかりの地として、宇治に舞台を定めた意図はいろいろ考えられるが、（中略）霧深い所柄であることが、同様に大きく場面設定に関与しているかと思う。」と、小野と宇治を舞台とする意味の大きいことを説かれる。そして、本文54頁の「いとど、山重なれる御住み処……峰の朝霧晴るるをりなくて明かし暮らしたまふ」を、「峰を仰げば朝霧がかかり、そのまま晴れることなく、日の暮れに及ぶような毎日を八宮父子が送っている、ということだろうが、ここに描かれる霧は単なる自然背景として描かれたものとも解せるが、『雁のくる峰の朝霧晴れずのみ思ひつきせぬ世の中の憂さ』という『古今集』でも季の歌でなく雑の歌（九三五、題・詠人ともに知らず）、『六帖』にも出て著名なこの歌を引歌としていること（中略）続く本文の述べるところを考え合わせると、ここで、霧に明け暮れるというのは、失意愁嘆のうちに、八宮たちが生活している意味をも含ませてのことであろう。すなわち、象徴的意味を読みとるのがよいと思う。」と、霧に失意愁嘆の思いが象徴されているとされる。そして、88頁からの薫が八宮の留守に宇治を訪れる場面を、「荒々しい風にこぼれる木の葉の露が散りかかり、薫は『人やりならず』濡れる。「山おろしにたへぬ木の葉の露よりもあやなくもろきわが涙かな』と、口ずさんだというが、何に向って流す涙なのか。露は涙に通じ、霧は世を憂く思う嘆息に通うものとして描きとめられているのではないか。」とされる。この場面に続く垣間見の場面については、「象徴的手法とみる方がよいようだ。」と提起され、128頁の「かのおはします寺の鐘の声、かすかに聞こえて、霧いと深くたちわたれり」を、「前々と同様に、自然の霧が流れているのはいうまでもないが、それ以上に、しみじみとした趣を漂わせるのは、山寺の鐘の音に乗って流れる八宮の嘆息か、里でつれづれの日を送る姫君たちの吐息か、あるいは同情する薫の心なしか、分ちがたく、または分ちがたいほどに凝集して、複雑に渦巻き流れる霧の心象風景と二重映しになっていたからではなかったか。」と推測される。そして、『源氏物語』の霧の歌から、嘆息が霧となるという発想に立った霧の心象が多いとされ、その発想、心象の源泉を『万葉集』や『古今六帖』に求め、「『源氏物語』において、背景描写として用いられる霧のすべてとはいわないが、そのうちのあるものは、伝統的な和歌的なイメージを取入れることで、単なる叙景の域を越えて象徴的用法を示し、情景一致の妙を発揮している。」とされる。なお、上坂氏は雲の描写についても同様の見解をされている（「『源氏物語』における自然描写」古文研究シリーズ4『源氏物語』尚学図書　昭和四十九年）。そして、清水婦久子氏は、「『宇治十帖』の方法」（『源氏物語の風景と和歌』和泉書院　平成九年）で、雲の隔てと川の音に注目される。雲が風景として機能する表現は須磨巻の五例が一番多く、次が橋姫巻の四例となる。橋姫巻ではこの四例中三例までが「隔つ」と関わる（130頁の大君の歌は霧が隔てるというが、前提に雲の隔てがあるものとして含めた）。雲・霧の隔ての向こうの世界が宇治の地である。このことの理解について、三田村雅子氏は、「宇治十帖、その内部と外部」（『岩波講座日本文学史』第3巻　平成七年）で、「自然現象としての霧は同時に宇治の地に生きる者の心象風景であり、政争の果てに破れた『わび人』の身を寄せる場所であった宇治と、政争の勝者が栄華を享受する都との隔意を象徴するものであったのである。」とされ、冷泉院と八宮との贈答歌から、「『世をうぢ山』には、冷泉院がいちはやく感じ取ってしまったように、八宮を疎外し、排除した都という『世』に対する八宮の激しい反撥と恨みと、そうであるがゆえの諦念がにじみ出ている。八宮は宗教的悟りの境地からというよりは、恨みと憂いの溜め息によって、宇治に立ち籠める朝夕霧の厚いとざしによって都の人々の安易な接近をはねつけているのである。（中略）宇治の気象は、宇治の世界に対して都を分節化するだけでなく、宇治山寺／山の麓、宇治川対岸／こちら側を、それぞれ『霧』『雲』の隔てなどで分節化するものであった。そのどの隔ても、確固たる障害というよりは、登場人物相互の気持ちの隔たり、隔意を表すように、実体のない、摑み所のない『水分』の隔てとして描かれる。いわばその『隔て』の向こう側の世界こそ、それぞれの登場人物にとって、常に意識の外側に追いやろうとしながら、追いやることのできない、コンプレックスの充満する、それぞれの〈外部〉なのである。その霧にふさがれて見えざる〈外部〉を絶えず抑圧・排除しながら、こちら側での生活をさりげなく続けていく、やましさととまどいの入り交じった、地に足のつかない、『浮いた』感覚こそ、宇治十帖の世界に生きる人々の基本的な処世、身のこなしなのである。」と読み解かれる。この霧・雲の隔てと比例するように、音・声と香・匂が表現される。宇治の川音を、三田村雅子氏は、「〈音〉を聞く人々」『源氏物語　感覚の論理』（有精堂　平成八年）で、「宇治の主旋律を奏でるのは、薫でも大君でも浮舟でもない宇治の川音であり、風の音である。（中略）宇治十帖においての自然は、登場人物を取り囲むというよりは、もっと激しく直截に登場人物の心の中に踏みこんでくる〈音〉として端的にあらわれるように思われる。宇治の自然の荒々しさは登場する人物の心理をおびやかし、まきこんでいく力の鋭さによって、『荒ましき』ものと捉えられるのである。」と読み解かれる。

(65)秋霧のいとど隔つる頃にもあるかな（絵入り源氏物語絵　橋姫）

若《わか》き人々(女房達)の、なだらかにもの聞《き》こゆべきもなく、消①《き》えかへりかかやかしげなるもかたはらいたければ、女②《をんな》(年輩女房)ばらの奥深《おくふか》きを起《お》こしいづるほど、久《ひさ》しくなりて、③(返事が)わざとめいたるも苦《くる》しうて、大君「④何事《なにごと》も思《おも》ひ知《し》らぬ有様《ありさま》にて、知《し》り顔《がほ》にもいかがは聞《き》こゆべく」と、いとよしあり、あてなる声《こゑ》して、引《ひ》き入《い》りながらほのかにのたまふ。薫「⑤かつ知《し》りながら、憂《う》きを知《し》らず顔《がお》なるも世《よ》のさがと思《おも》うたまへ知《し》るを、⑥一所《ひとところ》しもあまりおぼめかせたまふらむこそ、口惜《くちを》しかるべけれ。あり難《がた》う、よろづを⑦思《おも》ひすましたる(八宮の)御住《おほんす》まひなどに、類《たぐ》ひきこえさせたまふ御心《おほんこころ》の中《うち》は、何事《なにごと》も⑧涼《すず》しく推《お》しはかられはべれば、なほかく忍《しの》びあまりはべる深《ふか》さ浅《あさ》さの程《ほど》も、分《わ》かせたまはむこそ⑨かひははべらめ。世《よ》の常《つね》の好《す》き好《ず》きしき筋《すぢ》には思《おぼ》しめし放《はな》つべくや。さやうの方《かた》は、(妻を)わざとすすむる人《ひと》はべりとも、靡《なび》くべうもあらぬ心強《こころづよ》さになむ。おのづから(話を)聞こしめしあはするやうもはべりなむ。つれづれとのみ過《す》ぐしはべる

若い女房達で、すらすらと口がきけそうな者もなく、消①え入りそうに恥ずかしがっているのも見ていられないので、女②房で奥に寝ているのを起してくる間、ひまどって、改③まった感じなのも気になって、大君は「④何事も存じません私どもでございまして、わけ知り顔でどう申しあげたらよろしいのでしょうか」と、まことに奥ゆかしく、上品な声で、遠慮がちにかすかにおっしゃる。薫は、「⑤一方ではよく分っていながらも、人のつらさを知らず顔でいるというのも世間の習いとよく存じていますが、ほ⑥かならないあなたがあまりに空々しいことをおっしゃるのは、残念でなりません。珍しく、何もかも悟⑦りきっていらっしゃる宮のお住まいに、ごいっしょ申し上げなさるお心の内は、何もかも聡明⑧にお悟りのことと拝察申しますので、やはりこうして包みきれずにおります私の心の深さ浅さも、お分りくださってこそ値⑨打ちがございましょう。世間によくある色めいた筋とはお考えいただきたくなく存じます。そのような色恋沙汰は、特に勧める人がございましても、言うとおりにもならない意志堅固さでして……⑨自然とお聞き及びのこともございましょう。所在ないまま過

●鑑賞欄

「かかやかし」／「世のさが」／「すきずきし」

「かかやかし」は動詞「かかやく」に対応する形容詞。恥ずかしい。きまり悪い意。『古典対照語い表』によると、『紫式部日記』に一例、『源氏物語』に四例記されているのみである。『紫式部日記』の九月十二日の条に「いとど物はしたなくて、かかやかしき心ちすれば、昼はをささし出でず、のどやかにて、東の対の局よりまうのぼる人々を見れば、色ゆるされたるは、織物の唐衣、おなじ袿どもなれば、中々うるはしくて、心々も見えず。」と、「ますますきまりが悪くて、恥ずかしい気持ちがするので、昼間はほとんどお前に顔を出さず、ゆったりとして、東の対にある私の部屋から、お前に参上する女房たちを見ると、禁色を許された人は、織物の唐衣に、同じく白地の織物の袿などを着ているので、中途半端に奇麗で、ひとりひとりの趣向が見えない」と、きまり悪く恥ずかしい気持ちから、一歩退いて競い合う宮廷女房たちを冷静な目で見る。

「世のさが」は人の世の常。世間にありがちなこと。『源氏物語』では、「後れ先立つほどの定めなさは世の性」(葵)や、柏木の御息所が弔問に訪れた夕霧に「あはれなることは、その常なき世のさがにこそは」(柏木)と、後れたり先だったりする人の命の定めなさや、光源氏の女性に対する態度から心変りするものも当然の世の習い(花散里)とするものと、この場面の実はよく知っていながら知らないふりをするのが世の常という。

「すきずぎし」は、恋や芸道に一途に夢中になっていること。色好みのようである。風流だ。物好きだの意。「すきずきしき方にはあらで、まめやかに聞こゆるなり」(若紫)と「まめ」と対照であり、「何か、浅う思ひたまへむことゆゑ、かうすきずきしきさまを見えたてまつらむ」(若紫)と、光源氏は恋に一途な行動をするが、夕霧には「すきずきしき咎を負ひて、世にはしたなめられき」(梅枝)と教訓し、諭す(藤裏葉)。そして、薫は「すきずきしき心などなき人」と言いながらも、「世の常のすきずきしき筋」とは思わないでと大君に言い寄る。

●語句解釈

①消えかへり＝「かへる」は動作の程度が強いさま。すっかり消え入るような思いをする。
②女ばらの～＝「若き人々」に対する年配の女房。
③わざとめいたるも苦しうて＝男をじらせるようにしていると思われるのもどうかという思い。
④何事も～＝薫の「さりとも、御覧じ知るらむ……」に応えて、何もわきまえないと切り返す。
⑤かつ知りながら～＝大君の「何事も思ひ知らぬ有様……」に応じて、実はよく知っていながら、相手の嘆きを知らぬふりをするのも世間の習いとよく知っているという薫の言。
⑥一所しも＝「しも」は強意。大君一人に絞られている。
⑦思ひすましたる＝世俗から離れ仏道に専念すること。悟ること。
⑧涼しく推しはかられはべれば＝「涼し」は、澄んで清い。総角に「涼しき方」極楽浄土、椎本に「涼しき道」極楽への道がある。八宮の道心を評価し、大君の聡明さを褒め、薫は思いを展開する。
⑨かひはべらめ＝薫が参上したことの甲斐があるという解釈もあるが、薫の大君を称揚し、判断は大君に委ねるものの、強引な誘導とみて、大君のこととして、お分りくださってこそ値打ちがございましょうと解釈した。

世《よ》の物語《ものがたり》も、①聞《き》こえさせ所《どころ》に頼《たの》みきこえさせ、また、かく世離《よばな》れてながめさせたまふらむ御心《おほんこころ》の紛《まぎ》らはしには、さしもおどろかさせたまふばかり聞《き》こえ馴《な》れはべらば、いかに思《おも》ふ様《さま》にはべらむ」など、多《おほ》くのたまへば、(大君は)つつましく答《いら》へにくくて、起《お》こしつる老人《おいびと》の出《い》で来《き》たるにぞ譲《ゆづ》りたまふ。

老女房弁の登場　大君に代わって薫に応待

②(弁は)たとしへなくさし過《す》ぐして、弁「あな③かたじけなや。かたはらいたき御座《おまし》の様《さま》にもはべるかな。(薫を)④御簾《みす》の内《うち》にこそ。⑤若《わか》き人々(女房達)は、もののほど知《し》らぬやうにはべるこそ」など、⑥したたかに言《い》ふ声《こゑ》のさだ過《す》ぎたるも、かたはらいたく君《きみ》(姫君)たちは思《おぼ》す。弁「いともあやしく、(八宮は)⑦世の中《なか》に住《す》まひたまふ人《ひと》の数《かず》にもあらぬ御有様《おほんありさま》にて、さもありぬべき人々《ひとびと》だに、⑧(八宮を)とぶらひ数《かず》まへきこえたまふも見《み》え聞《き》こえずのみなりまさりはべるめるに、あり難《がた》き御心《おほんこころ》ざしのほどは、数《かず》にもはべらぬ心《こころ》にも、あさましきまで思《おも》ひた

しております私の世間話なりとも、①お聞き頂けるお相手としてお頼り申しあげ、一方、こうして世間を離れて物思いなさっていらっしゃるでしょうお気持ちの慰めには、そちらからお声をかけて下さるくらいに親しくさせて頂ければ、どんなに満足でございましょう」などと、色々おっしゃるので、大君は気が引けてお答え難くて、起こした老女が出てきたのにお任せなさる。

②この老女は言いようもなくぶしつけに、「③まあもったいないこと。とんでもないお席の設けようですね。④御簾の内にお入れすればよろしいのに。⑤若い人達は、物の程合いを心得ないようでございますのは」などと、⑥ずけずけ言う声が年寄りじみているのも、きまり悪く姫君達はお思いになる。「実際どういうことか、⑦この世にお暮してなさる方々の数にも入らないご様子で、⑧当然お尋ね下さってもよさそうな人々でさえ、お訪ねし世間並にお扱い申される方もお見かけ申さなくなる一方のようでございますのに、奇特なご親切のほどは、物の数でもございません私のような者の心にも、驚くばかり

●鑑賞欄

「かたじけなし」は、高貴なものに対して、もったいない、畏れ多いという気持ち。『源氏物語』には一三〇を超える用例がある。桐壺の更衣が桐壺帝の「かたじけなき御心ばへのたぐひなきを頼みにて交らひたまふ」（桐壺24頁）と畏れ多い意や、桐壺更衣の母君が勅使の訪問を受けて、桐壺帝のご寵愛を「身にあまるまでの御心ざしの、よろづにかたじけなき」（桐壺70頁）と、身に余る恩寵をうけありがたいという気持ちを表す。ここは、老女房の弁の会話に「とぶらひ数まへきこえたまふも見え聞こえずのみまさりはべるめるに、あり難き御心ざし」という感謝の思いと、柏木の遺児であることを知っている柏木の乳母子としての思いにも発していよう。

「かたはらいたき御座」は、病床の女三宮を訪れる朱雀院に、光源氏が「かたはらいたき御座なれども」と言って、女三の宮の病床の前に、お座布団をお敷してお入れしている。この場面では、弁は「御簾の内にこそ」と言うが、これは、姫君たちの思惑を越える。末摘花が光源氏を「答へきこえで、ただ聞けとあらば、格子など鎖してはありなむ」と格子などしめてなら、簀子に招じ入れてもというのを、大輔命婦は「簀子などは便なうはべりなむ。おしたちて、あはあはしき御心などは、よも」などと、うまく説明して廂の間にお座布団を敷いて場所を整え、世間知らずの末摘花を巧く言いくるめているが、簀子での応対は、六条御息所を訪れた光源氏が、「こなたは、簀子ばかりのゆるされははべりや」と言って簀子に上がって座った光源氏が、「御簾ばかりはひき着て、長押におしかかりてゐたまへり。」（賢木）下長押にもたれて御簾を引き被るようにして首だけ部屋の中に入れている様子である。無論この時の薫はこのようななれなれしい態度ではない。

かたじけなし／さだすぐ

「さだすぐ」それに適した時が過ぎる意。花散里を「もとよりすぐれざりける御容貌の、ややさだ過ぎたる心地して、痩せ痩せに御髪少ななる」（少女）と、ややふけ過ぎた様子が描かれる。ここでは、盛りの年齢を過ぎる、年老いる意。ちなみに、光源氏は四十七歳（若菜下）で、冷泉院と玉鬘は四十四・五歳（竹河）で、「さだすぎ」という表現が見られる。弁の年齢は不明だが、柏木の乳母子として同年輩ならば、この時は五十代である。

●語句解釈

①聞こえさえ所に～＝大君を話の分かる人として尊敬するといい、こうして世間から離れて物思いに耽る気持ちを紛らわせる相手としてでもと、妥協してでも、近づくことを求める言いようだが、恋愛状況を求めながら、自分の好き心を否定して、心が通い合う相手としての存在を求める。

②たとしへなくさし過ぐして＝大君が応対しているのに、取次という役割りではなく、自分でしゃべりだしたこと。

③あなかたじけなや＝高貴な薫に恐縮する気持ち。

④御簾の内にこそ＝、廂の間に入れるべきという。姫君たちを無視した発言。

⑤若き人々は～＝若い女房が薫を軽く扱ったことを非難する。

⑥したたかに言ふ声の～＝無遠慮に言う声がまた年寄じみていて、応対に出るのも、このような老女しかいないと思われることにも、姫君は恥じ入るのである。

⑦世の中に住まひたまふ人の～＝八宮家の窮乏生活をいう。

⑧とぶらひ数まへき～＝「数まふ」は、それにふさわしいものと人並みに扱うこと。ここでは、八宮をお訪ねし世間並みに処遇される人が年々いなくなったという状況にもかかわらず、薫の訪問を感謝する。

まへはべるを、(姫君達は)若き御《おほん》心地《ここち》にも思《おぼ》し知《し》りながら、聞《き》こえさせたまひにくきにやはべらむ」と、①いとつつみなくもの馴《な》れたるも(薫は)なま憎《にく》きものから、(弁の)けはひいたう②人《ひと》めきて、よしある声《こゑ》なれば、薫「いとたづきも知《し》らぬ心地《ここち》しつるに、(大君の)うれしき御《おほん》けはひにこそ。何事《なにごと》も、(姫君達が)げに思《おも》ひ知《し》りたまひける頼《たの》み、(自分は)こよなかりけり」とて、③寄《よ》り居《ゐ》たまへるを、④几帳《きちやう》のそばより(弁が)見《み》れば、曙《あけぼの》のやうやうものの色《いろ》分《わ》かるるに、⑤げに(薫の)やつしたまへると見《み》ゆる狩衣姿《かりぎぬすがた》のいと⑥濡《ぬ》れしめりたるほど、うたてこの世《よ》のほかの匂《にほ》ひにやと、あやしきまで薫《かを》り満《み》ちたり。

に存じますものを、若いお気持ちとしてもそのことはご承知でありながら、申し上げなさり難いのでございましょうか」と、①ひどく遠慮なく物慣れた口つきなのもなんとなく疎ましいけれども、物腰はたいそう②ひとかどの人らしく、優雅な声なので、薫は、「まったく取りつく島もない気持ちがしていましたのに、嬉しいお取り成し。何もかも、いかにもお分り下さっていた頼もしさは、この上もないことです」と言って、③物に寄りかかって座っていらっしゃるのを、④几帳の端から見ると、明け方の徐々に物の色が見えてくる中に、⑤まことにお忍びのお姿と見える狩衣姿の⑥とてもしっとりと霧に湿っているのが、何とこの世にはない匂いではなかろうかと、不思議なほどあたり一面に薫りが満ちている。

老女房弁の昔語り

老女房弁、薫君に柏木との縁故を語る

この老人《おいびと》はうち泣《な》きぬ。弁「さし過《す》ぎたる罪《つみ》もやと、⑦思うたまへ忍《しの》ぶれど、⑧(柏木と女三宮の)あはれなる昔《むかし》の御物語《おほんものがたり》の、いかならむついでにうち出《い》できこえさせ、⑨片端《かたはし》をもほのめかし知《し》ろしめさせむと、⑩年頃念誦《としごろねんず》のついでにもうちまぜ思《おも》

この老女は泣き出した。「出過ぎた者とのお咎めもあろう⑦かと、こらえておりますけれど、⑧悲しい昔のお話を、どのような機会にお耳にお入れ申し上げ、その⑨一端なりとそれとなくお知り頂こうかと、⑩長年のあいだ念誦のついでにも合わせ

●鑑賞欄

「人めく」は、いかにも一人前の人間のように見えるようになる意。馬頭が「辱しめたまふめる官位、いとどしく何につけてかは人めかん」(帚木)と、馬鹿にしている官位も、ますます絶望でどうして人並みの出世もできようと言うように、人並みにの意。また、随身が「かの白く咲けるをなむ、夕顔と申しはべる。花の名は人めきて、かうあやしき垣根になん咲きはべりける」(夕顔)と、花の名は夕顔、顔などと申せばいかにも人のようですがと、人間でないものが人間らしく見える意を表す。ここは、御簾の向こうの気配から、ひとかどの人のように思われる意。「めく」は、名詞や形容詞について動詞をつくる。そのようになるという意の接尾語。

「ひとめかす」は、人並みに扱う意。玉鬘を引き取った光源氏が、「ここにかくものめかすとて、かの大臣も人めかいたまふなめり」(藤袴)と、自分がこうまで姫君扱いをするというのであの内大臣も人並みの扱いをなさるのらしいという。「めかす」は、名詞などについて動詞をつくる。そのようにする意の接尾語。

「人めく」と「人めかす」/やつす

「やつす」は、目立たないように姿を変える。みすぼらしい姿にする。光源氏の六条あたりへの微行(夕顔)や麗景殿の女御のもとへの微行(花散里)、須磨に向う姿(須磨)などこの例が多い。この場面も薫の宇治への微行の姿を表現する。他に、「常に弾きたまひし琵琶和琴などの緒もとり放ちやつされて音をたてぬ」(柏木)のように、絃が見る影もなく取り外されている様子や、一条の御息所の葬儀に「西の廂をやつして」寝殿の西廂のしつらいも質素にして、落葉宮がいらっしゃる(夕霧)。物の粗末な状態を表現する。また、「かばかり遠き御髪の生ひ先を、しかやつさんことも心苦しけれ」(柏木)と、三宮の出家や、「後の御髪ばかりをやつさせたまひても」(御法)と、紫上の落飾を表現する。同じく出家する意味で「容貌をやつす」(匂宮・手習・夢浮橋)と表現し、「かかるほどのありさまに身をやつすは口惜しきものになんはべりける」(東屋)と、浮舟の母中将の君がこんな受領風情の妻に身を落とすのは残念なことと歎くように、「身をやつす」は零落することを表現する。

●語句解釈

①いとつつみなくもの馴れたる=薫は老女の態度を嫌だと思う。
②人めきて、よしある声=ひとかどの人らしく。「けはひ」「よしある声」と薫は御簾を隔て伝わって来る感じで想像している。
③寄り居たまへる=薫は、廂と簀子の境の下長押に寄りかかっているらしい。
④几張のそばより見れば=簾に沿って立ててある几帳の端から弁が薫の姿を見る。
⑤げに〜見ゆる=徐々に色の判別が明らかになる曙光の中で、弁の目から薫の姿が捉えられる。
⑥濡れしめり〜満ちたり=薫の香りが、霧に湿って、より芳香が強く、人間世界の匂いとは思えず、極楽の香りかと不思議に思う。
⑦思うたまへ忍ぶれど=下二段補助動詞「給ふ」は「思ふ」に直接付く。そのため複合動詞「思ひ忍ぶ」を分けてその間に入る。「思ひ忍ぶ」の謙譲表現。
⑧昔の御物語=薫に「御物語」というので、薫にまつわる話らしい。
⑨片端をも〜折があったら、昔物語の一端なりともそれとなくお知り頂こうという弁の気持ち。
⑩年頃念誦のついでに=年来の念仏誦経の折にも、合わせて祈願し続けて来た験か、薫と逢う機会を得たというのである。

やつす薫

〈橋姫〉の巻のクライマックスは、この薫の垣間見の場面であろう。薫と大君の恋の物語の発端であり、薫の出生の秘密が直接薫に知らされるきっかけにもなる。この場面の薫は、本文84頁に、

> 中将の君、久しく、参らぬかなと、思ひ出できこえたまひけるままに、有明の月のまだ夜深くさし出づるほどに出で立ちて、いと忍びて、御供に人などもなくて、やつれておはしけり。

と、薫は中将であるから四人の随身がつけられるのだが、随身の人揃えもなく、ここはひそかに訪れる宇治への微行。姿も目立たないようにやつしていらっしゃったと地の文は語る。そして、118頁で、老女房弁が、几帳の端から見ると、物の色が識別できる時分の判断で、お忍びのお姿と見える狩衣、しっとりと濡れ湿るからこそ薫の資質の薫りが漂うと、弁の側から、視覚と嗅覚をもって薫が捉え直される。ここは、『萬水一露』に「弁が薫をのそきたる也」とあるように、老女房弁の登場の連続のまま弁の行為としたが、女房たちという解釈もある。こうして、やつした姿の薫は、128頁の「霧晴れゆかばはしたなかるべきやつれを、面なく御覧じとがめられぬべき様なれば」と、暇請をする。この「やつす」について、神野藤昭夫氏は、「異装する薫」(『日本文学』昭和六十三・十月)で、

> 「やつす」は、「やつる」の他動詞形と見うるから、ここでは両者を一括して扱うことにする。辞書的説明を参考にすると、「やつれ」は《人の容姿、着物などが前と変って地味な、目立たない様子になる意。以前と打って変って荒れ果て、落ちぶれ、衰弱している意》(『岩波古語辞典』)であるが、この語の記号的特性を浮き彫りにするうえで注目したいのは、喪服姿になることや出家することを意味する用例があることである。(中略)「やつる」「やつす」とは、日常的なわが身なりを隠し異なる姿に身をかえることであり、さらに踏み込んでいえば、それは別の世界・空間にはいるために異装することを意味する。

と、「やつる」「やつす」の『源氏物語』における意味づけをされ、

> 薫の場合、身をやつすことによって、都とは異なる世界に住む女性との恋が可能になってくるわけである。しかも俗なる世界の恋とは様相を異にする薫の大君にたいする特異な愛情のありかたが可能になってくる、という点が肝心なところといえよう。(中略)宇治は、こうした俗なる世界の愛情とは異なる精神的な愛情を可能にした空間であり、薫はいま異装してその世界に分け入ろうとしているのである。

と、「やつれ」をキーワードにして、薫の恋の導入を説かれる。そして、この論文を発展させて、「『源氏物語』の表現方法としての〈やつる〉〈やつす〉考」(『源氏物語の思惟と表現』新典社 平成九年)で、『源氏物語』の「やつる」「やつす」の用例を検討されて、夕顔巻・須磨・松風巻の光源氏の狩衣姿、橋姫・総角巻の薫の狩衣姿から、「狩衣」がやつし姿であることをうかがわせるとされ、この弁によって捉え直されている薫の場面を、

> 弁は「狩衣姿」を根拠に、薫が「やつし」た姿であると判断するのである。

とされる。そして、

> 〈やつる〉〈やつす〉=狩衣=恋の微行という定式が成立するらしいことがみえてくる。狩衣を着ることがどうして〈やつる〉〈やつす〉ことになるのかといえば、〈狩衣〉という衣装の記号性

の問題が絡んでいるからであろう。朝廷への出仕するフォーマルウエアは、(中略)束帯とよばれるものであった。日常私邸などで着用されたのが直衣だが、勅許を得た公卿などは、これで参内することもできた。(中略)これらに対して狩衣があったわけで、(中略)〈公〉に対して〈公ならざるもの〉あるいは〈私〉の側面があって、これを着用することが〈やつる〉〈やつす〉と表現され、忍び歩きのスタイルというイメージをもっていたと推測されるわけである。

と、微行姿の象徴として狩衣を捉えられ、また、夕顔巻の光源氏の「やつし」から、

〈やつし〉という表現の背後には、二項対立的な世界の存在が暗黙のうちに浮かび上がってくる。〈日常〉と〈非日常〉、〈公〉と〈私〉、〈聖〉と〈俗〉などなど。そのような異なる世界を交通する方法として〈やつし〉はあったのではないか。

と説かれる。そして、橋姫巻の場合は、

薫は都という俗なる世界から、そうした秩序や価値観とは異なる世界へと入ってゆく。それを可能にしているのが、〈やつる〉〈やつす〉であり、そのような通行を〈やつる〉〈やつす〉という表現が支えている、あるいはそのような表現方法として〈やつる〉〈やつす〉があるということなのではないか。(中略)薫は身を〈やつす〉ことによって、俗なる都世界とは異なる世界の女との恋が可能になったのである。そしてそのことによって、俗なる世界の恋とは異なる愛情のありかたの追求もまた可能になったということである。(中略)ここでは〈やつし〉は、ふたつの世界を通行可能にする鍵であるとともに、ふたつの世界を屹立させる表現機能なのである。

と、やつす薫ということから、宇治の世界とのかかわり、大君との愛情のありかたを明確にされている。既に88頁の薫の宇治行きの途上場面の「かかる歩きなども、をさをさならひたまはぬ心地に、心細くをかしく思されけり」とあって、障子だけを隔てた向こう側の姫君たちに心を動かさなかった薫の、垣間見から恋の世界へ陥る心の下地がほの見え、饒舌になってゆく薫へと続く。垣間見といい狩衣といい、『伊勢物語』の初段と比較される所以であろう。

㊻狩衣姿の光源氏と頭中将
(源氏物語色紙絵　須磨　土佐光吉筆　京都国立博物館)

うたまへわたる験《しるし》にや、うれしきをりにはべるを、①まだきにおぼほれはべる涙《なみだ》に昏《く》れて、えこそ聞《き》こえさせずはべりけれ」と、うちわななく気色《けしき》、まことにいみじくもの悲《がな》しと(弁は)思へり。大方《おほかた》、さだ過《す》ぎたる人《ひと》は②涙《なみだ》もろなるものとは(薫は)見聞きたまへど、いとかうしも思《おも》へるも、あやしうなりたまひて、薫「③ここにかく参《まゐ》ることは度重《たびかさ》なりぬるを、④かくあはれ知《し》りたまへる人《ひと》もなくてこそ、⑤露《つゆ》けき道《みち》の程《ほど》に独《ひと》りのみそぼちつれ。(この対面は)うれしきついでなめるを、⑥言《こと》な残《のこ》いたまひそかし」とのたまへば、弁「かかるついでしもはべらじかし。また、はべりとも、夜《よ》の間《ま》の程《ほど》知《し》らぬ命《いのち》の、頼《たの》むべきにもはべらぬを。さらば、ただ、⑦かかる古者《ふるもの》世《よ》にはべりけりとばかり知《し》ろしめされはべらなむ。⑧三条宮《さんでうのみや》にはべりし⑨小《こ》侍従《じじゆう》、はかなくなりはべりにけるとほの聞《き》きはべりし。その昔《かみ》、睦《むつ》ましう思《おも》うたまへし同《おな》じ程《ほど》の人多《ひとおお》く亡《う》せはべりにける⑩世《よ》の末《すゑ》に、⑪遥《はる》かなる世界《せかい》より伝《つた》はり参《ま》うで来《き》て、この五六年《いつとせむとせ》の程《ほど》なむ、

て願い続けておりました御利益なのか、ちょうどよい折でございますが、①はやくも溢れてまいります涙に目もくれて、とても申し上げられそうにございません」と、身を震わせている様子は、真実ひどくもの悲しいと思っている。いったい、年老いた人は涙もろい②ものとは見聞きなさっているけれど、こんなに深く思っているのも、不思議におなりなさって、「③こちらにこうして参上することは何度にもなりましたが、④あなたのように人の世の情けをご承知の人もいないので、⑤露深い道中でただ一人濡れていたのでした。うれしい機会と思いますから、何も⑥残さずお話しください」とおっしゃると、「このような機会はめったにございますまい。また、ございましても、明日をも知れぬ命で、あてにできそうにもございませんから。それでは、ただ、⑦こんな年寄りがこの世にいたとだけお知り置きくださいませ。⑧三条宮にお仕えしておりました小侍従⑨は、亡くなってしまいましたとちらと耳にいたしました。その昔、仲良く存じておりました同じ年配の人々が多く亡くなってしまいました老い⑩の果てに、遠い⑪田舎から縁故を頼って上京して参って、この五六年の間は、ここにこう

●鑑賞欄

涙もろ／世の末／世界

「涙もろ」は、涙もろいさま。涙をこぼしやすいさま。娘葵の上を亡くした左大臣が「齢のつもりには、さしもあるまじきことにつけてだに涙もろなるわざにはべる」（葵）や、五六歳から五七歳の玉鬘を「古めいたまふしるしの涙もろさ」（竹河）と表現し、弁の尼のことを浮舟付きの女房の侍従が「老いたる者は、すずろに涙もろにあるものぞと」（東屋）思うように、年老いて涙もろくなるという。四十歳の光源氏も、朧月夜との再会の際に、「平中がまねならねど、まことに涙もろになむ」と言う。若い者の例では、「涙もろにはおはせぬ心強さなれど」（夕霧）と否定したうえで、一条の御息所の葬儀の折に落葉宮を訪れて泣く二十九歳の夕霧と、「まして、さばかり色めかしく、涙もろなる御癖」と薫の性質に比較して二十六歳の匂宮の気質が描かれるのみである。

「世の末」は、『源氏物語』に十六例ほど見える。訪れた光源氏に「世の末に、さだ過ぎ、つきなきほどにて」（朝顔）と、晩年になって、盛りを過ぎ、不似合いな年配になってと、志操かわらない朝顔の姫君、出家した浮舟を見て「残り多かる御世の末を、いかにせさせたまはんとするぞ」（手習）、残り多い晩年、先の長い生涯をどうするのかという。晩年とか生涯の意味。この場面も、弁の晩年の意。ほかに、不運な境遇の意（蓬生・少女）や「命長きは心うく思うたまへらるる世の末にもはべるかな」（須磨）のように「末世」の意味で用いられている。

「世界」は、『源氏物語』に十六例ほど見えるが、そのうち五例が明石の巻にあり、他に明石を指すものを含めると半数がここに関わる。この場面の世界を含めて、大半が地方、田舎の意味で用いられる。他には、「知る人なき世界」親しい人もいない冥界においでの藤壺をお慰め申しあげにあがって、罪も代ってさしあげたいと光源氏は思う（朝顔）の「彼世」や、「かかる高き家に生まれたまひて、世界の栄華にのみ戯れたまふべき御身」（少女）という「この世の栄華」や、「蓮の中の世界」（初音）という極楽浄土の意味で用いられる。

●語句解釈

①まだきにおぼほれはべる＝昔物語に入る前に、既に溢れ出る涙で目もくもる。悲しい話を想像させる。「おぼほる」はぼんやりする意。見境がなく出る涙。
②涙もろなる＝「涙もろし」の語幹。涙もろい。
③ここに〜度重なりぬ＝110頁に「かく露けき旅を重ねて」と姫君に言っている。
④かくあはれ知りたまへる人もなくて＝118頁では弁を「げに思ひ知りたまひける頼み」と言い、また、弁が「あはれなる昔の物語」と言うのを承ける。
⑤露けき道の程に＝露深い宇治への道中に、涙の意も含む。
⑥言な残いたまひそかし＝弁の「片端をもほのめかし知ろしめさせむ」を受けて、事細かに話して欲しいという。
⑦かかる古者〜＝こんな年寄がこの世にいたのだとだけお知りおきくださいと言い、以下自己紹介に入る。薫に関係が深いことを暗示する言い方。
⑧三条宮＝薫の母の女三宮邸。
⑨小侍従＝女三宮の乳母子。柏木を女三宮に導いた女房。
⑩世の末に＝余命少ない晩年。
⑪遥かなる〜＝遥か遠くの田舎から縁故を頼って上京して来て。後文172頁から九州からの上京と知られる。

薫出生の秘密を知る老女房弁

延喜二十三年（九二三）の女御穏子立后にまつわる歌語り『大和物語』の五段は、

先坊の君うせたまひにければ、大輔かぎりなくかなしくのみおぼゆるに、きさいの宮、后にたち給日になりにければ、ゆゝしとてかくしけり。さりければよみていだしける、

わびぬればいまはとものをおもへどもこゝろに似ぬは涙なりけり

は、前皇太子保明親王の薨去三十五日後、お仕えしていた女御穏子が立后する日になったので、悲しんでばかりいる大輔を、縁起が悪いと思って、人前から隠したという話であるが、この大輔は、穏子の女房で、母が保明親王の乳母であった、柿本奨氏が「太子と大輔とは乳姉弟の間柄ゆえ本段の如き事が起る。」（『大和物語の注釈と研究』武蔵野書院　昭和五十六年）とされるように、乳兄弟は特別な思い入れがあって、近しい関係にある。この、垣間見後の場面で登場する老女房弁も、初めは、「女ばら」といい、「老人」として登場するが、薫と対面して、「三条宮にはべりし小侍従云々」と、思いもかけず、薫の母である女三宮の乳母子を持ち出す。そして、柏木のことを話し出して、何かありそうに暗示しながら、その柏木の「御乳母にはべりしは、弁が母になむはべりし」（126頁）と、自らを乳母子と紹介して、近しく柏木にお仕えして、薫に伝えなければならない遺言があるという。この乳母子弁の役割りについて、永井和子氏は「橋姫―秘事とその伝達者」（『源氏物語と老い』笠間書院　平成七年）で、「宇治の世界に、なくてはならぬ人物なのである。源氏物語第二部と第三部の世代の交替に際し、第二部の裏面を伝える人物、そして第三部に登場する若い男性・女性の素性を知りぬいて、その間に立つ人物（更にのちには、八の宮のもう一人の姫君である浮舟の登場にも一役受け持っている）、ということになると、身分がかなり良く、信頼に値し、人生経験が豊富で、家族の歴史を知悉している年老いた乳母が、創り出されねばならないのは当然とも考えられる。とにかくこの弁の乳母という縦の糸により、薫は解けなかった謎を教えられたのであり、それは今まで知らなかった女性の美しさに開眼したのと全く同時に起こった事件であった。」とされる。そして、過去と現在の時間の接点としての老人ということから、積極的な語り手として、また、「おいびと」の異質性の基本としての老耄・老愚から、当事者ではない他人への新たな「問はず語り」の懸念へという展開を論ぜられる（「老人の語りとしての源氏物語」、他。『源氏物語と老い』笠間書院　平成七年）。そして鈴木宏昌氏は「源氏物語における乳母子の位置」（『むらさき』第18輯　昭和五十六年）で、乳母子が主人の秘事を秘密の恋の物語を伝承伝達する位置にあるとして、昔物語を問はず語りするというのは、冷泉院に僧都が語り出すところと、弁が薫に初対面の場で語り出す口調の類似から、両者に真の親を知らない子は罪であるとする信仰が根底にあるとされる。そして、「あやしく、夢

(67)弁の君と対面する薫　奥は勤行する八の宮（絵入源氏物語絵）

語り、巫女やうのものの問はず語りすらむやうに、めづらかに思さる」(128頁)から、弁について問はず語りさせたものは、柏木の霊で、作者はそのように読ませようとしたとされ、また、他の乳母子にも言及されて、藤壺の乳母子の弁と橋姫の弁から、「あたかも符節を合わせたかのように『源氏物語』の根幹を占める藤壺紫上といった紫の女の乳母子で、光源氏と主人の恋や結婚の場に参与している点を考慮するとき、竹河の巻の語り手のいう『むらさきのゆかり』は、このような位置にいる者をその伝承者とみなしていたのではないか」と推察される。中野幸一氏は、「弁の君と女房たち」(『講座源氏物語の世界』第八集　有斐閣　昭和五十八年)で、「秘密を知る女」としての存在を、大朝雄二氏が「源氏物語・橋姫巻論」(『平安文学研究』67輯　昭和五十七年)や「薫と大君の物語」(『文学』50巻8号　昭和五十七年)で弁の君が未来的展望に急ブレーキをかけるというのを受けて、薫が大君への恋心を抱き始めた時に、突如として弁の君が現われるのは、薫の恋を発展させないためとされる、二度目の対面の折の弁の経歴に、西国漂泊が持ち出されるのは、「薫との劇的な出会いを、より強調する意図があったのではなかろうか。」と推測される。また、弁の年齢の矛盾については、「弁の君という薫の秘密を知る老女が、『宇治十帖』の物語的要請によって、後から造型された人物である」とされ、弁の造型について、「小侍従を弁の替りに橋姫巻に登場させてもよかったのではあるまいか。小侍従の年齢は前述のように女三の宮とほぼ同年と考えられるので、橋姫巻ではおよそ四三、四歳、老女とまでは言い難いが、経験豊かな中年女房として薫の秘事を語るのにふさわしくないことはないであろう。(中略)弁の君の造型は、所詮小侍従の身替りのようなもので、むしろ小侍従の方が柏木との連係もよく、物語の合理性も優ると思われる。それをなぜ弁の君に替えたのか。(中略)小侍従は、単なる薫の出生の秘密を知る女房というだけのものではなく、柏木事件の現実的な推進役であり、薫の誕生を導いた張本人なのである。(中略)小侍従の柏木事件に関する罪は決して軽いものではなく(中略)小侍従も何らかの形で責任をとらなければならないわけで、結局、五、六年後に胸を病んで死ぬ(中略)こうなると他に薫の出生の秘密を知る者が必要となるが、柏木や女三の宮の乳母たちでは二十余年後の橋姫巻当時には老齢に過ぎて不適当であるし、他の従者や女房たちが主人公の禁忌の極秘を知るわけがない。そこで小侍従と同様な立場の母の娘という設定で、弁の君が造り出された」とされる。そして、その存在意義を「薫の秘密を知る老女弁の君の存在は、薫の恋に対して橋姫巻においてはネガティヴに、それ以後においてはアクティヴに作用する。そしていずれも罪の子薫の恋を宿命的に展開させることにおいては、共通の役割りを担っていると考えられる。」と指摘される。このことを三田村雅子氏は、「宇治十帖、その内部と外部」(『岩波講座日本文学史』第3巻　平成七年)で、「しるべ」という観点から、薫と八の宮の姫君を結び付けようとする弁の君を、薫と大君の両者に内通する者とされ、「どちらの事を考えて媒介しているのか自らもわからなくなるような混乱と混沌の内に、『しるべ』弁君の一人よがりな判断や行動が、一層姫君の反撥を呼んで、大君の心も体も取り逃がしてしまうという空転を物語は皮肉で描き出す。」と、乳母子の役割りを果たそうとする老耄・老愚な弁を捉えられる。諸氏が説かれるように、乳母子弁の登場は、女三宮と柏木の昔物語を薫に語り、これまでおぼろげに抱いていた出生の秘密を明確に知るとともに、新たに秘密の拡散を怖れさせ、かつ、大君への恋を逡巡させる要因となる。

これにかく侍《さぶら》ひはべる。知《し》ろしめさじかし、①この頃藤大《ごろとうだい》納言《なごん》と申《まう》すなる御兄《おほんこのかみ》の、右衛門督《ゑもんのかみ》(柏木)にて隠《かく》れたまひにしは。もののついでなどにや、かの②御上《おほんうへ》(柏木)とて聞《き》こしめし伝《つた》ふることもはべらむ。過《す》ぎたまひていくばくも隔《へだ》たらぬ心地《ここち》のみしはべる。そのをりの悲《かな》しさも、まだ袖《そで》の乾《かわ》くをりはべらず思《おも》うたまへらるるを、③手《て》を折《を》りて数《かぞ》へはべれば、(薫が)かく大人《おとな》しくならせたまひにける御齢《おほんよはひ》の程《ほど》も夢《ゆめ》のやうになむ。④かの権大納言《ごんだいなごん》の御乳母《おほんめのと》にはべりしは、⑤弁《べん》が母《はは》になむはべりし。(自分も)⑥朝夕に仕《つか》うまつり馴《な》れはべりしに、人数《ひとかず》にもはべらぬ身《み》なれど、(柏木が)⑦人に知《し》らせず、御《おほん》心《こころ》よりはた余《あま》りけることを、⑧をりをりうちかすめのたまひしを、今《いま》は限《かぎ》りになりたまひにし御病《おほんやまひ》の末《すゑ》つ方《かた》に、(自分と)召《め》し寄《よ》せて、⑨いささかのたまひ置《お》くことなむはべりしを、⑩聞《き》こしめすべきゆゑなむ一事《ひとこと》はべれど、かばかり聞《き》こえ出《い》ではべるに、(薫が)残《のこ》りをと思《おぼ》しめす御心《おほんこころ》はべらば、⑪のどかになむ聞《き》こしめし果《は》てはべるべき。若《わか》き人々《ひとびと》も、

してお仕えしております。ご存じではございますまい、①この頃藤大納言とかおっしゃるお方のお兄上で、右衛門の督でお亡くなりになったお方のことは。何かの折などに、②そのお方のこととしてお噂をお聞き及びなさることもございましょうか。お亡くなりになっていくらもたっていないような気ばかりがします。その時の悲しさも、まだ袖の乾く暇もございませんように存じますのに、③指折り数えますと、あなた様がこのようにご成人あそばしましたお年のほどもまるで夢のようでございます。④あの故権大納言柏木様の御乳母でございましたのは、⑤この弁の母でございました。⑥朝夕おそば近くお仕え申しておりましたところ、人の数でもございませんこの私でございますが、⑦誰にも話さず、さりとてお心ひとつには納めきれなかったことを、⑧折々お漏しになったのですが、いよいよご臨終におなりなさったご病気の末期に、お呼び寄せになって、⑨少しばかりご遺言なさることがございましたので、⑩ぜひお耳に入れねばならないことが一つございますけれど、ここまで申し上げましたので、残りを聞きたいとお思いのお気持ちがございましたら、⑪いずれゆっくりと終りまでお聞き頂

●鑑賞欄

人数にもはべらぬ身・数ならぬ身／かすむ

「人数にもはべらぬ身」・「数ならぬ身」は、人並みでない我が身。取るに足りない身。「現ともおぼえずこそ。数ならぬ身ながらも、思し下しける御心ばへのほどもいかが浅くは思うたまへざらむ。いとかやうなる際は際とこそはべなれ」（帚木）と、我が身をしがない身分の女と、空蟬は寝所に忍び込んだ光源氏に言う。「数ならぬ身」という語句は源氏物語で十九例を数えるが、そのうち四例を明石の君に（澪標・松風・若菜下）、浮舟の母に三例（東屋・蜻蛉）用いる。「何ごとにつけても、数ならぬ身なむ口惜しかりける」（若菜上）と、なにごとにつけても、人数に入らないわが身が残念に思いますと、女三宮の身分に対して卑下した紫の上の物言いや、「下臈の更衣」（若菜下）と言われた母御息所が「数ならぬ身ながらも、よろづにはぐくみきこえつる」（夕霧）と、自分の娘女二宮（落葉宮）に対して、とるにたりない身でありながら、大切にお育て申しあげてきたと、卑下する例がある。また、『古今和歌集』巻第十五・恋歌五の七五四番歌「花がたみめならぶ人のあまたあればわすられぬらむかずならぬ身は」（花籠の網目美しい目が並ぶように匹敵するような美しい人が大勢いるので、忘れられてしまったのだろう、ものの数ではない我が身は）と歌語として用いられる。『源氏物語』にも、落葉宮（夕霧）・蔵人の少将（竹河）・小宰相（蜻蛉）の歌に見られる。

「かすむ」ほのめかす。それとなく言う。『源氏物語』には三十例ほどある。帚木の巻に、妻の夫操縦法として「怨ずべきことをば、見知れるさまにほのめかし、恨むべからむふしをも、憎からずかすめなさば、それにつけて、あはれもまさりぬべし」と、怨みに思うようなことは気がついていますよという程度にちらっと言い、恨むのがもっともなところも憎らしくない程度にそれとなく言えば、それにつけて夫の愛情も深まりましょう、とほのめかす意に用いられる。この場面は、柏木が女三宮との密通を誰にも話すことが出来ないながら、折々に、ちらっとほのめかし話したという。他に、東屋の巻には、薫が中君に大君のことを思うとこの世中がつらくなるということを、「あらはには言ひなさで、かすめ愁へたまふ」と、はっきりした言い方ではなく、ほのめかし訴えると、「かすめ愁」という連語がある。

●語句解釈

①藤大納言＝柏木の弟の按察使大納言。
②かの御上とて〜＝柏木の身の上話としての意。
③手を折りて〜＝薫はこの時二十二歳。薫の誕生の直後に柏木が死去した。柏木の死の話題から、死後の年数を薫の年齢に引き当てることで、両者の関係を暗示する。
④かの権大納言＝柏木のこと。臨終間近に権大納言に昇進。
⑤弁が母＝この老女房の名。柏木の乳母子の弁は、前出の女三宮の乳母子小侍従と従姉妹になる。
⑥朝夕に仕うまつり＝弁は乳母子として柏木の身辺に仕えていた。
⑦人に知らせず〜＝誰にも話さず、かといってお心の中におさめきれなかった女三宮思慕のこと。
⑧をりをりうちかすめのたまひしを＝話すに話せないものの、黙っていられなかった柏木が、人数にも入らない乳母子ゆえに、ほのめかせ聞かせたのであろう。
⑨いささかのたまひ置くことなむ〜＝臨終直前の柏木が、弁を枕元に呼んで遺言したこと。
⑩聞こしめすべきゆゑなむ〜＝柏木の遺言のことを言い、柏木の死と薫の出生には深い関係があるということをにおわせた言い方。
⑪のどかになむ〜＝秘事の内容は改めて別の機会にという。

①(自分を)かたはらいたく、さし過《す》ぎたりとつきしろひはべめるも道理《ことわり》になむ」とて、さすがにうち出《い》でずなりぬ。

薫、弁の昔語りに惹かれ、再会を約束する

②あやしく、夢語《ゆめがた》り、巫女《かむなぎ》やうのものの③問《と》はず語《がた》りすらむやうに、(薫は)めづらかに思《おぼ》さるれど、あはれにおぼつかなく思《おぼ》しわたる事《こと》の筋《すぢ》を(弁が)聞こゆれば、④(薫は)いと奥《おく》ゆかしけれど、げに人目《ひとめ》も繁《しげ》し、さしぐみに、古物語《ふるものがたり》にかかづらひて夜《よ》を明《あ》かし果《は》てむも、こちごちしかるべければ、薫⑤「そこはかと思《おも》ひ分《わ》くことはなきものから、いにしへの事《こと》と聞《き》きはべるも、ものあはれになむ。さらば、必《かなら》ずこの残《のこ》り聞《き》かせたまへ。霧晴《きりは》れゆかばはしたなかるべきやつれを、(姫君達に)⑥面《おも》なく御覧《ごらん》じとがめられぬべき様《さま》なれば。⑦思《おも》うたまふる心《こころ》のほどよりは、口惜《くちを》しうなむ」とて立《た》ちたまふに、⑧(八宮の)かのおはします寺《てら》の鐘《かね》の声《こゑ》、かすかに聞《き》こえて、⑨霧《きり》いと深《ふか》くたちわたれり。

くことにいたしましょう。①若い女房達も、私のことをみっともなく、出過ぎていると互いに突き合っていますのももっともと思われますので」と言って、さすがにそのあとは口をつぐんでしまった。

②いぶかしく、夢の話か、巫女のような者が問わず語りをするかのように、ありえないように薫はお思いなさるけれども、③切なく気がかりに思い続けていらっしゃったことを老女が申し上げるので、④とても聞きたいのだが、いかにも人目も多いことだし、だしぬけで、昔話に関わりあって夜を明かしてしまうのも、不作法なことと思われるので、⑤「これといってはっきり思い当ることはないのですが、昔のことと聞きますのも、何やら心ひかれますね。それでは、きっとこの残りをお聞かせください。霧が晴れていくときまりの悪いようなみすぼらしい姿が、⑥恥ずかしくきっとお咎めを受けそうな有様ですから。⑦この私の心としましては、残念に存じます」と言ってお立ちになると、⑧あの八宮が籠っていらっしゃる寺の鐘の声が、かすかに聞えて、⑨霧がとても深く立ちこめていた。

●鑑賞欄

「問はず語り」は、問われもしないのに自分から話しだすこと。『源氏物語』には十三例見られる。六条御息所の生霊の問はず語り（葵）、明石入道が問われもしないのに自分から娘のことを話し出す問はず語り（明石）、末摘花の女房の問わず語り（蓬生）から、「またあやしうものはかなき夢をこそ見はべりしか。かう聞こゆる問はず語りに、隔てなき心のほどは思しあはせよ」（明石）と、暗に明石の君とのことを知らせ、問はず語りによって紫上に対する愛情の証とする。同じく、亡き夕顔についても、「わりなしや。世にある人の上とてや、問はず語りは聞こえ出でむ。かかるついでに隔てぬこそは、人にはことに思ひきこゆれ」（玉鬘）と、問はず語りに打ち明けることで、他の誰よりも紫上を思っている証とする。また、蓬生の巻末に「かの大弐の北の方上りて驚き思へるさま、侍従が、うれしきものの、いましばし待ちきこえざりける心浅さを恥づかしう思へるほどなどを、いますこし問はず語りもせまほしけれど、いと頭いたう、うるさくものうければなむ、いままたもついであらむをりに、思ひ出でてなむ聞こゆべきとぞ」と、語り手のことばとしており、〈竹河〉の巻の冒頭では、「これは、源氏の御族にも離れたまへりし後

問はず語り

大殿わたりにありける悪御達の、落ちとまり残れるが問はず語りしおきたる」と、光源氏一族の物語とは別の亡き髭黒太政大臣一家に仕えていた「悪御達の、落ちとまり残れる」、おしゃべりな女房たちのまだ生き残っていたものの問はず語りであるとする。『源氏物語』が女房の問はず語りを筆録したという体裁をとっている。また、この落ちとまり残れる老女房の問はず語りとして、「古人の問はず語り、皆例のことなれば」（椎本）、「老人の問はず語り」（手習）と、年寄が問はず語りをするのは普通のことであると認識する。それ故に、176頁「『かやうの古人は、問はず語りにや、あやしき事の例に言ひ出づらむ』と苦しく思せど、『かへすがへすも散らさぬよしを誓ひつる、さもや』と、また思ひ乱れたまふ」と、老女房弁の問はず語りを聞いて、このような年寄はしゃべりだすかもしれないと薫の心配ごとの種となり、宇治の姫君たちにも問はず語りをしたのではと疑い、それが姫君たちを自分の物にせずにはおくまいと思う一端にもなる。

●語句解釈

①かたはらいたく～＝秘事漏洩を避けるべく、若い女房達へと転じて、昔物語を閉じる。
②あやしく、夢語り＝暗示された秘事に対する薫の不思議な思い。
③あはれにおぼつかなくて＝なんとなく自分の出生について抱いて来た思いとが重ねられる。
④いと奥ゆかしけれど＝弁が若き人々も…と言ったことを受け、聞きたいとは思うものの、話の内容が察せられ、人目をはばかる。
⑤そこはかと～残り聞かせたまへ＝薫との関係が深い昔物語であるという暗示に対して、自己との関係にこれといって思い当たる節もないと否定しながらも、委細は改めて聞きたいという。
⑥面なく＝みっともないようなみすぼらしい姿を、面目なく、不作法とお咎をうけてしまう有様で、姫君達に失礼にあたるという。
⑦思うたまふる～口惜しうなむ＝の聞き手を敬うために自己の動作を謙遜する。
⑧かのおはします寺の鐘の声＝阿闍梨の寺の晨朝《じんちょう》（朝の勤行）の鐘。晨朝は「しんちょう」「じんじょう」ともいう。仏教用語で、一昼夜を六分した六時（晨朝・日中・日没・初夜・中夜・後夜）の一つ。辰の刻。現在の午前八時頃。
⑨霧いと深く＝早朝の霧の深まりが、薫の心を象徴している。

薫と大君、それぞれの心をこめて歌を贈答

①峰《みね》の八重雲《やへぐも》(八宮を)思ひやる隔《へだ》て多《おほ》くあはれなるに、なほこの姫君《ひめぎみ》たちの御心《おほんこころ》の中《うち》ども心苦《こころぐる》しう、何事《なにごと》を思《おぼ》し残《のこ》すらむ、②かくいと奥《おく》まりたまへるも道理《ことわり》ぞかしなど(薫は)おぼゆ。

薫 「③あさぼらけ家路《いへぢ》も見《み》えず尋《たづ》ねこし槙《まき》の尾山《をやま》は霧《きり》
　こめてけり

心細《こころぼそ》くもはべるかな」と、④たち返《かへ》りやすらひたまへる様《さま》を、都《みやこ》の人《ひと》の目馴《めな》れたるだに、なほいとことに思《おも》ひきこえたるを、(女房達は)まいていかがはめづらしう見《み》ざらむ。(大君の)⑤御《おほん》返《かへ》り聞《き》こえ伝《つた》へにくげに思《おも》ひたれば、(大君は)⑥例の、いとつつましげにて、

大君 雲《くも》のゐる峰《みね》のかけ路《ぢ》を秋霧《あきぎり》のいとど隔《へだ》つる頃《ころ》にも
　あるかな

すこしうち嘆《なげ》いたまへる気色《けしき》、浅《あさ》からずあはれなり。
何《なに》ばかりをかしき節《ふし》は見《み》えぬあたりなれど、(姫君達の)⑦げに心《こころ》

薫は、①八宮を思いやるが、峰にかかる幾重もの雲の隔てが多くうらめしいのに、それにつけても姫君達のご心中はどれほどかと気の毒で、物思いの限りを尽していらっしゃるであろう、②こうして引きこもりがちでいらっしゃるのも無理はないことよなどとお思いになる。

「③夜明け方、帰る家路もわからず、尋ねて参りました槙の尾山は、すっかり霧が立ち隠しています。

心細い思いでございますよ」と、④引き返してたたずんでいらっしゃる姿を、都の立派な人の見慣れている人でさえ、やはりとても格段にお思い申し上げているのだから、ましてこの山里の人の目にはまたとなく見え申さないことがあろうか。⑤女房がご返歌をお取り次ぎにくそうにしているので、姫君は⑥例のように、ひどく遠慮がちな様子で、

雲のかかっている峰の険しい道を、秋霧が立ちこめ、さらに隔ててしまっているこの頃でございますよ。

少し溜息をもらしていらっしゃるご様子は、深く心に染みる。どれほども風情は見いだせない山里であるけれど、⑦いかにもいたわしく感ぜられることが多いにつけても、去り難いが、

●鑑賞欄

おくまる・さしいづ

「おくまる」は、『源氏物語』には八例ある。奥に引き籠る意では、〈若紫〉の巻で光源氏が明石の裏に住む前播磨守入道とその娘明石の君の噂を聞く条で、「すこし奥まりたる山住みもせで、さる海づらに出でゐたる」とあるのと、〈橋姫〉巻の宇治の姫君たち、また、邸内の奥としても、〈椎本〉巻の宇治の姫君たちと、〈宿木〉巻の中の君、宇治の姫君たちは奥まった場所の存在として描かれる。たしなみがあって奥ゆかしい感じがする意では、〈花宴〉巻に、「かのわたりのありさまの、こよなう奥まりたるはやと、ありがたう思ひくらべられたまふ」と、藤壺のあたりの様子は、他のどこよりも格別奥まって慎み深いことよと、素晴らしいと較べてごらんになる、という。これに反して、左大臣邸は「心にくく奥まりたるけはひは立ちおくれ」(花宴)と、奥ゆかしく深みがある雰囲気は劣っているという。「おくまる」ことが評価される。他には、内気な、引っ込み思案であるという意がある。これは、「わりなくもの恥ぢをしたまふ奥まりたる人ざま」(澪標)と、斎宮の人柄を、むやみに恥ずかしがられる内気な人柄というのと、この場面の宇治の姫君たちの性格を表現するのに用いられる。これに対応する語が「さしいづ」で、でしゃばる意。この性格は『枕草子』の「にくきもの」で、「又、物語するに、さし出して、我ひとりさひまくる物。すべて、さしいではわらはもおとなもいとにくし。」と、でしゃばりは嫌われている。「峰の八重雲」「雲のゐる峰」は、峰にかかる幾重にも重なって沸き上がる雲。

68 雲のゐる峰のかけ路を秋霧の…
(遠くに宇治市を望む)

●語句解釈

①峰の八重雲＝峰にかかる幾重もの雲に、八宮との隔てを思う。宇治の八宮邸までやって来たが、遭うことができなかった薫の心境。「白雲の八重にかさなる遠方にてもおもはむ人に心隔つな」(古今・離別・貫之)、「思ひやる心許はさはらじを何隔つらん峰の白雲」(後撰・離別・橘直幹)。
②かくいと奥まりたまへる〜＝薫は八宮との隔離から、姫君たちの孤独を思い、これまで見て来た姫君たちの性格に納得する。
③あさぼらけ〜＝帰らねばならない時になっても、八宮にも逢えずに、帰る気にもならないと、姫君に歌いかけ、応答を求める。
④たち返りやすらひたまへる様＝姫君に心残りな薫の態度。
⑤御返り〜伝へにくげに＝薫の優雅な佇まいに、貴人を見慣れている都人さえ素晴らしいと思うのに、まして山里の女房たちは、気押されて返歌を取り次げない。
⑥例の、いとつつましげに＝前に「引き入りながらほのかにのたまふ」114頁とあるのを受けて、例のとする。遠慮がちに応答する大君の様子。
⑦げに心苦しきこと〜＝前の「なほこの姫君たちの御心の中ども心苦しう」というのを受け、姫君たちがいかにもおいたわしく思われることが多いことにつけ。

槙の尾山

「槙の尾山」は、『八雲御抄』の第五の「名所部」に「山城まきのを（宇治也。源氏同。詞にまきの山べともいへり。）」とある。『新編国歌大観』によると四〇首の槙の尾山の歌を検出し得るが、これらは全て『源氏物語』以後の物で、この場面の薫の歌によって、中世に多く読まれるようになって歌枕として定着したものであろう。

『河海抄』「槙尾山宇治也山城国　椎本にまきの山辺とあり」とある。椎本巻には、

宇治にまうでで久しうなりにけるを、思ひ出でて参りたまへり。七月ばかりになりにけり。都にはまだ入りたたぬ秋のけしきを、音羽の山近く、風の音もいと冷やかに、槙の山辺もわづかに色づきて、なほ尋ね来たるに、をかしうめづらしうおぼゆる……

とある。増田繁夫氏は、「源氏物語の地理」（『鑑賞日本古典文学』9　角川書店　昭和五十年）で、「山科東北の音羽山を近くに見る道を通っているかのようであるが、宇治の槙尾山と並べてあることからも明らかなように、ここは写実的な描写ではないのである。作者を始め、当時の貴族の女性たちは郊外に出ることが非常に稀で、正確な地理概念はもっていなかった。作者も一度ぐらいは初瀬詣でをしたであろうが、大部分の知識は屛風などに描かれた風景画によっている。ここは歌枕として知られた音羽山槙尾山を一緒に並べたのである。」と説かれる。音羽山歌は、『古今集』に六首、『後撰集』に三首あって、『古今集』の

おとは山おとにききつつ相坂の関のこなたに年をふるかな（四七三）

山しなのおとはの山のおとにだに人のしるべくわがこひめかも（六六四）

のように「音」を導く枕詞や序詞として用いられる。〈椎本〉巻も「音羽の山近く、風の音もいと冷やかに」と、和歌世界の延長上にある。この都から宇治への道筋であるが、小山利彦氏は「宇治への途次―醍醐・木幡のあたり―」（『源氏物語と風土』武蔵野文庫7　昭和六十二年）で、主な道筋として、

①三条大路を抜け、粟田口から山科へ南下して行く道筋

②六条大路を抜け、清閑寺と阿弥陀ヶ峰の間の渋谷越で山科へ入る道筋、今日の国道一号線に近い道筋。

③東山と鴨川の間を南下し、深草から東へ山越えして勧修寺に至る、今日の名神高速道路に近い道を通り、南下する道筋。

④③と同じ東山と鴨川の間を深草よりも南下し、大亀谷から六地蔵・木幡に至る道筋。

と四つのルートを提示され、「宮に知られては困る、いわば人目を避けての遠出となれば勧修寺まで迂回することはなく、④の道筋であったろう」とされる。この道筋であれば、小栗栖から石田にかけて、遠くではあるが音羽山を意識した道筋が想定されるのではなかろうか。音羽山だけでなく、木幡の歌も『拾遺集』にあり、歌枕として認識されていたと理解されるが、八代集には見られない「槙尾山」は、初瀬詣でやその他の何かの知識によるものではなかろうか。建仁二年（一二〇二）以後三年初頭の成立と推定される「千五百番歌合」の七四八番右（勝）の　内大臣

あさぼらけまきのをやまにきりこめてうぢの河をさ舟よばふなり

や、元久二年（一二〇五）「元久詩歌合」の十三番右（勝）の　家長

隔てつるまきのを山もたえだえに霞ながるる宇治の川なみ

も、〈橋姫〉巻の延長にある歌である。

槙尾山の位置関係については、奥村恒哉氏が「宇治十帖の風土」（『歌枕』平凡社選書　昭和五十二年）で、「著名なはずであるが、具体的所在については近代の諸註、案内書に欠陥が多い。それは、諸家が国土地理院の地図によられた結果だと思われるが、同地図に記された槙尾山は全く事実に反しているのである。現に槙尾山と呼ばれている山は、宇治川右岸の宇治橋上流数百メートル、興聖寺の上手の山である。地籍図にそうなっているので、単なる通称ではない。（中略）この事は『続古今集』に

　後鳥羽院に奉りける百首の歌に

　　入道太政大臣

立ちのぼる河瀬の霧や晴れぬらむ槙の尾山を出づる月影

とあることによってもわかる。宇治で月の出る山は右岸の山からである。」とされる。『京都府の地名』（日本歴史地名大系26　平凡社　昭和五十六年）でも、「歌枕、宇治川の平等院対岸（右岸）、やや上流にある。」とする。余田充氏は、「槙雄山」考―『源氏物語』橋姫巻―（うずしお文藻8号　平成三年）でより詳しく調査されて、「紫式部が何処を目して「槙雄山」といったのか不明だが、不案内な宇治の一地名が〈橋姫〉巻でいったん紹介されると、その山に特定の印象が付与されて和歌の題材として詠まれ、『名所』として確立されるに至ったのである。」とされる。

左の地図は、県神社蔵の「山城国旧地図」であるが、ここでは宇治川の平等院対岸（右岸）の山を槙尾山とする。

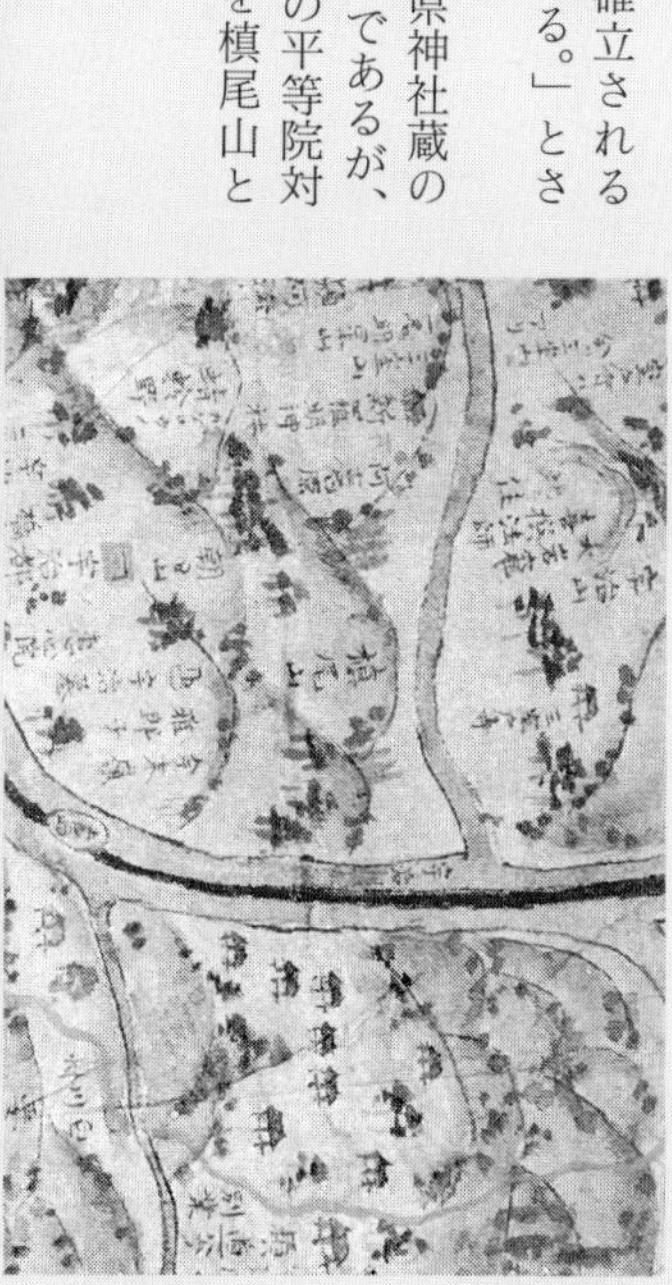

(69)山城国古図（二曲一隻）

苦《ぐる》しきこと多《おほ》かるにも、明《あ》かうなりゆけば、（薫は）さすがに①直《ひた》面《おもて》なる心地《ここち》して、薫「②なかなかなるほどに承《うけたまは》りさしつること多《おほ》かる残《のこ》りは、いますこし（姫君達に）面馴《おもな》れてこそは、（姫君達を）恨みきこえさすべかめれ。さるは、③（自分を）かく世《よ》の人《ひと》めいてもてなしたまふべくは、思《おも》はずに、もの思《おぼ》し分《わ》かざりけりと、恨《うら》めしうなむ」とて、④宿直人《とのゐびと》がしつらひたる西面《にしおもて》におはしてながめたまふ。

供人「網代《あじろ》は人騒《ひとさわ》がしげなり。されど⑤氷魚《ひを》も寄《よ》らぬにやあらむ、⑥すさまじげなる気色《けしき》なり」と、⑦御供《おほんとも》の人々《ひとびと》見《み》知《し》りて言《い》ふ。（舟人が）あやしき舟《ふね》どもに柴刈《しばか》り積《つ》み、⑧おのおの何《なに》となき世《よ》の営《いとな》みどもに行《ゆ》きかふ様《さま》どもの、はかなき水《みづ》の上《うへ》に浮《う》かびたる、誰《たれ》も思《おも》へば同《おな》じごとなる世《よ》の常《つね》なさなり。⑨我《われ》は浮《う》かばず、玉《たま》の台《うてな》に静《しづ》けき身《み》と思《おも》ふべき世《よ》かは、と（薫は）思《おも》ひ続《つづ》けらる。

薫、再び大君と唱和、再会を約して帰京

硯召《すずりめ》して、⑩あなたに聞《き》こえたまふ。

薫　⑪橋姫《はしひめ》の心《こころ》を汲《く》みて高瀬《たかせ》さす棹《さを》のしづくに袖《そで》ぞ濡《ぬ》れ

しだいに明るくなっていくので、薫は、さすがに①あらわな感じがして、「②生半可なくらいに承り残したことが多い残りは、もう少し親しくしていただいてから、お恨み申すことにいたしましょう。それにしても、③このように世間並の男のようにお扱いなのは、意外に、ものの分らないお方よと、恨めしく存ぜられます」と言って、④宿直人が準備した西面の席にいらっしゃってぼんやり見ながらもの思いにふけっていらっしゃる。

「網代は騒がしいようです。だが⑤氷魚も近づかないのだろうか、⑥気勢があがらぬ様子です」と、⑦お供の人々が様子をよく知っていて話している。粗末な舟に柴を刈り積んで、⑧めいめいになんということもないなりわいのために行き来する姿が、頼りない水の上に浮んでいるのは、誰も皆考えてみれば同じようなこの世の無常の姿である。⑨自分は水に浮ぶような暮らしではなく、玉の台に安泰な身の上を思ってよい世の中であろうか、と薫は思い続けられる。

硯を持って来させて、⑩あちらに歌をさし上げなさる。

「⑪宇治の姫君のお心を察して、浅瀬を漕ぐ舟の棹の雫に

●鑑賞欄

直面（ひたおもて）

「ひたおもて」は、直接顔を合わせて向かい合うこと。『源氏物語』に四例、『紫式部日記』に二例見られる。右大臣が光源氏と朧月夜の密会の場を見つけた場面で、「あさましう、めざましう心やましけれど、直面にはいかでかあらはしたまはむ」（賢木）、あきれ、不快で腹立たしいけれど、面と向かってどうして暴き立てられようと躊躇し、落葉宮が夕霧を避けて塗籠に逃げ込んだ場面で、夕霧が「かくてのみ、事といへば、直面なべければ出でたまふとて」（夕霧）、こんなことでは、取り立てて言うと、あらわなことになりそうだったので、お帰りになろうと思うという。

この場面でも御簾越しとは言え、薫は、外が明るくなると、いくらなんでもあらわな思いがしたというのである。そしてこの「直面なる心地」は、〈総角〉巻の薫が大君を看護する場面で、「直面にはあらねど、這ひよりつつ見たてまつりたまへば、いと苦しく恥づかしけれど、かかるべき契りこそはありけめと思して、こよなうのどかにうしろやすき御心を、かの片つ方の人に見くらべたてまつりたまへば、あはれとも思ひ知られにたり」と、薫が耳元で何かと申しあげるので、煩わしくも恥ずかしくも感じて、袖で顔を覆っていたので、面と向かってと言うのではないが、薫がそっと寄りながらご覧になるので、大君はとてもつらく恥ずかしいけれども、こうなるはずの前世の約束があったのだろうとお思いになって、このうえなくおだやかで心安いお人柄を、あのもう一人のお方（匂宮）に比べてごらんになると、そのお心のほどはしみじみと分かるのだったという。大君は臨終に際しても薫に、「ものおぼえずなりにたるさまなれど、顔はいとよく隠したまへり」（総角）と、意識朦朧とした容態ではあるけれど、お顔はしっかりと袖で覆っていらっしゃる。最後までみだしなみを忘れない。『紫式部日記』にも、十一月二十日の条に、灯の光で昼間よりもきまりが悪いほど照らしているのに、五節の舞姫が入場する様子をよくもまあ平気でと思いながら、おなじようにあらわに見られる自分を想像し、十一月二十二日の条でも、宮仕えに慣れ過ぎて、男と直接顔を合。事もたやすくなるだろうと、我が身のなりゆきが夢のように思い続けられるとあって、「ひたおもて」に心しながらも宮仕えする紫式部が描かれている。

●語句解釈

①直面なる＝ここでは明るい光の中で、あらわに顔を見られることが恥ずかしい気持。
②なかなかなる〜＝話が中絶した残りは、もう少し親しくなってからと、後日の交誼を期待する。
③かく世の人めいて〜＝自分を世間の並の男、そこらの色好みとして扱われるのは心外であるという。
④宿直人がしつらひたる＝宿直人が準備した西側の部屋。
⑤氷魚＝鮎の稚魚。秋の末から冬にかけて獲れる。
⑥すさまじげなる気色＝氷魚が上って来ないようで、荒涼として、威勢が上がらないようだという。
⑦御供＝薫の供人たち、宇治の事情通であるのは、薫の宇治の荘園の者か。
⑧おのおの＝氷魚を獲る漁師や、舟を操る船人。
⑨我は浮かばず＝前文の庶民の暮らしに対して、自分は、水に浮くような身の上でなく、玉の台に安穏に暮す身の上と思って良いのか、という薫の思い。「夕顔」の巻に見られる源氏の無常観とも通ずる。
⑩あなたに＝姫君たちの所。
⑪橋姫の〜＝橋姫は、宇治橋の守護神。これに姫君を準えて、姫君たちの心中をお察し申し上げますと言う。

橋姫

この巻の名は、薫の「橋姫の心」の歌による。この薫の歌は、『古今集』の、

さむしろに衣かたしきこよひもや
我をまつらむうぢのはしひめ（六八九）

を典拠とするという。「衣かたしき」は、『万葉集』の、「我が恋ふる妹は逢はさず玉浦に衣片敷きひとりかも寝む」（二六六六〈旧二六九三〉）などのように、自分だけの衣を敷くこと、独寝の意である。ここでは、八宮も留守で、寂しい山里に生活している姫君たちの思いを「橋姫の心」に籠ている。

橋姫については、吉海直人氏は、「橋姫物語の史的考察―源氏物語背景論Ｉ―」（『国学院大学大学院紀要』第13輯　昭和五十六年度）の「序」で、「『橋姫』は橋の守護女神である。古代において急流に架橋することの困難さは、現代人の想像を絶しており、長柄橋の人柱伝説をはじめとして、橋にまつわる民俗は各地に存在している。その中で最も古く有名なものが宇治の橋姫であった。」とされる。そして、「橋姫伝説以前―背景（上代）―」において、史料を駆使されて宇治橋の完成を大化二年とされ、文学との関係を、「上代において橋姫の登場する基盤は一応整っていたのである。文献では実証できないが、口承の次元においては、既に橋姫伝説はある程度流布していたのかもしれない。」と、口承の中に橋姫伝説の原形の始発を推測されている。次に、「橋姫伝説―表出（中古）―」では、『古今集』の宇治橋関係歌を、前六八九番歌と次の二首、

わすらるる身をうぢばしの中たえて
人もかよはぬ年ぞへにける（八二五）

又は、こなたかなたに人もかよはず

ちはやぶる宇治の橋守なれをしぞ
あはれとは思ふ年のへぬれば（九〇四）

の三首を指摘され、「三首の検討によって、橋姫歌の中から『待つ女・通わぬ男・年月の経過』という悲恋の輪郭が把握できた。これは『古今集』の一つの解釈であり、歌の背後に橋姫伝説が潜んでいるようにも思われるが、残念ながらそれを裏付ける資料は皆無である。しかし少なくとも後世橋姫物語が登場しているのだから、物語を呼び起こすエネルギーを内包した歌であるとだけは断言していいだろう。」と、古今集歌から中世橋姫物語への展開を推測され、『古今集』に一部表出した橋姫は、約百年後の『源氏物語』において、物語の重要な素材となったのである。もちろんその背景には、宇治が初瀬詣での道筋にあたっていることや、別荘地として次第に脚光を浴びてきた社会状況など、現実生活との関連も潜んでいた。（中略）『源氏物語』という特異な作品を別にすれば、都から離れた宇治の橋姫の真の文芸化は、中世という新しい時代の到来を待たねばならなかった。」と『源氏物語』までをたどられ、以下吉海氏論文は中世散文や妬婦物語までの展開を明らかにされている。

また、宇治橋については、『宇治橋―歴史と地理のかけはし―』（宇治文庫５　平成六年）や、『宇治橋―その歴史と美と―』（宇治市歴史資料館　平成七年）に詳しいが、吉海氏が、『源氏物語』橋姫巻の背景としての考察は『源氏物語』、岡一男氏が『源氏物語の基礎的研究』に指摘される、

うちにて、水にうきたるはしに、うたゝねにねたるに、よふかき月にこゑおかしくて、信方中将
57ａうちかはのなみのまくらにゆめさめて
といへは
57ｂよるはしひめやいもねさるらん

の藤原実方の連歌から、他に『実方中将集』の橋姫に関する歌を三首指摘されて、『蜻蛉日記』や『更級日記』にも宇治は登

⑩石山寺縁起に描かれた宇治橋

場しているが、橋は全く描かれておらず、船で川を渡っているのである。（中略）宇治橋は何度か倒壊しており、紫式部の時代に橋が存在していたことを示す資料は、『実方中将集』の『うきたるはし』以外見当たらないこの頃はどうも宇治橋自体はあまり有名ではなかったようだ。それ故『源氏物語』における宇治橋の描写には、虚構性を考慮に入れる必要がある。」と背景としての宇治橋を説かれる。また、石原昭平氏も「薫は『古今集』歌『さむしろに』のもつ宇治の橋姫を孤独でひたすら待つ女として、幸せを待ちつつ独り寝の悲愁を思って『橋姫のこころ』という。しかし、そこには水の神住吉が宇治の女神に通う神秘な世界が横たわる。薫にとって宇治の姫君たちは、橋の守り神に守られた橋姫であり、宇治は神の心が宿ると思えたであろう。たとえ『憂し』を呼びおこし、『世をうぢ山』と人はいうにせよ、宇治という固有の伝承の風土の中でこそ大君を橋姫にたとえられるのである。（中略）浄土という楽土への願望があった。やがて『心憂く、わが心乱りたまひける橋姫』であった姫は永遠の彼方へ消え、その憧憬をのみ残した大君ではあった。（中略）宇治の姫君たちに父八の宮は、この宇治を決して離反するなと禁じた。それは、橋の守り神である橋姫の魂はこの宇治という地にいてこそ生きうるものであるからである。」（「宇治の伝承」『講座源氏物語の世界』第八集　有斐閣　昭和五十八年）と、宇治の伝承が薫と大君の背景に色濃く存在すると説かれる。

　宇治の地は、今井源衛氏の「宇治の山里」（『源氏物語の思念』笠間書院　昭和六十二年）が多くの資料によって論証されているように、多くの別業が営まれていた

　また、『貫之集』の延長二年（九二四）の屏風歌として宇治の網代（一六九）が、『忠見集』にも（四八・四九）が、『能宣集』にも一首（三五）と、障子絵の一首（一九一）、『兼澄集』にも同じ障子絵の歌（一一五）があり、屏風絵や障子絵の題材になり、晩秋ないし十月の景物として確定していた。『忠見集』の詞書には「十月、うぢのあじろにをんなぐるまものみる」と、網代見物も行われていたようで、初瀬詣での往還、風景明美な土地として、多くの王朝人が訪れていた。今井氏の論文に、賀陽豊年の卒伝から「宇治に隠棲して、土地の故老の伝承を聞き集めることは、必ずしも平安末の宇治大納言の逸事に始まるわけではない。宇治には早くからそうした雰囲気があったものと見える。」とされるが、紫式部もこの地の伝承を耳にしたのであろうか。

ぬる
ながめたまふらむかし。
とて、宿直人《とのゐびと》に持《も》たせたまへり。(宿直人は)いと寒《さむ》げに、①いららぎたる顔《かほ》して持《も》て参《まゐ》る。(大君の)御返《おほんかへ》り、②紙《かみ》の香《か》などおぼろけならむは恥《は》づかしげなるを、③疾《と》きをこそかかるをりは、
とて、
大君　④さしかへる宇治《うぢ》の⑤川長朝夕《かはをさあさゆふ》のしづくや⑥袖《そで》を朽《くた》し果《は》
つらむ
⑦身《み》さへ浮《う》きて。
と、いとをかしげに書《か》きたまへり。⑧まほにめやすくものしたまひけりと、(薫は大君に)心とまりぬれど、供人「⑨御車率《みくるまゐ》て参《まゐ》りぬ」と、人々騒《ひとびとさわ》がし聞《き》こゆれば、宿直人《とのゐびと》ばかりを召《め》し寄《よ》せて、薫「帰《かへ》りわたらせたまはむ程《ほど》に、必《かなら》ず参《まゐ》るべし」などのたまふ。濡《ぬ》れたる御衣《おほんぞ》どもは、皆《みな》この人《ひと》に脱《ぬ》ぎかけたまひて、(京に)⑩取りに遣《つか》はしつる御直衣《おほんなほし》に奉《たてまつ》りかへつ。

舟人が袖を濡らすように、私も涙で袖が濡れてしまいました
さぞ物思いに沈んでいらっしゃいましょう」と書いて、宿直人にお持たせになる。宿直人はやけに寒そうで、①鳥肌立った感じで持って上がる。ご返事は、②紙にたきしめた香など平凡なものではきまりが悪い相手ではあるが、返歌が③早いのが何よりこんな時には良い、とお思いになって、
「④棹さして行ったり来たりする宇治の渡し⑤守は、朝夕の棹のしずくが⑥袖をすっかり朽ちつくすように、私の袖も涙に朽ち果てることでしょう。
⑦身まで涙で浮いています」と、⑧たいそう美しくお書きになっていた。(薫は大君が)ほんとうに感じがいい方でいらっしゃったのだと、心引かれたが、「⑨お車を持ってまいりました」と、供人達がやかましく申すので、宿直人だけをお呼び寄せになって、「宮がお帰りになる頃に、きっとお伺いしましょう」などとおっしゃる。霧に濡れたお召物などは、みなこの者に脱ぎ与えなさって、⑩京に取りにおやりになった御直衣にお召し替えになった。

●鑑賞欄

いららぐ／脱ぎかく

「いららぐ」は、この場面では、寒さで鳥肌立つ宿直人の顔と、〈手習〉巻で浮舟が我が身のことを思う場面で、「こはごはしういららぎたるものども着たまへるしも、いとをかしき姿なり」そのごわごわして毛ば立っている着物を着ている姿を、かえって風情があるとしていると、『日本国語大辞典』に「物の形状が突き出たようになる」とあるように、見た目にざらざらと感ずる意。『落窪物語』には、少将（面白の駒）の容貌として、「顔つき、ただ駒のやうに、鼻のいららぎたること限りなし」「御鼻なむ、中にすぐれて見苦しうおはする。鼻うち仰ぎ、いららぎて、穴の大なる」とある。これも、鼻が大きいため毛穴が目立つ馬の鼻先のような、見た目がざらざらしている様子を表現したものではないか。

「脱ぎかく」は衣服を脱いで物に掛ける意。この意の例としては、『古今和歌集』巻第四・秋歌上の二三九番敏行の歌に「なに人かきてぬぎかけしふぢばかまくる秋ごとにのべをにほはす」、いったいどのような人が来て脱ぎかけておいたのか。藤袴はやって来る秋ごとに野辺を良い香りで匂わせている、というのと二四一番素性歌がある。『源氏物語』の三例は、「近衛府の名高き舎人、物の節どもなどさぶらふに、さうざうしければ、『その駒』など乱れ遊びて、脱ぎかけたまふ色々、秋の錦を風の吹きおほふかと見ゆ」（松風）と、近衛の舎人たちに人々が禄として脱いでお与えになる衣服の様々な色合いは、紅葉を風が吹いて着せかけたかと見えるといい、「陵王の舞ひて急になるほどの末つ方の楽、はなやかににぎはしく聞こゆるに、皆人の脱ぎかけたる物のいろいろなども、もののをりからにをかしうのみ見ゆ」（御法）と、楽人舞人に見物の人々が禄として脱ぎ与えたさまざまの衣服の色なども、情景に溶け合って素晴らしいとばかりに見えるというのと、この場面である。三例とも、褒美として脱ぎ与える意で使われている。このように褒美として脱いで与える例が、『大和物語』一四六段に、宇多法皇が大江玉淵の娘の歌に感動して、「帝御袿一襲・袴たまふ。ありとある上達部・みこたち・四位五位、『これに物ぬぎてとらせざらむ物は座より立ちね』との給ければ、かたはしより上下みなかづけたれば、かづきあまりて、二間ばかりつみてぞ置きたりける」とある。

●語句解釈

①いららぎたる顔＝早朝の冷え込みで、鳥肌が立った感じ。
②紙の香など〜恥づかしげなるを＝返歌の料紙に薫きしめた香など、並々のものではいかにも気が引けるお相手ではあるが。
③疾きをこそ＝すばやい応対こそが、このような折には良いと思う大君の判断。
④さしかへる＝船で川を行き来する意。
⑤川長＝渡し守。
⑥袖を朽し果つらむ＝宇治川を行き来する渡し守は、棹の雫が袖を濡らして朽ちさせてしまう、私の袖も涙で朽ち果ててしまうと、薫の歌の「袖ぞ濡れぬる」を「袖を朽たし果つらむ」と切り返している。
⑦身さへ浮きて＝これも贈歌に付けられた「ながめたまふらむかし」に対して、「身さへ浮きて」と切り返した。『河海抄』は「さす棹の雫にぬるる物ゆへに身さへうきてもおもほゆる哉」（出典不明）を引く。
⑧まほにめやすく＝「まほ」は、十分に調っているさま。「めやすし」は、感じがよい。
⑨御車＝前に「京に、御車率て参るべく、人走らせつ」（106頁）とあった。帰路のための牛車。往路は馬であった。
⑩取りに〜＝狩衣から平常服（直衣）に着替える。

薫、宇治と文通

薫、帰京後も宇治の姉妹と弁の話に心離れず

(薫は)老人《おいびと》の物語《ものがたり》、心《こころ》にかかりて思《おぼ》し出《い》でらる。思ひしよりは①こよなくまさりて、をかしかりつる(姫君達の)御《おほん》けはひども、面影に添ひて、なほ思《おも》ひ離《はな》れがたき世《よ》なりけりと、心《こころ》弱《よわ》く思《おも》ひ知《し》らる。(姫君達に)御文《ふみ》奉《たてまつ》りたまふ。②懸想《けさう》だちてもあらず、白《しろ》き色紙《しきし》の厚肥《あつご》えたるに、筆《ふで》はひきつくろひ選《え》りて、墨《すみ》つき見所《みどころ》ありて書《か》きたまふ。

薫　③うちつけなる様《さま》にやと、④あいなくとどめはべりて、残《のこ》り多《おほ》かるも苦《くる》しきわざになむ。片端《かたはし》聞《き》こえ置《お》きつるやうに、今《いま》よりは御簾《みす》の前《まへ》も心《こころ》やすく思《おぼ》し許《ゆる》すべくなむ。(八宮の)御山籠《やまごも》り果《は》てはべらむ日数《ひかず》も承《うけたまは》り置《お》きて、⑤いぶせかりし霧《きり》の迷《まよ》ひもはるけはべらむ。

などぞ、(文は)⑥いとすくよかに書《か》きたまへる。左近将監《さこんのぞう》なる人《ひと》、御使《おほんつかひ》にて、薫「かの老人《おいびと》尋《たづ》ねて、文《ふみ》も取《と》らせよ」とのたまふ。宿直人《とのゐびと》が寒《さむ》げにて⑦さまよひしなどあはれに思《おぼ》しや

薫は、老女の話が心にかかって思い出される。また、姫君達の想像以上に①格別にすぐれていて、風情のあるご様子などが、瞼にちらついて、やはりこの世は思い捨てがたいと自分の心弱さを思い知らされる。姫君にお手紙をさしあげなさる。②色恋めいてもなく、白い厚ぼったい紙に、筆は念入りに選んで、墨の付きぐあいなど見所があるように書きなさる。

③ぶしつけなのではとなんとなく④差し控えて、言い残したことが多いのも心苦しうございます。あの時ちょっと申し上げましたように、これからは御簾の前も気安くお通しくださいますように。父君の山籠りが終わりそうな日にちも承って、霧にさえぎられお目にかかれなかった⑤気懸かりな迷いも晴らしたく存じます。

など、たいそう⑥まじめにお書きになる。左近将監なる人をお使いにして、「あの老女房を尋ねて、この手紙も渡せよ」とおっしゃる。宇治の宿直人が寒そうで⑦嘆いていたことなどしみじみと思いやられて、大きな①檜破子のようなものをたくさ

●鑑賞欄

薫の心理①　冒頭「老人の物語、心にかかりて思し出でらる。思ひしよりはこよなくまさりて、をかしかりつる御けはひども、面影に添ひて、なほ思ひ離れがたき世なりけりと、心弱く思ひ知らる」と、出生の秘密を知り、気に掛かりながらも、姫君達への慕情を抑えきれない。このあたり、〈匂宮〉巻「幼心地にほの聞き給ひし事の、折々いぶかしう、おぼつかなく思ひ渡れど、問ふ人もなし」、また「中将は、世の中を、深くあぢきなきものに思ひすましたる心なれば、なかなか心とどめて、行き離れ難き思ひや残らむ、など思ふに、わづらはしき思ひあらんあたりにかかづらはむはつつましく、など思ひ棄て給ふ」「心のうちには、身を思ひ知る方ありて、ものあはれになどもありければ、心に任せて、はやりかなるすきごと、をさをさ好まず」と照応させると、屈折した薫の性格描写が見えてくる。出生の秘密のうしろめたさゆえに、恋愛はすまいと思い、道心を求めて八宮と親交を結ぶ薫であるが、皮肉にも、この宮の姫君達を垣間見ることによって、その道心が揺らぐ。しかも、ここでは、まだその気持ちを恋とは認めまいとする。「女なぞには興味を持たない」というふうを装いながら、ある意味では、実は、匂宮以上に「好色」な薫の姿を読み取れよう。

宿直人

「殿居」が原義。「宿直」は、(1)宮中や貴人の家に宿泊して警護すること。(2)夜間、天皇や貴人の側に仕え、お相手を勤めること。(2)の場合は、いわゆる「夜伽ぎ」にあたる。また「宿直人」には、(3)貴人の屋敷の留守を護る人の意もある。ここでは、(1)で、先般、八宮不在の折、姫君達の琴の音を聞けるように手引きしてくれた者を指す。

　宮中の宿直は、主に近衛の少将・中将など四位五位の者が交替で勤めた。

　なお〈若紫〉巻には、紫上の祖母大宮の亡き後、光源氏が少納言の乳母に、紫上を引き取りたいと申し合わせに行き、霰の降るにかこつけて、みずから宿直人をかってでる場面がある。

⑺檜破籠《ひわりご》

●語句解釈

①こよなくまさりて＝他と比較して、格段に違う感じを表す。優劣いずれにも用いる。ここは、姫君達の想像以上にすばらしい様子を表す。

②懸想だちて＝114頁「世の常の好き好きしき筋」に呼応する表現。「色恋めいて」の意。

③うちつけなる様＝唐突なことにとまどう様子を表す。「だしぬけだ・軽率だ・ぶしつけだ」の意。先日八君の不在中に薫が不意に姫君達を訪ねたことを指している。

④あいなく＝形容詞「あいなし」の連用形で、「むやみと、わけもなく・ただもう」の意。

⑤いぶせかりし＝思うようにならず、気掛かりな様子を表す。ここも、先日の来訪のことを言っている。霧が深く、姫君達の姿をはっきり見られなかったことと、充分に話せなかったことの両方を指す。

⑥すくよかに＝注②「懸想だちてもあらず」に呼応して、「堅苦しい・飾り気がない」の意。色恋めいた手紙ではないので、形式張って、まじめに書いてあるのである。

⑦さまよひ＝「吟ふ・呻ふ」の字を当て「ため息をついて嘆く」の意。

紙と文

ほのかに垣間見た姫君に心惹かれ、薫は文を認める。その手紙は、

　懸想だちてもあらず、白き色紙の厚肥えたるに、筆はひきつくろひ選りて、墨つき見所ありて書きたまふ。〈橋姫〉

というものであった。これは、「懸想だちてもあらず」＝恋文めいていない手紙であったという。一方、薫の実父柏木が女三宮に当てた最後の手紙は、

　様々悲しきことを、陸奥国紙五六枚に、つぶつぶとあやしき鳥の跡のやうに書きて…。

というものであった。一般に、厚ぼったい紙は、風情がないと思われていたらしく、恋文には、「薄様」の紙を用いるのがよしとされていたらしい。〈若菜〉下巻で、柏木と女三宮の密通が源氏に知れる場面では、柏木の文は、

　浅緑の薄様なる文の、押し巻きたる端見ゆるを、何心もなく引き出でて御覧ずるに、男の手なり。紙の香などいとえんに、ことさらめきたる書きざまなり。

とある。源氏が明石の上に贈った文も二通目は、

　このたびはいといたうなよびたる薄様に、いとうつくしげに書き給へり。〈明石〉

で、また〈蛍〉巻の、蛍兵部卿宮の玉鬘への文は、

　白き薄様にて、御手はいとよしありて書きなしたまへり。

と記されている。時代は下るが『住吉物語』には、四位の少将が中納言の宮腹の姫君に初めて贈った手紙は、

　十月ばかりに、紅葉がさねの薄様に書き給ふ。

とあり、このように、恋文は、薄様の紙を用いたのである。

　これに対して、厚ぼったい紙は、末摘花から源氏へ、正月の衣服を贈った際にそえた歌を認めたものを、

　取り給ふも胸つぶる。陸奥紙の厚肥えたるに、にほひばかりは深うしめ給へり。歌も、

　からごろも君が心のつらければ袂はかくぞそぼちつつのみ

心得ずうち傾き給へるに、…

とあって、歌は下手だし、紙は風情がないしと、末摘花の野暮ったさの形容となっている。つまり「薄様」の紙を用いて、風情ある様に書いてしまっては、内容はどうであれ、懸想文と同じこと、したがって、仏道の友として、八宮と交わる薫には、薄様の紙で季節感を出して書こうにも書けなかったのである。

　ところで、先に挙げた〈橋姫〉の引用には、「白き色紙の厚肥えたる」「陸奥紙」と紙の種類が見えるが、『源氏物語』では、ほかに、次のような紙についての描写がある。

〈空蟬〉巻では、

　御硯急ぎ召して、さしはへたる御文にはあらで、畳紙に、手習のやうに書きすさび給ふ。

〈夕顔〉巻にも、乳母の見舞いに来た源氏に垣根越しに歌を詠みかけてきた返事を、

　御畳紙に、いたうあらぬ様に書きかへ給ひて…。とあるように、かねて用意がなく、咄嗟に文や歌を認める場合には「畳紙」が用いられたことがわかる。

また、六条御息所からの手紙は「菊の気色ばめる枝に、濃き青鈍の紙なる文つけて」、それに対する源氏の返事は「紫のにばめる紙に」(〈葵〉巻)とあり、〈明石〉巻の明石の上の初めての返事は「浅からずしめたる紫の紙に、墨つき濃く薄く紛らはして」というさまで、〈若菜〉下巻の源氏と朧月夜尚侍の最後の贈答では、

　濃き青鈍の紙にて、樒にさし給へる、例の事なれど、いたく過したる筆遣ひ、

なほ古り難くをかしげなり。
とあり、これらは薄様の色紙であろう。
一方、朝顔斎院との贈答では、

　空の色したる唐の紙に…〈葵〉

　なれなれしげに、唐の浅緑の紙に、榊に木綿つけなど、神々しうしなして参らせ給ふ。〈賢木〉

朧月夜尚侍にも、

　唐の紙ども入れさせ給へる御厨子あけさせ給ひて、なべてならぬを選り出でつつ、筆なども心ことに引き繕ひ給へる気色えんなるを、…〈賢木〉

と「唐の紙」を用いていることがある。また、六条御息所からの文も、

　物をあはれと思しけるままに、うち置きうち置き書き給へる、白き唐の紙四五枚ばかりをまき続けて、墨つきなど見所あり。〈須磨〉

と「唐の紙」であった。さらに、明石の上への初めての文は、

　なかなかかかる物の隈にぞ思ひの外なる事も籠るべかめると、心づかひし給ひて、高麗の胡桃色の紙に、えならず引きつくろひて…、〈明石〉

と高麗の紙を用いている。「唐の紙」は、朧月夜尚侍への文に「唐の紙ども入れさせ給へる御厨子あけさせ給ひて」とあるように、日頃は使わずしまいこまれていたことがわかる。つまり、特別な紙だったわけである。「唐の紙」「高麗の紙」も当時でいえば外国製のものであり、源氏がこれらの物を選りすぐって使った相手の、明石の上・朝顔斎院・朧月夜尚侍は、それだけ特別な思い入れのある女性であることが明白である。なお、〈胡蝶〉巻で、柏木が実の妹とは知らず玉鬘に当てた懸想文も「唐の縹の紙」である。

　こうした特別なものではないが、「陸奥紙」は、

　「行きはなれぬべしやとこころみに侍る道なれど、つれづれもなぐさめ難う、心細さまさりてなむ。聞きさしたる事ありて、やすらひ侍る程をいかに」など、陸奥紙に、うちとけ書き給へるさへぞめでたき。(中略)御返し白き色紙に、〈賢木〉

と、源氏と紫上の贈答の際、また〈明石〉巻で、先に述べた高麗の紙を使った源氏の返事を、娘に代わって明石入道がする場面で、

　陸奥国紙に、いたう古めきたれど、書きざまよしばみたり。

とあったり、『夜半の寝覚』に

　この世ならざりしを、ひたすらに思ひなりぬるよし、陸奥紙七八枚ばかりに、尽きもせず尽くして、…

のように見られ、先の柏木の遺言や、末摘花の添え文など、様々の用途に広く使われていたようである。

　なお、『倭名類聚抄』(元和古活字本)によれば、巻十三・調度部上第廿二・文書具第百七十三に、

　紙　兼名苑注云紙古文作帋和名加美紙有色紙檀紙穀紙屋紙阿苔紙斐紙薄紙等名後漢和帝時蔡倫所造也

とあり、すなわち、色紙・檀紙・穀紙・屋紙(紙屋紙)・阿苔紙(河苔紙)・斐紙・薄紙(薄用紙)の種類があったことがうかがえるが、これらの分類は、原料・様態・産地・質等で、一般に用いられた紙の名称とは一致していない。

「色紙」は字のごとく「色」の着いた紙で、材質は、唐の紙もあれば、陸奥紙もあった。「薄紙」も同様で、同じ材質でも厚い物は「厚紙」、薄いものを「薄紙(薄様)」といったらしい。本文に見える「陸奥紙」は産地の名をもって付けられたものであるが、原料は「檀(まゆみ)」であったらしく、「檀紙」のことを一般に「陸奥紙」と呼んでいたようである(『文藝類纂』)。

また、「穀紙」は「楮」が原料、「松紙」はおそらく「松皮紙」、「斐紙」は「雁皮」を原料としたものらしい。「紙屋紙」は、昔は大内の紙漉き所(紙屋)で作ったからという(『塵添壒嚢抄』)。

りて、大《おほ》きなる①檜破子《ひわりご》やうのものあまたせさせたまふ。

薫、山の八宮にも御文、様々な心づかい

またの日《ひ》、かの御寺《おほんてら》にも(文を)奉《たてまつ》りたまふ。山籠《やまごも》りの僧《そう》どもも、この頃《ごろ》の②嵐《あらし》にはいと心細《こころぼそ》く苦《くる》しからむを、さておはします程《ほど》の布施(僧達に)賜《たま》ふべからむ、と(薫は)思《おぼ》しやりて、絹《きぬ》、綿《わた》など多《おほ》かりけり。(八宮は)御行《おほんおこな》ひ果《は》てて出《い》でたまふ朝《あした》なりければ、行《おこな》ひ人《びと》どもに、綿《わた》、絹《きぬ》、袈裟《けさ》、衣《ころも》など、すべて一《ひと》領《くだり》の程《ほど》づつ、(寺に)ある限《かぎ》りの③大徳《だいとこ》たちに賜《たま》ふ。

宿直人《とのゐびと》、(薫が)かの御脱《おほんぬ》ぎ捨《す》ての④艶《えん》に⑤いみじき狩《かり》の御衣《おほんぞ》ども、えならぬ白《しろ》き綾《あや》の御衣《おほんぞ》のなよなよといひ知《し》らず匂《にほ》へるをうつし着《き》て、⑥身《み》を、はた、えかへぬものなれば、似《に》つかはしからぬ袖《そで》の香《か》を人《ひと》ごとに⑦咎《とが》められ、愛《め》でらるるなむ、なかなか所狭《ところせ》かりける。(宿直人は)心に任《まか》せて身《み》をやすくも振舞《ふるま》はれず、⑧いとむくつけきまで人《ひと》のおどろく匂《にほ》ひを、失《うしな》ひてばやと思《おも》へど、所狭《ところせ》き人《ひと》の御移《おほんうつ》り香《が》にて、えも濯《すす》ぎ捨《す》てぬぞ、あまりなるや。

ん持たせなさった。

翌日、八宮の籠っていらっしゃるお寺にもお手紙をさしあげなさる。山籠りの僧たちも、このごろの②冷たい風にはとても心細く困っているであろうし、また、八宮様は籠っていらっしゃる間のお布施をお与えなさるにちがいないと、薫は思いやりなさって、絹・綿などたくさんお贈りなさった。勤行が終りなさって寺を退出する朝だったので、修行者たちに、綿・絹・袈裟・衣などすべて一揃ずつ、全員の③僧たちにお与えなさる。

宿直人は、薫が脱ぎ与えた④優美で⑤すばらしい狩衣や、並みでなく白い綾の衣で柔らかくてなんともいえず芳しいのをそのまま着て、⑥それでもやはりげせわな当人の身は替えられないので、似付かわしくない袖の香を人毎に⑦あやしまれたり、讃めそやされたり、かえって窮屈な思いであった。思うように気安くも振る舞えず、たいそう⑧気味が悪いくらい人がはっとする香りを消してしまいたいと思うけれど、重々しい御身分の方の移り香で、洗い流すこともできず、とても困ったことであるよ。

●鑑賞欄

え……ぬ／所狭し

え……ぬ　「え」は副詞。語源は動詞「得」の連用形からの転。一般には「え…打消語」（打消の助動詞「ず」や形容詞「なし」等）の形で不可能を表す。「えかへぬ」は「替えられない」、「えも濯ぎ捨てぬ」は「洗い流すこともできず」。

「えならぬ」の場合は、連語で、副詞〈え〉＋動詞〈成る〉の未然形＋打消の助動詞〈ず〉の連体形で、「並大抵でない・普通でない」「なんとも言えないほどすばらしい」の意。一説に〈なら〉は断定の助動詞〈なり〉の未然形ともいう。なんとも表現しがたい状態を表す。多くはよい意味に使われる。

所狭し　字面通り(1)「狭い・窮屈だ」から、気分的に(2)「気詰まりだ・うっとうしい」。さらに(3)「いかめしい・重々しい」、(4)「仰々しい・大げさだ、面倒だ・やっかいだ」等の意味がある。

文中の「なかなか所狭かりける」は、薫が宿直人に脱ぎ与えた狩衣に残っている、宿直人にしては不釣り合いなすばらしい香りで、はたの者から何やかやと言われ、居場所がない窮屈な思いをするの意。

すぐ後の「所狭き人の御移り香にて」は、

仰山な薫の移り香なので（池田亀鑑・朝日『全書』）

大変沢山な、人（薫）の移り香で（岩波『大系』）

等、「御移り香」を修飾する語として、(4)の「仰々しい・大げさだ」の意に解釈されている。続く「えも濯ぎ捨てぬぞ」を考慮すれば、当然、「消したいけれど消せないほど深く染みついた香り」として、その香りの「すごさ」を形容した語となる。

しかし、そうすると、「所狭き」の直後の「人の」が浮いてしまうのではないか。「所狭き」が「御移り香」に係るのなら、「人の所狭き御移り香」とするか、もしくは「人の」を省いた形が自然であろう。もちろん「所狭き」と「人の」とが並立で「御移り香」に係ると読むことも可能であるが、それならば「所狭き」の後に読点を打つ必要があろう。自然に読み進んでくれば、「所狭き」は「人の」に係ることになる。「えも濯ぎ捨てぬぞ」とのつながりは、やや悪いが、ここでは「人（薫）の」に係る語として、「重々しい」と訳してみた。

●語句解釈

①檜破子＝「檜」で作った「破子」。「破子」は折り箱。普通の「破子」より上等。（図㉑）

②嵐＝山から吹き下ろしてくる風のこと。古今巻五秋下冒頭の「吹くからに秋の草木のしをるればむべ山風を嵐といふらむ」をふまえる。

③大徳＝本来は「徳の高い僧」の意であるが、しだいに「僧」一般をも指すようになった。ここでは後者。

④艶に＝華やかに美しく、人を引き付ける魅力あふれる様子を表す。「あでやかだ・優美だ・艶っぽい」

⑤いみじき＝形容詞で、良くも悪くも程度が並はずれている様子を表す。ここでは、薫の狩衣のすばらしさを言う。

⑥身を、はた、えかへぬ＝「はた」は物事のある一面を認めながらも、また、別の面を述べようとする語。「それでもやはり・それとも」。ここでは、薫の狩衣を着ていながら、中身はやはりもとのままということ。

⑦咎め＝「不審に思って、気に掛ける・心にとめる」の意。ここでは身分に不釣り合いな香の匂いを人々が不審がるのである。

⑧むくつけき＝「むくつけし」は異常なものに接した恐ろしさを示す語で、ここでは注⑦と呼応し、宿直人に似付かわしくないことを大げさに言った表現。

「香」について

I　薫の香り

宿直人は、

　えならぬ白き綾の御衣のなよなよとい
ひ知らず匂へるをうつし着て、身を、は
たえかへぬものなれば、似つかはしから
ぬ袖の香を人ごとに咎められ、愛でらる
るなむ、なかなか所狭かりける。

という有様で、薫の移り香に窮屈な思いをしたとある。たしなみとして、衣服に香を薫きしめるのが常であったが、薫の場合は、衣服に薫きしめた香りのみならず、薫自身がその名の通り「香」っていたことが、〈匂宮〉巻に記されている。

　香のかうばしさぞ、この世のにほひな
らずあやしきまで、うちふるまひ給へる
あたり、遠く隔たる程の追風も、まこと
に百歩の外も薫りぬべき心地しける。
（中略）しるきほのめきの隠れあるまじ
きに、うるさがりて、をさをさ取りもつ
け給はねど、あまたの御唐櫃に、うづも
れたる香の香どもも、この君のは、言ふ
よしもなきにほひを加へ、御前の花の木
も、はかなく袖かけたまふ梅の香は、春
雨の雫にもぬれ、身にしむる人多く、秋
の野に主なき藤袴も、もとの薫はかくれ
て、なつかしき追風、ことに折りなしが
らなむまさりける。かくあやしきまで人
の咎むる香にしみ給へるを、…。

と、あまりの芳しさに、花の香も薄れ、人々がはっとするほどであったという。

　この薫の体臭は、〈東屋〉巻には、

　寄り居給へりつる真木柱も茵も名残に
ほへる移り香、いへばいとことさらめき
たるまでありがたし。（中略）「経などを
読みて功徳のすぐれたることあめるにも
香のかうばしきをやむごとなきことに、
仏ののたまひ置きけるもことわりなり
や。薬王品などに、取りわきてのたまへ
る牛頭栴檀とかや、おどろおどろしき物
の名なれど、まづかの殿の近くふまひ給
へば、仏はまことし給ひけり、とこそおぼ
ゆれ。幼くおはしめるより、行ひもいみじ
くし給ひければよ」など言ふもあり。

と、「牛頭栴檀」の香に譬えられている。この薫のような体臭は特別として、一般には、それぞれの好みに応じて、香を薫きしめていた。

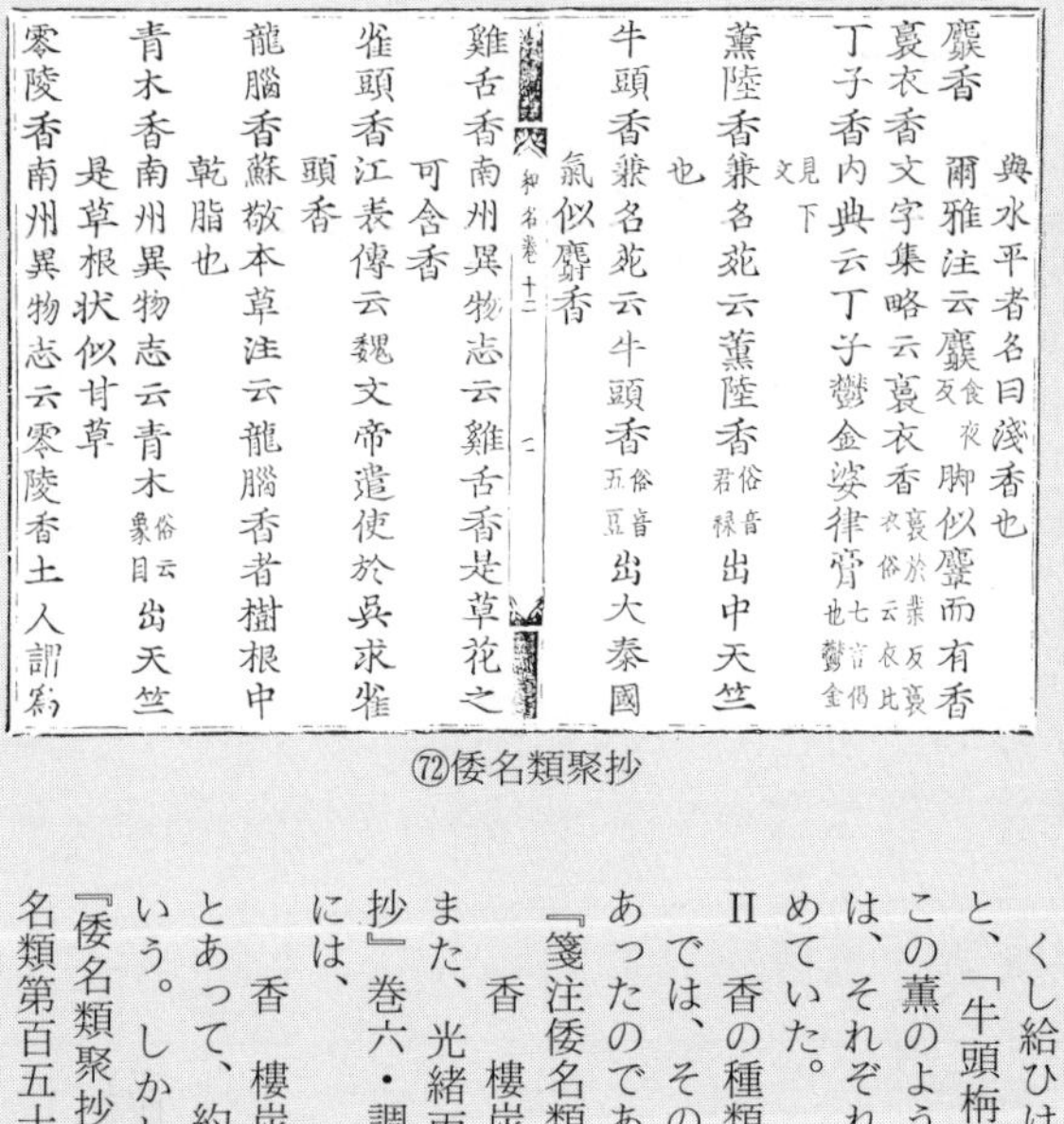
輿水平者名曰淺香也
䴥香　爾雅注云䴥脚似麞而有香
裛衣香　文字集略云裛衣香
丁子香　内典云丁子
薫陸香　兼名苑云薫陸香出中天竺也
牛頭香　兼名苑云牛頭香出大秦國氣似䴥香
雞舌香　南州異物志云雞舌香是草花之可含香
雀頭香　江表傳云魏文帝遣使於呉求雀頭香
龍脳香　蘇敬本草注云龍脳香者樹根中乾脂也
青木香　南州異物志云青木出天竺是草根狀似甘草
零陵香　南州異物志云零陵香土人謂

(72)倭名類聚抄

II　香の種類

　では、その「香」にはどのような種類があったのであろうか。

『箋注倭名類聚抄』巻六・調度部・薫香具に、

　香　楼炭経云、凡雑香四十二種

また、光緒丙午中国楊守敬刊『和名類聚抄』巻六・調度部第十四下・薫香類九十一には、

　香　楼炭経云、凡雑香四十三種

とあって、約四十二、三種の香があったという。しかし、実際には、元名古活字本『倭名類聚抄』巻十二・香薬部第十八・香名類第百五十四には「沈香」をはじめとし

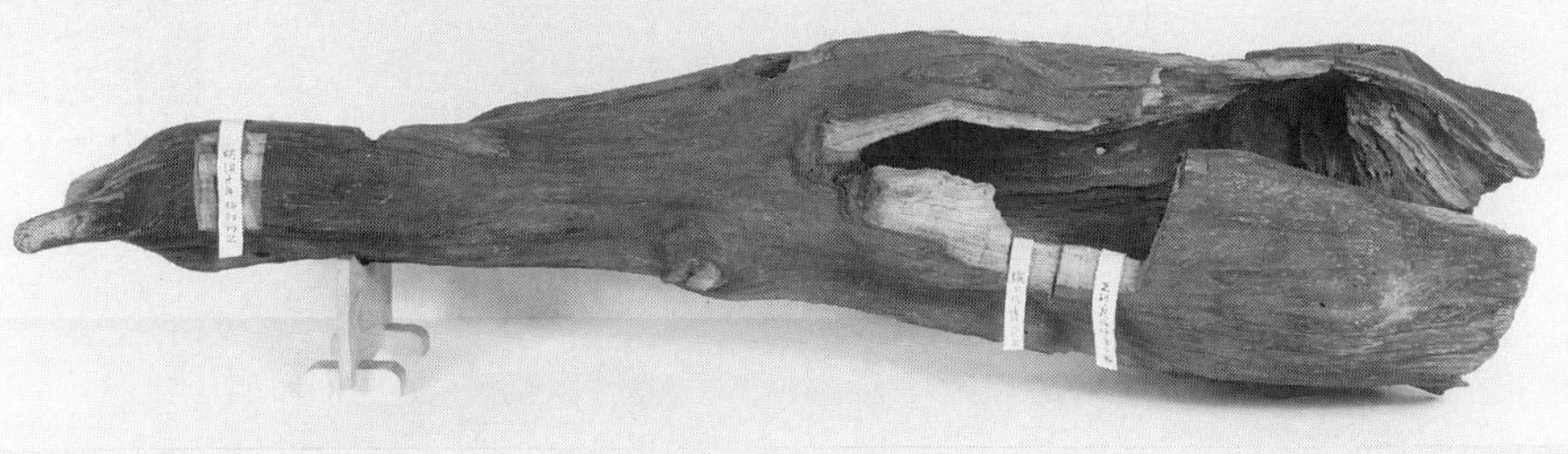

⑬蘭奢侍（黄熟香　正倉院）

て、「浅香」「麝香」など二十七種、ただし「栴檀香」「甘松香」「鬱金香」は解説なく名称のみで、『箋注倭名類聚抄』・楊守敬刊『和名類聚抄』には、この「栴檀香」「甘松香」「鬱金香」の三種がなくて二十四種の名が見える。このうち、「百和香」というのは、後に述べる「百歩の方」の香のようで、単独の香の名ではなさそうであるから、二十三種ないしは二十六種の香があったことになる。

さきの薫の香りの譬えの「牛頭栴檀」は「栴檀香」の一種と見られ、「栴檀」は、同じく『倭名類聚抄』巻二十・草木部第三十二・木類第二百四十八に

栴檀　唐韻云栴檀仙壇二音俗云善短香
　木也内典云赤者謂之牛頭栴檀
紫檀　内典云栴檀黒者謂之紫檀兼名苑
　云一名紫檀
白檀　内典云栴檀白者謂之白檀

とあって、木の色によって、三種あったことが知れる。今日、一般に香としてはいわゆる「白檀」の名で通っているが、「栴檀香木也」とあるから、「香名類」では「栴檀香」としたのであろう。なお、『箋注倭名類聚抄』では、「牛頭香」という香についての注で、

以牛頭者為牛頭香　按牛頭栴檀見源氏
物語東屋巻

と、さきの〈東屋〉巻の部分を指摘しており、「牛頭香」を「栴檀香」とみなしていたようである。また「鬱金香」は、「丁子香」あるいは「牛頭香」とも混同されていたようである。

Ⅲ　合香（あわせこう）

ともあれ、平安時代には、この内、「沈香」「丁子香」「薫陸香」「甲香（貝香）」「栴檀香（白檀）」「麝香」の六種を「六和香」と称し、これらを主として、さまざまに調合し、練り合わせて、季節や好みに合わせた香を調じていたようである。『運歩色葉集』には、

六和香　沈香、丁香、薫陸、貝香、白
檀、麝香也、已上六種也。春加譫唐曰梅
花、夏加鬱金曰花橘、秋加甘松曰荷葉、
冬加霍香曰菊花、加零陵曰侍従、加乳香
曰黒方也。

とあり、この六種に、春は譫唐香（譫糖香）を加え「梅花」といい、夏は鬱金香を加えて「花橘」、秋は甘松香を加えて「荷葉」、冬は霍香を加えて「菊花」といったという。また、「侍従」「黒方」という合香もあった。「黒方」の「方」はもともと、調合の仕方のことで、「黒方」に限らず本来は「…方」というのが正式のようである。また、これらの調合の仕方については、時代や家々によって、かなり異なっていたらしい。たとえば、『拾芥抄』では、「梅花」の調合を、

沈八両二分　丁子四両三分　甲香三両
二分　甘松一両一分　薫陸一分　麝香一
両

としているのに対し、『薫集類抄』では、

沈八両二分　占唐一分三朱　甲香三両
二分　甘松一分　白檀二分三朱　丁子二
両二分　麝香二分　薫陸一分

としているように、分量も、香の種類も異なっている。

『源氏物語』〈梅枝〉巻には、先の「梅花」「侍従」「黒方」「荷葉」のほかに、

　冬の御方にも、時々によれるにほひの定まれるに、消たれむとあいなしと思して、薫衣香の方のすぐれたるは、前の朱雀院のをうつさせ給ひて、公忠の朝臣のことに選び仕うまつれりし、百歩の方など思ひえて、世に似ずなまめかしさを取り集めたる、…

と「百歩の方」というのが見られ、また、衣服に薫きしめた香のことを「薫衣香」といったことがわかる。この他にも、「夏衣」「仙人」「いさり舟」「松風」「きくの露」「榊葉」といった合香の名が『六種薫物合』にある。

Ⅳ　「香」と人物描写

　さきの薫の例のように、香りは、その人となりを表すものでもあったので、匂宮は、薫に負けまいと、

　兵部卿の宮なむ、こと事よりも挑ましくおぼして、それはわざとよろづのすぐれたるうつしをしめ給ひ、朝夕のことわざに合せいとなみ、御前の前栽にも、春は梅の花園をながめ給ひ、秋は世の人めづる女郎花、小牡鹿の妻にすめる萩の露にも、をさをさ御心移し給はず、老いを忘るる菊に、おとろへ行く藤袴、ものげなきわれもかうなどは、いとすさまじき霜枯れの頃ほひまで、おぼし棄てずなど、わざとめきて、香にめづる思ひなむ、立てて好ましうおはしける。〈匂宮〉

と、季節や時宜に合わせて、毎日香を調合し、花も、梅や菊など香のあるものばかりを賞玩したのである。

Ⅴ　空薫き

　また、衣服に薫きしめるのではなく、部屋に燻らすのを「空薫き」といった。〈若紫〉巻には、

　南面いと清げにしつらひ給へり。そらだきもの心にくく薫り出で、名香の香などにほひ満ちたるに、君の御追風いとことなれば、うちの人々も心づかひすべかめり。

と、北山の僧都の坊の奥床しさを表現し、かつ、風にのって漂う源氏の衣服の香もすばらしいと描写している。これに対して、〈鈴虫〉巻では、

　火取りどもあまたして、けぶたきまであふぎ散らせば、さし寄り給ひて、「空に薫くはいづくの煙ぞと思ひわかれぬこそよけれ、富士の峰よりもけに、くゆり満ち出でたるは、本意なきわざなり。」

と、女三宮の部屋の煙たいほどに薫かれた香を、源氏がたしなめている場面がある。同じ巻のこの直前の場では、紫上の準備した部屋の香を、

　名香には、唐の百歩の薫衣香を焚き給へり。阿弥陀仏、脇士の菩薩、おのおの白檀して作り奉りたる、こまかにうつくしげなり。閼伽の具は、例のきはやかにちひさくて、青き白き、紫の蓮を調へて、荷葉の方を合わせたる名香、蜜をかくしほほろげて焚きにほはしたる、ひとつ薫ににほひあひて、いとなつかし。

と記し、香の焚き方で、紫上・女三宮両者の資質の違いを暗示している。

源氏香

　前述したように、貴族の身だしなみの一つとしてあった「香」は、やがて、「香道」という芸事・遊びに発展していった。江戸時代になると、日常に用いるものというよりは、「聞香」という形で楽しまれるようになる。この結果できあがったのが「源氏香」といわれるものである。

　これは、江戸時代初めに後水尾天皇が考案したといわれる「組香」の一種で、五種類の香をそれぞれ五つの包みにわけ、計二五包の包みをつくり、その中から、無作為に五つの香を薫いて、その種類を嗅ぎ分ける遊びである。そして、同じ香りだったものを横線で結んでいく。

たとえば、この「橋姫」は一・二・三番目と五番目は同じ香で、四番目だけが異なった香であることを示している。

このようにしていくと、五種類の香の異同のすべての組合せは、五十二種になる。そこで、最初の「桐壺」と最後の「夢の浮橋」を除いて、各巻の名をとって、その組合せを称したのが「源氏香」である。源氏香の勝敗は、基本的には五種類ずつ五回行なわれ、その五回の各回の組合せを図柄と照合し、正解の巻名の数で決められた。

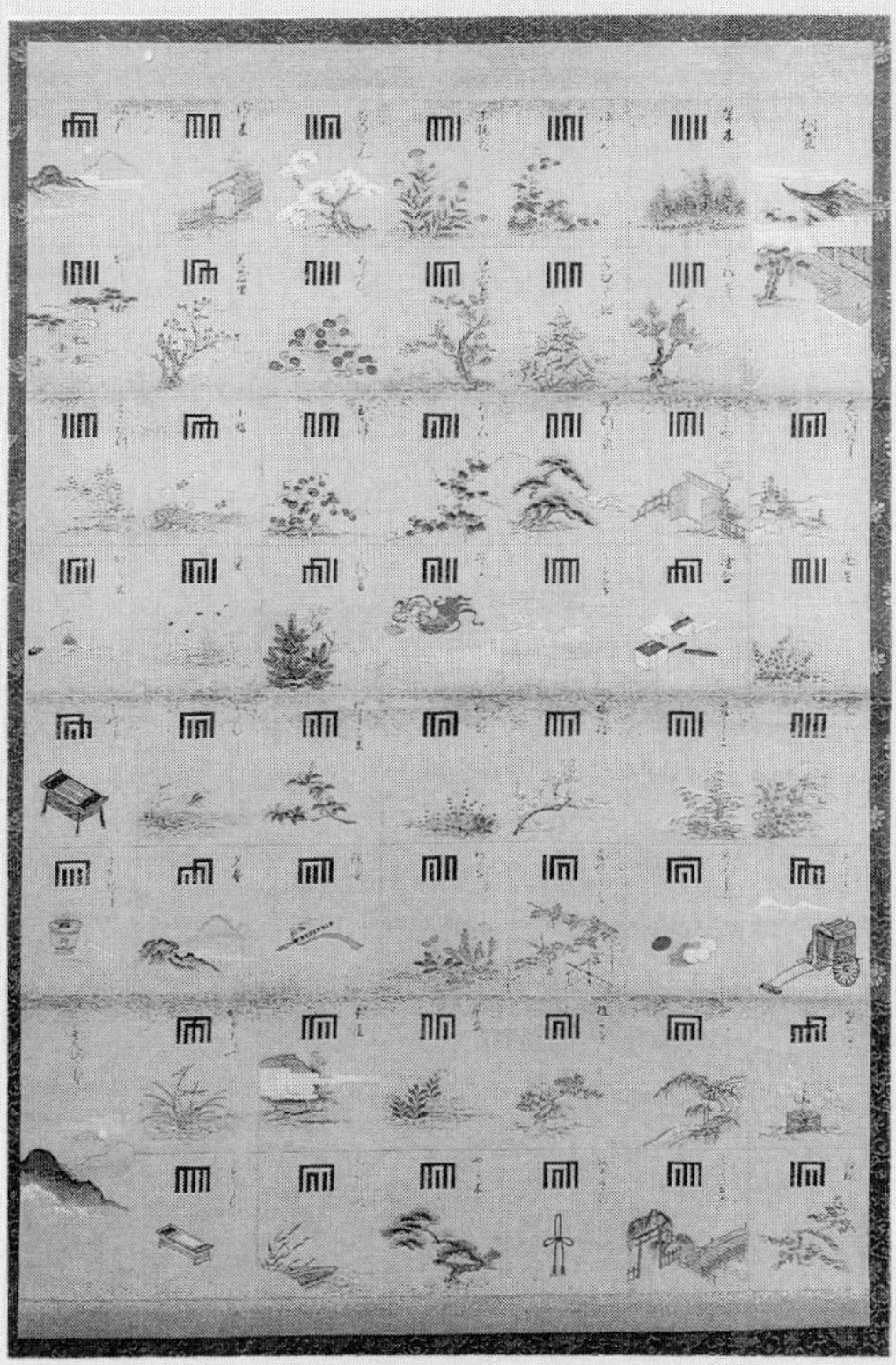

⑭源氏香図
上図は源氏香図54帖（土佐光吉筆）
右図は同図橋姫の部分（宝鏡寺蔵）

ところで、今日「香道」では、「香を聞く」といい、「嗅ぐ」とは言わない。これについて、本居宣長は『玉勝間』巻七で、次のように述べている。

香をきくといふは俗言なること古の詞にあらず、すべて、物の香は薫物などをも、かぐというぞ雅言にて、古今集の歌などにも、花たちばなの香をかげばと見え、源氏物語の梅枝の巻に、たき物共のおとりまさりを、兵部卿宮の論め給ふところにも、人々の心々に合せ給へる、深さ浅さをかぎあはせ給へるに、などこそ見えたれ、聞クといへるは事は、昔の書に見えたることなし。今の世の人は、そをばしらで、香などをかぐといはむは、いやしき詞のごと心得ためるは、中々のひがこと也。きくといふぞ、俗言には有りける。

「嗅ぐ」より「聞く」のほうが、雅びな感じがするものだが、宣長はそれこそ俗言と言っているのである。

「香を聞く」と言うようになったのは、おそらく、香炉を手に、香を嗅いだ後、そっと息を吐く時に、息がかからないよう、わずかに小首を傾げる様が、あたかも、香炉に耳をあてているように見えるからであろう。

薫、匂宮に宇治の姫達のことを語る

(薫)君は、姫君《ひめぎみ》の御返《おほんかへ》り事《ごと》、いとめやすく①児《こ》めかしきを、をかしく見《み》たまふ。(八宮)宮《みや》にも、かく御《おほん》消息《せうそこ》ありきなど、(女房達)人々聞《き》こえさせ御覧《ごらん》ぜさすれば、八宮「何《なに》かは。(大君が)懸《さ》想《そう》だちて、(薫の文を)もてないたまはむも、なかなかうたてあらむ。②(薫は)例の若人《わかうど》に似《に》ぬ御《おほん》心《こころ》ばへなめるを、亡《な》からむ後《のち》もなど、一《ひと》言《こと》うちほのめかしてしかば、さやうにて(姫君達に)心《こころ》ぞとめたらむ」などのたまひけり。御《おほん》自《みづか》らも、様々《さまざま》の御《おほん》③とぶらひの、山《やま》の岩屋《いはや》にあまりしことなどのたまへるに、(薫は)参《ま》うでむと思《おぼ》して、三《さん》の宮《みや》の、(匂宮)④かやうに奥《おく》まりたらむあたりの見《み》まさりせむこそをかしかるべけれと、⑤あらましごとにだにのたまふものを、聞《き》こえは⑥げまして、(匂宮の)御《おほん》心騒《こころさわ》がしたてまつらむ、と思《おぼ》して、(薫は)のどやかなる夕暮《ゆふぐれ》に(匂宮邸に)参りたまへり。

例《れい》の、様々《さまざま》なる御《おほん》物語《ものがたり》聞《き》こえかはしたまふついでに、(薫が)宇治《うぢ》の宮《みや》の事語《ことかた》り出《い》でて、見《み》し暁《あかつき》の有様《ありさま》など、くは

薫は姫君のお返事の難なく大①ようなのを、みごとだなあとご覧になる。一方、八宮にも、このようなお手紙がありましたなど、女房達が申し上げご覧に入れると、「なんのなんの。大君が薫君を懸想人めいて扱いなさるのも、かえってよくないであろう。②ふつうの若者とは違ったご気性のようなので、私が亡き後はなどと、ちょっとほのめかしたから、そのように姫君たちのことを心にかけているのであろう」などとおっしゃった。宮御自身からも、様々な③お気遣いの品が、山寺に有り余ったことなどのお礼をおっしゃってきたので、薫は宇治に参上しようとお思いになって、ふと匂宮が、常々④このように奥まったあたりに、逢ってみると想像以上⑤にすばらしい女がいたら、それこそいいものだろうにと、単なる空想でさえもおっしゃるので、この姫君たちのことを申し上げ⑥あおって、お心を惑わせ申し上げようと思いなさって、うららかな夕暮に参上なさった。

いつものように、あれこれとお話をなさるついでに、宇治の宮様のことを語り出して、あの明け方のご様子などつぶさ

●鑑賞欄

うたてあらむ

「うたて」は副詞「うたた（転）」が原義で、ものごとが自分の意志とは関係なくどんどん進んでいく状態を表す。自己の意志に反するというところから、悪い方に進む意を表すことの方が多い。「甚だしく・普通でなく・居たたまれなく・嘆かわしく・いやで」等の意。

　形容詞「うたてし」はこの派生語で、「情けない・困った・いやだ」の意。

「うたてあり」は「うたて」と感じられる状態を意味し、「いとわしい・不愉快だ・困る」の意。

　本文では、薫が、「例の若人に似ぬ御心ばへ」で、もっぱら道心を求めて八宮に接し、普通の若者と違って、色恋めいた浮ついたところがないことをふまえる。姫君達に対していわゆる恋愛感情は抱いていないことを前提としている。よって、色恋めいて扱うのは薫の意に反する「うたてある」ことになるというのである。ただし、「亡からむ後もなど、一言うちほのめかしてしかば」は、一般的には夫として後見することを意味するはずで、世馴れていない姫君達に対する、「はぐらかし」ともとれる表現である。

　このあたり、八宮が自分亡き後の姫君達の後見を薫に頼んでいることが、初めて知られるのであるが、当時の常識からすれば、前述したように、これは当然夫としてということになるはずであろう。薫が仏道に傾倒しているからといって、はたして、八宮が、男女関係なしの後見が可能と思っていたかどうか微妙なところである。〈椎本〉巻では「宰相の君の、おなじうは、ちかきゆかりにて、見まほしげなるを」と、薫を婿がねとして見ている。一方、薫の方は、我が身の出生のいとわしさから、仏道に専心しようと志しているものの、あきらかに、姫君達への恋愛感情を抱きはじめている。

　62頁の冷泉院の「もししばしも後れむほどは、「譲りやはしたまはぬ」に続いて「朱雀院の、故六条院にあづけきこえたまひし入道の宮の御例を思ほし出でて」は、明らかに夫としての立場を意味している。この場面では、薫はかえって仏道に心惹かれたとなっているが、筋の上では、薫が後見を引き受ける伏線となっていると読み取れよう。

●語句解釈

①児めかしき＝「子供っぽい・あどけない」が原義で、変に世馴れていないことから「おおらかだ・おっとりしている」の意。

②例の若人に似ぬ御心ばへ＝70頁「法文などの～深く思ひながら」、78頁「好き好きしきなほざり言をうち出であざればまむも、事に違ひてや」、98頁「我は好き好きしき心などなき人ぞ」等と呼応する。好色めいた気持ちをもっていないことを言う。

③とぶらひ＝「訪ふ」で「訪ねる・見舞う」の意。

④かやうに奥まりたらむあたり＝106頁注①参照。人に知られないような所にすばらしい女性がいるという例をいう。152頁「うち隠ろへつつ～おのづからはべるべかめり」にも照応。

⑤あらましごと＝動詞「あり」の未然形＋推量の助動詞「まし」がもとで、「ありそうなこと」。転じて「希望・予定・仮想」の意。

⑥はげまして＝「気持ちをふるい立たせる・一事にうちこむ」で、ここでは、人の気持ちを煽り立てる意。

しく聞《き》こえたまふに、宮《(匂宮)》、いと切《せち》にをかしと思《おぼ》いたり。されば よ、と《(匂宮の)》御気色《みけしき》を見《み》て、《(薫が)》いとど御心《おほんこころ》動《うご》きぬべく言《い》ひ続《つづ》けたまふ。匂宮「さて、そのありけむ《(大君の)》返《かへ》り事《ごと》は、など か見《み》せたまはざりし。まろならましかば」と恨《うら》みたまふ。薫「①さかし。《(匂宮こそ)》いと様々《さまざま》御覧《ごらん》ずべかめる端《はし》をだに、《(自分に)》見せさせたまはぬ。《(宇治の)》かのわたりは、かく、いとも②埋《む》もれたる身《み》に、ひき籠《こ》めてやむべきけはひにもはべらねば、必《かなら》ず御覧《(匂宮に)》ぜさせばやと思《おも》ひたまふれど、いかでか《(宇治に)》尋ね寄《よ》らせたまふべき。かやすき程《ほど》こそ、③好《す》かまほしくは、いとよく好《す》きぬべき世《よ》にはべりけれ。うち④隠《かく》ろへつつ多《おほ》かめるかな。さる方《かた》に見所《みどころ》ありぬべき女《をんな》の、もの思《おも》はしき、うち忍《しの》びたる住《す》み処《か》ども、山里《やまざと》めいたる⑤隈《くま》などに、おのづからはべるべかめり。この聞《き》こえさするわたり《(宇治)》は、いと世《よ》づかぬ聖《ひじり》ざまにて、⑥こちごちしうぞあらむと、年頃《としごろ》思《おも》ひ侮《あなづ》りはべりて、耳《みみ》をだにこそとどめはべらざりけれ。ほのかなりし⑦月影《つきかげ》の見劣《みおと》りせずは、⑧まほならむや。けはひ有様《ありさま》、はた、さばかりならむをぞ、あらまほしき

に申し上げなさると、匂宮はとても興味をお示しになった。薫は思ったとおりだと顔色を見て、ますます心惹かれるように言い続けなさる。「それで、そのお返事はどうして見せてくださらないのですか。私ならばあなたにお見せするのに」と恨みなさる。「①そうですか。たくさんご覧になっているらしいお返事の片端だって見せてくださらないではないですか。あの宇治の方々は、このような私ごときつまらない者が隠したままにするべき方でもないので、きっとあなたにお目にかけたいと思い申し上げますが、あなたのような方がどうやってお尋ねなさることができましょうか。私のような気軽②な身分の者こそ、浮気③をしようと思えば簡単にできる世の中ですよ。隠れた所④にすばらしい女性は多いようです。そんなふうに見所がありそうな女性で、物思わしげにひっそりと住んでいる所などは山里のような片隅⑤によくあるようです。この申し上げたあたりは、たいそう世離れした出家者めいた不⑥風流者にちがいないと長年見下していて、耳にも留めずいたのです。ところが、ほのかな月の光⑦で見た姿が、昼でもその通りの器量であったら充分⑧なものでしょう。感じやご様子

●鑑賞欄

薫の心理② 150頁の「聞こえはげまして、御心騒がしたてまつらむ」に始まり「見し暁の有様など、くはしく聞こえたまふに、宮、いと切にをかしと思いたり。さればよ、と御気色を見て、いとど御心動きぬべく言ひ続けたまふ」と、薫は、「好いたる方にひかれ給へり」「宮はさまざまに、をかしうもありぬべきわたりをば宣ひ寄りて、人の御けはひ有様をも気色とり給ふ」(〈匂宮〉巻)と記される匂宮の好色を煽るように、宇治の姫君達の話をする。薫自身は「いとも埋もれたる身に、ひき籠めてやむべき」と卑下し、匂宮のような身分の方こそふさわしいといいながら、「好かまほしくは、いとよく好きぬべき世」と、しようと思えば薫自身の身分くらいの方が気楽に言い寄れるとも言う。そして156頁では再び「いでや…思ひに違ふべき事なむはべるべき」と恋愛には興味がないように言う。この二転三転する薫の言動は、親王という不自由な身分にありながら、気持ちの上では奔放な匂宮に対するあてつけとしか言いようがあるまい。自己の出生の秘密ゆえに、素直にふるまえない屈折した心理をここにも見て取れる。

まろならましかば 「ましか」は推量の助動詞「まし」の未然形。接続助詞「ば」を伴って、いわゆる反実仮想「…ならば…なのに」の意。

ここは「ましかば」の後に「…なのに」に当る部分が省略されている。その内容としては、

(1)見せ奉らまし(あなたにお見せするのに)

(2)よからまし(見せてくれてもよいでしょうに)

の二通りが考えられるが、続く薫のことばに「見せさせたまはぬ」(見せてくださらないではないですか)とあるので、(1)の意に解する。

女からの手紙をめぐっては、かつて、光源氏と頭中将との間で同様のやりとりがなされている。〈帚木〉巻に「いろいろの紙なる文どもをひき出でて、中将わりなくゆかしがれば、『さりぬべきすこしは見せむ、かたはなるべきもこそ』と、ゆるし給はねば『そのうちとけて、かたはらいたしと思されむこそゆかしけれ。(中略)』と怨ずれば」とある場面を彷彿とさせるものがある。

(75)月影(宇治川の中州にある塔の島の十三重石塔と月)

●語句解釈

①さかし=「さ」は「然」で副詞「そう・そのように」、「かし」は終助詞で念を押す言い方。ここでは、「まろならましかば」を受けて、「そうですか」と相手に問いかけ、確かめる感じ。

②埋もれたる身=薫の自分を卑下した言い方。親王という匂宮の立場に対してと、また、自身が出家を願い、俗世での栄達を望んでいないことを意味する。

③好かまほしく=動詞「好く」の未然形+希望の助動詞「まほし」。「好く」は「風流がる・色恋に打ち込む」。

④隠ろへつつ=「隠ろふ」は「隠れる」と同意。「つつ」は反復継続を表す接続助詞で、同じ動作が別の主体によって同時に行われる意を表す。

⑤隈=「奥まって目立たない所・片田舎・辺鄙なところ」の意。

⑥こちごちしう=「骨骨し」で、「ごつごつしていて堅苦しい・洗練されていない・不風流だ」の意。

⑦月影の見劣せずは=月の光によって照らし出された人や物の姿。ここは、先日八宮不在の折垣間見た姫君達のことを指す。

⑧まほならむ=「真」は「完全・本物」の意を示す接頭語で、「ほ」は「秀」。「よく整っている・充分だ」の意で、ここでは姫君達の容姿の美しさを言う。

見所ありぬべき女

152頁

〈箒木〉巻の「雨夜の品定め」で、

人の品高く生まれぬれば、人にもてかしづかれて、隠るること多く、自然にそのけはひこよなかるべし。中の品になむ、人の心々、おのがじしの立てたる趣も見えて、わかるべき事方々多かるべき。下のきざみといふ際なれば、ことに耳たたずかし。

と、「中の品」にすばらしい女性がいるとされたのは周知のごとくである。そして、左馬頭にいたっては、

さて、世にありとも知られず、淋しくあばれたらむ葎の門に、思ひの外に、らうたげならむ人の閉ぢられたらむこそ、限りなくめづらしくは覚えめ。〈箒木〉

と、「世にありとも知られず」ある人にこそ、すばらしい女性がいると述べている。今、〈橋姫〉巻の宇治の姫君達は、まさにそのとおりの存在である。

いうまでもなく、『源氏物語』の女性たちで、その資質のすばらしさが愛でられ、また、男君の深い愛情を受けるに至った人は、源氏の藤壺を除けば、みな、こうした「世にありとも知られず」の女性である。紫上は北山の僧坊の一角に、明石の上は播磨国明石の海辺に、そして、この宇治の姫君達である。玉鬘も、最終的には、髭黒大将のものとなったとはいえ、源氏が思いを寄せたことはたしかで、京の都を離れ、遠く「筑紫国」にあった存在である。これに対し、源氏の正妻葵上は、左大臣の娘、晩年の正妻女三宮は、朱雀院の娘、いずれも「人にかしづかれて」育った女性たちであった。

ところで、物語の女主人公たちを、「世にありとも知られず」とするのは、拡大解釈すれば、たとえ人里離れたわび住居にあらずとも、『源氏物語』に限ったことではない。

『宇津保物語』の「俊蔭女」は、

日に従ひて、失せほろびて、物の心も知らぬ娘一人残りて、物恐ろしく、つつましければ、有りやうにもあらず、隠れ忍びてあれば、「人も無きなめり」と思ひて、万の往還の人は、屋戸共も毀ちとりつれば、…〈俊蔭〉巻

であったし、『落窪物語』の「落窪の君」は、

仕うまつる御達の数だにおぼさず、寝殿の放出での又、一間なる所の、落窪なる所の二間なるになん住ませ給ひける。君達ともいはず、御方とはましていはせ給ふべくもあらず。

は、人並みに扱われない存在であった。また、『堤中納言物語』〈花櫻をる少将〉には、

あはれげに荒れ、人げなき所なれば、ここかしこのぞけどとがむる人なし。

とあり、『大和物語』第一七三段は、

荒れたる門にたち隠れてみいるれば、五間ばかりなる檜皮屋のしもに土屋倉などあれど、ことに人などもみえず。

と、これも「荒れたる宿」であった。源氏の寵愛は受けなかったが、末摘花もしかりである。このように、物語の「見所ある」女主人公達の多くは、みな「世にありとも知られず」の存在なのである。

その中でも、「浮舟」はまた、大君・中君が、宇治の山里にありながらも、父八宮の深い愛情を受けていたのに対し、単に辺境の地にあるのみならず、父親からも見捨てられるという精神的疎外感をも持っているのは特徴的であろう。その意味においては、いちばん紫上と類似した生い立ちといえるかもしれない。こうしてみると、第三部の女主人公が、最終的には、宇治の二人の姫君から、「浮舟」へと移行するのは、必然の条理であったのである。

限りある御身の程

156頁

薫は、好色な匂宮の気を引くようにと、宇治の姫君達のすばらしさを語り、自分なぞでは、もったいないと、匂宮をそそのかす。しかし、何分にも、匂宮は親王、

　必ず御覧ぜさせばやと思ひたまふれど、いかでか尋ね寄らせたまふべき。かやすき程こそ、好かまほしくは、いとよく好きぬべき世にはべりけれ。

と、自分のような臣下の身分であれば、隠れた所に住まうすばらしい女性を、ものにしようと思えば、いくらでもできるけれど、そうは簡単にはいかないと言う。

　簡単には逢えないと、わかればわかるほど逢ってみたくなるのが人の世の常、匂宮は、なんとか宇治に行くきっかけをつくろうと、「古い願ほどき」を口実に初瀬（長谷寺）に詣で、その途中、宇治で休息を取るように計画し、宇治行きを決行する。

　お忍びではないのだから、当然であるが、その初瀬詣には、

　上達部いとあまた仕うまつり給ふ。殿上人などはさらにも言はず、世に残る人少なう仕うまつれり。〈椎本〉

また、

　帝后も心ことに思ひ聞え給へる宮なれば、大方の御おぼえもいと限りなく、まいて、六条の院の御方ざまは、つぎつぎの人も皆わたくしの君に心寄せ仕うまつり給ふ。

と、大方の公達が供奉し、また、祖父源氏の息子で伯父の夕霧の家のものに至っては、下々の者まで個人的に御供をしたという。

　八宮の山荘とは宇治川を隔てて反対側の六条院の別荘で休息し、八宮からの文の返事を薫の代わりにして、なんとか、八宮に近付こうと試みる。もとより、政争に破れ、この宇治に遁世している八宮は、

　まれまれはかなき便に、すきごとの聞えなどする人は、まだ若々しき人の心のすさびに、物詣の中やどり、ゆききの程のなほざりごとに気色ばみかけて、さすがにかくながめ給ふ有様などおしはかり、あなづらはしげにもてなすは、めざましうて、なげの答へをだにせさせ給はず。

と、こんな、物詣の途中にちょっと立ち寄って、言い寄る者など相手にさせない。匂宮が、たとえどんなに本気であっても、その意は解され得ない。「親王」という身分ゆえに、自由にならないがために、こうした物詣の「中どまり」という形を取らざるを得なかったにもかかわらず、最初から、そこには大きな隔たりがある。

　この後、薫は「さわがしき程過ぐしてまうでむ」〈椎本〉と、公務の忙しくない時にまた来ようと考え、合間合間に、しばしば宇治を訪れているが、匂宮は「この秋の程に紅葉見におはしまさむ」〈椎本〉と、次は紅葉狩を口実にしようと考えている。初瀬詣は「二月の二十日の程に、兵部卿の宮初瀬に詣で給ふ」であったから、次に宇治を訪れるまで、約半年もあるのである。

　ところが、この秋には、八宮が亡くなり、とても紅葉狩どころではなくなってしまった。その八宮が亡くなった時も、薫は宇治を弔問しているが、匂宮は、やはり行くことができず、せめてもと贈った弔問文にさえも返事がなかった。また、この後、薫と弁の手引きによって中君と契りを交わした頃には、母明石の中宮から、里住みがちなのを忠告され、はては、度重なるお忍び歩きを衛門の督が、中宮に報せたため、

　きびしき事ども出で来て、内裏につとさぶらはせ奉り給ふ。〈総角〉

と、二条院の私邸に住むことも、外出も禁止となってしまった。このように、匂宮は、親王という身分ゆえに、思うにまかせてのそぞろ歩きもできなかったのである。

ほどとおぼえはべるべき」など聞《(匂宮に)》こえたまふ。

匂宮、薫の話に惹かれ宇治の姉妹に憧れる

(匂宮は)果て果《は》ては、①まめだちていとねたく、おぼろけの人《ひと》に心《こころ》移《うつ》るまじき人(薫)の、かく深《ふか》く思《おも》へるを、おろかならじと、(姫君達を)ゆかしう思《おぼ》すこと限《かぎ》りなくなりたまひぬ。匂宮「なほ、またまた、(姫君達の)よく気色《けしき》見《み》たまへ」と、人《ひと》(薫)をすすめたまひて、限《かぎ》りある御身《おほんみ》の程《ほど》の②よだけさを、(匂宮は)厭《いと》はしきまで心③もとなしと思《おぼ》したれば、(薫は)をかしくて、薫「いでや、よしなくぞはべる。(自分は)しばし世《よ》の中《なか》に心《こころ》とどめじと思《おも》うたまふるやうある身《み》にて、④なほざりごともつつましうはべるを、⑤心ながらかなはぬ心《こころ》つきそめなば、おほきに思《おも》ひに違《たが》ふべき事《こと》なむはべるべき」と聞《き》こえたまへば、匂宮「いで、あなことごとし。例《れい》の⑥おどろおどろしき聖詞《ひじりことば》見《み》果《は》ててしがな」とて笑《わら》ひたまふ。(薫の)心《こころ》の中《うち》には、かの古人《ふるびと》のほのめかしし筋《すぢ》などの、いとどうちおどろかされてものあはれなるに、(女を)をかしと見《み》ることも、めやすしと聞《き》くあ

は、あれほどなのこそ理想的と思うべきでしょう」など申し上げなさる。

最後には、匂宮は本気①になって嫉ましく、並大抵の女には心を動かしそうもない薫が、このように深く思っているのを並々ではないと、姫君たちに逢ってみたいとお思いになる気持ちがどうしようもなくつのるのであった。「やはり、これからもご様子をよくご覧になられよ」と薫を促し勧めなさって、不自由なご身分のめんどう②さを嫌になるほどじれっ③たいと思っていらっしゃるので、薫はおかしくて、「いえ、色恋などつまらないことです。片時もこの世に執着を持つまいと思っているような身で、④どうでもいいような気まぐれごとも謹んでいますのに、我が心な⑤がら、抑えかねる恋心など起り始めたら、たいそう思惑違いのことになるでしょう」と申し上げなさると、「まあ、なんとおおげさな。例の⑥仰々しい聖者ぶった言葉の末を見たいものですね」と言ってお笑いなる。薫は心中では、あの老女房のちょっともらした話などがますます気になって、しみじみした思いなので、女を美しい

●鑑賞欄

おぼろけなり／ことごとし

おぼろけなり　形容動詞「朧けなり」で、近世までは清音。多くは下に打消語をともない（本文では「まじ」）、(1)「いいかげんだ・並々だ・ありきたりだ」の意。さらに「おぼろけならず」で、(2)「並大抵でない・ありきたりでない」の意。このように、つねに打消表現をともなっているうちに、「おぼろけなり」と「おぼろけならず」との区別が不明瞭になって、どちらの場合でも「並々でない」の意を表すことが多くなった。

この本文は(1)で、薫が「あらまほしき」とまで賛美する宇治の姫君達に対して、これまで、薫が心を動かされることがなかった女性たちを「おぼろけの人（並々の女性）」と対照的に表現している。

ことごとし　形容詞「事々し」で「大げさだ・仰々しい・ものものしい」。同様の意味の語に「ものものし」があるが、「ものものし」が「重々しくりっぱな」の意味の「大げさだ」で、美しいもの、よいことに対して使われるのに対し、「ことごとし」は、美的でないもの、よくないことに使われる。

本文では恋愛を否定する薫の態度を匂宮が批判がましくみているので「ことごとし」となる。

なお、時代が下るにつれて「ものものし」が両方にわたって使われるようになり、「ことごとし」は「ことごとしく」の連用形の用法のみになり、意味も「ことさらに」に変化していく。

76宇治川ほとりの源氏物語の像

●語句解釈

①まめだちて＝「まめ」は「まじめだ・真剣だ」で、ここでは「本気になって」の意。薫があまりに宇治の姫君達のことをすばらしく言うので、すっかり煽られた状況を表す。
②よだけさ＝形容詞「よだけし」の派生名詞。「仰々しい・ものものしい・大儀だ・めんどうだ」の意。ここは、親王という身分のため思うように出歩けない不自由さを言う。
③心もとなし＝思うように行かず、あれこれ思案にくれて落ち着かない様子を表す。「じれったい」
④なほざりごと＝「なほざり」は「いいかげん・おろそか」の意。ここは「どうでもよいようなこと・たいしたことでないこと」
⑤ながら＝逆接の接続助詞。同時に進行する物事が矛盾するような状況を示す。「〜だけれど・〜なのに」
⑥おどろおどろしき＝大げさで、気を引くような様子を言う。「仰々しい」。ここでは、直前の「ことごとし」とほぼ同意。

たりも、何《なに》ばかり心《こころ》にもとまらざりけり。

姫君たちの後見

十月のはじめ、再び薫、宇治に赴き、八宮と対面

十月《かんなづき》になりて、五六日《いつかむいか》のほどに(薫は)宇治へ参《ま》うでたまふ。供人「網代《あじろ》をこそ、この頃《ごろ》は御覧《ごらん》ぜめ」と聞《き》こゆる人々《ひとびと》あれど、薫「何《なに》か、その①蜉蝣《ひをむし》に争《あらそ》ふ心《こころ》にて、網代《あじろ》にも寄《よ》らむ」と、削《そ》ぎ捨《す》てたまひて、例《れい》の、いと忍《しの》びやかにて出《い》で立《た》ちたまふ。軽《かろ》らかに網代車《あじろぐるま》にて、②縑《かとり》の直衣指貫《なほしさしぬき》縫《ぬ》はせて、③ことさらび着《き》たまへり。

宮(八宮)、(薫を)待ちよろこびたまひて、④所《ところ》(宇治)につけたる御饗《おほんあるじ》など、をかしうしなしたまふ。暮《く》れぬれば、大殿油《おほとなぶら》近《ちか》くて、(八宮が)さきざき見《み》さしたまへる文《ふみ》ども深《ふか》きなど、阿闍梨《あざり》も請《さう》じおろして、⑤義《ぎ》など言《い》はせたまふ。うちもまどろまず、川風《かはかぜ》のいと荒《あら》ましきに、木《こ》の葉《は》の散《ち》りかふ音《おと》、水《みづ》の響《ひび》きなど、あはれも過《す》ぎて、もの恐《おそ》ろしく心細《こころぼそ》き所《ところ》の様《さま》なり。

と見ることも、感じがいいと聞くようなことも、少しも心にとまらなかった。

十月になって、五、六日の頃、宇治へ参上する。「網代をこそ、この季節にはご覧なさいませ」と申し上げる人々がいるけれど、「いや、蜉蝣①のようにはかない身で、氷魚を捕る網代など見られようか」ときっぱりと断りなさって、いつものようにこっそりと出立なさる。身軽に網代車で、固織り②の直衣指貫を縫わせて、ことさら③にお忍びの着方になさる。

八宮は、待ちかねて喜びなさって、場所がら④にふさわしいおもてなしなど、趣向を凝らしてなさる。日が暮れたので、明かりを近くに寄せて以前から読みかけていらっしゃる経典などの深い意味など、阿闍梨も山から招き下ろして、釈義⑤などをさせなさる。少しもお眠りにならず、川風がたいそう荒々しくて、木の葉の散り飛ぶ音、水の響きなども風流を通り越して、なんとなく不気味で心細いようすである。

●鑑賞欄

「薫、宇治と文通」の冒頭との不整合　この章の始め（140頁）には「老人の物語、心にかかりて思し出でらる。思ひしよりはこよなくまさりて、をかしかりつる御けはひども、面影に添ひて、なほ思ひ離れがたき世なりけりと、心弱く思ひ知らる」とあって、弁の尼の話が気に掛かりながらも、垣間見た姫君達のことも忘れがたいとある。仏道を求めて八宮と交際しているのだからと、御文も「懸想だちてもあらず」であるが、薫自身も姫君達に心惹かれているのはまちがいない。

　また、152頁の「うち隠ろへつつ多かめるかな。さる方に見所ありぬべき女の、もの思はしき、うち忍びたる住み処ども、山里めいたる隈などに、おのづからはべるべかめり。この聞こえさするわたりは、いと世づかぬ聖ざまにて、こちごちしうぞあらむと、年頃思ひ侮りはべりて、耳をだにこそとどめはべらざりけれ」は、思いがけない所にすばらしい女性がいるものだという世評の上に立って、この宇治の姫君達を評価している。「不風流にちがいないとたかをくくっていたのに、そうではなかった」というのは、薫自身もまた、恋愛の対象として、評価しようとしているのにほかならない。

　このように記しておきながら、この章の最後は「心の中には、かの古人のほのめかしし筋などの、いとどうちおどろかされてものあはれなるに、をかしと見ることも、めやすしと聞くあたりも、何ばかり心にもとまらざりけり」と、まったく興味がなかったと締め括る。薫が恋愛を否定すればするほど、文脈は矛盾を胎んでくるのである。このような不整合な文脈そのものに、恋愛と仏道との間にたゆたう薫の心理が見事に表されているといえよう。

蜉蝣に争ふ心

「ひをむし」は『和名抄』に「朝生夕死虫也」とあって、短命なもの・はかないものの譬えとされる。「かげろう」の一種かとする説もあるが、『岩波古語辞典』では、平安朝においては「ひをむし」と「かげろう」は別物と区別されていたという。ただし『徒然草』第七段に「かげろふの夕べを待ち、夏の蟬の春秋を知らぬもあるぞかし」とあるように、時代が下るにつれて「はかないもの・あるかなきかのもの」として混同されたらしい。

●語句解釈

①蜉蝣＝はかない命の虫を指す。「ひをむし」の「ひを」に網代で捕る「氷魚」が掛詞になっている。「寄る」は「氷魚」の縁語。「争ふ」は命の短さを競う意。出家を願う薫は、我が身を朝に生まれ夕に死ぬという蜉蝣になぞらえ、氷魚を捕る網代など見に寄ってもしかたがないと言うのである。

②縑＝織物の一種で、細い糸で細かく固く織った薄地の絹の布。「固織り」の意。

③ことさらび＝「わざとらしく」の意。薫ほどの身分であれば、綾・打衣の直衣を着るのが普通なのに、わざわざ固織りので作った物を着ていることを指す。

④所につけたる＝「場所柄にふさわしい」の意。京中とは違って、ものさびしい宇治に見合った、それでいて、風情のある様を言う。

⑤義＝意味・教理。経典の内容や解釈のこと。

明《あ》け方近《がたちか》くなりぬらむと思ふ程《ほど》に、ありししののめ(薫は)思《おも》ひ出《い》でられて、琴《こと》の音《ね》のあはれなることのついでつくり出《い》でて、薫「前《さき》の度《たび》、霧《きり》にまどはされはべりし曙《あけぼの》に、いとめづらしき物《もの》の音《ね》、一声《ひとこゑ》うけたまはりし残《のこ》りなむ、なかなかにいといぶかしう、①飽《あ》かず思《おも》うたまへらるる」など(八宮に)聞こえたまふ。八宮「色《いろ》をも香《か》をも思《おも》ひ捨《す》てて後《のち》、昔《むかし》聞《き》きし事《こと》もみな忘《わす》れてなむ」とのたまへど、人(女房)召して琴《きん》取《と》り寄《よ》せて、八宮「いとつきなくなりにたりや。②しるべする物《もの》の音《ね》につけてなむ、思《おも》ひ出《い》でらるべかりける」とて、琵琶《びは》召《め》して、客人《まらうと》に③そそのかしたまふ。(薫は)取りて④調《しら》べたまふ。薫「さらに、ほのかに聞《き》きはべりし同《おな》じものとも、思《おも》うたまへられざりけり。御琴《おほんこと》の響《ひび》きから⑤にやとこそ思《おも》うたまへしか」とて、⑥心《こころ》とけても搔《か》きたてたまはず。八宮「いで、⑦あなさがなや。しか御耳《おほんみみ》とまるばかりの手《て》などは、何処《いづこ》よりかここまでは伝《つた》はり来《こ》む。あるまじき⑧御言《おほんこと》なり」とて、琴《きん》搔《か》き鳴《な》らしたまへる、いとあ

明け方近くになったにちがいないと思う頃、いつぞやの明け方のことが思い出されて、琴の音が身に染みるという話のきっかけを作って、薫は「この前、霧に迷わされました曙に、たいへんすばらしい楽の音をほんの少し聞いて耳に残っているのが、かえって気掛かりで、もっと充分①に聞きたく存じております」など申し上げなさる。八宮は「色恋や風雅なことなどすっかり思い断ってからは、昔覚えたことも忘れていまして…」とおっしゃるけれど、女房を呼んで琴を取り寄せて「たいそう今の身にそぐわなくなってしまいました。手②引きして合わせて弾いてくださる音につられて、思い出すことができましょう」と、琵琶を持ってこさせて、薫に弾くように勧③めなさる。受け取って、調④子を合わせなさる。「まったく、先だってほんのちょっと耳にしたのと同じものとは思われません。きっと楽器がすば⑤らしいのだと思っておりましたが…」と言って、気⑥安くはお弾きにならない。「まあ、と⑦んでもない。そのように耳に止まるほどの弾き方など、いったいどこからここに伝わってきましょうや。とんでもないお⑧言葉です」と言って、琴をお弾きなさる音は、実に身に染み

●鑑賞欄

時を表すことば　「ありししののめ」「霧にまどはされはべりし曙」、どちらも時を表す語で、ここでは、先般八宮不在の折、姫君達の琴の音を聞き、初めて消息をかわした時のことを指している。同じ時のことを150頁では「見し暁」とも記しているが、これらは厳密には同じではない。

「暁」は、奈良時代には「あかとき」と言い「暁・五更・旭時・鶏鳴」の字を当てている。五更は午前三時から五時の間で、「鶏鳴」は一番鶏が鳴く頃なので、「暁」は夜半過ぎから夜明け前のまだ暗い時を言う。夜を「宵・夜中・暁」の三つに分けた最後に当たる。

これに対して、「曙」は「暁」よりも後の時間で、うっすらと明るくなるころを指す。

有名な『枕草子』の冒頭には「春はあけぼのやうやうしろくなりゆく山ぎは少しあかりて…」とある。

「しののめ」は「東雲」とも記し、「暁」と「曙」の接点、夜が明ける直前を言うが、しだいに「曙」と混同されるようになったらしい。

また、夜の方は、「夕べ（夕暮れ）」から「宵」「夜中」と変化する。

また、夕方の薄暗い頃で、人の顔の見分けがつかない時分を「たそかれ（誰そ彼）・たそかれどき」と言い、明け方の薄暗い時を「かはたれ（彼は誰）・かはたれどき」とも言う。

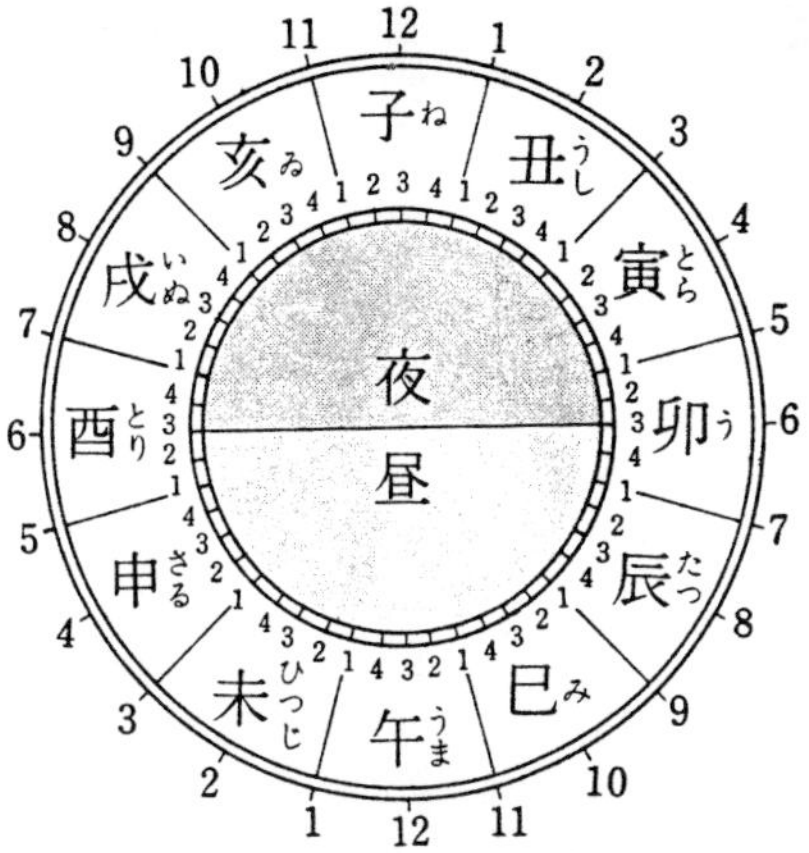

(77)時刻

基本的には、一日二十四時間を、十二支で、二時間ずつに区切って時を表す。その場合、たとえば「子時」を、現在の午前十二時から午前二時までとする説と、午前十二時を中心にして、前後一時間とする説の二説がある。また、「今日」と「翌日」の区切りは、「子時」（現午前十二時）ではなく、「丑時」であったらしいことが、宮中の行事などの記録からうかがえる。

季節によって、変化するが、一応「暁」は、午前三時半頃から午前四時半頃、「東雲」は午前四時半頃から五時くらい、「曙」は午前五時頃から六時半くらいまでをさしていると見られる。

●語句解釈

①飽かず＝動詞「飽く」の未然形＋打消の助動詞「ず」。「飽く」は「満足する・充分だ」の意。「飽かず」の形で「満足できず・不十分で」となる。

②しるべ＝「導」で「案内・手引き」。

③そそのかし＝勧める・催促する・その気にさせる。

④調べ＝調子を合せる・調律する。

⑤響からにや＝「から」は格助詞で原因・理由を示す用法。先日聞いた琴の音がすばらしく思われたのは、楽器がよいものであるからだろうと思っていたが、楽器はもちろん、弾き手がよいからなのだと八宮を讃える表現。

⑥心とけても＝八宮の琴があまりにみごとなので、気後れして遠慮する様子を表す。

⑦さがなや＝「性無し」で「意地が悪い・口やかましい・手に負えない」の意であるが、ここは、琴の音を褒めそやす薫のことばをもったいなく思い、謙遜から否定しようとする気持ちの表れ。「さがな」は形容詞の語幹。「あなさがなや」で詠嘆表現。

⑧御言＝「御事」とする説もある。その場合には、すばらしい琴の弾き方が八宮に伝わっていることを指し、「そんなことはありえない」となる。本文は「御言」なので、さかんに讃める薫のことばを「もったいない」と謙遜する意にとる。

はれに①心《こころ》すごし。片《かた》へは、峰《みね》の松風《まつかぜ》のもて②はやすなるべし。(八宮は)いとたどたどしげにおぼめき③たまひて、心《こころ》ばへある手一《てひと》つばかりにてやめたまひつ。

八宮姫君達を案じ、薫、後見を約す

八宮「このわたりに、おぼえなくて、をりをりほの(中君の)めく箏《さう》の琴《こと》の音《ね》こそ、心得《こころえ》たるにや、と聞《き》くをりはべれど、心《こころ》とどめてなどもあらで、久《ひさ》しうなりにけりや。(姫君達の)心に任《まか》せて、おのおの掻《か》き鳴《な》らすべかめるは。川波《かはなみ》ばかりやうち合《あ》はすらむ。論《ろ》なう、物《もの》の用《よう》にすばかりの拍子《はうし》なども、とまらじとなむおぼえはべる」とて、八宮「掻《か》き鳴《な》らしたまへ」と、(姫君達)あなたに聞《き》こえたまへど、思ひ寄《よ》らざりし独《ひと》り琴《ごと》を、聞《き》きたまひけむだにあるものを、いとかた④はならむ、と引《ひ》き入《い》りつつ、(姫君達は)皆聞きたまはず。(八宮は)度々そそのかしきこえたまへど、とかく聞《き》こえす⑤さびてやみたまひぬめれば、(薫は)いと口惜《くちを》しうおぼゆ。

て①もの寂しい。ひとつには、峰の松風が風情②を添えているからであろう。たいそうおぼつかなげ③に弾けないふりをなさって、趣きのある曲を一曲だけ弾いてお止めになった。

「このあたりで、思いがけなく、折々ちょっと耳にする箏の音こそは、(奏法を)会得しているようだと聞く時もありますが、気を入れて教えなどもしないで、年月が経ってしまいました。娘たちがめいめい気ままに弾いているようです。川波の音ぐらいが調子を合わせているのでしょう。むろん、管弦の遊びに役に立つような拍子なども、身に付いていないと存じます」と言って、(そうはいうものの)「お弾きなさい」と、姫君達に申し上げなさるけれど、聞き手がいるなど思いも寄らなかったすさび弾きを、聞きなさっただけでも恥ずか④しいのに、ましてお聞かせするなど聞き苦しいでしょう、と奥に引きこもって、お二人とも聞き入れなさらない。何度も勧めなさったけれど、ともかくも断り⑤続けてしまわれたようなので、たいへん残念に思われる。

●鑑賞欄

心得 (1)「意味や訳を理解する。事情をのみこむ」、(2)「精通する・熟達する」、(3)「用心する」、(4)「承知する・同意する・引き受ける」等の意味がある。ここでは(2)。40頁に「琴ならはし、碁打ち、偏つぎなど…」とあり、また48頁には「つれづれなるままに、雅楽寮の物の師どもなどやうのすぐれたるを召し寄せつつ、はかなき遊びに心を入れて、生ひ出でたまへれば、その方は、いとをかしうすぐれたまへり」とあることと照応する。八宮は「心とどめてなどもあらで」と謙遜するが、つれづれの慰みに教えた琴は、それなりに熟達しているとも感じている。

物の用にすばかりの拍子 〈椎本〉巻に入ると、匂宮が初瀬詣にかこつけて、宇治に中宿りをし、管弦の遊びをする場面がある。宇治川の向こうから追い風に乗って聞こえてくる笛の音(実は薫が吹いている)を聞き、「かやうのあそびもせで、あるにもあらで、過ぐし来にける年月の…」と思い、続けて「かかる山ふところに、ひきこめては、やまずもがな」と姫君達が埋もれたままになっているのを嘆く。「物の用にすばかりの拍子」とは、こうした管弦の催しの際に音楽や歌舞に合わせて取る調子、音楽・歌舞の緩急、曲節のこと。もっぱら八宮・大君・中君の三人ですさび弾きをするだけで、いわゆる管弦の遊びには慣れていないというのである。なお、「拍子」には打楽器の意味もある。

⑱冬の宇治上神社

●語句解釈

①心すごし＝はなはだしい衝撃を与えるような感じを表す。「恐ろしいほどに～」。ここでは「とてもしみじみする」

②もてはやす＝引き立たせる・美しくみせる。

③おぼめき＝「おぼ」は「朧」の意で、「めく」は接尾語。「はっきりしないでとまどう」の意。

④かたはならむ＝中途半端で満足できないことを示す。「未熟だ・見苦しい(聞き苦しい)・体裁が悪い」の意。

⑤すさびて＝元来はものごとがどんどん勝手に進むさま。人の行為としては自分の意志を押し通すようなふるまいを表す。ここでは、琴を弾くように八宮に勧められながら、姫君達がとうとう拒み通したことを言う。

大篳篥のこと——清少納言と兼好法師、見ぬ世の二人の管絃問答——

清少納言は『枕草子』に「篳篥は、いとかしがましく、秋の虫をいはば、轡虫などの心ちして、うたて、け近くきかまほしからず。まして、わろく吹きたるは、いと憎きに、臨時の祭の日、まだ御前には出でで、もののうしろに、横笛をいみじう吹き立てたる、『あな、おもしろ』ときくほどに、なからばかりよりうち添へて、吹きのぼりたるこそ、ただいみじう、うるはし髪持たらむ人も、みな立ち上がりぬべき心ちすれ。」(三巻本、第二百十八段)と、篳篥を批評している。篳篥は実にやかましく、秋の虫にたとえて言えばくつわ虫のような気がして、不快で、近くでは聴きたくもない。まして下手に吹くのはひどく腹が立つ。臨時の祭の日に、まだ御前には姿を見せずに物陰で横笛がすばらしく吹き出したのを「まあ、すてき」と聴いていたのに、途中あたりから篳篥が加わって吹き立てるのときたら、まったく台無しで、整った髪の人でも、すっかりそれが逆立ってしまうような気がすることだ、というわけであるが、篳篥はずいぶん納言に嫌われたものである。

　ところが、それに対して、中世に生きた兼好法師は「神楽こそ、なまめかしく、おもしろけれ。おほかた、ものの音には、笛・篳篥。常に聞きたきは、琵琶・和琴。」(第十六段)と記している。神楽こそが優雅で趣深いものである。総じて、楽器の音ですばらしいのは、笛・篳篥である。常に聞いていたいと思うのは、琵琶と和琴である、とこう言っているのであるが、この条は第十三段の「ひとり灯火のもとに文をひろげて、見ぬ世の人を友とするぞ、こよなう慰むわざなる。」と始まる彼の読書論から展開していく趣味論の中にあり、当然「見ぬ世の友」の一人には清少納言も含まれていた。先の読書論の後半の文章が『枕草子』を下敷きにしていることは広く知られている。すると、納言が篳篥は嫌いよ、と言っているのを知りながら、兼好は、いや篳篥の音はよいものだ、と言っていることになる。だからどうなんだ、趣味嗜好の問題だろうと言われればそれまでなのであるが、ここで気になってくるのが、清少納言のいう篳篥である。

　『源氏物語絵巻』を広げて管絃の遊びを描いた図を見ていて、あれっと思ったのだが、篳篥が長いのだ。篳篥は管の長さが六寸、およそ十八cmであるから男性の吹き手が指穴を押さえると、先端はほとんど見えないものである。何だかおかしい。無論、絵画であるからデフォルメして書いたのであろうが、そして、それから注意して他の絵巻を観てゆくとどれも長く描いているから、それが正解なのであろうが、清少納言の生きていた当時には、現在の篳篥よりも長い「大篳篥」があったことも、また事実なのである。

　篳篥は中国・朝鮮・日本に見られるダブル・リードの縦型の管楽器で、古くは笳管《かかん》ともいった。中国では南北朝に胡楽器として伝わったというが、隋・唐朝の宮廷の宴饗楽に用いられ、主要な旋律楽器となった。西涼楽において大篳篥・小篳篥の区別があり、高麗楽にも小篳篥が用いられたという。日本には推古朝末期、七世紀はじめに渡来したようで、奈良朝には唐楽に専用されていたという。篳篥は自由に旋律を奏でることができたため、平安朝にはいると唐楽以外の高麗楽や、神事用の和楽にも用いられ、神楽にも使われるようになった。

　正倉院文書等に大・小篳篥のことは見えるのだが、宝物の中に遺っておらず、特に大篳篥は平安中期に廃絶してしまって大きさがわからない。清少納言がその音を聞いていたと推察されるのは、『源氏物語』「末摘花」の朱雀院行幸の折の試楽が語られる場面に「大篳篥、尺八の笛などの大声を吹き上げつゝ」とあるからである。因みに『河海抄』の注には「大篳篥　詠尺八遊仙窟長一尺八寸舌四寸八分」と記しているが、これは大き過ぎて信じがたい。現在では、長さ八寸、舌二寸四分の、現行の篳篥（＝小篳篥）より音が四度低いサイズのものが試作再興され、当時の旋律型と照合してこれでよいのではという結論に到っているようである。しかし七寸五分の管の図もあり、中国の篳篥のサイズはまた違うから、限定することはないのかも知れない。

『教訓抄』巻第八「篳篥」の条に「康保三（九六六）年之比、良岑行正吹大篳篥。博雅卿伝之吹。其後絶畢。」と見え、良岑行正から博雅三位、源博雅が大篳篥を伝承したが、天元三（九八〇）年九月に彼が亡くなって後、その伝承は絶えたというのである。これはあくまでも象徴的な説話であって、事実とは異なると見るべきではないか。それまでもっぱら身分の低い、地下の楽人に担当されていた大篳篥である。篳篥師の間では、なおしばらくは続いていたものであろう。『源氏』には桐壺帝の朱雀院行幸の折の試楽の記事として著されているが、書き手の現在においても大篳篥が特別ではなかったことのわかる書きぶりではなかろうか。一千年代にはなくなったのであろうが、一条朝にはすでに廃絶していたという従来の推測には再考の余地があろう。ともあれ、だから紫式部と同じ時代を生きた清少納言のいう「篳篥の音」は、あるいは兼好のそれよりも低かった可能性があるのである。チャルメラのようでいて低く大きな音色は、女性に好ましくはない。

ところで、この大篳篥と並んで登場した尺八は、現在のものと区別して古代尺八、雅楽尺八等といわれるが、唐楽の楽器として奈良時代に伝来し、十世紀中葉までは雅楽で常用されたものの次第に龍笛に取って代られたという。また竽《う》は大篳篥と存在が似ていて、笙の大型と考えればよい楽器であるが、これも廃れてしまった。「琴のこと」もまたしかりで、奈良時代に伝来し、『宇津保物語』『源氏』『枕』には当然のように記されているが、平安時代末期にはほとんど廃れてしまった。無論この他にも早く日本に伝来し正倉院へ収められていた箜《く》篌《ご》、阮咸《げんかん》、簫《しょう》といった楽器類もあった。こうした楽器の消滅を、「仁明朝の楽制改革で云々」と説明する向きもあるが、根拠はない。雅楽の楽器の日本的洗練は、平安朝を通じてなされていくわけであって、特別なエポックはないといってよいのである。

（磯　水絵）

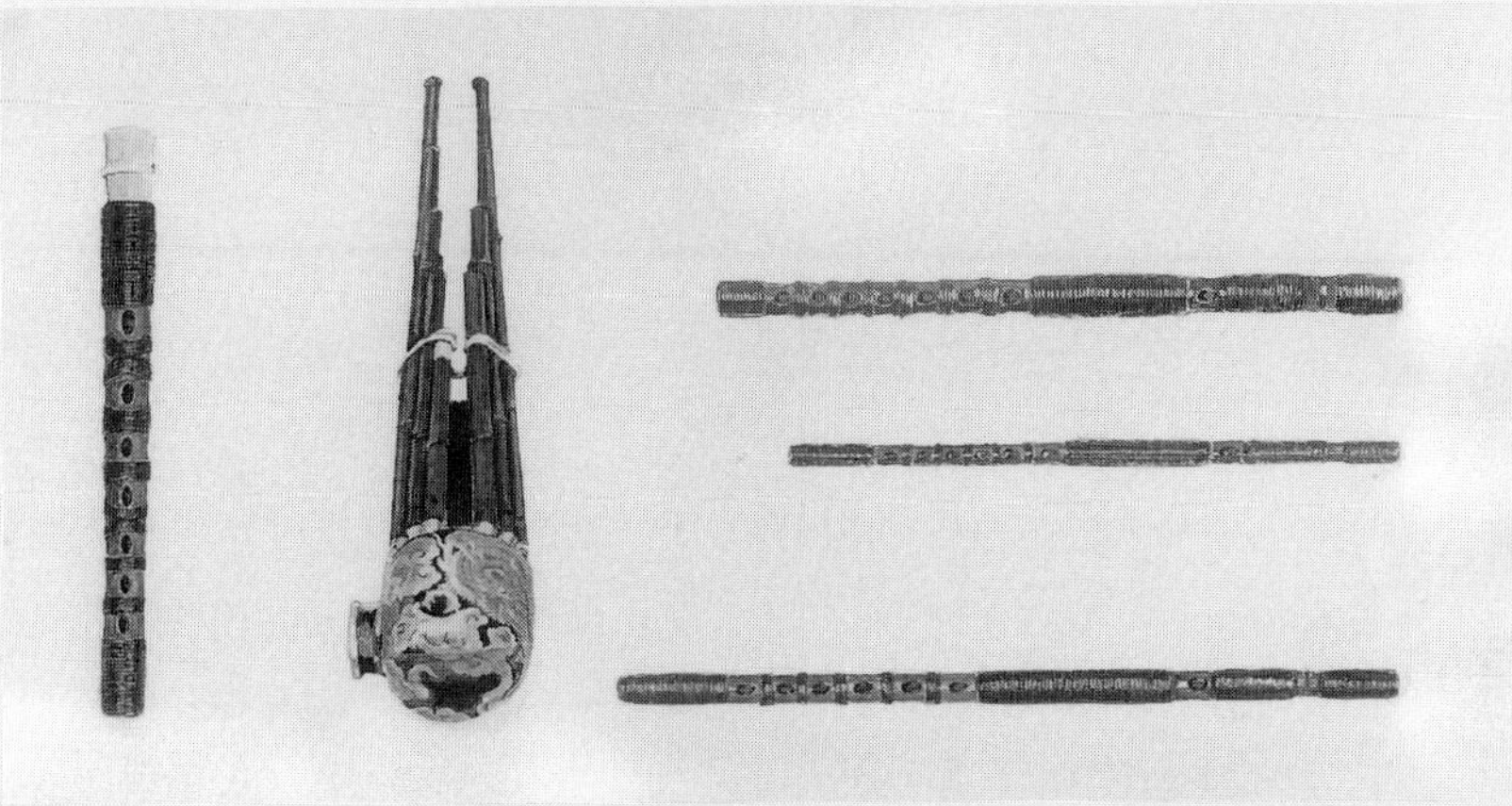

⑲管楽器
左から篳篥《ひちりき》、笙《しょう》
右上から龍笛《りゅうてき》、高麗笛《こまぶえ》、神楽笛《かぐらぶえ》

(八宮は)そのついでにも、かくあやしう、①世《よ》②づかぬ思《おも》ひやりにて過《す》ぐす(姫君達の)有様どもの、思《おも》ひの外《ほか》なることなど、恥《は》づかしう思《おぼ》いたり。八宮「人《ひと》にだにいかで知《し》らせじと、(姫君達を)はぐくみ過《す》ぐせど、今日明日《けふあす》とも知らぬ身《み》の残《のこ》り少《すく》なさに、さすがに、行《ゆ》く末遠《すゑとほ》き人(姫君達)は、落《お》ちあぶれてさすらへむこと、これのみこそ、げに世《よ》を離《はな》れむ際《きは》の絆《ほだし》なりけれ」と、うち語《かた》らひたまへば、(薫は)心苦しう見《み》たてまつりたまふ。「わざとの御後見《おほんうしろみ》だち、③はかばかしき筋《すぢ》にはべらずとも、④疎々《うとうと》しからず思《おぼ》しめされむとなむ思《おも》うたまふる。しばしもながらへはべらむ命《いのち》の程《ほど》は、一言《ひとこと》も、(八宮に)かくうち出《い》できこえさせてむ様《さま》を、違《たが》へはべるまじくなむ」など申《まう》したまへば、八宮「いとうれしきこと」と思《おぼ》しのたまふ。

薫、弁に対面し、自己の出生の秘事に直面

さて、暁方《あかつきがた》の宮の御行《おほんおこな》ひしたまふに、かの老人《おいびと》(弁)召し出《い》でて会《あ》ひたまへり。姫君の御後見《おほんうしろみ》にて(八宮が)さぶらはせたまふ、弁《べん》の君《きみ》とぞいひける。年《とし》は六十《むそぢ》にすこし足《た》らぬ程《ほど》なれど、⑤みやびかにゆゑあるけはひして、(薫に)ものなど聞《き》こ

八宮は、そのように①変っていて、世②馴れていないふうで過ごしている姫君達のご様子を、不本意なことと、恥ずかしく思われた。「こんな様をせめて世の人に知らせまいと育てて来ましたが、今日明日とも知れぬ寿命を思いますと、世を捨ててはおりますが、やはり、まだ将来ある娘達は、落ちぶれて流浪するのでないかと、こればかりが、出家の妨げでした」とお話なさるので、気の毒に見申し上げる。「表立った後見人、③しかとした立場ではなくとも、④おろそかには思いなさらないでいただきたく存じます。ちょっとでも命のある間は、一言でも、このように申し上げたことを違えるようなことはございません。」など申し上げなさると、「とてもうれしいことです」と思いおっしゃる。

さて、八宮が明け方の勤行をなさっている間に、薫はかの老女房を呼び寄せてお会いになる。姫君方のお世話役として仕えさせなさっている方で、弁の君という。年は六十歳に少し足らないほどであるけれど、⑤上品で家柄のよさそうな様子で、ものなど申し上げる。故大納言柏木の君が、①生涯物思

●鑑賞欄

世づかぬ

「世付く」は⑴「世馴れる・世間のことに通じる」、⑵「男女の仲を知る・人情を知る」、⑶「世間並みである」、⑶から転じて「世間並みに結婚する」等の意味がある。本文はその打消で「世馴れていない」。ここでは、162頁、薫に琴を弾いて聞かせるように言ったのに対して、断り続けたかたくなな態度を言う。この場合、世間との交わりもなく宇治の山里に埋もれた生活をしているために、客人に対する応対の仕方にも「世慣れていない」という、単純な意味だけでよいのか一考を要するところであろう。

　この後、八宮は「行く末遠き人は、落ちあぶれてさすらへむこと、これのみこそ、げに世を離れむ際の絆なりけれ」と述べ、これに対し、薫は「わざとの御後見だち、はかばかしき筋にはべらずとも、疎々しからず思しめされむとなむ思うたまふる」と八宮亡き後の後見を約している。薫はことさらに「わざとの後見だち、はばかしき筋にはべらずとも」と、夫婦関係なしの後見を言い、また、八宮も、ここではそうした形の後見を望んでいるらしいのだが、151頁で引用したように、〈椎本〉巻になると、夫としての後見がはっきり述べられてくる。

　『源氏物語』において、夫婦関係なしの後見としては、亡き六条御息所の娘「秋好中宮」、また夕顔の娘「玉鬘」の例がある。光源氏としては、いずれも自分の妻の一人として後見したかったのであろうが、それはできなかった。そこで、かたや帝の后に、かたや髭黒大将の妻にと（光源氏の本意ではなかったが）自分の代わりとなるべき人と結婚させている。いわば、結婚という形としては、結果的に同じといえよう。つまり後見を頼むということは、その時点で、実は薫との結婚を望んでいることを意味しているのにほかならない。

　〈明石〉巻では、明石入道は、我が娘明石の上を源氏に紹介する際、琴を弾いて聞かせるように仕向けている。本文のこの場面で、姫君達に琴を弾くように命じたのは、婿がねとしての薫に正式に娘達を紹介しようという意図もあったのでないか。よって、「世づかぬ」も、こうした山里に育ち、「男女の情のやりとり、恋愛の機微にまだうとい」という意味をも含んでいると思われる。

●語句解釈

①あやしう＝理解しがたく不審に思うことを表す。ここは、163頁⑤のような態度を京の世間一般の女性と比べて変っているということ。

②世づかぬ＝世馴れていない。世間並でない。

③はかばかしき筋＝「はかばかし」は「しっかりしている・確かだ・はっきりしている」の意。普通男性が女性の後見をするということは、結婚し、夫となることを言う。

④疎々しからず＝「よそよそしい・冷淡だ・疎遠だ」。ここは、結婚相手でなくとも、よそよそしくしないでほしいという気持ち。

⑤みやびかに＝「雅びか」で、上品で、優雅なさま、「ゆゑ」はここでは「由緒・来歴」の意。

ゆ。故権大納言《こごんだいなごん》の君の(柏木)、世《よ》とともに①ものを思《おも》ひつつ、病《やまひ》づき、②はかなくなりたまひにし有様《ありさま》を聞《き》こえ出《い》でて、泣《な》くこと限《かぎ》りなし。薫「げに、よその人《ひと》の上《うへ》と聞《き》かむだにあはれなるべき古事《ふるごと》どもを、まして年頃《としごろ》③おぼつかなく④ゆかしう、いかなりけむ事《こと》のはじめにかと、仏《ほとけ》にも、この事《こと》をさだかに知《し》らせたまへと、念《ねん》じつる⑤験《しるし》にや、かく夢《ゆめ》のやうにあはれなる昔語《むかしがた》りをおぼえぬついでに聞《き》きつけつらむ」と思《おぼ》すに、涙《なみだ》とどめがたかりけり。

薫「さても、かく、その世《よ》の心知《こころし》りたる人《ひと》も、残《のこ》りたまへりけるを。⑥めづらかにも恥《は》づかしうも、おぼゆることの筋《すぢ》に、なほ、かく言《い》ひ伝《つた》ふる類《たぐひ》やまたもあらむ。年《とし》頃《ごろ》、⑦かけても聞《き》き及《およ》ばざりける」とのたまへば、弁「小《こ》侍従《じじゅう》と弁《べん》と⑧放《はな》ちて、また知《し》る人《ひと》はべらじ。一言《ひとこと》にても、また、他人《ことひと》にうちまねび⑨はべらず。かくものはかなく、数《かず》ならぬ身《み》の程《ほど》にはべれど、夜昼《よるひる》(柏木の)かの御影《おほんかげ》につきたてまつりてはべりしかば、おのづからもののけしきをも見《み》たてまつりそめしに、(柏木が)御心《こころ》より⑩あまりて思《おぼ》しける時々《ときどき》、

わしげで、病気になり、お亡②くなりなさったことを言い出し申し上げて泣くこと限りがない。薫は「本当に、よその方のこととして聞くのさえお気の毒な昔語りを、まして、長年気③にかかり、真相を知④りたいと思い、いかなる事が原因なのかと、御仏にも、この事をはっきり教えて下さいと祈ったから⑤であろう、こんな夢のようにしみじみとした昔語りを思いがけない折に耳にしたのであろう」とお思いになると、涙をこらえることができなかった。「それにしても、こうして、その当時のことを知っている人も、生き残っていたとは。めっ⑥たになく恥ずかしくも思われることだが、やはり、この事を知っている人はほかにもいるのだろうね。長年、耳⑦にしたことはなかったが…」とおっしゃると、弁は「小侍従と私弁を除⑧いて、ほかに知る人はございますまい。一言たりともほかの人には言⑨っておりません。このように、つまらない、物の数にも入らぬ身でございますが、朝に晩におそば近く柏木様にお仕え申し上げておりましたので、自然と事情を知り申し上げるようになって、女三宮様への思い⑩が昂じてどうしようもなくなりなさった時々に、ただ小侍従と私の二人だけを通

●鑑賞欄

弁と小侍従（女房の役割と呼称） 126頁に「かの権大納言の御乳母にはべりしは、弁が母になむはべりし」とあるように、「弁」は故柏木の乳母の子、すなわち柏木の乳母子である。一方、小侍従は〈若菜〉巻下に「小侍従といふかたらひ人は、宮の御侍従の乳母の女なり。その乳母の姉ぞ、かのかんの君の御乳母なりければ」とあって、女三宮の乳母子である。そして、このそれぞれの乳母は姉妹であった。

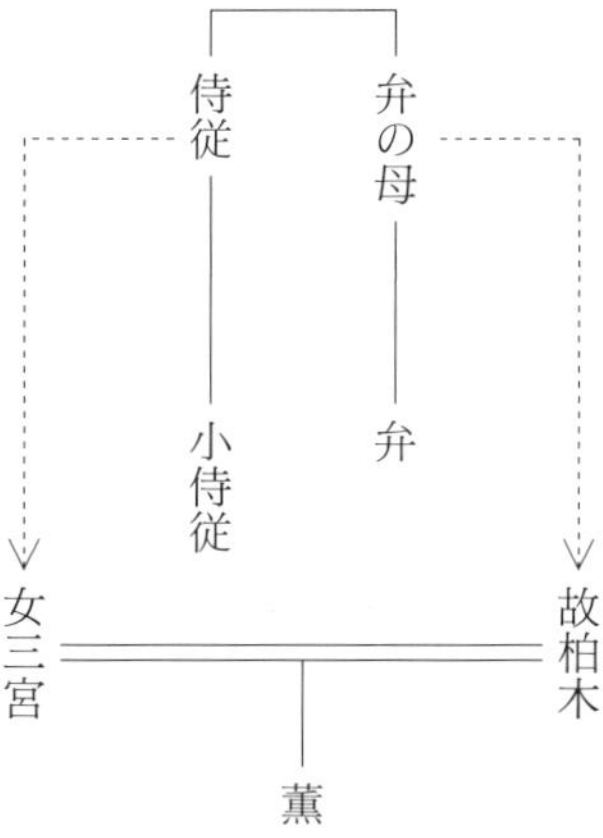

貴人に仕える女房・侍女、あるいは家司等の中でも、乳母子は「乳兄弟」として育ち、幼少からお側に仕える特別な存在である。光源氏の場合では「惟光」、『落窪物語』では「帯刀」などがこれに当たる。

候名 先にあげた「弁」「小侍従」はともに、女房としての呼び名で、「候名」（さぶらい名）という。「候名」は内裏・院宮・公卿などに仕える女性の名の総称で、地位や時代によって、さまざまに変遷している。しかし、『源氏物語』の背景となった平安中期のころは、その付け方は、大別すると、

①居住する家の面した条坊の通りの名や邸宅名
②仕える御所の名
③父兄や夫（庇護者）の官職名

に分けることができる。

「弁」については、次の〈椎本〉巻に、「父は、この姫君達の母北の方の叔父、左中弁にて亡せにけるが子なりけり」とあり、父の「左中弁」に因んで名付けられた名である。また「小侍従」は、母が「侍従」という候名で、その娘であることから「小」と冠せられたものである。親子で出仕し、その子に「小」と冠する実例に、和泉式部とその娘小式部がある。『紫式部日記』には〈大納言の君＝③・小少将の君＝③・宮の内侍＝②・弁の内侍＝③・中務の君＝③・大輔の命婦＝③〉等の候名が見える。

●語句解釈

①ともに＝「一緒」の意で、「一生涯・生きている間中」ということ。
②はかなくなり＝「はかなし」はもろく頼りないこと。転じて「はかなくなる」は死ぬこと。「むなしくなる」も同意。
③おぼつかなく＝「おぼ」は「朧」で、ぼんやりした不明確な状態を示す。母女三宮が若くして出家しているなど、自分の出生になんとなく疑問を抱いていたことを言う。
④ゆかしう＝動詞「行く」から派生した形容詞。気持ちが向く様を表す。ここでは「知りたい」の意。
⑤験＝効き目・効能・神仏の霊験。
⑥めづらかに＝良くも悪くも普通と異なっている様子を表す。「めったにない・変っている」の意。
⑦かけても＝「かけて」の「かく」は「掛く」で、「心を留めて」の意。「ける」の後に「こと」の省略で詠嘆を表す。なお、「年頃かけても」と続ける場合には「かけて」は「わたって」の意になる。
⑧放ちて＝除く・差し置くの意。
⑨まねび＝本来は「他人の言動をまねて、会得すること」。ここは、見たまま、聞いたままをそのまま語るの意。
⑩あまりて思しける＝光源氏の正妻で、逢ってはならぬとわかっていながら、柏木の女三宮へ思慕がつのってどうしようもない状態を言う。

ただ(小侍従と自分の)二人《ふたり》の中《なか》になむ、(女三宮に)たまさかの御消息《おほんせうそこ》の通《かよ》ひもはべりし。①かたはらいたければ、くはしく聞《き》こえさせず。今(柏木が)はのとぢめになりたまひて、いささか、(自分に)のたまひ置《お》くことのはべりしを、かかる身《み》には(遺言状の)置き所《どころ》なく、②いぶせく思《おも》うたまへわたりつつ、いかにしてかは(薫に)聞こしめし伝《つた》ふべきと、③はかばかしからぬ念誦《ねんず》のついでにも思《おも》うたまへつるを、仏《ほとけ》は世《よ》におはしましけりとなむ思《おも》うたまへ知《し》りぬる。(薫に)御覧ぜさすべき④物《もの》もはべり。今《いま》は、何《なに》かは、焼《や》きも捨《す》てはべりなむ、かく⑤朝夕《あさゆふ》の消《き》えを知《し》らぬ身《み》の、うち捨《す》てはべりなば、(遺言状が)落ち散《ち》るやうもこそと、⑥いとうしろめたく思《おも》うたまふれど、この宮《みや》(八宮)わたりにも、時々(薫が)⑦ほのめかせたまふを、待《ま》ち出《い》でたてまつりてしかば、すこし⑧頼《たの》もしく、かかるをりもやと念《ねん》じはべりつる力出《ちからい》でで参《ま》うできてなむ。さらに、これは、この世《よ》の事《こと》にもはべらじ」と、泣《な》く泣《な》くこまかに、(薫が)生まれたまひける程《ほど》のことも、よく⑨おぼえつつ聞《き》こゆ。

して、まれにお手紙のやりとりもございました。①いたたまれませんので、詳しくは申し上げられません。今はの際におなりになって、少しばかり言い残されたことがございましたのに、このような身分では遺言状のお扱いようもなく、②気がかりに思い続けながら、どうしたら、あなた様にお伝え申し上げられようかと、③おぼつかない念誦の折にも気に掛けておりましたのを、このようにお伝えできまして、やはり、仏様はこの世にいらっしゃるのだなあと思い知り申し上げました。お目に掛けなければならない④ものもございます。今は、なんで焼き捨てることがありましょう、このように、⑤明日をも知れぬ我が身が死んでしまったならば、⑥この遺言状が世間に散ってしまうかもしれないと、とても気掛かりでございましたが、あなた様がこの宮様のもとへも、時々⑦ちょっと姿をお見せになるのを、お待ち申し上げておりましたので、少し、⑧あてになり、このような機会もあるのではと辛抱する気力も出てまいりました。まったく、このご縁は、この世のことではございますまい」と、泣く泣く、細かに、生まれなさった時のことも、⑨よく思い出して申し上げる。

●鑑賞欄

たまさか　形容動詞「たまさかなり」の語幹。「偶・邂逅」の字を当てる。(1)「思いがけないさま・偶然・たまたま」、(2)時間的に「稀なこと・時たま」、(3)仮定条件をともなって「可能性がまれなこと・万が一・ひょっとして」等の意味がある。本文は(2)。人目を忍んでのやりとりゆえ、「たまさか」(稀)だったのである。

　同義の語として、「まれに」「ゆくりか」「ゆくりなし」「たまたま」がある。

「まれに」は頻度が極めて低い意。「ゆくりか」「ゆくりなし」は「不意に・唐突に」で、思いがけない気分が強い。

「たまさかなり」は奈良時代には(1)・(2)の両方の用法があったが、平安時代になると、(2)・(3)の用法になり、(1)の「偶然」はもっぱら「たまたま」が用いられた。

「たまたま」は奈良時代には用例を見ない。平安時代でも(2)の「時たま」の意としての用法は男性の手になるとおぼしき作品(『宇津保物語』等)に多く、和歌などでは「たまさか」が主として用いられている。

　時代は下るが、『方丈記』『徒然草』では「たまたま」の例はあるが、「たまさか」の例はない。

　つまり、「たまさか」は女性的用語で、和歌・和文に主として使われ、「たまたま」は口語・漢文訓読調の文に多く使われたといえるのである。

たまさか／いぶせし

いぶせし　(1)「うっとうしい・気が晴れない・憂鬱だ・気詰まりだ」、(2)「気掛かりだ」、(3)「不快だ・気持ちが悪い」等の意。『岩波古語辞典』では、「欝悒し」の字を当て、「セシは狭し」で、「憂欝な気持の晴らし所がなく、胸のふさがる思い」の意としているが、『小学館古語大辞典』は、「訝し」「訝る」と同根、「〈いぶ〉は不分明で晴れないさま」と言う。

　文中は、柏木に遺言状を託されて、どうしていいかわからず、気詰まりな気持を表す。

⑧⓪念誦（粉河寺縁起）

●語句解釈

①かたはらいたければ＝柏木の身近にいた者として、「気になる・他人ごとながらはらはらする状態」を言う。

②いぶせく＝気が晴れず憂欝で、胸がふさがるような気持ちのこと。

③はかばかしからぬ＝「はかばかし」は166頁③参照。「表立った・きちんとした・正式の」の意で、「ぬ」は打消。「正式でない・ちょっとした」ということ。

④べき＝助動詞「べし」の連体形。義務の意。

⑤朝夕の消えを知らぬ身＝老い先短い命を言う。

⑥もこそ＝「〜したら困る・〜したらどうしよう」という危惧を表す。

⑦ほのめかせ＝「それとなく知らせる・それとなく言う」がもとで、ここではお忍びでやってくる薫を言う。

⑧頼もしく＝122頁の「頼むべきにもはべらぬを」に呼応する。もう老い先短く柏木の遺言は伝えられないままになってしまうだろうと思っていたが、思いがけず薫が来訪するようになって機会を窺っていたことを指す。

⑨おぼえ＝ここは他動詞で「思い出す」の意。

故柏木の遺言状

弁、柏木死後の過去を語る

弁「①(柏木が)むなしうなりたまひし騒《さわ》ぎに、母《はは》にはべりし人《ひと》は、②やがて病《やまひ》づきて、程《ほど》も経《へ》ず隠《かく》れはべりにしかば、(自分は)いとど思《おも》うたまへ沈《しづ》み、③藤衣《ふぢごろも》裁《た》ち重《かさ》ね、悲《かな》しきことを思《おも》ひたまへし程《ほど》に、年頃《としごろ》④よからぬ人《ひと》の(自分に)心をつけたりけるが、(自分)人を⑤はかりごちて、西《にし》の海《うみ》の果《は》てまで取《と》りもてまかりにしかば、京《きやう》の事《こと》さへ跡絶《あとた》えて、その人《ひと》(男)もかしこにて亡《う》せはべりにし後《のち》、十年《ととせ》あまりにてなむ、⑥あらぬ世《よ》の心地《ここち》してまかり上《のぼ》りたりしを、この宮《みや》(八宮)は、(自分の)父方につけて、童《わらは》より参《まゐ》り通《かよ》ふゆゑはべりしかば、今《いま》は、かう、世《よ》にまじらふべき様《さま》にもはべらぬを、⑦冷泉院《れぜいゐん》の女御《にようご》殿(弘徽殿)の御方《おほんかた》などこそは、昔《むかし》聞《き》き馴《な》れたてまつりしわたりにて、参《まゐ》り寄《よ》るべくはべりしかど、⑧はしたなくおぼえはべりて、えさし出《い》ではべらで、(宇治の)深山隠《みやまがく》れの⑨朽木《くちき》になりにてはべるなり。小侍《こじ》従《じゆう》はいつか亡《う》せはべりにけむ。⑩その昔《かみ》の若盛《わかざか》りと見《み》はべ

「柏木様がお亡①くなりなさった騒ぎに、私の母でありました人は、その②まま病気になって、いく日もたたないうちに死んでしまいましたので、私は思い沈んで、二③重の喪に服し、悲しく思っておりましたところ、長年④たいした身分でない者で私に心を寄せていた者が、私を⑤だまして、西の海の果ての方まで連れて下向したので、京のことも連絡が絶えて、その人もあちらで死にました後、十年ほど経って、別⑥世界のような心地で京に上ってきたところ、この八宮様は私の父の縁故で、子供のころから参上していたご縁がございましたので、今は、こう年をとって、世間に交じらえるようでもありませんのに、冷⑦泉院の弘徽殿の女御様の所などこそ、昔、お噂をお聞き申し上げた所で、参上しお仕えすべきでしたが、き⑧まりわるく思われまして、参上することができないで、ここにお仕えし、山深い里の枯⑨れ木のように年老いてしまったのでございます。小侍従はいったいいつ亡くなったのでしょう。そ⑩

●鑑賞欄

藤衣／西の海の果て

藤衣　もとは、藤や葛など蔓科の植物の繊維で織った布の衣。丈夫であるが、硬くごわごわした感じで、粗末な衣を言う。『万葉集』では「須磨のあまの塩焼衣の藤衣間遠にしあればいまだ着なれず」（巻三）、「大君の塩焼く海人の藤衣なれはすれどもいやめづらしも」（巻一二）のように、海人の着る衣の形容としても使われている。

このように、粗末な衣服というところから転じて、きらびやかでない・質素ということから、喪服の意も表すようになったらしい。麻布で作った衣を指す。『和名抄』には「不知古路毛　喪服也」と記されている。「藤衣裁つ」「藤衣着る」で、喪に服する意を表す。本文では、仕えていた柏木、そして、実母と不幸が引き続いたことを言う。

西の海の果て　物語では流浪しても、不思議と、女性は「東国」には向かわない。玉鬘が、母夕顔亡き後、やむなく乳母とともに下ったのも筑紫の国であった。筑紫には太宰府があり、「西の京」とも呼ばれていた。本文でも、明示されていないが、筑紫に赴任する某かの者に誘われて下向したのが、「西の海の果て」であったと考えられる。「西の海」は「西海道」で今の九州全土、文字通りその「果て」とすれば「薩摩国」ということになる（『新潮集成』『岩波新大系』）。

弁の素性については、〈椎本〉巻に「かの大納言の乳母子にて、父はこの姫君達の母北の方の叔父、左中弁にて亡せにけるが子なりけり」と父が左中弁であったことが知られる。左中弁は正五位上相当、もし、弁が下ったのが薩摩国とすると、その守で正六位下相当になる。「よからぬ人」とあるのに合致するが、大納言家の女房の相手としては、低すぎるのではないか。

玉鬘が、母夕顔亡き後、やむなく乳母とともに下ったのは、乳母の夫が少弐（正五位上相当）として赴任する筑紫の国であった。本文でも、明示されていないが、筑紫に赴任する某かの者に誘われて下向したのを、弁自身があまり気乗りのない相手で、主君・母とうち続く不幸の中、なんとなく結婚してしまったがゆえ、「よからぬ人」「西の海の果て」という誇張した表現になっているとも考えられよう。

●語句解釈

①むなしうなりたまひし＝「空し」（からっぽだ）から派生した動詞で、「魂が抜けて亡骸になる」こと。
②やがて＝そのまま・すぐに。169頁注②参照。
③藤衣＝もとは、藤や葛の繊維で織った粗末な衣。転じて、喪服の意。古今一六哀傷・八四一・壬生忠岑「藤衣はつるる糸はわび人の涙の玉の緒とぞなりける」
④よからぬ人＝「よし」は「りっぱだ・身分が高い・貴い」で、ここはその未然形。「よからぬ」で、身分が低い・賤しいの意。弁の夫となった人は受領階級の者と思われる。
⑤はかりごちて＝名詞「謀りごと」から派生した動詞で、「だます・策略をめぐらす」の意。
⑥あらぬ＝連体詞で、「他の・違った・とんでもない」の意。「あらぬ世」で「別世界」、また「あの世」「過去の世」。
⑦冷泉院の女御殿＝柏木の妹に当る。系図参照。
⑧はしたなく＝「はした」は中途半端の意で、ここは「みっともない・きまりが悪い・体裁が悪い」。長年都を離れ、無沙汰をし、また年をとっていることを気にする表れ。
⑨朽木＝年老いた我が身をたとえたもの。
⑩その昔＝122頁「その昔、睦ましう思うたまへし同じ程の人多く亡せはべりにける世の末」と呼応。

りし人《ひと》は、数少《かずすく》なくなりはべりにける末《すゑ》の世《よ》に、多《おほ》くの人《ひと》に後《おく》るる命《いのち》を、悲《かな》しく思《おも》ひたまへてこそ、さすがに①めぐらひはべれ」など(薫に)聞こゆるほどに、例《れい》の、明《あ》け果《は》てぬ。

薫、弁より柏木の形見の文反古を受取る

薫「よし、さらば、この昔物語《むかしものがたり》は②尽《つ》きすべくなむあらぬ、また、人聞《ひとき》かぬ③心《こころ》やすき所《ところ》にて聞《き》こえむ。侍従《じじゅう》といひし人《ひと》は、ほのかにおぼゆるは、五《いつ》つ六《む》つばかりなりし程《ほど》にや、俄《にはか》に胸《むね》を病《や》みて亡《う》せにきとなむ聞《き》く。(弁との)かかる対《たい》面《めん》なくは、(自分は)罪重き身《み》にて過《す》ぎぬべかりけること」などのたまふ。

④(弁は)ささやかに押《お》し巻《ま》き合《あ》はせたる⑤反故《ほぐ》どもの、黴《かび》くさきを袋《ふくろ》に縫《ぬ》ひ入《い》れたる、とり出《い》でて(薫に)奉る。弁「御前《おまへ》にて⑥失《うしな》はせたまへ。『(柏木が)我なほ生《い》くべくもあらずなりにたり』とのたまはせて、この御文《おほんふみ》を取《と》り集《あつ》めて(自分に)賜はせたりしかば、小侍従《こじじゅう》に、またあひ見《み》はべらむついでに、さだかに(女三宮に)伝へ参《まゐ》らせむと思《おも》ひたまへしを、やがて別《わか》れはべりに

の当時の若かった女房方は、数少なくなりました老いの世に、多くの人に死に遅れた我が命を悲しく思い申し上げながらも、やはり、生き長らえている①のでございます」など申し上げるうちに、いつものようにすっかり夜が明けた。

「まあ、それでは、この昔語りは尽②きそうもないですね。また、人に聞かれない気楽③な所で、話してください。侍従といった人はかすかに覚えているのは、五、六歳くらいだった頃だろうか、急に、胸の病気に罹って亡くなったと聞いている。このような対面がなかったなら、なにも知らず、罪重い身で終わってしまうことだった…」などおっしゃる。

細④く押し巻いてまとめた古い⑤手紙などで、黴臭いのを袋に入れたのを取り出して差し上げる。「あなた様が処分⑥なさってください。『私はもう生きられそうもなくなってしまった』とおっしゃって、このお手紙を取り集めて私にくださったので、小侍従にまたお会い申し上げる機会に、確かに女三宮様にお渡し申し上げようと思っておりましたのに、そのまま別

●鑑賞欄

罪重き身

ここの「罪」は「不孝」の罪。「不孝」は、仏教の四恩「父母・国土・衆生・三宝（仏・法・僧）」（『心地観経』）の「父母」の恩にたがうこと。四恩は、一説に「父母・師・国王・施主」、また「天地・父母・国王・衆生」、「三宝・国王・父母・衆生」の四つという説もある。また、二恩「父・母」あるいは「親・師」の恩とも言う。いずれにしても「父母（親）」の恩は共通しており、親なくしては子はありえないわけで、大切な恩であった。

薫は自己の生い立ちに不審を抱きながらも、世間では、ともかく光源氏と女三宮との子として、しかも源氏の末子として厚遇されてきた。実父が柏木と知らずにいることは親の恩に背くことで、それを「罪重き」というのである。

同様のことが、〈薄雲〉巻で、冷泉院が、夜居の僧都から、実父が光源氏であることを聞かされる場面にもある。冷泉院のことばに

　心に知らで過ぎなましかば後の世までの咎めあるべかりけることを、今まで忍び籠められたりけるをなむかへりてうしろめたき心なりと思ひぬる。

また、王命婦の言として、

　更に、かけても聞し召さむことを、いみじき事に思し召して、かつは罪うることにや、と上の御ためをなほ思し召し嘆きたり

とある。

「罪」は大きくは、聖なるものを犯す行為、共同体の秩序を破る行為、また、その結果としての罰をも意味する。冷泉院のことばには「咎め」とあるが、「咎」は世間や他人から批判され非難されるような欠点・過失・不用意な行動を指す。

なお「罪」は和語、「罰」は漢語で、中世以降に使われた。

㉛唐の浮線綾（小葵臥蝶丸文様二陪織物袿　熊野速玉大社）（176頁参照）

●語句解釈

①めぐらひ＝動詞「めぐる」の未然形＋上代の反復継続の助動詞「ふ」の連用形で、「世の中にたちまじる・生き続ける」の意。

②尽きすべく＝下に打消語（ここでは「あらぬ」の「ぬ」）をともって「なくなる・尽きる」の意。

③心やすき＝気兼ねがいらない・安心だ。

④ささやかに＝小さくて、こぢんまりしたさま。ここは、柏木の残した手紙を人目につかないように小さく丸めた状態を言う。

⑤反故＝もとは書き損じて不用になった紙のこと。転じて、「古い手紙・不用の物」のことも指すようになった。

⑥失はせ＝動詞「失ふ」の未然形＋使役の助動詞「す」の連用形。「失ふ」は「なくす・とり除く・亡き物にする」で、ここは「処分する・始末する・捨て去る」の意。

しも、①私事《わたくしごと》には飽《あ》かず悲《かな》しうなむ思《おも》うたまふる」と聞《き》こゆ。②(薫は)つれなくて、これは隠《かく》いたまひつ。「③かやうの古《ふる》人《びと》は、問《と》はず語《がた》りにや、④あやしき事《こと》の例に(柏木のことを)言ひ出づらむ」と苦《くる》しく思《おぼ》せど、薫「(弁が)かへすがへすも散《ち》らさぬよしを誓《ちか》ひつる、さもや」と、また思《おも》ひ乱《みだ》れたまふ。

　御粥《おほんかゆ》、⑤強飯《こはいひ》など(薫は)参りたまふ。昨日《きのふ》は暇日《いとまび》なりしを、今日《けふ》は内裏《うち》の御物忌《おほんものいみ》もあきぬらむ、⑥院《ゐん》の女一《をんないち》の宮《みや》、なやみたまふ御《おほん》とぶらひに必《かなら》ず(薫は)参るべければ、⑦片々暇《かたがたいとま》なくはべるを、⑧またこの頃過《ごろす》ぐして、山《やま》の紅葉《もみぢ》散《ち》らぬ前《さき》に参《まゐ》るべきよし、(八宮に)聞こえたまふ。八宮「かく、しばしば(薫が)立ち寄《よ》らせたまふ光《ひかり》に、山《やま》の蔭《かげ》も、すこしもの⑨明《あ》きらむる心《ここ》地《ち》してなむ」など、よろこびきこえたまふ。

薫、実父柏木の遺書を読む―遺書と返書―

　(京に)帰りたまひて、(薫は)まづこの袋《ふくろ》を見《み》たまへば、唐《から》の⑩浮線《ふせん》綾《りよう》を縫《ぬ》ひて、「上《じやう》」といふ文字《もじ》を上《うへ》に書《か》きたり。⑪細《ほそ》き組《くみ》して口《くち》の方《かた》を結《ゆ》ひたるに、(柏木の)⑫かの御名の封《ふう》つきたり。開《あ》く

れてしまったのも、私①としては残念で悲しく存じます」と申し上げる。薫は何気②ないふりをして、これを隠しなさった。「③このような老女は、ふとした問わず語りなどに、不思議④な話の例として言い出すのではないか…」と心配に思われるけれど、「何度も何度も、他言しないことを誓ったのだから、まさか…」と思ったり、あれこれ思い乱れなさる。

　御粥・強飯⑤などを召し上がる。昨日は休日であったが、今日は内裏の御物忌みも明けるにちがいなく、院⑥の女一宮様がおかげんが悪いのを、お見舞いに参上しなければならないので、薫は少⑦しも暇がないのに、またしば⑧らく経って、山の紅葉が散らないうちに参上するべきことを、八宮に申し上げなさる。八宮は「このように、時々お立ち寄りなされるご威光に、山陰の住居も、少し明⑨るくなった気持ちがします」など、お礼を申し上げる。

　京に帰りなさって、まず、この袋を開けて見なさると、唐の浮⑩線綾を縫った袋で、「上」と言う文字を表に書いてある。細⑪い組紐で口を結んだ所に、かの柏木の名⑫の封が付いてい

●鑑賞欄

まゐる／なやむ

まゐる　「御粥、強飯など参りたまふ」の「参る」は「食ふ」の尊敬語で「召し上がる」の意。

「参る」は「行く・来」の謙譲語が原義で、そこから派生して、身分の高い方になにかをしてさしあげる、奉仕するの意を表し、そこからさらに、奉仕される側を主体とした用法（尊敬）へと変化した。つまり「差し上げたものを、お食べになって」の「さしあげた」が暗黙のうちに了解されたということである。

なやむ　「病気になる・難儀する」の意。『岩波古語辞典』では「ナエ（萎え）と同根」といい、体力が衰えて弱る意。主に、肉体的に「病む」の意。

これに対し、類語に「わづらふ」があるが、こちらは、精神的に「病む」意のほうが強い。「苦労する・困惑する」の意。上代においては、「わづらふ」には、肉体的に病む用例は見いだせない。

ただし、『源氏物語』中においては、「なやむ」「わづらふ」とも「病気になる」の意として用いられており、あまり区別はされていない。〈若菜〉巻下で、紫上が発病する場面では、「暁方より、御胸をなやみ給ふ」とあるかと思えば、「胸はときどきおこりつつわづらひ給ふさま、堪へ難く苦しげなり」「かの院よりも、かくわづらふ由聞し召して」とある。

しかし、〈御法〉巻冒頭に「紫の上いたうわづらひ給ひし御心地の後、いとあつしくなり給ひて、そこはかとなくなやみ渡り給ふこと久しくなりぬ」からは、心労ゆえに病気になったと読み取ることができる。つまり同じ「病気になる」にしても、単に「なやむ」の場合より「わづらふ」のほうが、その原因として、心的要因を含んでいるとみることが可能であろう。

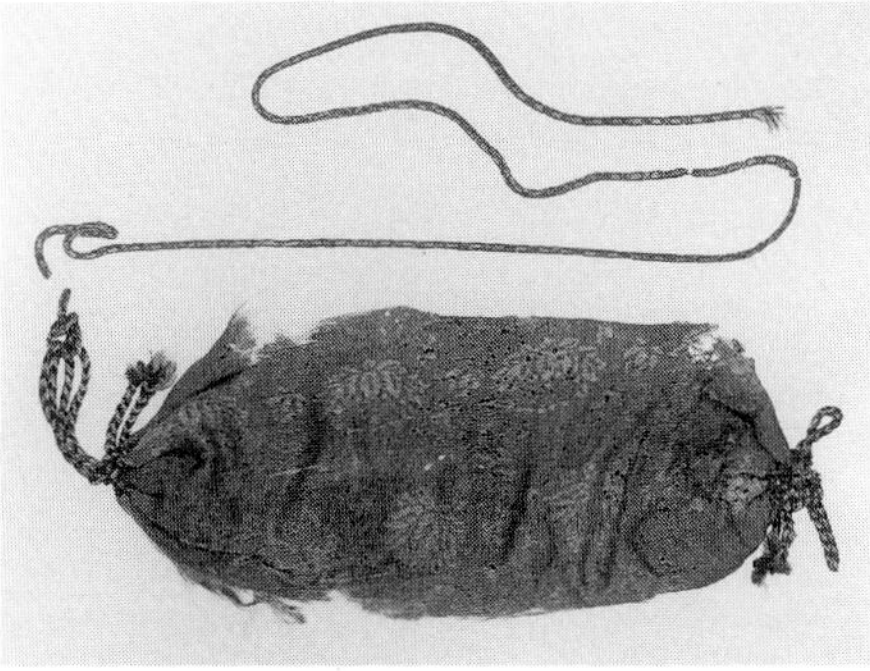

(82)錦袋と組紐（釈迦如来像納入経巻に付随）

●語句解釈

①私事には＝「弁個人としては」の意。
②つれなくて〜隠いたまひつ＝「つれなし」は何の反応もしめさない無表情な様子。ここは、渡された反故を「さりげなく」受け取り、隠した薫の動作を言う。「隠い」は「隠し」のイ音便。
③かやうの〜言ひ出づらむ＝薫の心中思惟。弁は誰にも他言していないというが、ふとした折に誰かに話しているのではないかと危惧している。「問はず語り」はここでは、つれづれに女房たちがするおしゃべりを言う。
④あやしき事＝気を引くような変ったこと。女房たちが興味を示しそうな話としてということ。
⑤強飯＝米を炊いたのではなく、蒸した飯。糯米で作った飯。
⑥院の女一の宮＝冷泉院の第一皇女。父は冷泉院、母は柏木の妹で弘徽殿の女御。
⑦片々＝「片」は少ないこと・不完全なことで、ここは「ほんの少し」の意。
⑧この頃＝近いうちに・近日中。
⑨明きらむる＝他動詞で「明るくする・曇りをなくさせる」
⑩浮線綾＝模様を浮織りにした綾織物。
⑪細き組＝細い組紐のこと。
⑫御名の封＝袋や手紙や包みなど結び目や綴じ目に付ける印。

㊳塔の島（宇治川中州）の秋

(84)冬の宇治川神社拝殿

るも恐《おそ》ろしうおぼえたまふ。色々《いろいろ》の紙《かみ》にて、（女三宮に）たまさかに通《かよ》ひける御文《おほんふみ》の返《かへ》り事《ごと》、五《いつ》つ六《む》つぞある。さては、（柏木の）かの御手《おほんて》にて、①病《やまひ》は重《おも》く限《かぎ》りになりにたるに、またほのかにも聞《き》こえむこと難《かた》くなりぬるを、（女三宮を）ゆかしう思《おも》ふことは添《そ》ひにたり、（女三宮が）御容貌《おほんかたち》も変《かは》りておはしますらむが、様々《さまざま》悲《かな》しきことを、②陸奥国紙《みちのくにがみ》五六枚《ごろくまい》に、つぶつぶと③あやしき鳥《とり》の跡《あと》のやうに書《か》きて、

柏木　④目《め》の前《まへ》にこの世《よ》をそむく君《きみ》よりもよそにわかるる
　魂《たま》ぞ悲《かな》しき

また、端《はし》に、

柏木　めづらしく聞《き》きはべる⑤二葉《ふたば》（薫）のほども、うしろめたう思《おも》うたまふる方《かた》はなけれど、
　⑥命《いのち》あらばそれとも見《み》まし人知《ひとし》れぬ岩根《いはね》にとめし松《まつ》
　　の生《お》ひ末《すゑ》

⑦書《か》きさしたるやうにいと乱《みだ》りがはしうて、「侍従《じじゆう》の君《きみ》に」と上《うへ》には書《か》きつけたり。紙魚《しみ》といふ虫《むし》の住《す》み処《か》になり

る。開けるのも恐ろしくお思いなさる。様々な色の紙で、まれに女三宮とやりとりしたお手紙の返事が、五、六通ある。そして、柏木の筆跡で、①病気は重く、命の限りとなって、また、ほんの少し申し上げるのも困難になったのに、女三宮を恋しく思う気持ちは変わらず、女三宮がご出家なさってしまわれたのが、様々に悲しいことを、②陸奥国紙五、六枚にぽつぽつと③妙な鳥の足跡のようにたどたどしく書いて、

④つらいこの世を目のあたりにして、出家なさったあなたよりも、あなたをこの世に残して死んでいく私の魂のほうが悲しいのですよ。

また、端に、

心ひかれてかわいいと聞いております⑤幼い子のことも、生活のことは気がかりに存じますことはありませんが、

生き長らえることができるならば、ああ私の子だとよそながら見ることができるだろうに。密かに残した⑥我が子の行く末を。

⑦途中で書き止めたように、たいそう字が乱れていて「侍従の君に」と表に書きつけてある。紙魚という虫の棲み処となっ

●鑑賞欄

柏木の遺言状

〈柏木〉巻には、

「いまは、かぎりになりにて侍る有様は、おのづから、聞し召すやうも侍らむを。『いかがなりぬる』とだに、御耳とどめさせ給はぬも、ことわりなれど、いと憂くも侍るかな」など、きこゆるに、いみじうわななければ、思ふことも、みな書きさして「いまはとて燃えん煙もむすぼほれたえぬ思ひのなほや残らん『あはれ』とだにの給はせよ。心のどめて、人やりならぬ闇にまよはぬ道の光にも、し侍らむ」と、きこえ給ふ。

とある。これに対して、女三宮はなかなか返事をしようとしなかったのを、「責め聞ゆれば、しぶしぶに書い給ふを、とりて、忍びて、宵のまぎれにかしこにまゐりぬ」と小侍従が無理遣り返事を書かせ、柏木の許に届けている。今、薫が見ているものとは、若干異なっているのは、その返事を見て、さらに書き送ったものか。「書きさしたるやうにいと乱りがはしうて」は、「思ふことも、みな書きさして」と一致している。

めづらし

「めづらし」の語源として、『岩波古語辞典』は「目連らし」で、「見ることを連ねたい」すなわち「もっと見たい、聞きたい、逢いたい」とし、『小学館古語大辞典』は「愛づ」の派生語とし、賞美すべき価値があると思わせるような状態が原義で、「いつまでも見ていたい・心がひかれてかわいらしい」とする。さらに、そういうものは「めったにない・めずらしい」と意味が広がったらしい。

　本文の「めづらしく」は、源氏に御子が少ないことをふまえ、しかも晩年の子であることから「めずらしい」の意に解するものが多いが、柏木の心情からすれば、一目でも逢いたい我が子の形容と読み取れよう。よって、「心ひかれてかわいらしく」と解する。〈柏木〉巻には「めづらしう、さし出で給へる御さまの、かばかりゆゆしきまで、おはしますめるを」とあり、ここも、「めったにないくらいかわいらしい」と解釈できる。

●語句解釈

①病は重く〜悲しきこと＝柏木の手紙の文面とする解釈もある。その場合には「病は重くもう命の限りとなってしまって、ふたたびちょっとでもお手紙を差し上げるのも難しくなったのに、あなたを恋しく思うことは変りません。尼になってしまわれたのが、とても悲しくて…」となる。

②陸奥国紙＝檀の皮から作った厚ぼったい紙。手紙などによく使われる。もとは陸奥の国の特産だったらしい。

③あやしき鳥の跡＝ここの「あやし」は「風変わりだ・見慣れない・めづらしい」の意。息も絶え絶えの状態で書いた手紙で、筆跡が乱れていることを表す。

④目の前に…の歌＝古今一六哀傷・八五八・読み人知らず「こゑをだに聞かで別るるたまよりもなき床にねむ君ぞ悲しき」をふまえている。

⑤二葉＝子供のたとえ。ここでは薫を指す。

⑥命あらば…の歌＝「松」は薫の比喩。秘密に儲けた我が子ということ。

⑦書きさしたる＝「さす」は接尾語で、動詞の連用形に付いて「〜するのを妨げる・途中にする」意を示す。

て、古《ふる》めきたる黴《かび》くささながら、跡《あと》は消《き》えず、ただ今書《いまか》きたらむにも違《たが》はぬ言《こと》の葉《は》どもの、こまごまとさだかなるを見《み》たまふに、(薫は)げに①落《お》ち散《ち》りたらましよと、うしろめたう、②いとほしき事《こと》どもなり。

真相を知った薫、苦しみつつ心に封じ込める

(薫は)かかる事《こと》、世《よ》にまたあらむやと、心一《こころひと》つにいとどもの思《おも》はしさ添ひて、内裏《うち》へ参《まゐ》らむと思《おぼ》しつるも、出《い》で立《た》たれず。宮《みや》(女三宮)の御前《おまへ》に参《まゐ》りたまへれば、いと③何心《なにごころ》もなく、若《わか》やかなる様《さま》したまひて、経読《きやうよ》みたまふを、(薫に)恥《は》ぢらひてもて隠《かく》したまへり。何《なに》かは、(秘密を)知りにけりとも(女三宮に)知られたてまつらむ、など、(薫は)心に④籠《こ》めてよろづに思《おも》ひ居《ゐ》たまへり。

て、古くなった黴臭さであるが、筆跡は消えず、たった今書いたのとも違わないほどの言葉の、こまごまとはっきりしているのを見なさると、本当に、これが世間に散って人目にふ①れていたらと、心配でい②たわしいことである。

このようなことが、この世にまたとあろうかと、我が心ひとつに、ますます物思わしさがつのって、内裏へ参内しようとお思いになりながらも参上できない。母女三宮の許へ参上すると、何③の物思いもなく、若やいだご様子で、読経なさっていらっしゃったが、きまり悪がってお経をお隠しなさる。どうして、秘密を知ってしまったと母宮にお知らせ申し上げることができようかと、心に秘④めてあれこれ考えあぐねていらっしゃる。

●鑑賞欄

幼き母宮と大人しき薫　薫が以前から、若くして尼である母宮の姿に不審を抱き、そこから、我が身の出生にもなにかあるのではと思っていたことは、〈匂宮〉巻に再三見える。

事にふれて、我が身につつがある心とするも、ただならず、物嘆かしくのみ、思ひめぐらしつつ、「宮も、かく、御盛りの御かたちをやつし給ひて、何ばかりの御道心にか、にはかにおもむき給ひけむ。かく、思はずなりにける、事の乱れに、かならず、『憂し』と、おぼしなるふし有りけむ」また、

宮のおはしまさむ、世の限りは、朝夕に、御目かれず御覧ぜられ、見たてまつらんをだに。

とある。今ここで、「いとどもの思はしさ添ひて」は「ただならず、物嘆かしくのみ」が一層つのったのであり、「若やかなる様したまひて、経読みたまふを、恥ぢらひて」は、「何ばかりの御道心にか」という、どうみても、本気で、仏道に励もうという殊勝な心がけで出家したのではなさそうだという、心構えをふまえて、形ばかりの読経をきまり悪く思う女三宮の心情を巧みに表現したものである。

薫はこんな母宮を見て、自分が出生の秘密を知ったとは絶対に知られまいと決心する。それは、先の「宮のおはしまさむ、～見たてまつらんをだに」とも照応する。

ともかくも、ここに見てとれるのは、自己の出生の秘密を背負い、なおかつ、母宮の寄る辺ともなっていかねばならない、悲壮な薫の姿である。

なお、匂宮を中にして、競う形でしか、宇治の姫君達への思いを表出しえない薫、また、このように、母宮に対する孝行心等については、學燈社「新・源氏物語必携」〈橋姫〉の項も参照願いたい。

弗阿耨多羅三藐三菩提記發希有心歡喜
踊躍即從座起整衣服偏袒右肩右膝著地
一心合掌曲躬恭敬瞻仰尊顏而白佛言我
等居僧之首年並朽邁自謂已得涅槃無所
堪任不復進求阿耨多羅三藐三菩提世尊
往昔說法既久我時在座身體疲懈但念空
無相无作於菩薩法遊戲神通淨佛國土成
就衆生心不喜樂所以者何世尊令我等出

(85)一字蓮台法華経（龍興寺）

●語句解釈

①落ち散りたらましよ＝「まし」は反実仮想。170頁の「落ち散るやうもこそ」と呼応する。
②いとほしき＝つらく目をそむけたい気持ちを表す語。
③何心もなく＝「無心だ・何気ない・無邪気だ」。ここは、薫が生まれるようなことが原因で出家したにもかかわらず、何の心配事もないように、穏やかにいる様子で、出生の秘密を知ってしまった薫の欝屈した心境と対照をなす。
④籠めて＝秘めて・隠して

貴族の食事

老女房弁から、父の遺言を渡された薫は「御粥、強飯など参りたまふ」と、思い乱れながらも食事をとる。当時は正式な食事は朝夕二食が原則で、天皇の場合は朝は十時、夕方は四時と決められていた（『禁秘抄』）が、一般貴族の場合は、朝は十時から十二時くらいの間であったらしい。もっとも、貴族の出勤は、季節によっても異なるが、だいたい夏は朝六時前後、冬は八時前後に、大門の開門とともに出勤していたようで、その出勤前にも粥などを食していたらしい。〈末摘花〉巻には、

「（前略）やがて帰り参りぬべう侍り」といそがしげなれば、「さらば、もろともに」とて、御粥強飯召して、客人にも参り給ひて、…

と、源氏が末摘花のもとから、まだ夜が明ける前に二条院に戻り、朝寝をしているところに、頭中将がやってきて、二人で参内することになった場面にある。

〈橋姫〉巻は、

「（前略）さすがにめぐらひ侍れ」など聞こゆるほどに、例の明け果てぬ。

とあり、弁と話をしているうちに、すっかり夜が明け、

御粥、強飯など参りたまふ。昨日は暇日なりしを、今日は内裏の御物忌もあきぬらむ、院の女一の宮、なやみたまふ御とぶらひに必ず参るべければ…

と、この食事の後、薫が京へ帰ったことがわかるので、やはり、正式な食事ではなく、出仕前の軽食と見てよいであろう。

では、これらの食事はどのようなものであったのか。伊藤博氏が詳細にまとめられている中から、いわゆる主食についての部分を引用させていただく。

強飯《こわいい》　甑《こしき》で蒸した米をいう。『十巻本和名抄』には「強飯〈古八伊比〉」とある。現在の「おこわ」はその名残という。『宇津保物語』「吹上上」に強飯を炊《た》く状況が見える。

これは大炊殿。廿石入る鼎ども立てて、それが程の甑どもたてて、飯炊《かし》ぐ。樏《さき》の木に、鉄《くろがね》の脚つけたる槽《ふね》四たてなめて、皆、品々なる飯炊ぎ入れたり。所々の雑仕ども、使人、男に櫃《ひつ》持たせて、飯量り受けたり。間《ま》一に臼《うす》四たてたり。臼一に、女ども八人たちて、米精《よねしら》げたり。

強飯は、椀、笥《け》、葉にも盛る。大床子の御膳《おもの》（清涼殿の母舎《もや》の大床子に着座してする天皇の正式の食事）。神饌の飯は、強飯を用いるのが普通。神饌の飯は、高く盛り上げるのが古来からの習慣であった。なお、『病草子』（関戸本）にも、強飯を盛り上げた図柄（庶民生活の一場面）が見られる。『土佐日記』承平五年（九三五）二月八日の条にある「飯粒《いいぼ》してもつ釣る」の「飯粒」の「飯」は強飯であろう。これからも固い飯であることがわかる。

編糅飯《ひめいい》　強飯に対して、やわらかな飯。水で炊いた米飯。『枕草子』「百三十四段」には「御衣《みぞ》編糅《ひめ》の、ふりたる」（取りどころなきもの）とある。「みぞひめ」は、姫粥を水に浸した洗濯糊。洗濯糊が古くなり腐敗したものはなんとも始末が悪いのであろう。

水飯《すいはん》　ひめ飯《いい》またはそれを干したものを水に浸した。夏期の食物であろうか。『源氏物語』「常夏」に次のようにある。

いと暑き日、東の釣殿に出でたまひて涼みたまふ。〈中略〉大御酒まゐり、氷水召して、水飯などとりどりにさうどきつつ食ふ。

これは光源氏が釣殿で涼む場面。ここで用いられた水は「氷水」であり、この「水飯」はかなりぜいたくな飯と考えてよかろう。『源氏物語』ではあと一例〈手習〉巻

で、小野の尼君たちの住む場面に見られるが、ここでの「水飯」の水は「氷水」ではあるまい。『枕草子』「二百二十段」に賀茂祭の折の例として「御前駆《ごぜん》どもに水飯食はすとて、階《はし》のもとに馬ひき寄するに」とある。見物の桟敷の主人が、斎王渡御の前駆を奉仕する人たちに水飯を提供する例である。一方、「湯漬」の例も見られる。例えば『栄花物語』「わかばえ」に次のようにある。

局の人〱「あないみじ。気上げさせ給な。この日頃もの騒しうおぼしめして、物もきこしめさず。今朝だに猶、御湯漬にてもたゞ少しきこしめせ。そこらの御衣どもは、いかゞもたげさせ給はんずる。」などいふもきゝ入れず。

⑧⑥病草紙

万寿二年（一〇二五）正月二十二日から翌日にかけて、皇太后宮妍子の大饗が行われる。その準備の様子を伝える一節である。「湯漬を少しでも食べなさい。食べなければ、たくさんある御衣装は持ち上げられませんよ」と言う女房のせりふから、湯漬は簡単な食事と言えよう。なお、『御堂関白記』長和四年（一〇一五）閏六月十八日の条に、

参大内、退出、供養例経、道師融碩、事了進湯漬、入夜依熱気盛、乗舟追涼、

とある。この例から推測して、「湯漬」は必ずしも冬期だけ食したものではないらしい。

頓食《とんじき（とじき）》　強飯を卵形に握り固めて、それを折敷の上に盛った物。『源氏物語』「桐壺」で、光源氏元服の折にも見られる。

その日の御前の折櫃物籠物など、右大弁なむうけたまはりて仕うまつらせける。屯食、禄の唐櫃どもなど、ところせきまで、春宮の御元服のをりにも数まされり。

『源氏物語』では「宿木」で、宇治中の君男子出産の産養の儀に、また、『紫式部日記』敦成親王御産養の記などにも見られる。

粥　粥には「固粥」と「汁粥」の二種がある。現在の「御飯」は「固粥」にあたると言われている。「汁粥」は現在の粥とほぼ同様のもの。『枕草子』「百八十一段」に、

経などのさるべきところどころ、忍びやかに口ずさびに読みゐたるに、奥のかたに、御粥・手水などしてそのかせば、歩み入りても、文机におしかかりて、書などをぞ見る。

とある、夜明け前に別れて来た女性のことばかりを思い、準備された手水や粥にも手をつけず、ぼんやりと机に向かっている男性の姿を描く一節である。同様に、『源氏物語』「若紫」にも次のようにある。

御手水御粥など、こなたにまゐる。日高う寝起きたまひて、

紫の上を二条院に迎えた朝の光源氏の様子を伝える一文である。右二例の粥は「固粥」であろう。なお、『今昔物語集』「巻十二・天王寺別当道命阿闍梨語第卅六」に「汁粥」の例がある。

頼清、粥ヲ食ケルニ、粥ノ汁ナリケレバ、頼清、「此ノ御房ニハ粥コソ汁ナリケレ」ト云ヘバ、「阿闍梨道命ガ房ニハ粥汁也。主ノ御家ニハ飯固シ」ト云ケレバ、其ノ座ニ有リト有ル人、願ヲ放テゾ咲ケル。

これはことばの洒落を利かせた会話であるが、「汁粥」でも米のほとんど入っていないものもあったか。
『宇津保物語』「蔵開上」に次の例がある。

物二斗入るばかりの銀の桶二、同じ柄杓して、白き御粥一桶、赤き御粥一桶、

女一宮御産後の祝宴を描いた一節である。「白粥」「赤粥」が見え、「白粥」は普通の粥であろうが、「赤粥」は小豆を入れた粥か。あるいは赤米の粥か。『土佐日記』承平五年正月十五日の条に、「今日、小豆粥煮ず、口惜しく、なお日の悪しければ、ゐざるほどにぞ」とある。一年中の邪気を除くと信じられた「小豆粥」を食べられなかった残念さを記している。
「望粥」は正月十五日に食する小豆粥のことと言うが、さだかでなく、正月の望粥は七種の粥とも言う。なお、『御堂関白記』寛仁三年（一〇一九）二月四日の条に「麦粥」の語が見える。
『枕草子』「三段」の著名な一文、

十五日。節供まゐり据ゑ、粥の木ひき隠して、家の御たち、女房などの、うたがふを、「打たれじ」と用意して、常にうしろを心づかひしたるけしきも、いとをかしきに、

からも知られるように、粥を焚くために用

(至文堂　解釈と鑑賞別冊「平安時代の文学と生活」「平安貴族の環境」より)

いた木を削った粥杖で女性の尻を打つと、男児を懐妊するという俗信があった。

糒《ほしいい》　炊いた米飯を干し固くしたもの。『宇津保物語』「俊蔭」に、

女の御料に、袿一襲、袴、小袿、指貫、子の料に、絹の指貫、摺狩衣、袿、袴など、袋に入れて、持たせて、いづくとも、人にはの給はで、乾飯《ほしいひ》、たゞ少し餌袋に入れて、いと忍びておはします。

兼雅が俊蔭女と仲忠母子をわが邸に連れ帰る折の一文である。

餉《かれいい》　炊いた米飯を干し固くしたもの。携行用の食料と言う。『伊勢物語』東下りの段の例は著名。

水ゆく河のくもでなければ、橋を八つわたせるによりてなむ、八橋といひける。その沢のほとりの木のかげにおりゐて、かれいひ食ひけり。〈中略〉から衣きつつなれにしつましあればはるばるきぬるたびをしぞ思ふ　とよめりければ、みな人、かれいひの上に涙おとしてほとびにけり。

『十巻本和名抄』は、糒に「野王案糒〈孚秘反与備同保之以比〉乾飯也」とあり、餉に「四声字苑云餉〈式亮反訓加礼比於久留俗云加礼比〉以食遺人也」とある。両者のちがいは未詳。

(87)稲穂

論文・鼎談

『源氏物語』の舞台が京から宇治の地に移ったことには大きな問題がある。

今井源衛氏『源氏物語の思念』（笠間書院　昭和六十二年）は、第三章「宇治の山里」でこれまで宇治についての常識である歌枕や遊楽の面以外の、歴史的面や伝承の点から「宇治」の意義を見出され、宇治十帖に対する的確な考察をなされている。

吉海直人氏の『源氏物語研究』而立篇（影月堂文庫　昭和五十八年）第二部　源氏物語の手法・四　源氏物語「その頃」考には、「その頃」という語に関して広く源氏物語を中心に丹念な考察を加えられているが、その中でも続篇巻頭に用いられた「その頃」については、その特殊性と重要性について説かれている。

宇治十帖の発端「橋姫」は仏道と音楽の世界を背景に展開している。

磯水絵氏の源氏物語の音楽―当時の舞楽について―は、薫が月下に宇治の姫君の姿を垣間見る場面で、中君が琵琶の撥で月を招こうとするのに対し、大君が「入る日を返す撥こそありけれ」という絵巻にもなっている重要なシーンから解き起こし、当時の舞楽について、宗教音楽と儀式音楽としての雅楽の性格・演法にふれ、源氏物語のみならず、平安朝の舞楽への手引きとなっている。

松本寧至氏の宇治十帖と仏教―「橋姫」を中心として―では、宇治十帖は「橋姫」の俗聖八宮の挫折感と薫の負い目から来る求道心とが醸し出す悲劇と説き、薫は大君に純愛を貫き、宗教的に精神はたかめられているが、仏道修行に徹底出来ずにおわったのは、作者紫式部の宗教的救済を信じ切れないことの投影と見、宇治十帖の「さすらいの女人の物語」の代表浮舟の運命を説き、仏教とは果てしない「物思ひ」の橋を、人々がどのようにして渡って行くか、など宇治十帖の仏教的背景の真髄を衝いている。

宇治の山里

今井　源衛

一　交通・戦略の要衝

「吉野」に、人びとは桜花だけを連想するのではなく、「歌書よりも軍書に悲し」といわれたような南北朝時代の戦乱の悲劇も思い起こさずにはいない。現在では、銘茶の産地でありまた平等院の所在地として知られる「宇治」も、『源氏物語』が成った頃には、人びとにどういう印象を与えていたのか。これは、必ずしもそれほど簡単な問題ではなさそうである。

宇治が記録に見えるもっとも古いものは、神功皇后紀摂政元年三月朔の条である。武内宿弥が、反乱を起こした忍熊《おしくま》王を、宇治河において詐術を用いて破り、これを殺した。史上、宇治河はまずこうして、血なまぐさい戦場として姿を見せるのである。それに次いで、仁徳紀、宇遅能若《うじのわ》紀郎子《きいらつこ》が舟人に変装して舟に乗り込み、兄の大山守皇子を川中で舟を覆して溺死せしめ、そのあと三年間同じく兄の大鷦鷯《おおさざきの》尊《みこと》と皇位を譲りあって遂に決せず、若紀郎子は自ら河中に身を投じて、兄を即位させた。これは戦前には、皇室美談の一として宣伝された伝承であるが、前半、大山守を謀殺するところは、やはり血の臭いに満ちた戦場の物語であった。

次いで天智紀四年一〇月一一日、「大いに菟道に閲す」とあり、派手な行幸・遊覧があったらしい。そして、それに次ぐのが、壬申乱の出来事である。天智一〇年一〇月一九日兄天智との間に危機の頓《とみ》に加わったことを悟った皇太弟大海人《おおあま》皇子（天武天皇）は、天皇に向かって、出家の志あり吉野に赴きたいと願って許され、大臣以下がこれを宇治まで見送りに出た。その後数カ月にして事態は急変し、虎を野に放ったも同然といわれた大海人は、果せるかな、吉野から伊賀・伊勢・美濃へ出て、軍勢を催し、以下は近江朝の崩壊、弘文天皇の自殺となって了る。乱の収まったのは同年一二月だが、それに先立つ五月には、近江朝では「近江京より倭の京に至る処々に候を置き、また菟道の橋を守る者に命じて、皇太弟宮の舎人の私かに粮を運ぶ事を遮らむ」と進言する者があったという。宇治がいかにこの動乱の中で、地理的な枢要の地を占めているかが察せられるであろう。先に引いた天智四年の「大閲」の文字も、むしろ単なる遊楽というよりは、宇治の戦略的な地勢を観望かたがた行装を大いに調えて、威武を示すことにも目的があったかと想像したくなるのである。

その後も、この種の交通の要衝であったことを示す記事が続く。垂仁紀三年には、新羅王子天の日槍が来朝、菟道河を遡って近江国へ、さらに若狭・但馬へ赴いたとあり、仲哀紀元年閏一一月四日条には、越の国より白鳥四羽を献上する途中、使が菟道河の辺に宿をとったところ、天皇の異母弟蒲見王がこれを見て奪い去り、天皇の為に誅せられた。応神紀六年二月、近江国に行幸途上、菟道野のほとりで、天皇は「ちばのかづぬを見ればももちだる屋庭も見ゆ国のほも見ゆ」の歌を唱った。また同、天平宝字八年九月一八日条には、恵美押勝が平城京より宇治を通って近江に遁入したともある。

下って平安朝に入ると、弘仁元年九月一一日には、薬子の変に際し、坂上田村麿は、平城上皇の東国への進入を遮るために兵を動かし、宇治・山崎の両橋に「津頓兵」を置いて警備させた。承和九年七月一七日、承和の変起こるや、京中のほかは山城国五道、すなわち宇治橋・大原道・大枝道・山崎橋・淀橋を警固させたとあり、天安二年八月二六日橘逸勢の変に際しても、「宇治・与度（淀）・山崎等ノ道」を警護させたが、これは「東南西三方通路之衝要ナルヲ以テ也」と、わざわざ断っている。

宇治はこうして、大和―近江、大和―平安京の交通の要衝を占める地にあり、戦略的に重大な役割を荷う地であった。またそれだけに、平安期にもその地にまつわる幾多の血なまぐさい事件も想起されたにちがいない。要衝に据えられた関所には、とかく厳しく暗い印象を伴いがちであるが、少なくとも平安前期、九世紀半ばごろまでの人びとにとっては、その地は、単なる都人の遊楽の地とだけでは済まされない、畏怖の要素が感じられていたであろう。その感情が一〇世紀後半の人である紫式部にとっては、全く無縁であったかどうか、それは、なお慎重に考える必要があるだろう。

二　入水の伝承

右のような古代の伝承に関して、河海抄は、橋姫巻「経を片手に持たまうて」云々の条に、菟道稚郎子が来朝した阿直岐を師として経典を学んだ故事を引いているが、花鳥余情は橋姫巻頭に、長々と「菟道稚子《ウヂワカコ》」の故事を引いて、兄弟の間の出来事であり、宇治に隠棲した点でも八の宮とよく似ているので「宇治の巻とは申つたへ侍るなり」と、明らかな準拠と見做している。

　私は今花鳥余情ににわかに加担しようというわけではない。兄弟の間のことといっても、八の宮と稚郎子ではかなり事情が異なるし、隠棲も、後述するように、平安中期となれば貴族の別業がいくつもあったことだから、わざわざ仁徳紀の昔まで遡る必要はなくなるだろう。しかし、花鳥余情の説とはやや別の意味で、私は、菟道稚郎子の故事、宇治川の入水の故事が浮舟の運命と多少とも関係があるように思う。

　もっとも稚郎子は非道を企てた兄の大山守命を謀を以て水中に溺死させた側である。しかし、この時の大山守の非業の最後には、稚郎子の歌謡が飾られていて、いかにも美しい。

ちはやびと　宇治の渡りに　渡り手に　立てる　梓弓《あづさゆみ》檀《ま》
弓《ゆみ》　いきらむと　心は思《も》へど　いとらむと　心は思へど
本方《もとへ》は　君を思ひ出　末方《すゑへ》は　妹《いも》を思ひ出　いらなけく
そこに思ひ　悲しけく　ここに思ひ　いきらずぞ来る　梓
弓檀弓

肉身の兄を自らの手で殺さねばならなかった稚郎子の悲しみが、惻々として人を打つ（長谷章久『古典文学の風土・畿内篇』一三八頁）。あの「荒ましき」流れの中に身を没してゆく悲劇が、勝者・敗者を越えて、こうした伝承を生んだのであろうか。そういう観点に立てば、平安朝に入って左のような歌が見えるのは、注目してよいだろう。

　忘れたる人にいひやる
網代ゆく宇治の川波なかれてもひをのかばねを見せむとぞ思ふ（『元真集』）

　この歌は異本元真集には初句「あしまゆく」、四句「おのがかばねを」であり、また能宣集にも、詞書は「宇治の氷魚の使し侍る人の、昔語らひ侍りける女のもとにつかはせる」、初句「石間ゆく」、五句「見せんと思ひき」の形で出ている。おそらく同一歌の異伝であろうし、それだけの伝承性を持っていたものであろう。歌意は、男から、つれない女にもんくをつけたものだ。「宇治の氷魚ではないが、私は泣けて泣けて、そのうちきっと恋死にをして屍をお目にかけることになるでしょう」ぐらいの意である。「流れても」に「泣かれても」を掛け、このままでは入水自殺をするとおどかしたものらしい。もとより冗談半分のやりとりではあるものの、しかし「屍」の語を宇治川と絡んで気軽に使うについては、それなりの土壌があったと考えた方がよいだろう。

　もっとも、物語の中で、浮舟の入水を述べる条では、恐ろしい川音やそこに落ちて死んだ人の話が、東国の三角関係で命を落した男女の話と絡んで語り進められる。浮舟を入水に追い込んでゆく材料としては、物語の表相からいえばそれだけで充分だとはいえる。しかし、喜撰の「世をうぢ山」が「憂し」を掛けているといわれるように、「宇治」には古今集以来の暗い印象が伴っていたとすれば、その通念らしいものが形成された要因の一つには、右のような入水の伝承もあっただろう。

三　「宇治別業」と「宇治院」

さて、宇治は、平安京が営まれて以来、ここに「別業」即ち別荘を設ける者が多かった。別業を営む地は、もちろん京の周辺の景勝地には何処でもあることで、必ずしも宇治には限らないが、この地が水運の便のよい事が別荘地として栄えた理由だったのであろうか。たとえば、御堂関白記によれば、寛弘元年閏九月二一日条・長和二年一〇月六日条など、往路は朝京を発って陸路宇治へ赴き、帰途は舟で川を下り、山崎で上陸したもののようである（寛弘元年閏九月二一日の道長宇治別業の詩宴については、大江以言の詩序があり、本朝文粋九および三十五文集に収載されている）。宇治川下りの数時間に、右の長和二年の折の如く、舟中の管絃・聯句・和歌・作文などさまざまの遊びを楽しむことができたのである。また「宇治別業」の初出は、日本後紀弘仁五年九月二七日条、明日香親王の宇治別業に遊猟行幸があった旨の記事である。翌弘仁六年六月二七日条には、賀陽豊年の卒伝の中に、彼が晩年病を得て帰京し、「宇治之別業」に臥したが、宇治稚郎子と仁徳天皇の相譲の故事をつぶさに史書に記載すると共に、「故老亦風俗ヲ語ル。病裡ニ之ヲ聞キ、追感シテ已マズ、左大臣ニ託シテ地下之臣為ランコトヲ慕フ」とある。宇治に隠棲して、土地の故老の伝承を聞き集めることは、必ずしも平安末の宇治大納言の逸事に始まるわけではない。宇治には早くからそうした雰囲気があったものと見える。

次いで寛平年間には、源融の別業があった。扶桑略記寛平元年一二月二四日条に、

左大臣融源朝臣奏曰、臣之別業在㆓宇治郷㆒、陽成帝幸㆓其処㆒、悉破㆓柴垣㆒、朝出渉㆓猟山野㆒、夕還掠㆓陵郷閭㆒、如㆓此事㆒、非㆓只一二㆒、左大臣別業在㆓其郷㆒、又奪㆓取厩馬㆒、駈㆓馳原野㆒、

とある。陽成天皇は其処へも出かけて、散々乱暴を働いたのである。

一条朝に至って、道長の「宇治別業」のことは、右にも述べたように関白記の多くの記事で明らかであり、本朝麗藻下の山荘部にも、其処で作った道長の七律以下同じ時の源孝道・具平親王等の詩が並んでいる。また、本朝無題詩六には、忠通の「宇治別業」での、春秋冬各一首ずつの三首がある。これらの

「宇治別業」はすべて臣族所有の物で、皇室御領ではない。

しかし問題なのは「宇治院」である。この文字がもっとも早く見えるのは『平安遺文』第一巻六四の「宇治院田券検納状」で、承和六年（八三九）六月二一日付である。内容は、

検納宇治院田券案一巻　近江国坂田郡者板員六枚

券案、為勘定坂田郡検納如件。

「宇治院」所領の田が近江国坂田郡にあったわけで、「宇治院」は、皇室御領の別荘とみるよりは、寺院と見るべきものではなかろうか。

次いで、記録に見える「宇治院」は、同じく平安遺文第一巻一三三の「宇治院資材帳写」（東大寺文書）であろう。これは貞観三年（八六一）一一月一七日に、宇治院に「勘渡」（出張調査の意であろう）して検査した報告書である。その大体を記せば、五間の桧皮葺堂一宇、僧房二宇（その中一宇は一二間、一宇は九間）、三間の妙見堂一宇、甲倉一宇、板校倉一宇、五間の板屋一宇、五間の大炊屋一宇、三間の中門一宇、三間の大門一宇、五間の板敷屋一宇、五間の板敷桧皮葺一宇（庇四面あり）――以上が家屋であるが、すべて「大破」している。また、収納道具類は、大甕《かめ》五個、風炉一具、芝鍋一個、大炉一個、金臼一個、角瓶一個、楾《はんぞう》一個、手洗五個、辛櫃四合、湯船一個、机五脚、床子四枚、畳四枚、高机一脚、堂鎰《いつ》一個、半畳四枚、桧皮針一本、中取三脚、五尺棚厨子一基、筆薄床子三枚、浜牀二脚であって、大部分は破損している。

これでみれば、この「宇治院」も僧房や妙見堂を有する寺院らしい。その堂宇は五間の桧皮葺堂や一二間の僧房をはじめとして、大小一〇宇に及び、炊事場や大門・中門を構えた堂々たる建築物である。しかし、これが宇治川の東岸・西岸のどちらにあったかは不明である。また寺院ならば、他に多くの仏像・仏具の類があるべきかと思うが、それらは盗難にあったか、あるいは、別記されたのであろうか。しかし、「大破」と注したものの多い事からみて、おそらくは創建以来少なくとも四、五〇年の年月が経っていると見てよいだろう。その間にあるいは、無住に化しているものであろうか。とすれば、この「宇治院」が建ったのは、九世紀初頭嵯峨天皇の頃とも考えられる。あるいは、先に記した承和年間の宇治院と同じ物であろうか。

次に記録に「宇治院」が見えるのは、花鳥余情所引、吏部王記天暦元年（九四七）一一月三日条である。「太上皇御二宇治院一、遊二猟山野一」とあり、太上皇とは朱雀天皇のこと。これでみれば、皇室御領かとの印象も受けるが、確証はあるまい。またこれよりやや遡る天慶九年一二月三日の貞信公記にも「朱雀上皇幸二宇治一」とあり、大日本古記録本には、頭欄に「朱雀上皇宇治院行幸」と掲出している。もしこれが皇室御領のものであれ

ば、先に引いた承和、あるいは貞観年代の「宇治院」とはどう結びつくのであろうか。もし同一物だとすれば、あれ程大破していたものを、この八〇年間に改築したということであろうか。また、あの「僧房」や「妙見堂」はどうなったのか。寺院に宿泊して遊猟というのもやや不審であろう。寺院は廃して、遊楽を旨とする世俗の別業としたのであろうか、どうもこれは、別物のように感じられるのである。

その次に位置するのは、本朝麗藻下に見える儀同三司（藤原伊周、寛弘七年〈一〇一〇〉薨）の七言排律である。題は「与諸文友泛船於宇治川、聊以逍遥」で、宇治川に遊んだ折のもの。その第四聯、

林南柳樹将軍宅　橋北稲花帝王田

の各句に自注を加えて、上句には、

深草ノ西岸ニ一旧墟アリ、河ニ臨ミテ楊柳両三株有リ、人天慶征東使終焉之地ト伝フル也、江相公ノ詩ニ云ハク、只看ル小暗宅辺ノ柳ト、此レヲ謂フ乎。（原漢文）

また、下句には、

宇治院ノ台榭已ニ毀ル、只田ヲ点ズル有リ。（原漢文）

と注する。「天慶征東使」とは、天慶年間平将門の乱に征東大将軍となった藤原忠文（天暦元年卒）のことである。この詩でみると、一〇世紀中葉の忠文の別業は、宇治川の西岸、今の平等院の近辺にあったらしい。しかも、江相公大江朝綱（天徳元年〈九五七〉薨）生前にすでに、小さい邸の側の柳だけが青々と目立っていたのが、それより約半世紀を経て、伊周の頃には邸はすでに跡形もなく、柳だけが残っていたのである。また、その地点から橋を越えた北方の対岸は、かつて「宇治院」のあった所だが、それも今は点々たる田畑に変わっている、ともいうのである。

この伊周のいう「宇治院」は、その跡地が「帝王田」だとあり、彼の感慨深げな様子から見ても、皇室伝領の物と見てよいだろう。その位置についても、基準になっている「橋」は架け替える度に動くのが常だから、「橋北」とあるからといって、直ちに現在の宇治橋の北のたもとから下流の東岸一帯と確定するのは危険かもしれないが、しかし、それが現在の平等院の対岸にあることだけは動くまい。

ところで、問題なのは、さらに下って室町時代に成った花鳥余情の説である。今、箇条書きにすれば、

① 河原左大臣融公（寛平七年薨）の別業宇治郷にあり
② 陽成天皇（天暦三年崩）しばらくこの所におはしましけり
③ 宇多天皇・朱雀院と申も領じ給へる所なり
④ 承平の御門ここにて御遊猟ありける事李（ママ）部王記に見えた

り

⑤　そののち六条左大臣雅信公の所領たりしを

⑥　長徳四年十月の比、御堂関白此院を買とりて

⑦　おなしき五年、人々宇治の家にむかひて乗船の遊などありき

⑧　宇治関白の代になりて、永承七年寺になされて法華三昧を修せられ、平等院と名づけ侍り（下略）

逐条大ざっぱに検討を加えると、①②は前記扶桑略記寛平元年一二月二四日条の記事によったものであろう。③は吏部王記天慶八年一〇月二八日条（花鳥余情所引）の

朱雀院宇多帝也庄枚勘文云、宇多院萱原庄被レ留ニ後院一云々

によったかと思われる。しかし、この「宇多帝也」の注記は、『史料纂集』本にも「ママ」と注する如く不審であり、「萱原庄」以下の文意も、宇治院に関することとは受取り難いであろう。また、もしや③はこの『吏部王記』の記事とは無関係とすれば、何故に宇多・朱雀の両天皇のみ伝領者として名を挙げ、中間の醍醐を省いたのか、諒解しにくいであろう。要するに③もまた、かなり不審の多い文字である。④はたしかに前記吏部王記に見えたものである。

⑤と⑥については、旁証というわけではないが、やや参考とすべき記事がある。ここにいう長徳四年一〇月の出来事を、御堂関白記や権記などに徴しても、符合するものは皆無である。しかし、道長にとってこのころは特別大切な時期であった。即ち、その長女彰子が着裳したのは、それよりやや後、翌長保元年二月九日であり、一条帝への入内はその年の一一月一日であった。この彰子入内に道長が全力を傾けたことは有名である。彰子の成人式である裳着と、又それ以後の諸計画も、長徳四年一〇月ごろには道長の胸中に熟していたであろう。権記同年一〇月二九日条には、

依レ召参レ院、仰云、年来御ニ坐左大臣土御門家一、亦月来御ニ此一条一、依レ有ニ先例一、欲レ給ニ爵賞於大臣室一ノ由可レ奏。又給ニ三位階一如何、其由同加ニ用意一可ニ洩申一者、依レ不レ知ニ御名一、詣ニ彼殿一、（脱カ）・案内、丞相命云、名倫子、元従五位上。（中略）亦参院、令レ啓レ仰了之由（中略）此夜遷御一条院依家主姫君沽却公行朝臣所買進也、直八千石云々月来御ニ坐左大臣一条第一、（下略）

とある。「院」とは東三条女院詮子で、道長の姉である。内容は、行成が詮子の許に伺候したところ、その仰せに「数年来道長の土御門邸に住んでいたし、又、最近数ケ月は、今の一条第に住んでいるが、先例もある事だから道長の北の方に賞を与え、位を授けるように上奏してほしい」との事。行成はしかし、北の方の名を知らないので、道長邸に出向いて道長に尋ねたところ、名は倫子で現在従五位上だとの返事であった。詮子

の許に帰ってこの旨報告した。その夜の中に女院は一条院に遷られた。この一条院は、家主の娘が売ったので、公行朝臣が八千石で買い取り、それを道長に進上したものである、といった意味であろう。これにつき、黒板信夫氏は「倫子の加階は女院滞在にかかわる家主の賞であり」としている（『摂関時代史論集』二六一頁）。またこの「一条院」と「一条第」とは、明らかに別物である。この「一条院」を売ったもとの家主の姫君とは、いったい誰なのか、このままでは明らかでないが、八千石で買い取ったという「公行」とは、佐伯氏。関白記寛弘元年七月二五日条、寛弘三年二月二〇日にも顔を出し、官は伊豫守であるが、道長の家司の一人として働いているらしい。これをそのまま道長に進上したといっても、実体は道長が手を回して彼に買わせたといったことではなかろうか。道長がこうして長徳四年一〇月に一条院を手に入れたのは、おそらくは、近い将来の彰子入内に備える用意であったにちがいない。既にこの時道長がこの事を計画していたか否かは分からないにしても、事実上、一条院はその後一条天皇の里内裏として、長期に亘って用いられ、それが道長の権勢をいよいよ強大たらしめたのである。

ところが花鳥余情は、これと同じ長徳四年一〇月ごろに、道長は一方で宇治院を入手したというのである。しかし関白記・権記・小右記ともにその気配は全く見えないのは、どうしてなのか。

また⑤の「源雅信公」の宇治院伝領説も、右の「一条院」の主人が雅信の女倫子であることと一致するわけで、もし花鳥余情の言う所が正しければ、道長は妻の倫子やその父雅信所有の邸宅と宇治別業を一カ月の中に次々と入手したこととなる。道長の権勢からすれば、そういうことが絶対に無かったともいえまいが、右のような時機でもあり、むしろ、これは花鳥余情が、「一条第」「一条院」などの事を混同したと考えた方がよいのではなかろうか。

というのは、花鳥余情の説には重大な疑点が他に一つあるからである。それは「宇治院」の位置である。それが花鳥余情のいうように、今の平等院の前身で同じ場所の宇治川の西岸にあったものならば、前に挙げた伊周の排律の自注がいう「橋北」に「宇治院」の跡地があるという東岸説と明らかに矛盾する。平等院の位置は、前述の伊周の詩にいう藤原忠文の別業にこそふさわしいのである。伊周の詩の注と花鳥余情の記事とのどちらを信ずるか、となれば、問題なく当代の人であった伊周の詩を採るべきであろう。

なお⑦は関白記等の記録によって裏書きされ、⑧も帝王編年記や扶桑略記などで、あきらかに事実として信じ得る。

ところで「宇治院」については、なお問題が残っている。馬内侍集に、

衰へはてて宇治院に住むに、帰る雁を聞きて、
とどまらむ心ぞみえむ帰る雁花の盛を人に語るな

福井迪子氏は、馬内侍は天暦五年ごろの生れで、この歌は六〇歳過ぎての作だろうという（福井他編『校本馬内侍集と総索引』一六三頁）。とすれば、寛弘末年以降、長和・寛仁の間か。老尼が身を寄せるのに、右のような道長の別業がはたしてふさわしいかどうか。ことに馬内侍は道長と敵対関係にある中関白家の女房であった。道長が長徳四年（?）に入手した宇治別邸に、彼女が老いさらぼえた尼姿で余生を送ったとは考えにくいのである。また公任卿集にも、

なりともの馬のかみ出家して宇治院にすむころ、逢ひにゆきて、
秋ふかみ霧立ちわたる朝なあさなくもの森なる君をこそ思へ

中務の宮聞き給うて
背きにしあとをいかでか訪ねまし霧も立ち添ふ雲の森には

以下、贈答歌が一〇首並んでおり、その第九首目「後れぬと何思ふらむ」の詞書には、「御かへし花山院のとも」と書入れがある。「なりともの馬頭」は不明であるが、「中務宮」は具平親王で、寛弘六年薨。花山院は寛弘五年崩である。この「宇治院」も寛弘五年以前に出家人の住居、すなわち寺院だったわけである。これはもちろん永承七年に寺院となった平等院ではあるまい。また、これも馬内侍の場合と同様、道長の別業と解し難いことであろう。なおついでながら、「秋ふかみ」の歌の詞書「なりともの馬のかみ出家して云々」や、初二句を見ると、橋姫巻の内容を思い浮かべさせるところがある。はたして単なる偶然であろうか。

こうしてあれこれ合せて考えると、道長が雅信から、皇室伝領の「宇治院」を伝えられたという『花鳥余情』の記事はどうも信用しにくいのであり、百歩譲ってそれを認めるとしても、それは、宇治川東岸にあったかつての「宇治院」でもなく、また馬内侍や「なりとも」が出家の日を送った「宇治院」でもない別物であろう。

従来も宇治の地には、古くから仏教的雰囲気が濃かったとか、吉野と同じような聖地の要素があったとかいわれている。しかし、その確証を挙げるものは、ほとんどなかった。水辺の聖地とか、異境観などについては、私は何等語るべき資格を持たないが、宗教的・仏教的雰囲気という事だけならば、それはかなり肯定できるように思う。宇治には古代に引き続いて平安時代中期にもかなりの寺院があったのである。

たとえば、続日本後紀承和七年六月三日条には、入唐僧常暁の申請によって、唐より将来した太元帥霊像秘法を宇治郡法琳寺に安置し、此処を「修法院」と為すことが許されている。また『平安遺文』によれば、仁寿二年四月七日付尼証摂施入状（東南院文書）には「宇治花厳院」に施入する雑物が列記され、それには吉祥天女像・毘沙門天像・並居輦や火炉などは寺院へ、また、家一区、筆薄障子・黒端畳・辛櫃・茵・白木机・熨台居・手洗・風炉・角瓶・燈炉・榡・湯船・鑵などは西院へそれぞれ奉納している。「宇治郡」は広いので、この宇治橋周辺とは限るまいが、それにしても「宇治」の地には先に挙げた承和・貞観の「宇治院」をはじめとして、寺院も多かったであろう。本朝無題詩巻一、藤原季綱の詩に、「仏院闢レ台契二万年一、宇治川畔曲巌前、（中略）浄界金縄分レ道潔、梵宮碧甃傍レ簾連（下略）」とあるのもその一証である。それらが、固有名詞でなく「宇治のお寺」のような意味で「宇治院」と俗称される可能性も多いのである。僧喜撰の「我が庵は都のたつみ」と歌った僧庵もここにあったわけで、花鳥余情は「この宇治山にひじりだちたる阿闍梨住みけり」の物語本文に注して、

　或書云、喜撰隠二居宇治山一、持二密呪一、食二松葉一、得二仙道一

という。阿闍梨の「寺」と喜撰の「庵」とはさして距りがあるものでもあるまい。前引の黒板氏の論文でも、「一条第」にさまざまのものがあって、特定の邸に指定できない旨述べられているが、この事は「宇治院」「宇治別業」のそれぞれにあてはまる事であろう。

　とすれば、物語の素材推定については、なお慎重な手続きを要する事となるだろう。

四　宇治の荘園

　さて、『源氏物語』の宇治には、威圧感に満ちた武士の姿や荘園の面影が隠顕して、中世の足音を聞く思いがするとは、よく言われることである。殊に浮舟巻では、薫の命令の下に八の宮邸を厳重に警備する武者たちの黒い影が無気味であり、その力を怖れてむなしく京に引返してゆく匂宮の姿は、ほとんど象徴的ですらある。また薫は、宇治周辺に荘園を持っており、その産物を官邸に進献し、八の宮邸の世話をさせたりする。京都郊外に貴族の荘園が多いのは当然で、それは宇治には限らないだろうが、いちおう管見に入った宇治郡の荘園らしいものを挙げると、

〔三代実録貞観二年九月一九日〕　宇治郡荒廃地一町三百三十八歩ヲ源能有ニ賜フ

〔日本後紀、弘仁二年一〇月一七日〕　宇治郡地三町ヲ故坂上

田村麿ノ墓地トス
〔続日本後紀、承和五年一二月一二日〕　宇治郡公田一町五反三百歩ヲ左大臣藤原緒嗣ニ賜フ
〔続日本後紀、承和六年一〇月一日〕　宇治郡荒田一町ヲ秀子内親王ニ賜フ
〔続日本後紀、承和一〇年一二月二七日〕　宇治郡白田一町五反ヲ大中臣東子ニ賜フ
〔続日本後紀、斉衡三年一〇月二一日〕　宇治郡粟田山ヲ安祥寺ニ施入ス

こうした記事が、源氏物語の背景を論ずる上で、はたして何程の意味があるか、それはやや疑わしいかもしれない。これらが律令時代九世紀中葉までの記録であり、それ以後にこそ大貴族の荘園獲得が飛躍的に進展したと思われるからである。またそういう時代の動きは、宇治郡に限らぬ全国的で趨勢あったことも勿論である。ただこうした事実を宇治の地に即して一応確認しておく事も、作品理解の上でまんざら無意味とも思えないのである。

一般には、「宇治」といえば、直ちに思い浮べられるのは、『蜻蛉日記』に描かれた明媚な風色であり、また歌書に圧倒的な多数を占めるその地の名物「氷魚」であり、また「網代」である。「氷魚」に「日」をかけ、「水馴れ」に「見」を掛け、「網代」といえば「寄る」と組み合せる歌語のパターンは、一条朝には完全に定着している。それらの作例は、片桐洋一氏編『平安和歌歌枕地名索引』でも一見すれば十分だろう。『源氏物語』ももとよりその影響下にある。そうした歌枕であり、遊楽の地としての「宇治」の存在は、京の貴族にとって最も大きなウエイトを占めたことは疑えまい。しかし、その事だけに安易に倚りかかっていては、『源氏物語』は読めないのではあるまいか。

以上、私は右のような観点から、宇治についての常識である歌枕や遊楽の側面はほぼ棚上げにして、それ以外の歴史的要因を探ってみた。それが『源氏物語』の内容や表現にどれほど深くかかわっているかは、今後の課題である。

「源氏物語の思念」（笠間書院　昭和62年）より転載

続篇巻頭の「その頃」

吉海　直人

巻頭の用例としては、続篇に四例が集中している。これまで見てきた「その頃」は、すべて巻の中のものであり、「その頃」が示す時間は一応巻の中に限定することができた。ところが巻頭の「その頃」は、巻を異にした物語を指しており、かなり広範な漠然とした時間を有しているのである。物語の局面展開の契機となっている文頭の「その頃」の使用法と同じではあるが、巻頭の「その頃」がより重要なのは、それが巻全体の構造にかかわってくるからなのである。

①そのころ、按察大納言と聞こゆるは、故致仕の大臣の二郎なり。〔なりけり―麦・阿〕亡せたまひにし衛門督のさしつぎよ。童よりらうらうじう、はなやかなる心ばへものしたまひし人にて、なりのぼりたまふ年月にそへて、まいていと世にあるかひあり、あらまほしうもてなし、御おぼえいとやむごとなかりけり。（紅梅巻）

前巻匂宮巻において、正篇では触れていなかった光源氏の死が、「光うせたまひて後」と叙述され、それに続いて源氏死後の源氏一族のその後が語られ、主要人物たるや薫や匂宮が登場してくる。紅梅巻の「その頃」以下語りが一転して、匂宮巻の内容とは無関係に、按察大納言の紹介がなされる。この按察大納言は正篇に生きた人物だが、新たな様相をもって再登場したのである。物語時間は過去に遡り、真木柱との結婚のいきさつや、娘達のことを語る。そして話が物語の現在に至った時、はじめて匂宮巻と関係をもち、宮御方に匂宮が心を寄せるのである。匂宮巻と同様に、「その頃」は漠然と光源氏死後を受けている。紅梅巻は按察大納言一家から見た匂宮が描かれているが、それは竹河巻において、玉鬘側から見た薫が語られているのに対応していた。

②そのころ、世に数まへられたまはぬ古宮おはしけり。母方などもやむごとなくものしたまひて、筋ことなるべきおぼえなどおはしけるを、時移りて、世の中にはしたなめられ

たまひける紛れに、なかなかいとなごりなく、御後見などももの恨めしき心々にて、かたがたにつけて世を背き去りつつ、公私に拠りどころなくさし放たれたまへるやうなり。（24頁）

橋姫巻は宇治十帖の始発である。「その頃」によって匂宮三帖の後日譚を打ち切り、新たな物語の出発として、八宮一家を過去に遡って紹介する。「その頃」はやはり漠然と光源氏の死後を示す。光源氏世界では不遇だった八宮は、非運のうちに宇治のわび住まいをするが、八宮一家の語りが現在に至ると、阿闍梨を通して冷泉院や薫が八宮と交流をもつのである。

ところで『河海抄』紅梅巻注を見ると、

是は橋姫巻の始にその比世にかすまへられ給はぬといふ同比。（『紫明抄河海抄』536頁）

とあり、また橋姫巻注にも「此時分紅梅巻始詞一同也同時のよし也」（同545頁）と出ている。これによって①と②の例を構造的にみると、次のように図式化することができる。

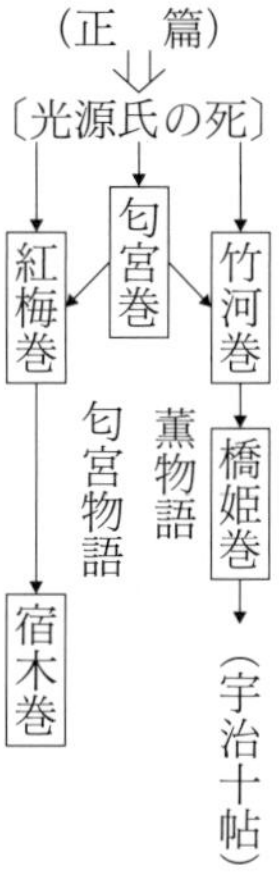

正篇の後を受けた続篇は、匂宮巻を出発点として、紅梅巻から宿木巻へと展開する匂宮物語と、竹河巻から橋姫巻へと展開する薫物語の二つの物語に分けられる。匂宮物語はより光源氏世界に近く、薫物語は竹河巻の巻頭が語っているように、光源氏世界とは異質なものであった。

③そのころ、藤壺と聞こゆるは、故左大臣殿の女御になむおはしける。まだ、春宮と聞こえさせし時、人よりさきに参りたまひにしかば、睦ましくあはれなる方の御思ひはことにものしたまふめれど、そのしるしと見ゆるふしもなくて年経たまふに、中宮には、宮たちさへあまたここら大人びたまふめるに、さやうのことも少なくて、ただ女宮一ところをぞ持ちたてまつりたまへりける。（宿木巻）

総角巻において、薫の思慕する大君が亡くなり、続く早蕨巻で一人残った中君は、匂宮にひきとられて京へ移る。大君の死と中君の京入りで、宇治を舞台とした物語は一段落するのである。「その頃」は漠然と大君の死後を示す。「その頃」によって宇治の物語を一旦中止し、新たに女二宮が過去の時点に遡って紹介される。それが物語の現在に至った時、はじめて薫が関係するのである。女二の宮は薫のもとに降嫁し、匂宮も夕霧六の君と結婚してしまう。悩む中君の姿に、薫は故大君の面影を見出す。中君は宇治の世界を志向し、いよいよ異母妹浮舟の登場となるのである。③の例を構造的に図式化すると、次のようになる。

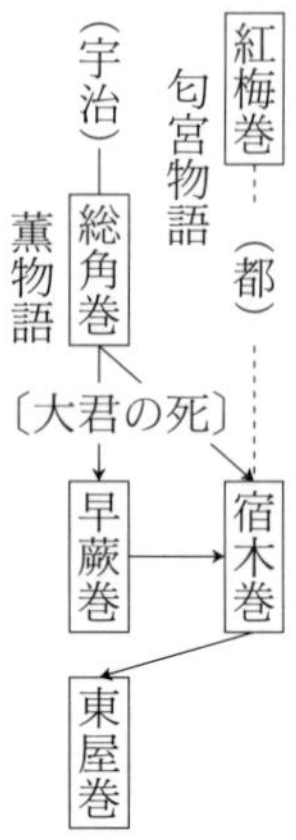

宿木巻で薫物語と匂宮物語が統合され、両者はからみ合いながら展開する。宇治から都へと一旦物語舞台は移ったが、浮舟の登場によって、再び宇治へともどることになる。

④そのころ横川に、なにがし僧都とかいひて、いと尊き人住みけり、八十あまりの母、五十ばかりの妹ありけり。古き願ありて、初瀬に詣でたりけり。（手習巻）

浮舟巻の後、浮舟は入水自殺を計る。続く蜻蛉巻では、消えた浮舟をめぐって残された人々の落胆が描かれる。そして手習巻の「その頃」以下、蜻蛉巻の薫物語を一旦中止し、横川の僧都一家のことが、過去に溯って語られる。話が物語の現在に至った時、はじめて入水した浮舟が登場し、救出されるのである。「その頃」は漠然と浮舟入水後を示している。④の例を構造的に見ると、次のように図式化される。

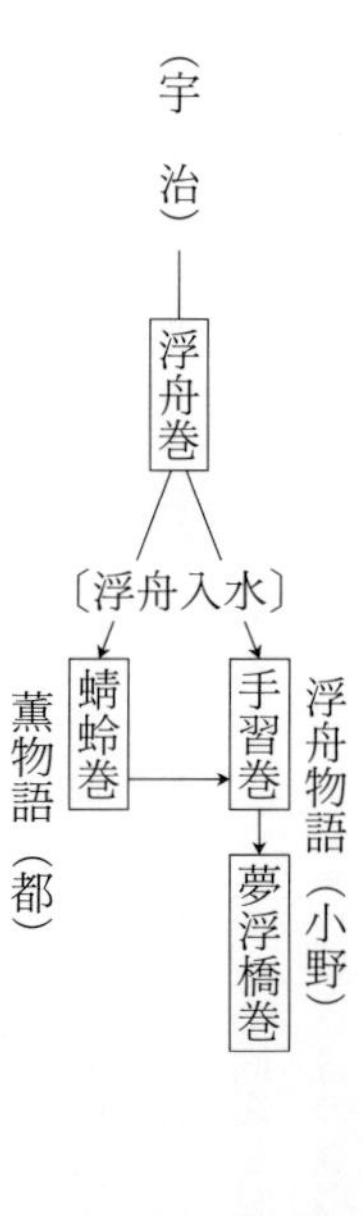

蜻蛉巻が薫の物語であったのに対し、手習巻は浮舟の物語であった。二つの物語は並行しながら対話することもなく、互いに無関係でしかない。その薫物語と浮舟物語は、夢浮橋巻において一つになろうとする。しかし宇治を出ることによって転成し、「宇治のゆかり」という束縛から逃れた浮舟は、薫との対話を拒絶してしまうのである。

以上、巻頭の「その頃」を考察してきたわけであるが、「その頃」は前提として既成の時間を有していた。①②は光源氏の死後であり、③は大君の死後、④は浮舟の入水後といった暗い事件の結末を受けているのである。しかも、匂宮巻が源氏側の物語であるのに対し、①は按察大納言の視点に立った匂宮物語である。竹河巻が都を舞台としているのに対し、②は宇治における薫の物語である。逆に、早蕨巻が宇治を舞台にしているのに対し、③は都の物語である。蜻蛉巻が薫物語であるのに対し、④は浮舟側の物語である。「その頃」によって、事件の顛末に二つの別々の物語を設定・対峙しているのである。そして既成の物語時間を現在とすると、「その頃」以下、しばらく前巻の物語とは別な空間の人物を登場させ、その世界の漠然とした過去から物語を始めるのである。その過去が物語の現在に至った時、はじめて二つの物語が関係を持ち、複雑にからみ合いながら、以前とは違う要素に支配されて、新たに展開し進行していくことになる。

結

以上、「その頃」という語に関して、『源氏物語』を中心に、その前後の物語を見てきた。続篇巻頭の「その頃」がいかに特殊でいかに重要かが理解されたであろう。巻頭表現としての「その頃」が、続篇にだけ使われているということは、正篇が光源氏という超主人公を中心とした物語であったのに対し、続篇はもはや一人の主人公の手に負えないものであり（中心の喪失）、薫・匂宮・大君・浮舟などの人物が、それぞれに重要な役割を担いあっているからである（拡散化）。しかも物語の舞台も、都と宇治（後には小野）の二つに分離している。巻頭の「その頃」という書き出しは、『源氏物語』続篇の複雑な人間関係や物語場面を描くために総意案出された独自の新しい語りの手法であり、それ自体続篇の特異性を表出する代表例の一つであると思われる。つまり単に「その頃」を多用しただけでなく、『源氏物語』の内部において「その頃」の利用法が変化しているわけであり、特に第三部の巻頭に至って新たな物語の展開に積極的に用いられたことになる。

「その頃」の研究はこれに留まらず、続篇の構造を理解するための一助として、また語りという問題を考える一材料として今後も役立てていきたい。

源氏物語研究〈而立篇〉（影月堂文庫）より転載

源氏物語の音楽

――紫式部の見ていた舞は今より速かった――

当時の舞楽について

磯　水絵

一、はじめに

この「橋姫」の巻は俗世を離れた宇治の山荘を舞台にしているから、舞楽の場面は描かれていない。それでも薫が月下に姫君方の姿を垣間見る場面には、中君が琵琶の撥で月を招こうとするのに対して、大君が「入る日を返すバチ（桴）こそありけれ」と言う場面があり、この二人のやり取りは、「陵王」の舞の所作「日搔手《ひがきて》」を下敷きにして構成されていることが知られている。人々の生活に舞楽管絃がいかに密着していたかが窺えるところであるが、そこで、当時の舞楽管絃について少し考えてみることにする。

舞楽と管絃を総称して雅楽というが、後に順徳天皇が『禁秘抄』に貴族の教養として「第一に御学問、第二に管絃」と指摘されたように、後者の管絃は平安時代の貴族たちにとっては聴くものではなく、むしろ自分たちが演奏するものであった。彼らは二、三人寄り集まっては、あの薫と八宮のように私的に合奏したし、あるいは御遊の場において、詩歌管絃と称されるように、詩歌を詠じ、合奏をして時を過ごした。この御遊においては催馬楽や時には朗詠という声楽曲をも組み入れていたから、彼らにとって管楽器・絃楽器の演奏と声楽は必須科目であったといえる。それに対して前者の舞楽は、その舞に貴族、および貴族の子弟が加わることはあっても、演奏は宮中においては雅楽寮《うたりょう》、後には楽所の官人が奉仕し、寺社においては南都方・京都方、あるいは四天王寺方等と地域によって異なる楽人が奉仕したもので、左方と右方に分かれ、左方は唐楽曲を、右方は高麗楽曲を担当した。左右は通常番《つが》えて交互に奉仕され、それを番舞《つがいまい》と称した。そしてこの舞楽は、宮廷や寺社におけるすべての行事・法会の場で奉仕され、それを荘厳していたといってよい。

二十世紀も終わろうとしている現在においても、宮中や寺社

88 舞楽面　陵王（四天王寺）

において、雅楽はその命脈を保っているという。しかしそれらは、実際のところ、明治九（一八七六）年および同二十一年に追加撰定された『明治撰定雅楽譜』を元にしたものといってよく、それよりさらに九百年も前の『源氏』の舞台に掛けられた雅楽が同じかどうかは、考えてみるまでもなく、当然現行のものとは違っていたはずである。廃絶してしまった曲目もあれば、楽器もあるのである。新たに加わったものも、またあるのである。舞い方や装束にも変化があるはずである。そうでなければ、また進歩もないはずではないか。

二、「陵王」

舞楽を論じるにあたって、冒頭に示した「陵王」について触れておく。当時はどのように認識されていた曲なのだろうか。まず、現在の一般的な解説の代表として『雅楽事典』（音楽之友社）「蘭陵王」の項を引用しておく。

らんりょうおう【蘭陵王】　管絃、舞楽曲。唐楽。一名《羅陵王》《没日還午楽》《大面》《代面》。略名《陵王》《竜王》。現行の管譜は「蘭陵王」、舞譜は「陵王」となっていて、通常は「りょう」と呼称している。『教訓抄』による

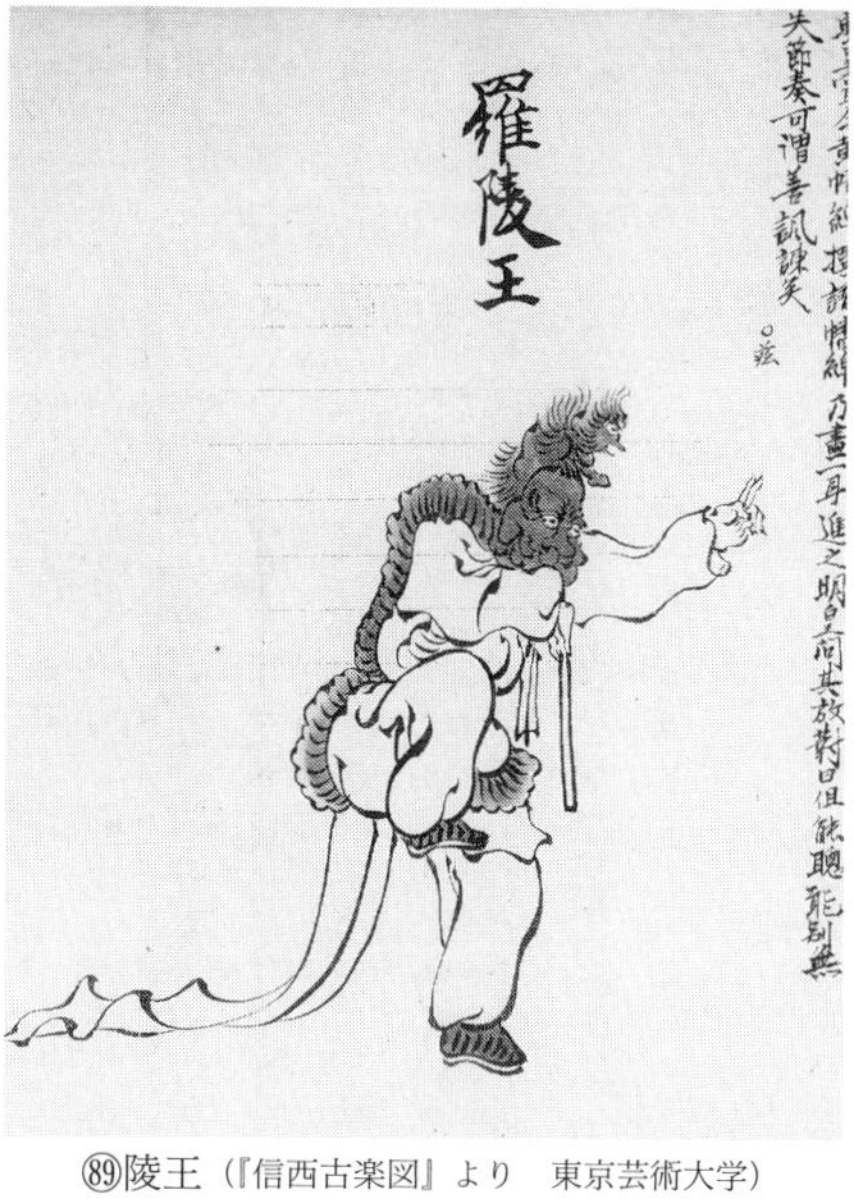

89 陵王（『信西古楽図』より　東京芸術大学）

と、北斉の蘭陵王長恭は才知武勇にして形が美しかったので、兵がいくさをせず将軍を見ようとばかりしていた。そこで、仮面を着して周の師を金墉城下に撃ち、勇は三軍に冠したのでこの舞を作り、蘭陵王入陣曲という。我が国に渡って来たのは不詳だが、蓮道譜には仏哲が渡すという。また、脂那国の王が隣国と戦っている時に崩じ、その子が即位して戦ったが、争は止まなかった。太子は王の陵に向って悲しんでいると、父王神魂を飛ばして暮れようとしている日をまねいた。ここに蒼天となり、合戦は思の如くうちとった。世はこぞって歌舞し、没日還午楽と名づける（二・一七上）。壱越調（渡物として双調に曲名「陵王」がある）。古楽。中曲。早八拍子、拍子一六、半帖以下加拍子。左方舞。舞容は走舞。答舞は《納曾利》。舞人一人。別様装束。面。牟子。右手に金色の桴を持つ。舞楽作法は小乱声、乱序（舞人登台。途中に横笛の追吹あり）、囀（はじめ打物はなく、途中より打物は乱序を打ち、横笛の追吹がある）、沙陀調音取（三管合《あわせ》音取、壱鼓）、当曲舞、乱序（横笛は安摩乱声の退吹《おめりぶき》。舞人退くのを見て吹止句を奏す）。

「陵王」は長承二（一一三三）年に成立した大神基政の雅楽解説書『龍鳴抄』に「羅陵王とかいたれども、たゞれう王といふべし。」とあるのだが、現行において、「陵王」は舞譜にいう時の呼称で、管譜には「蘭陵王」といい、別に「羅陵王」・「没日還《ぼつじつげん》午楽《ごらく》」・「大面」ともいったことがわかる。左方唐楽の曲で、十一世紀頃成立の『懐竹抄』には「沙陀調」とあるのだが、これも壱越調となっている。沙陀調は壱越調の枝調子（主音が同じで旋法が異なる調子）で、現行では壱越調に入れられているわけであるが、当然旋法が異なれば音が変わってきていることになる。

ここに引用されている狛近真の『教訓抄』は、天福元（一二三三）年に成立した雅楽の解説書であるが、この「陵王」の曲にまつわる物語は、八百一年に唐の杜佑の撰した『通典』によるものだという。『通典』が日本にいつ伝来したかは実は不明で、それ以前に「陵王」自体、いつ伝来したのかわからないのであるが、『教訓抄』には天平八（七三六）年に来日した林邑国の僧仏哲がもたらしたという伝承もあり、仁明朝（八三三〜八五〇）に活躍した舞楽の名手尾張連浜主の流を正説とするというから、「陵王」の物語は『通典』伝来以前にすでに舞楽とともにもたらされて、九世紀前半には日本に存在していたものと考えられる。あの大きな目を飛出すかと思われるほどにみはらし、尖り鼻でしわしわの猿のような仮面の下に、兵士たちがいつも見ていたいと思うほどのそれは美しい男の顔が隠されているのだと思うと、それだけで「陵王」の舞姿は、当時の女性たちにとって特別すばらしく映ったのではなかろうか。因みに高野姫(称徳)天皇も特にこの曲をお好みになったことが『教訓抄』には記されている。そして舞を見たことがなくとも、その物語は聞かされただけで、姫君方の脳裏に深く刻まれたに違いない。

『舞楽要録』という延長六(九二八)年七月の記事を上限とする、十三世紀初めには成立していたろう雅楽古記録を通観すると、「陵王」は「納蘇利」と番えられており、「塔供養」「堂供養」「舞楽曼陀羅供」の項においては、第一に記された応和三(九六三)年三月十九日の雲林院塔供養を初例として、全四十六例中、久安五(一一四九)年十月二十五日の法務寛信堂供養までの四十四例に記録され、それらはすべて「陵王」「納蘇利」を最終としている。(なお、残り二例の内、一例は天元六(九八三)年三月二十二日の円融寺供養で、雲林院に次いで古い例である。また、左方には「輪台」「還城楽」を置くが、右方にはどちらも「納蘇利」を置いている。)永保三(一〇八三)年十月一日の法勝寺御塔供養の記事は次のようにあって、暗くなったから四番右方の「林哥」、五番左方の「打毬楽」が中止になったといっている。式次第として「陵王」「納蘇利」で終えるのが恒例になっていたことがこれによっても推察される。

法勝寺御塔供養　永保三年十月一日

左　万歳楽　蘓合　散手　太平楽　打毬楽　陵王

右　地久　新鳥蘇　帰徳　林哥　狛桙　納蘇利

首書見レ式。匡房卿記云。打毬楽林哥及ニ昏闇一被レ停了。

「朝覲行幸」における例は康平三(一〇六〇)年三月二十五日に始まるから、『源氏』を論じるには適当ではないが、やはり「陵王」「納蘇利」で最後を飾る例が多い。「相撲節」の項では延長六(九二八)年七月の抜出の日の七番中、六番に、承平四(九三四)年七月の抜出の日の五番中、四番に、同六年七月の抜出の日の七番中、六番に「陵王」「納蘇利」の例が見られ、天慶六(九四三)年七月の抜出の日には六番中、五番に「狛犬」と番えられている。いずれも最後ではないが、相撲節の演目としては、左舞の最後に猿楽・雑芸が配せられることが多いので、こういうことになるのである。事実、以上の例についてみても、最後にはそれぞれ、「見蛇楽」「狛犬」、「褌脱」「桔槔」、「猿楽」「桔槔」、「雑芸」「乞寒」が番えられており、「見蛇楽」(「還城楽」の異称)・「褌脱」(「剣気褌脱」「輪鼓褌脱」ほかがある)は唐楽であるが、「褌脱」は後に猿楽として定着していくから最後の見物(みもの)として何か唐楽以外をここに配そうとしていく意向が窺える。

以上『舞楽要録』から「陵王」の演舞の跡をたどってみたが、その結果、公式の場で非常によく舞われていたことが知られ、千年代の記録からひるがえって、九百年代においてもおそらくよく舞われていたことと推察される。その舞い様について、『龍鳴抄』には「(乱声は)舞楽にはてにする時はすこしをすべし。競馬すまいなんどのはてにする時はながうするなり。」とあって、この書きぶりは、まさに結番であるからの演じる側への注意と読めるから、『舞楽要録』の実演例にぴたりと重なる。すると、いつでも舞楽の最後を飾る曲として、特に有名な演目であったといってよいのであろう。いずれにしても、当時の貴顕、女房たちにはポピュラーなものであったとみてよかろう。姫君方の耳にその物語、所作の特徴がはいっていたと見ても無理はない。

　なお、これまで「陵王」の番舞を「納蘇利」として論じてきたが、「若菜下」の朱雀院五十賀の試楽には「右の大殿の三郎君、陵王、大将殿の太郎、落蹲」と、「落蹲」と番えられて童舞となっている。「落蹲」は現在、楽部・四天王寺で二人舞の「納蘇利」を一人舞で演ずる折の名称で、春日神社では逆に二人舞を「落蹲」、一人舞を「納蘇利」といっているのだが、南都系の『教訓抄』に一人舞の「陵王」の番舞を「納蘇利」といっているところをみると、現行の説はそのまま当時に当てはまり、式部は大内楽所の表現を踏襲しているといってよいかと考える。『源氏物語辞典』では「『枕草子』「舞は」に「落蹲は二人して膝踏みて舞ひたる」とあり、異称とも考えられる。」とするが、清少納言は南都系楽所の説によっているとしたらそれはそれで説明はつく。

三、「日搔手」について

　舞楽はいくつかの楽曲を組み合わせて一曲を構成し、その中心となる曲を当曲という。「陵王」は、現行「小乱声《こらんじょう》」「陵王《りょう》乱序《らんじょ》」「囀《さえずり》」「沙陀調音取《さだちょうのねとり》」「当曲破」「安摩乱声《あまらんじょう》」からなっているが、『教訓抄』には「乱序」「囀」「嗔序」「音取」「荒序」「入破」等とあり、『龍鳴抄』には「乱声」「乱序」「荒序」「破」とある。その『龍鳴抄』の「乱序」に、「これにおほひざまき、こひざまきある也。真序といふことあり。あるひとにたづねしかば、さえづりのゝちすこしまうをいふとぞ申候。」とあるのによれば、『教訓抄』にいう「囀」「嗔序」は「乱序」に包含されており、未だ一曲を成していなかった可能性があり、さらに「(入)破」は「いる時安摩をふく。これもとは沙陀調調子をふきけるが、女帝高野姫(称徳)天皇の御時、安摩になされたるとぞいひつたへたる。」と見えて、もとは沙陀調調子であったことが窺える。『教訓抄』においても「一、桴ノ事」の項に「天平勝宝ノ頃、高野天皇御時ニ、勅定ヲ以テ当曲ノ古記ヲ改メラル。五箇ノ新制ノ内也。一者、桴ヲ一尺二寸ニ縮メラル。二者、蘿半臂ヲ着ルベカラズ。三者、七度ノ囀ヲ止メ、略定三度ヲ用ル（中略）。四者、古ハ先ヅ古楽乱声ヲ吹ク。今ハ新楽乱声ヲ用フ（中略）。五者、古ハ入舞入時、沙陀調々子ヲ吹ク。今ハ安摩ノ急吹ヲ用フ。（原漢文）」とあり、八世紀には五箇所にわたって改められたことが知られる。『龍鳴抄』と『教訓抄』の間にはちょうど百年の開きがあるのだが、その間の変化、それ以前の変化が明らかな曲であるといえる。

「橋姫」にいう「日掻手」は「乱序」にあり、『教訓抄』には「乱序一帖。此ノ内ニ各々別名有リ。日掻返手《ひをかきかへすて》。（桴ヲ飛《ひるがえ》ス手。）青蛉返手。角走手。遊返手。大膝巻。小膝巻。囀三度。（後略）」と記されているから、桴を飛るがえす手を別名「日を掻き返す手」、「日掻手」といったことになるが、この所作は「陵王」の舞の中では、楽書の類においてはむしろそれほど重要視されていない。たとえば「嗔序」には「髯取手」という秘手があり、同書には「秘口伝ニ云ク、代々ノ御賀、若君ノ『陵王』マハセ給ニ、秘事ヲシヘマイラスル手ノ中ニ、コノヒゲトルテヲバ、カナラズヲシヘマイラズ。ソレヲ御ヒムツラヲナデサセマイラスルヤウ、ヲシヘマイラスル也。是ヲバ、ユメ〳〵人シラヌコト也。ヨク〳〵カクスベシ。」と記されているし、嘉禄三（一二二七）年に藤原孝道の著わした『雑秘別録』には「この舞には、おゝひざまき、こひざまき、おしもむどり、荒序などいふことなるひざうの事どもあるとかや相承。」と、また、

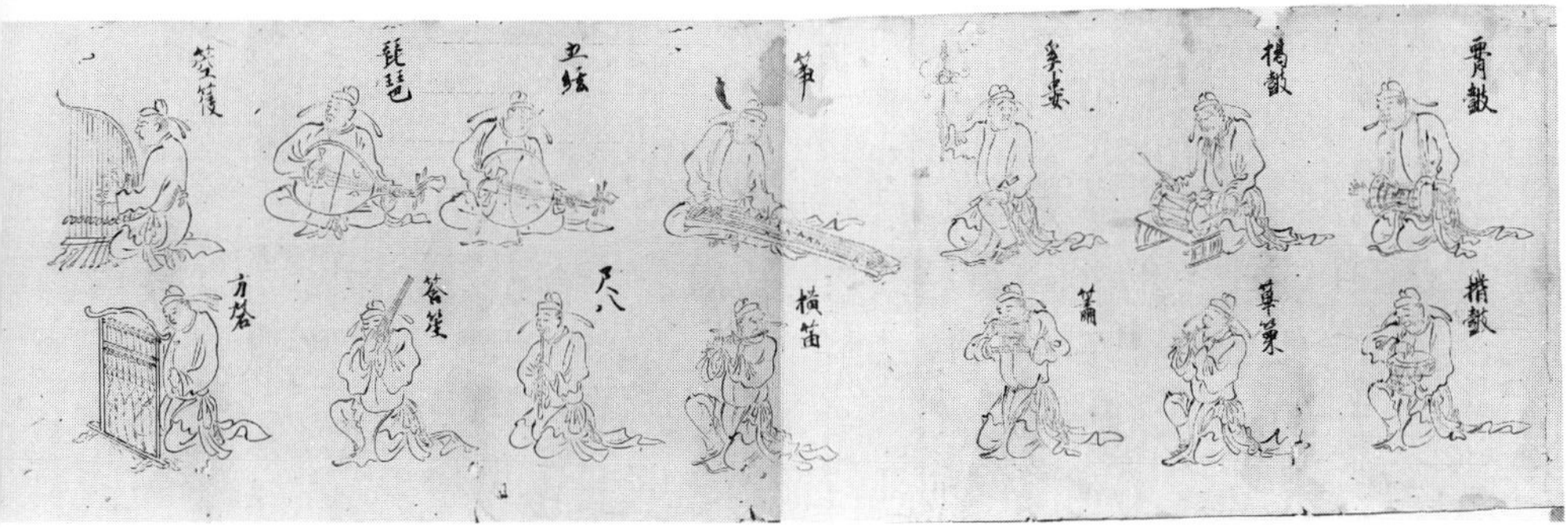

⑩舞楽に使われる楽器（『信西古楽図』より　陽明文庫）

十三世紀中頃に深観房印円の記した『新撰要記鈔』には「一ニ没日還午楽ト号ス。子細有リ。秘スベシト云々。」と秘事について言及しているが、「日掻手」はその対象外である。換言すると、だからこそ「日掻手」は人々に知られ、人口に膾炙して、姫君方の会話の中にも登場するほどに広まっていたということになろうか。秘するほどに忘れられていくということにもなるわけである。

四、当時の舞楽について

ところで、当時の舞楽について考える時、気になるのはその速度である。第二章に永保三年十月一日の法勝寺御塔供養の折の舞楽、六番を記しておいたが、ずいぶん多くはないか。多いといえば、応和三（九六三）年三月十九日の雲林院塔供養には左右に八番十六曲が並んでいる。普通は三番から五、六番というところであるが、その舞楽は全体の進行の中で、どういう位置を占めるのか。永保三年十月一日の法勝寺御塔供養は、『江家次第』巻第十三に詳しいのだが、そこで、それによって試みに楽の進行のみを追ってみると、概ね次のようになっていた。

法勝寺御塔会次第…(a)寅刻（午前四時）小音声・御仏開眼

(b)卯刻（午前六時）法眼分送・行幸、船楽奏楽、鳥向楽

(c)辰刻（午前八時）金堂・御塔へ、左右楽屋乱声　(d)王卿堂ニ着ス、乱声（先新　次古）(e)師子舞台南ニ臥ス　(f)調子、一越調。雅楽寮、舞人等南門左右ヨリ出ズ　(g)発楽、壹徳塩　(h)楽人楽屋前ニ到着迄、師子舞―以下、曲目次第のみ記す―(i)楽、詔応楽　(j)師子舞　(k)楽、十天楽　(l)菩薩舞　(m)鳥舞・蝶舞　(n)楽、溢金楽　(o)楽、渋河楽　(p)楽、裏頭楽　(q)楽、郎君子　(r)楽、慶雲楽　(s)楽、陪臚楽　(t)楽、蘇莫者　(u)楽、越天楽　(v)楽、白柱　(w)安摩

式次第を追って、以上のような舞と管絃（「楽」）が奏される。「楽」は、舞楽曲と名は共通するが、舞楽の全曲ではなく、ある一楽章だけを演奏するもので、演奏法も違う。その楽にのって御塔会が進行するわけであるが、その間には僧侶たち（唄師等）による讃・梵音《ぼんのん》・錫杖・表白《ひょうびゃく》・諷誦・御誦経等の仏教声楽、声明《しょうみょう》も無論あったから、宗教音楽と儀式音楽である雅楽が渾然とした空間が、そこには現出されていたことであろう。時間の記述は「辰刻」以降記されていないので定かではないが、『江家次第』の撰者といわれる大江匡房の日記の逸文である『舞楽要録』中の記事に「打毬楽林哥　及㆓昏闇㆒被㆑停了。」とあるのだから、この供養が明け方から夕方まで続いたことは想像に難くない。前述の六番はこの後に用意されていたのである。因みに『江家次第』にはこの後に次のように記してある。

左　万歳楽、散手、太平楽面、蘇合、打毬楽、　龍王

右　地久面、帰徳、林歌、　狛桙、新鳥蘇面、納蘇利

給楽人禄　次発罷出音声　次還宮　船楽奏海青楽

ここに記されているのはあくまでも「式」であるが、『舞楽要録』の記載と舞楽の順番に齟齬をきたしているのはなぜか、不明な点もあるが、とにかく、この日はこの舞楽をもって終わり、楽人たちは禄を給され、罷出音声《まかでおんじょう》が発せられ、宮へと帰途についた、その時の船楽は海青楽であった、と、こういうわ

けである。

早朝から深夜までの一日の次第を追ってみて思うことは、いったいこの舞楽にはどれだけの時間が割かれたか、ということである。現行の舞楽の演奏速度は遅い。手元にあるCDによってその長さをみると、たとえば、「散手破」が十分五十五秒、「納蘇利破」が五分十三秒、「同急」が二分三十三秒、「狛桙」が二十一分二秒、「蘭陵王」が七分二十秒となっている。これだけでも四十七分三秒かかってしまうが、CDでは省略も実ははげしいのである。因みに「散手」は調子・新楽乱声・序・破・上調子からなり、「納蘇利」は高麗小乱声・破・急からなっているし、「万歳楽」は平調調子・当曲・臨調子から、「蘇合」は盤渉調調子・道行・序・三帖・四帖・五帖・破・急・急重吹から、「太平楽」は調子・道行・破・急・急重吹から、「打毬楽」は調子・当曲・上調子からなる。全体でどれだけの長さになることか……。そうして考えてみた時、疑わざるをえないのは演奏形態、あるいは演奏速度である。舞楽曲全楽章をいちいち奉仕していたものか、どうか。そうでないならば、現行のようにそのどこを奏するのかを記録してもよいはずだ。すると、速度が早かったのか。ならば、その動きは現行のものよりもずっとスピィーディーであったことになるが、はたして、どうであったものか。試みに、CDの速度でも早めてみようか。

（参考資料、日本コロムビア『古式　相撲の節会・東京楽所』）

宇治十帖と仏教―「橋姫」を中心として―

松本　寧至

一、棹のしずく

『源氏物語』のなかで「宇治十帖」とはなにか。

光源氏の生い立ち、栄華、そして死（は書かれていないにしても）。生涯の区切りのついたあとで、そのなごりに光源氏の二代目ともいうべき光の個性をそれぞれ二分したかのような薫と匂の宮の葛藤。宇治に籠る八の宮の姫たちとの華麗ななかに哀愁を帯びた物語。

要するに宇治での物語というだけで、すでに栄華の中心から外れた隠遁への傾斜がある。光源氏の生涯だけでも『源氏物語』はあり得たかも知れないが、人間社会に栄枯盛衰がありつづけるということを、もういちどこれら、挫折の経験、負い目などをもったすこし小ぶりな、要するに普通の人間を登場させて、沁々とした人間模様をくりひろげさせ、物語を普遍的に、永遠に、つなごうとしたのではなかったか。

一人の生涯でも、燦燦と輝くときと、夕陽に晩れなずむときがある。得意の絶頂では益々豊かになろうと励み、加持祈禱に依存する。財も蓄まれば益々増やしたくなるのと同じことである。これが大日如来を本尊とした真言宗（東密）、天台宗（台密）の密教信仰である。

摂関政治の矛盾が貴族の自己崩壊をもたらすとともに、末法思想を目覚めさせ、末世の認識が深まるが、同じ一人の人間でも、いずれは黄昏がやって来る。不如意や挫折に直面する。厭世的になる。この世からあの世を希求するようになる。また老境に入って来ると、死生観がいまとちがうから、頂点にあってもこんどは来世の至福を願うことに頭を切りかえる。極楽浄土を欣求する浄土信仰である。位人臣を極めた藤原道長でさえも晩年は法成寺に阿弥陀堂を建立し、息子の頼通も極楽とはこういうものだという見本に宇治の別荘内に平等院を建てた。こちらの御都合次第で信仰の対象をかえる。専門店で買物をするよ

⑨1大日如来像（金剛峯寺）

⑨2平等院鳳凰堂内部と阿弥陀如来

うなものだ。今の寺院のように祈禱もすれば葬式もするというのとはちがう。デパートやスーパー・マーケットの感覚でみては古代の宗教は理解できない。

概していえば、正篇の光源氏が密教的で大日如来に譬えるとすれば、宇治十帖は、隠遁者や負い目をもった人たちの失意と厭世だから、浄土教的である。阿弥陀信仰である。

「そのころ、世に数まへられたまはぬ古宮おはしけり。」――「宇治十帖」はこの「橋姫」の書き出しで幕をあける。舞台は主として八の宮の宇治の山荘である。宮は政争にまき込まれて失脚し、当地に隠棲して仏道に励み、俗聖とよばれている。この敬虔さに、やはり道心をもつ若き薫はひきよせられて行く。

俗聖というのは、いわゆる優婆塞《うばそく》で、清信士と訳す。在家の仏教信者である。浄名居士、例の維摩居士のようなのが理想である。身は家にあり、心は家を出る。俗形だが五戒の戒行を持す。仏弟子四部衆の二衆で、心は愚昧でも経を読誦し、飲酒はせず、婬事も犯さない。田畠は耕してもよい、などといった規律がある。

もっとも八の宮は出家してもよいのだが、亡妻ののこした姫が二人あり、のちに登場することになる腹違いの浮舟もある。姫たちのことを考えると、宮は出家に踏み切れない。

八の宮が政争に敗れたことから隠退したように、薫が道心を抱くようになったのは、本人の誠実な人柄とともに、出生の秘密が多く原因している。これは「橋姫」の終り頃に確認されるが、すでにそれ以前からうすうす感じとっていたところの疑念だった。いずれも自らが招いた運命ではなかったが、この宿命ともいうべき事実がなかったら「宇治十帖」は展開しなかった。

橋姫の心を汲みて高瀬さす棹のしづくに袖ぞ濡れぬる

は、宇治から帰った薫が姫に贈った歌だが、宇治の姫のお気持ちを察すると、舟の棹のしずくが舟人の袖を濡らすように、私も涙で袖が濡れてしまいます。さぞや物思いに沈んでおいででしょうというのだが、この歌が巻名の由来である。「橋姫」は具体的には姫君をさしているが、「橋姫」というからには「橋姫伝説」が念頭にあるとしなければならない。この伝説は橋のたもとに祀られる美しい女神であるが、おそろしい嫉妬の神でもある。

大君という聖女のごとき女性も、のちの浮舟のような奔放な女性の造形も、実存をどう扱うかの模索であったと思う。

薫にしても、道心を抱くにはそれだけの理由があり、その結果の優柔不断さは、皮肉にも女人たちを魅了するようなものではあっても、宿命へのおののきをどうすることも出来ない。

弁の尼という老女が薫の出生の秘密を知っていた。「聞こしめすべきゆゑなん一事はべれど」という。ちょっと聞いた薫はやっぱりと思うものの、ちょうど、

あやしく、夢語り、巫女やうのものの問はず語りすらんやうにめづらかに思さる。

老人は昔のことをよく知っている。人が迷惑しようがどうであろうが、語らずにはいられない衝動をもつ。これを「問はず語り」という。そのさまはまさに夢語りか、巫女の語りのようだという。

ついでに参考になることと思うので、一つ前の「竹河」の巻からも引いておく。「竹河」は作者に問題があるとされる巻だが、ここはそのことを考えなくてもよい。それより物語文学はこのようにして出来てくるのか、という見本のような記事である。

これは、源氏の御族にも離れたまへりし後の大殿わたりにありける悪御達の落ちとまり残れるが問はず語りしおきたるは、紫のゆかりにも似ざめれど、かの女どもの言ひけるは、「源氏の御末々にひが事どものまじりて聞こゆるは、我よりも年の数つもりほけたりける人のひが言にや」などあやしがりける、いづれかはまことならむ。

これは源氏の一族から疎遠になった、故鬚黒家の老女房の問わず語りの形式で、すなわち、悪御達といわれるような古女房

たちがいっていることは、源氏一族に伝わる伝承も覚えちがいがあるようだが、ぼけ老人の覚えちがいかしら、というのだが、いったいどちらが本当のことであろう、というのである。

一族の語り、すなわち「問はず語り」があって、それはときに他の家の語りと違っている。それを綜合、整理するところに、歴史がつくられて行くというわけで、『古事記』の成立事情を思い合わせられるようなことをいっている。一族の語りは語り部の職掌だが、またそれをまとめる語り部がある。「問はず語り」をかりに現代的に日記文学とすれば、日記文学の集合が物語文学ということになるというのは大事である。

ともあれ、薫はもういちど証拠の品々を見せられて自分の出生の秘密を確認することになるのであるが、この古女房、弁の尼の語りは、薫の性格、行動を決定する重みをもつ。「宇治十帖」は「橋姫」のこの俗聖八の宮の挫折感から来る、そしてまた薫の負い目から来る求道心とが醸し出す悲劇だったといえよう。

二、ただ、厭《いと》う

弁の告白に薫はいまさらながら驚き、おののいたことは述べたが、薫の性格はこれによって一層影響を加えて行った。

道心とはなにか。道を求める心である。仏道に心をよせ、菩提心（悟り）を求めるのである。

八の宮にもそれはあり、薫にもあるが、いったい道を求めるとは、人間であるかぎりなにも条件はいらない、当然のことというべきである。ところがそうではない。

世の中をかりそめのことと思ひ取り、いとはしき心のつきそむる事も、わが身に憂へある時、なべて世もうらめしう思ひ知る初ありてなむ、道心も起るわざなめるを（「橋姫」）

といっている。この世にあって辛いこと、不如意なこと、苦しいことなどを経てこそ起るものだという。世の憂さを前提としない遁世はない。出家者や遁世者にすがすがしい清純なもののみを求めようとするのは不当である。日々安穏で満ち足りた生活をしているものが、なぜ世を捨てる必要があるか。今が清冽なのはよいが、そうなる前にドロドロした人間地獄がなかったろうか。こういうと出家者を否定するようだが、決してそうではない。出家者も釈迦をはじめ人間がなったものであるから、人間の苦を救うのにはその苦を知らなければならない。人の苦痛を知ることこそ慈悲である。

さて八の宮は薫に姫たちの将来を頼んで死んだ。薫は大君を想い、中君を匂の宮に結ばせるようにし、自分は大君と結婚したいと思った。姫は父の遺言を守って拒む。喪があけたところでしのび込んだが、これもすり抜けた。結局薫は大君に純愛を捧げるうちに、大君は病いにかかり、薫の手厚い看護も空しく枯れ行くように死んでゆく。この大君の死は薫にとって出家の方便だと思い、世を捨てたいと願ったが、母女三の宮のことを思って止まった。

世の中をことさらに厭ひ離れねとすすめたまふ仏など、いとかくいみじきものは思はせたまふにやあらむ。ひきとどむべき方なく、足摺もしつべく、人のかたくなしと見むこともおぼえず。（総角）

これも仏の方便と思うが、あまりのはかなさに足摺する思いで、はた目に愚かしいと見えようとも憚るゆとりもない。しかし、「本意遂げんと思さるれど、三条の宮の思さんことを憚り」出家出来なかった、という次第。そうかと思うと、

恋ひわびて死ぬるくすりのゆかしさに雪の山にや跡を消なまし

半ばなる偈教へむ鬼もがな、ことつけて身も投げむと思すぞ、心きたなき聖心なりける。

雪景色を眺めながら、『涅槃経《ねはんぎよう》』雪山童子の故事を連想する。「諸行無常　是生滅法」に対して、「生滅々已　寂滅為楽」（和訳して「いろはにほへど」）である。「心なき聖心なりける」は地の文で、どういう気なのだろうか、という意。

薫に徹底はないのだ。匂の宮で不幸な結婚をした中君を想うと、自分がしておけばよかった、などとも思う。中君はそれを察し、姉の形代ともいうべき浮舟をすすめた。よく似ていることに驚いたが、大君を忘れられず、軽々しく近よらず、待つのを察しながら訪れなかったりした。このあいだに匂の宮と浮舟は忍び逢っていた。薫は不快に思いなじる。浮舟は悩んで遂に失踪する。形而上では薫を想い、形而下では匂を忘れることが出来ない。薫の道心の限界でもある。（浮舟）

しかし浮舟の失踪によってまたもや仏の方便かと仏道につとめ、宇治川に身を沈めたときいて供養し、浮舟の母や弟の面倒を見る。一周忌もすぎた頃小野に住む女性のあることと、横川の僧都に救われたことを知り、小君を使いにやるが、浮舟は出家ののちは人が変ったように道心堅固となり、会おうとしない。この強さはほかにかくまう男がいるのかと薫はまた懐疑するところで「夢の浮橋」はおわる。

薫は大君に純愛を貫き、宗教的に精神はたかめられているが、仏道修行にとうとう徹底出来ずにおわった。ここに作者紫式部の宗教的救済を信じきれないことの投影を見ることが出来ようが、これこそが近代にも読みつがれる普遍的文学性なのである。

93恵心僧都像（延暦寺）

三、ただよう法《のり》の師

『源氏物語』のなかで「物の怪」といえば、六条御息所の生霊、死霊ということがすぐ思い浮ぶ。本来、光源氏に怨みをもつもので、光にとりついて怨みを晴らすべきであるが、光があまりにも完璧で、とりつくすきがない。そこで周辺の弱いところにとりつく。例えば葵の上、夕顔、そして紫の上などである。光源氏に浮気された上に、光源氏の怨みの肩がわりさせられる周囲の女人たちは、とんだとばっちりだが、たとえばストレスがたまれば、歯が痛くなる。歯を抜けばその痛みはとれるがこんどは胃が痛くなる。頭痛が止まらなくなるなどと、身体のどこか弱いところへ出てわれわれを苦しめる。なんか無理をすると、その家族とか親族とか、思いもかけないところに皺寄せが来るものだ。

もうひとり「物の怪」が登場する。

昔、法師であったが、恨みを晴らすことが出来ずに死んだ。それが八の宮に祟り、大君を死に至らしめた。のちには入水する浮舟にもたたった。とり殺せると思っていたが、横川の僧都の加持祈禱の力に負けて退散する。

この「物の怪」の正体は何か。「手習」の巻に「物の怪」とあり、また「男」とあり、「鬼」とも出て来る。

古い註釈をみると、これは柿本僧正とある。いまこれに従う。

柿本紀僧正真済《しんぜい》は、弘法大師空海の高弟で、『性霊集』の編纂でも知られ、大師を大僧正に推したのもこの人である。要するに弘法大師を後世に輝かしめた第一の功労者は真済である。出身は紀氏である。清和天皇の即位をめぐって、惟喬親王と惟康親王（清和）の立坊争いの際、当然ながら紀氏系統の惟喬親王の立坊を祈って敗れた。また藤原良房の女、文徳后、染殿后の物の怪調伏を祈禱して、そのことはなるが、その後后と懇ろになり、とじ籠められ、餓死して紺青鬼となって夜々后の寝所に飛来して、むつみ会い、清和帝が見舞っても母后は嬌声を放っているという有様だったと『今昔物語集』はいう。

真済の失脚につき、『元亨釈書』は評して、あたら高僧が志を得られなかったために女色にふけって、つけ込まれて敗北したのは遺憾であった、としているが、これは藤原摂関家の他氏排擠の犠牲になったのであって、後世から見ると当然の成り行きだったと考えられる。朝廷からスキャンダルで追われた在原業平も紀氏との連合であったが、宗教界も例外ではなかった。紀僧正真済は、仏教界の在原業平と思えばよい。「物の怪」にされたのは、異形の実力をおそれられていたからであろう。

しかしこれが物語の上とはいえ、なぜ大君とか浮舟とかに死霊となってとりついたか。

横川の僧都に対する反撥であろう。横川の僧都は誰がモデルだったかというと、源信と考えられている。私もこの想定に異存はない。

天台浄土教の大成者であり、『往生要集』の著者である。

女のために敗れた紀僧正の「物の怪」が、名聞利養を捨てて、かえって尊崇されている横川の僧都を妨害しようとしたことは考えられることであるし、僧都の加持力が強いので退散したというのもわかる。横川の僧都にとりつきたいのだが、浮舟の方がつけ入りやすかった、ということになる。

物語上のことだから事実関係で証することはあり得ないとしても、いえることは真言密教への批判とともに、『源氏物語』の時代が天台浄土教への傾斜をつよくして行くことへの微妙なゆれがあったのではあるまいか。極楽往生はしたいと思うが、さりとて全面的に信じきるということは出来ない、『紫式部日記』に吐露されているようなためらいがあったのではないか。

『源氏物語』にあらわれる源信像?は、むしろわけ知りの慈悲深い、どちらかというと通俗的な僧侶像をむすぶ。

代表作の『往生要集』も遣宋本が定本で、日本にもこれほどの学匠がいるのかと国清寺で驚嘆したとの説がある。これは事実であるが、外国に認められてはじめて国内で権威をもちうるなどは近代日本の西洋崇拝と同じで、後進国としては止むを得ないが、通俗性が感じられる。もっとも日本の祖師たちには多くそんなハイカラ趣味があった。さて『往生要集』そのものだが、身の毛もよだつ地獄の描写があり、極楽はきわめて快楽的である。当時の読者は一方で戦慄し、一方で官能的になったろう。誤解をおそれずにいうと、『往生要集』全体は究極のエロチシズムを描いているかとすら思える。

源信の往生については、『大日本法華験記』『続本朝往生伝』にあるが、後者の「ム《(それがし)》云はく」によると、

ム云はく、別伝に云はく、寛仁元年六月〇九日、親しき弟子を喚びて、偸にもて耳語して云はく、〇容顔端正の少年の僧侶が、衣服を整へ理《をさ》め、或時は三人、或時は五人、臥せる内に出入して、左右に端坐せり。目を閉づるときは見ゆ。惣べて言へば、殆《ほとほと》に狂言に幾《ちか》しといへり。(原漢文)

という意味深長な一文がある。容顔美麗な僧侶とは『験記』が

いうように天童とみるべきだが、阿弥陀聖衆の来迎を想うべきか。何やら臨終にあたってなまめかしい記事である。源信は世を厭う浄土教の創立者だが、このようにむしろ人間味があったらしい。そこを衝いたのが、紀僧正の死霊だったろう。

ここでまとめに「物の怪」の正体とは何かをいっておく。勝者の無意識の良心の呵責である。それが喚起する幻覚である。験者はよりましの巫女を連れて来て祈禱をする。インチキというわけではないが、巫女は依頼主の気持ちがよくわかるから、誰が怨んでいるかあてる。そこでその悪霊を責めたてる。怨んで死んだ敗者は冥界にあっても敗者であり、悪なのである。いかなる世界も強い者に味方する。

四、余波《なごり》の橋

「宇治十帖」を女人の物語とすれば、さすらいの女人の物語ということも出来よう。

その代表は浮舟であるが、大君にしても中君にしても、八の宮の遺言によって、山荘を出なかったが、やはり心は流離にあったようである。父を失って落魄した女人はどのようなその後の生活を送ったか。

「椎本」で父親の遺言があり、つまらぬ男と結婚してみじめな生涯を送るよりは、ずっとこの山荘にあって、閑かに暮すようにと諭される。薫にも将来を頼んだがこれは別問題である。

俗聖と呼ばれるほど清らかな生活をして死んだ八の宮だが、姫たちへの気がかりだけは「執」となった。

「総角」の巻では大君は「不軽行」を亡父追善のために依頼する。「不軽行」とは『法華経』「常不軽菩薩品」による。釈尊因位のとき、不軽菩薩であった。「我深敬二汝等一　不二敢軽慢一　所以者何　汝等皆行二菩薩道一　当レ得レ作レ仏」（われ深く汝等を敬う。敢えて軽め慢らず。所以は何《いか》ん。汝等は皆菩薩の道を行じ、当に仏と作ることを得べければなり。）この二十四文字を唱えて四衆（比丘、比丘尼、優婆塞、優婆夷）を礼拝する。これは一切衆生みな仏性があるゆえである。どんな増上慢の比丘たちの嘲笑にもたえ、さらに人に罵られ、材木瓦礫で打たれても行をすてず、道行く人を男女を問わず礼拝する。村々をめぐって行うが、これで生活するものもあった。『今昔物語集』一九―二八には地獄に堕ちた母を常不軽行によって救った蓮円の話、『閑居友』上―九にも「あづまの方に不軽拝みける老僧の事」があり、『明月記』には不軽行を修する僧をまた拝むことで功徳を積むことになるとしている。『西行物語』の天龍の渡しでもこの実践が描かれている。

ところで大君がこの行を依頼したのは、八の宮が生前増上慢だったからだろうか。おそらく増上慢だったためではなく、娘を思う気持ちが「執」となって極楽往生が出来ずにいると知らされたためである。身を犠牲にして不軽行を修してさすらうことが、亡父の追善になったからである。法師に依頼するが、本来ならば恥をしのんでも姫が自ら行うべきものであったのだ。時代は下るが『とはずがたり』の東国西国の旅なども父親の遺言を体しての追善の旅であり、この行の精神と重ねることが出来るであろう。

そのあとは理想的な、ある意味では始末に悪い浮舟の登場となる。浮舟は純粋である。薫と匂に惹かれて進退谷《きわ》まった浮舟は宇治川に入水自殺を企て、失心したところを横川の僧都に救われ、長谷観音の授かりものと大切に養育される。そこで僧都にたのみ込んで尼にしてもらう（手習）。薫は死んだものと思い法事をすませるが、一周忌の頃、小野の里に女人がいることを知る。横川の僧都は薫に内緒で出家させてしまったことを悔やむ。

なにしろ、「物の怪」にも羨しがられ、ねたまれる僧都である。浮舟に手紙をかき弟小君にもたせる。

　もとの契り過ちたまはで、愛執の罪はるかしきこえ給ひて、一日の出家の功徳ははかりなきものなれば、なほ頼ませたまへとなん。（「夢の浮橋」）

一日の出家の功徳は量り知れないとは、多くの経典にあるが、「一日一夜出家修道セバ、二百万劫悪趣ニ堕チズ」（『心地観経』）がよく引かれる。薫の浮舟への愛執の罪、恋い焦れていることは晴らしてやりなさい、というのである。一日でも出家の功徳は量り難いものであるから、還俗してもよいでしょうというのである。「もとの契り過ちたまはで」がわかりにくいが、どのような前世からの約束があったのか、だが、ここは薫と結ばれるべき前世からの宿縁があったのだから、それに従って……ととっておこう。だから一日出家の功徳で地獄へ堕ちることなどないのだから、薫の気持ちを晴らしておやりなさい、というのだろう。『摩訶止観』にも、「もし人、性として貪欲多く、穢濁熾盛《えじょくしじょう》にして、対治し折伏すといえどもいよいよさらに増劇せば、ただ趣向を恣《ほしいまま》にせよ」（第二の下）といっている。なぜかというと、魚釣りにたとえれば、あまりつよく引けば釣糸を切ってしまってなにもならないからだ、と。

薫は小君を使いにやる。「夢の浮橋」の終りに近いところである。浮舟は見ない。

　……昔のこと思ひ出づれど、さらにおぼゆることなく、あやしく、いかなりける夢とのみ心も得ずなん。すこし静まりてや、この御文なども見知らるることもあらむ。今日は、なほ、持て帰り給ひね。所違へにもあらむに、いとかたはらいたかるべし」とて、（「夢の浮橋」）

⑼阿弥陀聖衆来迎図（当麻曼陀羅縁起　光明寺）

昔のことは、なにも思い出せない。なんだか夢のような気がする。もうすこし落ちついたら拝見もしましょうが、今日のところはお持ち帰り下さいと。小君とも会わない。薫のことも思い出せないという。もちろん僧都の配慮も聞き入れない。

浮舟が、「昔のことを思い出そうにも、まるで何も思い出せないのです。夢といってもどんな夢なのか思い出せないのです」というあたりへ来て、読者に、ようやく渡りはじめた浮舟の心が伝わって来るように思う。浮舟は果して救われたのかどうか、など問題にしてもあまり意味はない。『源氏物語』を読みあげたことにもなっていないのではないか。

さて、小君がむなしく帰って来たのが薫には不満だった。浮舟がいまなにも思い出せない、というのはよいが、道心あついはずの薫がこう思うのだ。

　人の隠《かく》しすゑたるにやあらんと、わが御心の、思ひ寄らぬ隈なく落しおきたまへりしならひにとぞ、本に侍るめる。

あれこれ気をまわし、誰かが人目につかないところへ女君を隠し住まわせているのだろうかと、自分の経験から想像すると。

歯ぎれの悪い薫の邪推などと嗤ってはいけない。これほどの男の妬心――嫉妬は想像力なのである――をさらっと書いて終りに出来る作者の力量に驚嘆しなければならない。

題名のヒントとなったとされる出典不明の歌、「世の中は夢のわたりの浮橋かうち渡りつつ物をこそ思へ」（薄雲）

薫を完全な人間に見ようとすると惜しいようだが、これが文学なのだ。『源氏物語』を文学として終らせて、はじめにいったように永遠につなげられるのは、ここだ。橋から橋へ。

そして仏教だが、これは人間のために人間（がなった仏）が作り出したものである。果てしない「物思ひ」の浮栈橋《うきふね》を、人々が蹌踉として渡って行く。そのための、階梯《てびき》としてあるものである。

鼎談　気象と風土と文学と

高橋和夫
雨海博洋
神作光一（司会）

神作　本日はお忙しいところをお集まりいただきましてありがとうございます。まず最初に、お二方に関する簡単なご紹介をさせていただいた後、お話を伺いたいと思います。

高橋和夫先生は、昭和四十年の半ば頃に『源氏物語』の単行本（『源氏物語の主題と構想』昭和四十年六月　桜楓社）を出していらっしゃいまして、それ以来、だんだんとご研究の範囲を広げながら、国文学の分野のみに狭くとどまることのないお仕事を続けておられます。最近では、『「源氏物語」の創作過程』（平成四年十月　右文書院）という御本も出され、幅広い視野を保ちつつ深い読みを展開していらして、日頃から一度こういう機会があればと念願していたのが、やっと今日叶いまして光栄に思っております。どうぞよろしくお願いいたします。

雨海博洋先生は、最初に発表された論文が「『大和物語』の成立」（早稲田大学『国文学研究』復刊二　昭和二十五年四月）という有名なご論文で、それ以来、「歌語り」「歌物語」、そして「物語文学」、『枕草子』などへと研究をすすめられ、それらについての卓越した御著書を次々と出しておられます。また、二松学舎大学では学長職を務められたり、全国大学国語国文学会や日本文学風土学会などではとりわけ顕著なご活躍ぶりを展開されたりということで、今日はその辺のこともぜひゆっくりと語っていただければ幸せだと思っています。

今日は鼎談というよりは、お二人の先生の対談を進行役である私が時折顔を出しながら進めさせていただくという形になると思いますが、この点どうかご了承くださいますようお願いいたします。

高橋和夫氏

●平安朝文学を志したきっかけ

神作　ちょっと本題から離れて恐縮ですが、まず高橋先生にお伺いします。先生が『源氏物語』を中心とした平安朝文学の研究に入られたきっかけを少しお話しいただけますか。それは、きっと若い人たちの励みにもなると思いますので。

高橋　はい。私が『源氏物語』に憧れたのは、戦時中の旧制中学四年の時でした。当時は軍事教練というのがあったんですが、しかし私の格好をご覧になればお分かりのように、私はそういった陸軍タイプの勇ましいことにはまことに不向きな体つきでありまして、鉄砲を担ぐと肩が痛くなる。そんな頃、ちょうど学校の図書館に『源氏物語』の対訳があって、その一番最初の所に、いわゆる「十二単衣」を着たお姫様のきれいな色刷りの絵を見つけたのです。それを見たのがきっかけですね。それ以来、『源氏物語』の世界に魅せられ、旧制高校に行っても、その当時、文科系なら大多数の者は、法学か経済学に行くのが当たり前だった時代に、私は国文科に行ったんです。戦後すぐの頃は、国文学はまことに人気がありませんでした。しかし私は敢えて時流に惑わされずにきて良かったと思っています。

神作　よくわかりました。では、雨海先生はいかがでしょ

雨海博洋氏

うか。

雨海　私は『源氏物語』のほうは、研究の中心と言うよりは、愛読者というような立場できたんです。その理由は、最初に御世話になった萩谷朴先生から、「いきなり『源氏物語』に入らないで、裾野から入れ」と言われたことが大きいですね。ですからまず歌物語のほう、『伊勢物語』や『大和物語』のあたりから始めて、『竹取物語』までいきましたが、その間、『源氏物語』は愛読書といったところでした。しかし、カルチャーセンターなどでは『源氏物語』の講座などを持たせてもらい、密かに読んでおりました。

神作　興味深いお話ですね。「裾野から」とおっしゃる萩谷先生のお言葉通りに研究を続けられたようですが、そもそも『枕草子』、『源氏物語』という平安朝文学の研究を志した動機のようなものがおありでしたか。

雨海　ありました。それはやはり萩谷先生との「巡り会い」ですね。萩谷先生との巡り会いがあって、そこから自然と『枕草子』に入ったんですが、『源氏物語』は池田亀鑑先生の講読の時間、感動的講義を受け、源氏に限りない憧れを抱きました。

神作　ありがとうございました。本題から離れて恐縮でしたが、お二方が、やはり戦争の時代をくぐり抜けておられますので、印象深く聞かせていただきました。

神作光一氏

●文学にかかわる気象・風土

神作　それでは本題に入りたいと思います。高橋先生は昭和四十九年に『平安京文学― その歴史と風土―』(赤尾照文堂)を出され、続いて昭和五十三年には『日本文学と気象』(中公新書)を、そして平成四年には『古典に歌われた風土』(三省堂)を出しておられますね。ずっと風土に関わってお仕事をされていらっしゃいますが、その辺のところからお話を伺いたいと思います。まず、今のご本にまつわる思い出や、まとめられる際のご苦労などございましたらお願いいたします。

高橋　あの、「中公新書」の『日本文学と気象』は、時代も万葉から芭蕉までの、古典文学を網羅していますが、気象が最も作家の関心事であったのは平安時代です。中公新書の編集部が、その四年前に出しました『平安京文学―その歴史と風土―』に注目して下さって、新たな書き下ろしを依頼して下さったわけです。その基の『平安京文学……』が私の人生にとって画期的でした。平安文学専攻の私が、京都の出版社の赤尾照文堂から、何でもよろしいですからと、単行本の依頼を受けたという事は誠に光栄で、それならいっそ、京都在住者でない私が、全国的視野から京の風土を見れば、独特のものが出来るのではないか、そう思って、「平安朝文学」の研究書ではなく、『平安京文学―その歴史と風土―』が出来ました。毎月少なくとも一回、夏休みには一か月下宿して、京都を歩き回り、実地踏査、そして、京都地方気象台・大阪管区気象台に出かけては、所員の方々からお話をお聞きし、論文を頂戴し、また観測記録等を写させていただきました。関西在住の国文学の方々の中には、彼は何をしているのだろうと、不思議に思った方もおられたようですが、今はわかっていただけたと思います。

神作　そういったご苦労のたまものだったのですね。今、全国的視野から京を見る、というお話がございましたが、そういった点からの風土研究をおまとめになられてみて、改めてお感じになった点などございましたら、どうぞ。

高橋　そうですね。私にわかったことは、どれも平凡なことです。研究の限界として、風土研究の分野の中で他地方の在住者が京都に出かけてわかることは、気象とか地理とか歴史とかの外的側面のことで、地域文化の伝統とか人々の心とかの、内的側面は、結局、理解は無理だということでした。

しかし、当時の日本国の総体の風土の中で、それ以後江戸時代に至るまで、なぜ京が日本文化の基準でありえたかという根拠はわかりました。これは、当時の日本の版図の中心部分の、北九州から関東までの風土は、季節の推移をはじめ、ほとんどのことが共通していたからだと思われます。またそれは、東日本では陸上交通だけが行われていて、海上交通が未発達だったことが、東日本を直接、京に結びつけたのでした。

このような東西日本の共通性は、しかし、現在、地球科学の一見解として、実は全く異質なものの上に成り立っていることが、また面白いところです。西日本は東アジア文化圏に属し、中国大陸の東の辺縁部として、その構造と影響下にあります。一方東日本は、近くはオホーツク文化圏の、広くは北太平洋文化圏というようなものの、西南辺縁部に位置しているのです。この異質性は色々なデータでわかりますが、私はこの本の中で、八月初旬の立秋の到来が、西日本では、北西風の晴天・乾燥となるのに対し、東日本では主に、北東風の曇天・湿潤となるということであること、古今和歌集の立秋歌は、このうち西日本の秋到来を歌ったものであることが証明出来たと思います。

神作　わたくしがご著書を拝見したり、ご講演を伺ったりして、常に感じ、また大きな刺激を受けて参りましたのは、高橋先生の、視野の広さとともに、常に新しい学問を打ち立てていこうとしておられるところなんです。例えば、中公新書の『日本文学と気象』では「文芸気象学」をご提案されていますし、最近の『古典に歌われた風土』では、「文芸風土学」を打ち立てていこうとされていますね。そういった、時には数式や方程式を用いながらの論述にもあらわれている周辺科学への目配り、あるいは関心の方向や意欲といったものについてお話を頂けますか。

高橋　そう言われると、甚だお恥ずかしくて、あまりあちこちすると、中身に取り柄もなくなってしまうことがあるかもしれませんが、こういった方面への関心があるのは旧制高校の頃に培った諸々のことがその後の私に相当大きな影響を与えたからだと思います。その時の友人たちとの、あるいは教わった先生方との話題の一番基本的な教養の素地というのは、やはり西ヨーロッパの文化人的教養でした。これが一番大きいんです。そういう認識は国文学の方面では小さくなってしまっていますが、どの学科にとっても実は基礎的教養でした。私としてはさきほどのように、当時から国文科に行くというつもりではおりましたが、やはりどんな方向に進もうとも、大人になり社会人になった時に、その友人たちと対等に話せるようにしておきたいという心構えを通してきたということが、そういった方面に関心を持ち続けた一つの大きな理由だろうと思います。まあ、そのことと、私が国文学を充実して引き受けることができたかどうかという問題はまた別ですが。いろいろな生き方があってもよかろうということで……。

私は今でもヨーロッパに対する憧れというのは強いんです。逆に言いますと、日本文学の歴史の中で、ヨーロッパの文化に非常に近いのが平安時代の文化ではないかと思っていて、そういった比較文化的な関心というのがどうしても出てきたのだと思います。私は歴史が国文学以上に好きだからだと思います。

神作　歴史が得意でいらしたんですね。

　さて、青年時代に培った志を持ち続けながら、現在まで文学と風土に関する研究を続けてこられた中で、高橋先生が最も印象に残っている出来事は何でしょうか。

高橋　はい、今から四年前の平成六年（一九九四）、この年は、平安京遷都千二百年に当たる記念の年でした。その秋、中古文学会が、秋季大会の折、同志社大学で学会開催と共に、遷都を記念する講演会を催され、講師の一人に私を御指名になりました。遷都自体を題材にした文学作品はありません。しかしまぎれもなく、平安文学は、この都で作られた、それなら、国文学者が、平安遷都の状況把握をしてもよろしかろうと思いまして、「長岡遷都・平安遷都―桓武天皇への奉献―」という題で、させていただきました。おそらくこの講演は、平安文学の風土研究を志した私の人生にとってただ一度の、最高の栄誉だったと思っています。

　要旨は、長岡遷都は、定説の延暦三年（七八四）十一月十一日ではなく、第一次詔の出された延暦六年十月八日と考えられ、それまでは、長岡京は難波京に代わる副都であった。つまり長岡京が首都であるのは七年間だった事になる、という見解です。

　次に平安遷都については、これまで日本史学者の間で、その長岡京が余りに短期間であることに、遷都をめぐって特別な事情があったのではないか、というところから、怨霊説・洪水説の両説が行われていたのです。私は、『続日本紀』、『日本後紀』等の文献を風土論的に読み直しました。特に遷都直前の延暦十三年（七九四）の記録に注目して、その詔にある通り、「山勢実ニ前聞ニ合ス」であるという、山河襟帯説とでもいう、日本の風土観に根ざした最良の地だから、という仮説を出しました。

　桓武天皇はこの年、平安京の設計図を手にして、群臣を従え、舟岡山と神楽岡に登りました。その景観に感動したのです。ここまで歴史の復元が出来たと思います。

　この平安遷都事情は、史料の読み方によるもので、怨霊説・洪水説と並べて第三の仮説として下さって、あとは後世の方々が判断して下さればいいのですが、長岡京が都であった期間の問題は、史料の背後にある実体に関することですから、結論は一つのはずです。この講演を文章化した私の論文「長岡遷都・平安遷都―桓武天皇への奉献―」（『論集　平安文学』所収　勉誠社　平成六年）を、同時代が御専門の日本古代史学者の何人かに差し上げて御意見を伺いましたが、どなたからも御賛成はいただけませんでした。それから私は、あの『続日本紀』の「長岡移幸」の記事を遷都と見なす解釈を誰が言い出したのだろうかと思って調べてみたところ、どうやら水戸藩の「大日本史」らしいのです。その解釈を明治以来の国史学者が受け継ぎ、定説として今日まで続いていたのです。これは私の主観的な感慨ですが、日本史学はまだ徳川時代の水戸学の呪縛下にあるのかな、と思ったりします。そうしてみると、私共古典学者は、これも江戸時代の国学の、それもまだ、本居宣長の「もののあはれ」論の呪縛下にあるのかもしれませんね。

神作　確かにそういった面も残っているのかもしれません。さて、先生の京都に関する興味は、情熱と言ってもよいほど強く感じられますが、その関心はいつ頃からお持ちだったんですか

高橋　はい。私は若い頃から京都に関心があって、もしも当時、今みたいに生活が豊かだったら、京都の大学に行ったかもしれないと思う位なんです。しかし、ともかく戦後間もなくは食べるのにも困った時代ですから、そんなことは考えられもしない。その頃、旧制高校の国文学の教授が「高橋君、平安文学をするなら、京都に行かなければダメだ、本なんかは後回しでいい」とそうおっしゃったんです。今でもよく覚えていますが、しかし行くも何もお金が全然ない、食べることにも困っているわけですから当然なんですが、その頃の思いが頭の底にずっと沈澱しているんですね。それで、『源氏物語』の最初の本を出した頃になってやっと、そういう余裕も少しはできてきたので、夜行列車に乗ったり、あるいは高速バスなどを利用して、安いお金で京都に始終行くようになりました。やはり基になる核、タネは以前の深いところにありますね。

神作　旧制高校の、一番精神的な高まりを見せる時期に出会った優れた先生方の考えに迫っていくということ、そういった教育の場における出会い、きっかけ作りというのは大切なことですね。

ところで、雨海先生はご自身でもよく文学遺跡巡り、実地踏査をなさると思いますが、何度ぐらい京都に足を運ばれましたか。

雨海　大したことはありませんが、まあ十回くらいでしょうか。

神作　それはやはり目的を持って、例えば、『伊勢物語』、『蜻蛉日記』の風土を回るというような。

雨海　そうです。和泉式部を訪ねたり、『源氏物語』『枕草子』の跡を訪ねるとかというような、やはり文字の上だけ

ではなくて、実際に風土というものに接しないと十分理解できないのではないかと思います。それから学生達に興味を持たせるためにも、彼等を連れて行ったり、またカルチャーセンターの方々をお連れしたりするわけです。

神作　手許に雨海先生の書かれた文学史(『資料日本文学史上代中古篇』共著　おうふう　昭和五十一年)がありますが、先生は京都に関して実に行き届いた説明をされています。しかも表現が洒脱でわかりやすいですね。「平安京は東西北の三方が山で囲まれ、南方のみ開けた帝都であった」といったことから始まって、「平安京の地であった京都は、気候の変化、四季の移り変りがことに著しく、日本的気候、季節の代表的存在である」と書かれていますが、その辺、実際に訪れてみて何か具体的な例などありますか。

雨海　そうですね。京都は、高橋先生のご専門ですが、気象の変化の激しい所ですね。

高橋　はい。

雨海　これは地域差も含めた意味なんですが、例えば同じ時期でもその気候は宇治と嵯峨野ではまったく違います。そういった京都周辺の土地と京都との比較という意味においても、やはり気象の変化の激しい所だと思います。それだけ四季おりおりの季節の美しさが豊かだと言えると思います。

神作　確かに『古今集』の四季の部の配列を一首一首読んでも、それは痛感しますね。

雨海　そうですね。何かの本で「世界の詩集の中で部立てが四季から始まるのは古今集だ」というのを読んだことがありますが、それだけ四季おりおりの季節感への関心が深かったのだろうと思います。それは平安時代の文化の中心でもあった京都という土地との関連を抜きには考えられないのだろうと思っています。

神作　高橋先生、この『日本文学と気象』の最初の一行で「季節と恋は日本古典文学の要である」と書き出しておられますが、その辺については、いかがでしょうか。

高橋　これはよく言われていることでもありますが、「恋云々」というのは、中国文学と比べてみれば、まことにはっきりしています。たとえば「相聞」というのは、本来相互に消息を交わし合ったり相手の様子を尋ねる意であったものが、『万葉集』ではその大部分が男女の恋愛を歌ったものとなり、後に「相聞」と言えば恋の歌の意に用いられるようになり、すっかり意味が変わってしまいましたから。

神作　本当にそうですね。

さて、いろいろと訪れてごらんになって、もう一度行きたいと思われる特定の場所はございますか。

雨海　はい、それぞれの土地にそれぞれの良さがありますが、いつ行っても感動するのは嵯峨野ですね。それから宇治も結構訪れています。やはりどうしても「宇治十帖」にひかれるものがありますので、源氏と結びついて足が赴くことになります。宇治へ行きますと、山と川の織りなすところの「宇治十帖」の世界の雰囲気が実際に伝わって参りますから。

神作　多少、川の幅や水の流れは変わっているかもしれませんが、やはり雰囲気は伝わってきますね。

高橋　宇治の場合は、宇治橋までの所に関して言えば、上流にダムはできたのですが、幸いなことに平安時代とほとんど変わっていないと思います。一方橋より下流の巨椋池は太閤秀吉以来大幅に変わってしまって、巨椋池自体、現在もう消滅してしまって、残念に思います。しかし、宇治という所は千年前の面影が、かなりの程度保存されていると言えると思います。これはたいへんありがたいことだと思います。

神作　それにしても、むかし木幡の峠を越えて宇治までというのは、直線距離にすれば約十キロくらいかと思いますが、たいへんなことだったろうと思います。

高橋　それでも車の道が整備されていたんですね、牛車が通れたのです。古代の道路は直線であって、曲線ではなかったという研究があります。中世になると曲がってしまうんですが。ですから都を出発してできるだけ直線で、まっすぐ来たから、だから女性でも車に乗れたのだと思います。当時の車にはベアリングがありませんから、揺れも相当なものだったと思います。車の中では紐にぶら下がって乗っていたんでしょうけれども……。

雨海　当時、木幡の辺りはかなり険しかったんでしょうね。「宇治十帖」「早蕨《さわらび》」の巻の、中君が匂宮のもとへと上京する場面に「はるけくはげしき山路《やまみち》のありさま」とあって、通るのが厳しいというようなことが出ていますが……。

高橋　ありますね。ですけど車で通っていますでしょう。ですから車がひっくり返らないくらいに道路は整備されていたのでしょうね。

神作　ありがとうございました。さきほど、ご紹介する時にも申し上げましたが、高橋先生のどのご著書を拝見しておりましても、国文学の中に小さく狭く入らないで、そこを脱皮、脱却して行こうというお気持ちが痛いほど分かるのですが、そういった点から、最近の若い人たちの国文学の論文を読まれてどのようにお感じになられますか。例えばもっと広く飛び上がってみたらどうか、もっと周辺諸科学を組み込んでみたらどうか、もっと大胆に仮説を示すべきだ等々、そういった思いはおありでしょうか。

高橋　私は、今日我々が目にしている数々の古典の、いわば文化継承ということから言って、国文学の一番の基本はやはり文献学的な研究だと思っています。しかし私自身が文献学的な写本学等の仕事をあまりしてこなかった、そのことを恥ずかしく思う気持ちがあります。と言うのは、私自身の恩師が池田亀鑑先生ですから、あの方のもとにいた学生時代、また現在に至るまで私がたいへんコンプレックスを持っているのは明らかなことです。しかし、その辺のところはそれぞれなさる方があるから、私としては必要な場合に限って利用させていただくということでお許しをいただいて、私は私なりの自分の古典の研究をしていこうと思ったのです。

そこで、周辺諸科学への関心についてということですが、私が『源氏物語』を選んだのは、この作品に平安時代の歴史と文化の総体が集約されていると思ったからなんです。紫式部はそういったものをみな入れたのだという仮説で研究を始めたのです。具体的には、かなり以前に玉上琢彌先生のおすすめで、『源氏物語』における風俗習慣を文献等であれこれと調べて書いたことがあるんですが、それが周辺科学への関心を形にし始めた一番最初でした。そういった生活・風俗の面、あるいは歴史、地理、またいわゆる日本史の扱っているようなものなどを見ていった中で、特に気象を取り上げた理由は、時代によってある程度の変動があるにせよ、気象というものが人智の及ばない領域である分、千年の時間を超えてひとつの基準になるだろうと考えたからです。ただ平安時代以後、平均気温は摂氏二度くらいの幅で動いています。この差はこの差で生活に与える影響もかなり大きいのですが、それでもその差だけを補正していけば、現代の風土・景観から千年前の様子もある程度は推測がつくであろうと考えてみたのです。平安時代と現代とはだいたい気候条件が似てますね。ただ、最近になると変動していますからちょっと違いますが、戦後の温暖期は平安時代中期以前あたりのころとだいたい同じ気候だったと考えられます。平安時代もかなり温かかっただろうという見通しが立つんです。そういった、いわば変化のごく少ないものに基準点をおいてみたということだと思います。つまり基準をおけば安心して研究もできるだろうと思ったのです。地理学的な側面からも、例えば今の風景の中から、千年の間に人間が作ってきたものを次々と消去していけば、その当時の景観が浮かんで来るだろうと思います。考古学の発掘をしないまでも、見た目で景観を復元できるだろうと考えたわけです。

神作　本当に範囲が広いし、関心が深いのですね。ただ単に源氏だけでなく、いや源氏だけでもたいへんなお仕事だと思うのに、そのご研究は時代を通して進められ、しかも作品の読みに大きく関わった考察をしていらっしゃるという点で敬服しております。

さて続いて雨海先生、「風土と文学」の関わりについては、最近書かれたものも含めていかがでしょうか。

雨海　最近、われわれ日本文学風土学会のメンバーで「文学と風土」という講座を持ち、一冊まとまりました（『文学と風土』勉誠出版　平成十年）。やはり「風土と文学」というのは切っても切れないものだという感じがいたします。風土というものは単なる自然ではなくて、そこに人々の生活や、考え方、歴史などさまざまなものが結びついてくるんです。後ほど、高橋先生にお教えいただきたいのですが、例えば『源氏物語』の舞台が、なぜ雅やかな京都から一転して、厳しい宇治へと移り変わるのか、などと考えると興味が尽きません。雅やかな京都を中心とする正編の世界と厳しい宇治の自然を中心とする宇治十帖の世界とは非常に対照的です。正編と続編の対照を見るとき、風土と文学がいかに顕著な結びつきを示すかということを痛感します。

神作　作品をきちんと読んでいく前提条件として作品の舞台背景である風土や気象といったものを扱うとき、それが作品の背景であると同時に、作者自身が生活を営んだゆかりの場所でもあったということになりますね。やはり風土や気象をないがしろにして作品をきちんと読むことはできないという思いを非常に強くします。

●歌語りと歌物語と『竹取物語』と

神作　それでは、この辺で話題を変えて、今度は雨海先生に少しご発言いただきたいと思います。先生のご業績一覧を、先生がつい最近、編集代表で出されたご著書（『歌語りと説話』新典社　平成八年）で拝見すると、まず『伊勢物語』の書物（『文法全解伊勢物語』旺文社）を昭和四十四年に出された後、五十一年には『歌語りと歌物語』（桜楓社）を出されています。この本がそうですが（実物提示）研究室の本がこんなになるほど、学生たちが読んでいます。その後、平成三年に『物語文学の史的論考』（桜楓社）をおまとめになって現在に至っていらっしゃるわけです。

先生のご研究の流れを拝見いたしますと、「歌物語」「歌語り」「打聞き」、そして『枕草子』『源氏物語』という面が浮かび上がってくるんですね。これらの点について、お話をお願いいたします。

雨海　はい、そもそも『伊勢物語』や『大和物語』などの「歌物語」を勉強しているうちに、やはりそれらの物語の構成の基本単位が「歌語り」だということを考えたわけです。一つ一つの「歌語り」は、歌にまつわるさまざまな話を提供していますが、それがまとまって一つの「歌物語」になった時、ストーリー性を持つようになってくる。その一つ一つの「歌語り」というものが「歌物語」のみならず、各文学ジャンルの基本的な構成要素になっているのではないかと思いました。

「歌を語る」という言葉はかなり前からあったのですが、名詞として「歌語り」という言葉が初めて登場してくるのが『源氏物語』の時代です。『源氏物語』には三個所ほど「歌語り」という名詞が見られますし、『枕草子』には「人の詠みたりし歌、なにくれと語りあはせて」（二八六段・宮仕へする人々の出で集りて）という例もあります。この言葉の登場は「歌語り」というジャンルの成立も意味すると思います。そのあたりが「歌語り」の一番のクライマックスではないかと思います。

『枕草子』にも『源氏物語』にも「歌語り」の影響はかなり顕著に見られます。例えば、今回の「宇治十帖」について言えば、やはり「橋姫物語」と言われる「歌語り」の要素が大きく関わってきます。そういうわけで、「歌語り」というものが物語を構成する一つの要素となっているという点から、いろいろな物語を見ていきたいと思っています。

神作　よくわかりました。平成七年に雨海先生は、全国大学国語国文学会で「歌語りと打聞き」というテーマでご講演をなさいましたが、この「打聞き」の語については、どのようにお考えでしょうか。

雨海　「語る者があれば聞く者も居る」というのが、ひとつの文学サロンを構成する要素だと思います。王朝の夜長に女房たちが歌にまつわる話などを語り合う。そういった語りの場においては、それを聞くほうは「打聞き」ということになる。その際語られた話が、それを聞いた者によって「打聞き」として書き留められることは、それを語った女房にとってみれば、ある意味では誇りであったらしい。

清少納言も『枕草子』「うれしきもの」の段に、「打聞などに書き入れらるる」ことを挙げています。「語る」ことと「聞く」ことが一つの場を構成し、それが文学を生む一つの要素になっているのではないかと考えているわけです。

高橋　途中ですみませんが、私から一つ質問したいのですがよろしいでしょうか。歌についての一番基本的な疑問なんですが、「五七五七七」が即興でそんなに出るものだろうかということなんです。そして実際に詠むときには、どのくらいのテンポで詠み、組み立てて贈答歌を出すのか、ためらうことがあるのだろうか。文献にはきちんと「五七五七七」で書いてあるけれども、実態はどうだったのだろうか。今の詩吟に近いのだろうか、その辺はどこまで推定ができますか。

雨海　これは神作先生のほうがご専門だと思いますが、当時はもらった歌の返事は早いほどいいわけですね。しかし、その作る過程においては相当悩むはずで……。いい例は、定家ですが、あれほどの大家が呻吟して苦しみながら作っていますね。

神作　贈答歌のやりとりなどを見ていますと、本当に間髪を入れずという感じがありありと出ていますね。『源氏物語』でも『枕草子』でも、歌の贈答は折りを過ぐしてはダメだ、タイミングがずれてはダメだということを言っています。『枕草子』の、例の宣耀殿《せんようでん》の女御の話に、宮仕えでもしようという女性たち必須の三つの教養というのが書かれていますね。つまり、歌と、書道と、音楽ですが、確かに歌がその中に含まれているとはいえ、返歌が早すぎますね。

高橋　そうですね。

神作　リズムや調子に関する研究は今、歌の研究のうちで、もしかしたら一番遅れているのではないかとずっと考えています。声調論などをまともに議論する論文、著書がもっと出てきてもいいのではないかと思います。それこそ、高橋先生がお住まいの群馬が生んだ偉大な詩人、萩原朔太郎が著した、新潮文庫の『恋愛名歌集』を時々開いて読んでいますが、あの中で、朔太郎は、「日本の恋愛の歌はどうなればリズムが良くなるか」ということを考えていますね。その結果、一首の中に助詞の「の」を重ねて使うと声調が良くなるとか、あるいはまた、三十一文字の各句で頭韻を踏んでいると、歌がリズミカルになると言っています。しかし、平安時代における贈答歌の実際のテンポのことなど、解明がまだ不十分ですね。

高橋　なかなか分からないのですね。

神作　只今の高橋先生の疑問を私自身も大切に受け止めて、今後に生かしたいと思っています。

雨海　さきほどの「歌語り」のお話に戻りますと、「宇治十帖」に関係するものとしては、よく言われているように「わが庵は都の巽しかぞ住む、世をうぢ山と人はいふなり」という、例の喜撰法師の歌と、「さむしろに衣かたしきこよひもや、我を待つらん宇治の橋姫」、また「忘らるる身を宇治橋のなかたえて、人も通はぬ年ぞ経にける」の歌、後者の二首は「詠み人知らず」の歌ですが、橋姫物語はこれらの歌の「歌語り」から、話が展開しているのではないかと思うんです。特に大君、中君の物語に関して、この三首の歌が一つの構成要素となっているような気がします。この三つの歌以外にもまだ宇治を詠んだ歌というものがありますし、それらの歌がそれぞれさまざまな「歌語り」を持っているということだと思います。

神作　もうひとつ、雨海先生のご専門に『竹取物語』の注釈のお仕事がありますが、『竹取物語』と『源氏物語』のラインは先生はどのようにお考えですか。

雨海　はい、『竹取物語』は特に「宇治十帖」の形成に大きな関係があると言われていますが、中でも特に後半の浮舟の物語関係のほうに『竹取物語』のかぐや姫的な投影があるような気がします。

それに対して、前半の大君、中君の話に関しては、むしろ『大和物語』の生田川のような感じの話が投影しているのではないかと思います。生田川の話は、二人の男性が一人の女性をめぐって争ったあげくに悩んだ女性が生田川に身を投げるという話ですが、『奥義抄』に「橋姫の物語」として紹介されている話では、登場人物が二人の女性と一人の男になっています。これなどはまさに生田川の話の裏返しのような感じがしております。ただこの場合はむしろ『奥義抄』の方が『大和物語』の影響を受けているのだと考える方が自然だとは思いますが。

今、生田川の話と橋姫の物語との関連についてお話しいたしましたが、生田川の話は、二人の男性の間で進退窮まった女性が川に身を投げるという話であり、古くから言われている通り、宇治十帖後半の「浮舟物語」への投影を見る方が容易ではあります。それについては以前、こういうものを書いたことがあるんですが（「大和物語の生田川と源氏物語の宇治川」『源氏物語の思惟と表現』所収　上坂信男編　新典社　平成九年）、『大和物語』の生田川と、「宇治十帖」「浮舟」の宇治川を対比させて、生田川の場合はあの世で再び結ばれるんですが、宇治川の場合はとうとうと流れて再び戻らないということで、『大和物語』と『源氏物語』の関係を考えたことがあります。

しかし、生田川の話の投影は大君、中君のところまで遡って、いわゆる「宇治十帖」の前半の段階から見ることができるというのが私の考えです。

神作 最近、中国の『竹説話』が紹介されてきて、難題の質まで似ているというので『竹取物語』との関連が注目されていますね。この点に関しては雨海先生はどのようにお考えですか。

雨海 『竹取物語』の場合は大分問題がありまして、中国のものをそのまま受け取ったというような考え方は、今のところは批判的に見られていますが、確かにあまりにも似てはいるんです。

高橋 あれ、実際はどうなんですか。

神作 そこのところが本当に知りたいですね。

雨海 分からないんです。あれは私も実際、崑明の少数民族学院に行きましたが……。

高橋 行かれて、いかがでしたか。

雨海 「竹説話」が少数民族の中にあるというので、どこにありますかと聞いたら、竹氏族という新しく発見された少数民族の中にあるそうなんです。しかし、私が行った時にはまだその少数民族が発見されたばかりだったために、外国人とは五年経たないと接触させないということで、その時は話を聞くことができなかったのです。あれからちょうど十年経ちましたから、今回竹氏族との接点を見つけに行こうと思って楽しみにしていたのですが、今度は自分がヘルペスで入院してしまい、結局未だにこの少数民族とは会ってないのです。とても心残りで残念なことに思っています。

竹もそうなんですが、お米もまた南中国から入ってますよね。そう考えますと類似の話が伝播していく可能性は十分にあるのではないかと思います。しかし、中国の方に見える類話には、『かぐや姫』の昇天がないんですよね。

高橋 そうでしょうね。あれは照葉樹林文化地帯に伝わっていたストーリーなんでしょうね。あれが実際にあった話という前提になれば、南方の少数民族が、まだ漢民族に圧迫されていないで長江流域にも居た頃、その話が長江の河口付近にまで伝わっていて、それを遣唐使が持って帰ったのだと考えると話はたいへんうまく合うんですが……。

雨海 そうですね。そういう話を持ち帰ったのは空海じゃないかという考えもあります。彼も遣唐使の一人ですから……。密教文化の中にそういう話が入ってきているのではないかという指摘もあって、確かに密教文化の中には伝説的な寓話が多いですね。それをもう少し調べてみるのも面白いとは思っていますが。

神作　何か接点ができるといいですね。

雨海　密教文化との関わりについては、捨てがたいとは思っていますが、断定するほどの自信は今のところはございません。

神作　それはぜひ雨海先生の手で繋げていただきたいと思います。

さて『源氏物語』の作者は『大和物語』を踏まえるにあたり、そのことのいわば種明かしを明確にしていますか。

雨海　それはないですね。

神作　そうですか。少し話は戻りますが、浮舟の宇治川への入水を考える時、当然想定されてくる生田川伝説に関しては、わたくしも興味を持っております。そこで、『万葉集』に出てくる真間《まま》の手児名《てこな》の入水譚との関連はどう考えるべきなんでしょうか。

雨海　そうですね、生田川の話も『万葉集』あたりからかなりきていますね。今の真間の手児名の入水譚も当然関係あるだろうと思いますが、「菟原処女《うないおとめ》」の話の方がストレートにきているのではないかと思います。高橋虫麻呂が詠んだ歌あたりは、単にその土地に伝わる話を歌に詠んだという以上に深い実感にあふれていて、そういった何首かの歌で構成された世界が王朝の歌語りの世界にかなり色濃く入ってきたのではないかと思います。

つまり王朝サロンの中であれを受け止めたわけですね。『大和物語』一四七段の生田川の段でも、例の伊勢の御などを中心に、伝説の主人公になりかわって歌を詠むところまで書かれていますね。

神作　さて続きまして、物語と歌語り、歌物語との関わりについてお話を伺いたいと思います。

昭和二十五年四月に復刊された早稲田大学「国文学研究」に発表された「『大和物語』の成立」が、雨海先生の処女論文だと思います。これを拝見すると、『大和物語』という作品は、一段一段が連鎖的に絡み合い、意を同じうするものがひとつのグループを成し、それぞれのグループが更に連鎖する構成を持っていると、受けとめていらっしゃいますね。つまり、構成論の立場からのご論文であったと思います。

『大和物語』の以上のような構成を前提とした上で、『源氏物語』の成立事情論、構想論、主題論等をご覧になって、いかがでございましょうか。

雨海　はい、やはり『大和物語』は今おっしゃったように歌語り的な連鎖的展開をしていきますが、それを大きく拡大していくと『源氏物語』の各巻の世界になっていくのではないか、と考えています。

それを考える上で大きな刺激になったのは、まださきほどの論文を書く前でしたが、池田亀鑑先生の『源氏物語』を聞くチャンスに恵まれたことでした。二松学舎で聞いたのですが、クラスメートは五十名ほどでした。先生はもうだいぶ心臓がお悪くなっておられて……。

高橋　ああそうですね、もう階段を上がるのも辛いご様子で……。

雨海　はい、そこでいつも前に居た私に「苦しいから、君やりなさい」と『源氏物語』の講読を命じられて、すると先生はそれを聞きながら、「あすこは良いが、ここが悪い」とおっしゃる。毎週指されるので必死になって勉強しましたが、それは確かに良かった。その時教わった中で一番印象に残っているのは「単にストーリーを読むのではなくて、ストーリーの中に実際に生きている人々のその生き方というふうなものをよく見てきなさい」ということ、そして「そのようなものは特に歌の中によく現れてきているので、歌を中心にして見てきなさい」と言われた言葉です。

そのお言葉が頭のどこかにいつもあったらしくて、『大和物語』における「歌語り」を見ている時に、歌にまつわるさまざまな物語が次から次へと連鎖的に展開してくる様をながめながら、これが拡大されると、『伊勢物語』の各段の連環になるし、さらにそれが『源氏物語』になると各巻々のより大きな展開につながってくるのではないか、とそんな漠然とした感じを持っているわけなんです。

神作　本日の鼎談の出席者三人が、奇しくも池田先生の講筵に列していたということですね。私は昭和二十六年、二十七年と池田先生の授業で『源氏物語』を学びましたので、たいへん懐かしく伺いました。

●「主題と構想」から「創作過程」へ

神作　さて高橋先生、この『源氏物語の主題と構想』は先生の早いころのご著書（実物提示）で、昭和四十年六月に出されています。昭和四十年と言えば戦後二十年しか経っていない時期であり、この時期に先生がこれだけさまざまの紀要や学会誌に発表された多くのご論文を一冊の書物にまとめられたことに対し、改めて敬意を表すると共に、私どもを導いて下さったことに感謝しております。

この二十七本のご論考中で、成立編の中におさめられた

「桐壺巻の成立をめぐる諸問題」というのが強く印象に残っています。このほかには構想編としての六本の論文の中におさめられている「二条院と六条院―源氏物語における構想展開の過程について―」や、「光源氏はなぜ須磨へ流されたか」という論文にも非常に感銘を受けました。また源泉編としてまとめておられる中には、「源氏物語桐壺巻の由来について」や、「源氏物語『六条院』の源泉について」、「源氏物語玉鬘巻と北九州」等の論文があり、最後の思想編には、「光源氏の運命に関する主題の意味」といった論文が含まれ、すべてまことに示唆に富んでいます。

今日、お目に掛かった機会にぜひ伺いたいと思っていたのは、先生が論を積み上げていかれる一番根幹のところに、一貫した構想論、それから創作過程への一種のこだわりのようなものがおありだと思う点についてです。その辺のところを話していただきたいと思います。

高橋　今のお話の、戦後二十年云々ということに関してまずはお話しいたしますと、私は戦後すぐ大学の国文科に進みましたので、物の溢れる今と違って、楽しみと言えば映画を観るくらいしかない時代で、他に何もすることがないんですね。勿論お金もないし、食べるものもないし、旅行もできないそんな時代でした。でもそんな時代だったからこそ逆に迷わずに勉強できたのかもしれません。今の本の三分の一ほどは卒業論文が基になっています。さきほど、最初のほうで挙げられたものはみなそうです。本の題名も卒業論文の題を付けたんです。

そして二つ目の、構想論及び創作過程へのこだわりについてですが、これはやはり旧制高校の段階までに世界文学の長編的なものをかなり読んでいたということが大きいと思います。例えば頭の中には『ホメロス』以下のものがあって、中でも特に、ゲーテの『ファウスト』には「ウル・ファウスト」というのがあり、『新約聖書』には「共観福音書」というテキストのグループがあると言われていて、そういうふうに見てみると、『源氏物語』についても、やはりこれほどの長編がそうそう一挙にできるはずはないだろうと考えたんです。それを解明するには本文をよく読んでみるに限るということで読み始めたんですが、それについての具体的な示唆を受けたのは阿部秋生さん―その頃は青柳さんと言われましたが―の有名な戦時中の論文、「源氏物語執筆の順序―若紫の巻前後の諸帖について―」(『国語と国文学』昭和十四年八・九月)でした。「これだ」と思い、考え始めたのですが。

神作　それが武田宗俊氏の論考へと繋がるわけですね。

高橋　そう、武田さんと言えば、武田さんが昭和二十四年に発表された「竹河」の巻の偽作説に関する論文（「源氏物語竹河の巻について—その紫式部の作であり得ないことに就いて—」『国語と国文学』昭和二十四年八月）には思い出がありまして、私はそれに三か月遅れた。三か月早かったら私のが載ったはずです。東大で丁度会があった時に、私は『竹河』の巻の偽作に関する論を思いついたので発表させてくれ」と頼んだんです。「その発表で『竹河』の巻は紫式部の作ではないという証明をしたい」と言ったら、特別研究生であった秋山虔さんが、「それ今度の『国語と国文学』に載る」と言われる。それで私はがっかりしましたが、阿部秋生さんから「ほかにも発表するものはいくらもあるでしょう。しょげちゃいけないよ」と言われたことがあります。

神作　そうでしたか……。

高橋　よく自然科学などで、期せずして、同時にあっちとこっちで同じ発見が報告されるということがあると思います。それに特許権が絡んだりすると、問題が大きくなるんですが。

それからこんなたとえもできるかと思うんですが。「文化伝播説」というのには二つあって、一つは、基になる一つの文化がある地点から広がっていくと考える立場、二つには同じ文化の多発説と両方ありますが、いずれにせよそれが私の青春の思い出です。それの具体的な一例が自分の身に起きたという感じはあります。

神作　三か月の落差ですか……。

高橋　これは文献学と同じで答えは一つしかないんです。解釈の違いではないですから、可能性があちこちにあるのではなく、一つだけしかないんで……。学者である以上はそういう経験はいくらでもあると思いますが、身にしみて思いました。一度最初に発表されると二番手はもうダメで、出る余地はない。

神作　次元は違いましょうが、『平中物語』の注釈が目加田さくを先生と萩谷朴先生のが別々のところで準備されていて、ほぼ同じ時期に刊行されたという話にも似ていますね。

雨海　そうですね。

神作　それで高橋先生の「こだわり」がよく分かりました。続いて先生のお考えになっておられる「主題と構想とプロット」の違いというのを、若い大学院生たちのためには、どう定義してくださいますか。

高橋　簡単に言うと、「主題」というのは、「作者が書きたいこと」なんでしょうね。これはだいたい一つの主語・述語で結ばれた文章で言えるのではないかと思います。それが「主題」で、「構想」というのは、主題を展開させるために作者の頭の中で組み立てられたものだと思います。ただ「頭の中で」とは言ってもメモとしてはもちろん文字になって出てくるとは思いますが。もうひとつは「素材」ですね。「素材」を何に使うか。その点、紫式部はこの素材がまことに豊富なんですね、これが。他の人はかなわない。書きながら次々と広げているという感じです。

神作　「主題と構想と素材」はよくご説明いただいて分かりましたが、その流れの中で、「プロット」ということばについては、いかがでしょうか。

高橋　私はどちらかと言うと、「プロット」というよりも、構想の骨組みと言いますか、作者が頭の中で考えついているひとつの図式みたいなもののほうを重くみます。もちろんさきほども言った通り、メモとしてはそれらを文章化、文字化できると思いますが、なぜそちらを重く見るかと言うと、作者は書きながら、あるいは書いている途中で変更していくということをするからです。それらを包含するにはやはり「構想」という柔軟な、フレキシブルな術語を使ったほうがいいのではないかと思います。「構想」を明らかにするということはつまり、「創作過程として逆に推定していく」ということになると思います。ただ、私がその本の冒頭に書いた物語の執筆順序に対するこだわりは、これは私がそう思ったからこだわっているので、それはいわゆる仮説なんですね、やはり。そういう写本が実際に出てこない以上は何とも言えない。ちょうど『共観福音書』[*1]に「資料Q」[*2]というのがあったということは予想されるが、証拠がないので仮説に止まっているのと同じだと思います。なかなかそういうむかしのものは出てこないと思います。

＊1　新約聖書を構成する四福音書のうち、ヨハネ福音書以外の、マタイ福音書、マルコ福音書、ルカ福音書の三福音書を、その内容・構成・成立等の類縁性によって、共観福音書（Symopsis）と称する。

＊2　共観福音書のうち、マタイとルカの福音書にのみ共通する説話は、その原資料があったものと推定されており、これが「資料Q」と命名（ドイツ語のQuelle［源泉の意、クヴェレと発音］）されている。

［＊1、2　高橋注］

神作　高橋先生がご覧になって、現代の若手や中堅の研究者たちの「主題」と「構想」といった方面に関する研究に対して、どのようにお考えですか。

高橋　ある程度遠慮なく言わせていただきますと、二十年くらい前から、私より若い人が何をしているのか分からなくなってきた。私には言葉が通じなくなってきた。ひとつには、取り上げている問題に対して、これが何で問題なのだろうかということが分かりにくいということ、もうひとつは、これは私も経験がありますからわかりますが、おそらく欧米の方にその方法論や考え方の何かネタ本があるのではないか、ということです。ときどきそれらしいものがチョコッと出る。王権論ならまだ分かるが、文芸批評家のものになるとほとんど分からない。それなりに有効な面もあるだろうから、なさるのはいいが、私には分からない。やはりもっと実証的と言いますか、具体的と言いますか、そういう研究をしていただければ分かりやすいのだが……、という感じはある。

神作　それを裏返しに申しますと、本文をきちんと読むことが先ではないか、そして本文から何が受け止められるのか、ということでしょうか。「先に方法論ありき」とか、「先にテクニカル・タームありき」といったことが多いということでしょうか。雨海先生、この点はいかがでしょうか。

雨海　同感です。どの作品を扱っても同じような公式論的な処理の仕方になる気がするんですね。やはりテキストをよく読むことが大事です。あるひとつの方法論を定型化させてしまっている感じがして面白味がないんですね。

高橋　せっかちに現代の思想と結びつけられても私には分からない。古典と現代との間は千年もの時間が経っていますから、そこの間の通路のズレをきちんと測定した上で言って欲しいという気はあります。

●邸宅の持つ役割と意義

神作　さて高橋先生、『源氏物語』の創作過程』（右文書院　平成四年）という最近のご著書でも、最初のご本『源氏物語の主題と構想』でも、先生は『源氏物語』にあらわれる、「二条院」とか「六条院」という邸宅について特別の関心をお持ちですね。特に二条東院がこの物語で持っている意味、役割についても述べておられますね。その辺についてちょっとお話をお願いします。

高橋　私は『源氏物語』に見られる邸宅の描写は、作中人物も現実に生きて暮らしていたと想定した上での、それの反映だろうと思います。つまり、紫式部はこのように暮らさせたいと考えていた、ということです。そうすると、紙の上に書いているものですから、実際造ってしまうとそうもいきませんが、簡単にどのようにでも設計変更できる。もうひとつ、作者はこの『源氏物語』において邸宅なり何なりを書くことによって、自分よりも若い人たち、あるいは後世の人たちに理想の邸宅を作らせようとしたのではないかとも思います。『源氏物語』には豪華な「絵合」の場面が描かれますが、あれも現実に絵合せをさせたかったのではないかと思うのです。『源氏物語』のような邸宅を作らせたいという思い、それはあながち想像のみにとどまらない。例えば鳥羽離宮がそうなんです。紫式部は単に話題提供として面白い話を作ったというのではなくて、現実にそういう邸宅を後世の貴族の子孫たちに作らせたいと思って、それであれを書いたのではないかと思うのです。建築デザイナーになったようなつもりで書いているのではないでしょうか。

神作　そうですね。実に壮大なプランです。

高橋　邸宅はそもそも人の住む場所ですし、当時の生活が反映されているはずですから、京都の風土に合った六条院想定図はこれだ、というようなことを考えて復元図を作ったのですが、これが紫式部の意図と合っていれば、地下の彼女は喜んでくれると思います。

神作　今のお話について、雨海先生はいかがですか。

雨海　邸宅の持つ役割で言うと、二条院と六条院との役割を教えていただきたいと思います。

高橋　私が論文で申し上げたのは、作者は六条院を途中で思いついたのだろうということです。作者は書きながらつぎつぎと何か考えている。それについては反論のある方もおありのようですが、それはそうお考えになってもいい。作者が生きているわけではないので何ともわからないから。ただ、あの当時の季節感に対して、これを生活に生かすということだわりがあったのだろうと思います。春、夏、秋、冬をどういうふうに配置するかということで、今、六条院の図面、図柄をいろんな人が書いていますが、どれが本当か、発掘されて出てくるわけじゃないからわかりません。私も一つのプランを出しましたが、ともかくそういうところに、いわば作者のプランナーとしての意識がはっきり出ているのではないかと思います。二条院ではまだなかった。

雨海　しかも六条院のほうには四季折々の部屋を作り、そこにかつて愛した女性たちを集めたということですが、あれは当時としてもかなり理想的な形態なんでしょうね。他にはあまりなかったのではないでしょうか。

高橋 そうでしょうね。

神作 最近、ある著名な女流作家は、「六条院」のことを「ハーレム」だと説明していらっしゃいましたが……(笑い)。

雨海 あれは後宮とはまた違った意味があるんでしょうね。紫式部にとってひとつの新しい形態、あるいは理想的なものがあったのですか。

高橋 それはあったのでしょうね。

しかしもう一つ、非常に俗っぽい考え方をすれば、光源氏はもう中年になって、あれはきっと糖尿病になったのではないか。出歩くのがたいへんだからまとめて……(笑い)あれは回るだけで一日かかると言うんですから。

神作 これは面白いですね。

雨海 初めて聞きました。

高橋 雑誌『健康』に依頼されて書いた随筆、「光源氏の病気」には「光源氏は糖尿病だ」と書きました。

雨海 道長も道隆もみな糖尿病でしたね。

高橋 太ってきたと書いてある。まあ、出歩くのがたいへんだから集めてしまって一日がかりで回ろうというプランだったというのは、俗ですが……(笑い)。

おそらくもうひとつには、邸宅に四季を配し、そこに女性を住まわせるというのは、読み手に話題を提供するということもあったのだと思います。私は春がいいとか、秋がいいとか、とても話題性が豊かです。

雨海 そんな華麗な六条院の世界があったがゆえに、「宇治十帖」における八の宮の生活が対照的に考えられると思うんです。あまりにも対照的ですね。いずれその辺も先生のご高説を承りたいと思います。

●「宇治十帖」について

神作 本日のこの鼎談が雨海先生が編集責任者になっておられる「橋姫」の巻のあとに入るということですので、次に、「宇治十帖」に話題を転じたいと思います。

高橋先生の『源氏物語』の創作過程』の巻末に置かれている二本の宇治十帖論は、最初の一本が「橋姫物語」、二本目が「浮舟物語」になっています。見事な整理だと思いますが、その中で前半の「橋姫物語」と、後半の「浮舟物語」の境目の線をどの巻において、どう理解するかということが、「宇治十帖」の展開を考える上で厄介な問題だと思います。高橋先生がここで示された創作過程で言うと、大君物語と浮舟物語の接点はどの辺になりますか。

高橋　従来の多くの方がなさっていた切り方と私とはちょっと違うと思います。私の考える橋姫物語の結びは、「宿木」の巻末近く、薫と、時の帝の内親王である女二宮との婚儀の盛大さが語られたあとの部分です。妻として迎えた女二宮の様子には満足する気持ちを抱きつつも、やはり心の中では大君のことを忘れる折はない、というところ、原文には、

　なほ、紛るるをりなく、もののみ恋しくおぼゆれば、この世にては慰めかねつべきわざなめり、仏になりてこそは、あやしくつらかりける契りのほどを、何の報とあきらめて思ひはなれめ、と思ひつつ、寺のいそぎにのみ心をば入れたまへり。

とあります。作者は、薫にとって心の妻は常に大君であり、あの世で一緒になるのだというところまできちんと始末をつけている。薫は宇治の山荘の寝殿を移築して寺にし、そこを今は亡き大君のいる来世との通路にしようとしている、つまり大君との共棲を願っている、ということだと思います。ここまでが橋姫物語の結末だと思います。

神作　それ以降が浮舟物語ということで……。

高橋　はい。

神作　そこで、薫と大君のことについて、もう一歩突っ込んでお話ししてくださいますか。

高橋　薫と大君が現世では一緒になれなかったけれど、あの世で一緒になるのだと……。

神作　それを肯定するということですね。

高橋　現世では帝の婿になるのは、しかたがない、しかし私の心はもう天上、あの世へ行っている、『竹取物語』と似ています。

神作　そうですね。

高橋　あのスメラミコト、私は竹取天皇と呼んでいますが、彼はついに恋の病であの世に行き富士山で葬儀を行った。葬儀の時に武士をたくさん連れて行ったというのは儀杖兵だと思う。竹取天皇は煙に乗って天上に上がり、最後はかぐや姫と一緒になったという形ではないかと思います。

神作　面白いですね。火葬の煙と活火山活動ということになりますし……。

高橋　不死の薬を天皇が飲んでくれれば日本人は不死であることができたのに……。日本人の不死のチャンスは『古事記』に見える天孫ニニギノミコトの失態でつぶれたんです。美しいが有限の命の木花之《このはなの》佐久夜毘売《さくやひめ》だけを貰って、醜いが石のように永遠の命を授けることのできる石長《いわなが》比売《ひめ》

を返したので天皇の寿命が短くなったというあの話です。あの話を知った時私は「ニニギノミコトというのはなんてバカなことをした」と叫びましたが、今度『竹取物語』においてもう一回その機会があったんです。天皇は不死の薬を貰ったんだから飲んでおいてくれればねえ……、敗者復活になったのに。ところが結局燃やしてしまって、自分だけいいことをして、人民大衆はこの世で死なす、竹取の翁がそうです。

雨海　確かに、魂だけは煙とともに月の世界に行っている。

高橋　竹取天皇は煙に乗って月の世界へ行ったんです。あのころ富士は活火山ですから。これは話が脱線しましたが……（笑い）。

話を宇治十帖に戻しますと、後半の「浮舟」のほうの話のテーマは、やはり「女性主人公を若くして出家させる」ということだと思います。前に女三宮を出家させているので、これで二度目なんです。作者はどうも重要なテーマは一回だけでは惜しいものですから、二回使うという傾向がありますね。つまり若くして尼になるというテーマを二回繰り返しているのではないかと思います。そういう点から見ると、宇治十帖はあれで、つまり「夢の浮橋」の巻で話が完結したのだろうと思います。幸せか不幸せかは分かりませんが、やはり作者は何か「出家」にこだわっているということだと思います。

神作　高橋先生の近著の中で、私が最も共感しながら読ませていただいたのは、「源氏物語―それが貧女吟とならないために」という論文なんです。スポットのあて方に大きな刺激を受けました。

ところで、雨海先生、本誌の「橋姫」の巻の注釈上の特色やご苦労を率直に述べて下さい。

雨海　「橋姫」の注釈の中では、私は仏教と音楽の織りなすひとつのハーモニーの世界がかなり大事ではないかと思っています。「橋姫」の巻では、八宮の出家をめぐる話と、薫のそれに対する憧れ、またそこに音楽の世界というものが、どのように絡み合って「橋姫」の巻を構成しているかというところに一番意を払ってやってまいりました。

高橋　「宇治十帖」の最初の「橋姫」の巻は、その冒頭が桐壺帝の御世のところに帰るんです。もちろん時代が重なっているわけではないのですが、桐壺帝の御世の裏側の話を持ち出してくる。第二部の冒頭である「若菜上」の巻でもやはり同じように桐壺帝を持ち出しているが、今度もまたそれを持ち出している、これは物語のひとつの手法だろうと思います。
　また、「橋姫」あたりを読んでいて、私が感動すら覚えますのは、宮様というのはあそこまで没落するものかということなんです。私どもは当時に生きていないからそれほどにも思わずに読んでしまいますが、ゾッとするほどの没落ぶりです。宮様でさえあそこまで没落するのかという、皇室でさえも相互扶助的なもの、経済的な救いというものがないんですね。私どもは紙の上で読んでいるだけですから、「そんなものか」と思って読んでいますが、もしもあれを実感で受け止めたらたいへんなことだと思います。そこからいかに娘たちを救い出すかというのが、紫式部のひとつの創作のエネルギーではなかったかと思います。

雨海　正編のほうでは考えられもしない世界ですよね。宮ご自身が娘を育ててあげるとか、面倒をみるとかということは……。却って今までと違った人間的な生き方というものをあそこで示しているのでしょうか。

高橋　もうそれを通り越しているという感じです、それこそ「宮家の名誉を汚すなら生きることはない」と。
　これは余談ですが、戦後そういう生き方を言う親は居なくなりましたね。

雨海　やはりああいうふうに徹底的に追い詰められた世界は、雅やかな都では描けなかったわけですね。それで宇治がそれにはふさわしい土地ということに……。

高橋　そうですね。哀れさや悲壮さを一層際立たせる効果が、激しい川音や深い霧といったことに象徴される宇治の自然にはあったのでしょう。紫式部はおそらく実際に行って見ているのでしょう。

神作　宇治が長谷詣でへの中宿りの場所であったことも大きいでしょうね。

●これからの源氏学への示唆

神作　最後に、両先生にひと言ずつ、これからの源氏学についてご発言をいただきたいと思います。今まで両先生が歩んでこられた貴重な足跡から考えて、何かご助言をいただけますか。

雨海　そういう難しいことは別にして、私の感じとしましては『源氏物語』には確かに「人生」とでも呼ぶべき時間が豊かに流れている。現代の私たちの人生とあまり変わらないものを、『源氏物語』を読んだ時に感じます。特に「宇治十帖」のほうにくると、人生の悲哀というものに深く触れてゆくように思いまして、これから読む場合も、ありふれた言葉ですが、もう少し原点に帰って、「人生とは何か」などという問いかけを持った時に読み返してもいいのではないかと思います。

神作　ぎっしりと人生が詰まっている、文学イコール人生学だという読み方をして欲しいということでしょうか。

雨海　そうです。しかも四代にわたる人間の歴史を描いた点が素晴らしいと思います。四代にわたるような描き方は他にあまりないのではないかと思います。そういう点では、源氏研究においては細かな点を見るのも必要でしょうが、やはり『源氏物語』を大きな観点から、人生ドラマとして捉えていくことも必要ではないかと思います。

神作　では、同じことを高橋先生にもお願いします。

高橋　ともかく日本列島に住む人間として、文学の世界で世界に誇るものを持っているというのはたいへん幸いなことだと思います。例えば、音楽の世界において、「日本にはどんな音楽家がいますか」と問われた時、我々は名前を挙げられない。武満徹はまだ近すぎて挙げるわけにはいかないし。ところがイタリア人、ドイツ人はその問いに簡単に答えられる。むしろもう挙げる必要もないぐらいです。あるいはチェコでもポーランドでも、「〇〇が生まれた国の方ですね」と言われる。私は日本でそれを言うなら「『源氏物語』（テール　オブ　ゲンジ）を書いた国ですね」というのが世間普通の常識だと言えると思います。

そういうことで、私は世界の人たちの『源氏物語』研究が、日本人のわれわれが研究していると同じくらいに、進めばいいなと思っています。日本だけがよその国のものをたくさん研究していて、向こうがこっちをしてくれないのは、漢文の世界もそうですが、ちょっと残念です。

神作　特に若い研究者に対するご助言はございませんか。

高橋　日本の風土などと結びついた形での『源氏物語』理解の道をもう少し切り拓いて欲しいと思います。

神作　以上で鼎談を閉じさせていただきます。時間の関係もあって本日は、『蜻蛉日記』からの心理描写の影響などについては立ち入ることができませんでした。また『落窪物語』や『宇津保物語』から『源氏物語』へという点についても、残念ながら論及できませんでした。とりわけ、長編物語の成り立ち、構想という点から言うと、『宇津保物語』二十巻の存在は『源氏物語』を考える上で、かなり大きなウエイトを占めると思います。それらのことがらについては、いずれ日を改めてということにさせていただきたいと思います。本日はありがとうございました。

源氏物語『橋姫』研究小史

池田　和臣

一　想像力の反復・変奏

「そのころ、世に数まへられたまはぬ古宮おはしけり」（本文引用は日本古典文学全集本による、109頁）と、橋姫巻は書き起こされる。この「そのころ」という書き出しは、時間を遡り物語の過去から新たな物語を起動させるという、源氏物語第三部（続篇）に独特な方法化された語法であり（吉海直人「続篇巻頭の『その頃』」本書所収）、いわゆる宇治十帖の発端の巻として、橋姫巻は新たな物語世界をつむぎはじめる。

新たな物語のあらましは、次のとおりである。政争にまきこまれ没落した八宮は、愛する北方亡きあと、仏道にいそしむ一方男手ひとつで姫君たちを養育し、宇治に隠棲している。出生の秘密に疑いをもち、反俗的生き方を志す薫は、八宮と親交をむすぶ。八宮邸で薫は出生の秘密の真実を知るとともに、姫君たちに心惹かれていく。八宮の死後、大君は薫の求愛に苦しめられるが、薫と大君の関係における愛のかたち、大君の結婚拒否の生き方などがおもな問題点と考えられる。

かかる新たな物語世界の始まりは、どのようにして形づくられているのであろうか。どのような想像力（人間関係・状況・筋の展開などのかたち）によって、どのような方法によってもたらされているのであろうか。源氏物語の内部に目をむけるならば、ある想像力の反復と変奏（逆転）の方法によっている。ある想像力とは、〈後見なき姫君の物語〉である。源氏物語には、母が亡く父に養育され、やがてその父も亡くなるというような、後見のない姫君の物語がくり返されている。父常陸宮の死後零落するが、やがて源氏が通うことになる末摘花。この末摘花の境遇は、宇治の姫君たちの置かれた状況に似ている。橋姫物語と末摘花物語の間の、出来事から表現にわたる多くの引用関係も論じられ（今西祐一郎「『宇治十帖』管見」『源氏物語覚書』岩波書店、一九九八、星山健「橋姫物語における末摘花物語引用」『文芸研究』二〇〇一・三）、両者は同じ想像力によってむすばれている。また、父式部卿宮の死後、源氏の求愛に苦悩する朝顔斎院は、源氏の求愛を拒みとおした結婚拒否の姫君であり、これまた宇治の大君と主題の糸がつながっている。

橋姫巻の直前に位置する竹河巻には、父と母が逆になった変奏《バリエーション》がみられる。髭黒（父）亡きあと、姫君たち（大君・中君）の結婚問題に悩む玉鬘（母）の姿が描かれているのである。やはり、〈後見なき姫君の生〉という主題の糸で、竹河巻と橋姫巻は直接的にむすばれているといえよう。若菜上巻、朱雀院は自らの出家のため、鍾愛の姫君女三宮を源氏と結婚させた。宇治八宮は、出家を志しながら姫君たちが〈ほだし〉になって、出家を果たせずに終った。姫君のために父が心惑わすところは同じだが、朱雀院の出家と八宮の不出家は逆の関係になっている。これも〈後見なき姫君の物語〉と変奏関係にあるといえよう。

このように、橋姫巻の冒頭に構えられた新たな物語は、末摘花、朝顔斎院、朱雀院と女三宮、玉鬘の姫君たち、これらの物語をかたどった想像力を反復し変奏するかたちで、これらの物語がはらんでいた〈後見なき姫君の生き方〉という問題を、自らの主題としてひきすえたのである。

逆の変奏ということに関連して、続篇（第三部）が正編（第一部・二部）をあべこべに変奏するかたちで形成されているという、藤村潔氏の論がある（『源氏物語主題論争―鶍の嘴―』笠間書院一九八九）。源氏による若紫の垣間見が〈春の夕暮〉であるのに対して、橋姫巻の薫の垣間見は〈秋のしののめ〉であり、あべこべの対応関係になっていること、「源氏十二歳で元服　北山に出かけ　若紫を垣間見　二十二歳結婚／薫　十四歳で元服　宇治に出かけ　大君を垣間見　二十四歳死別」（傍点、池田）というように、橋姫物語の薫と大君の関係は、源氏と紫上の関係と対偶関係を構成していることなどが説かれている。源氏物語の世界形成の方法のひとつとして、あべこべの対応関係の構成ということをおさえておきたい。

二　大君と中君

表現の深層から物語の展開や主題生成にはたらきかけてくる〈想像力の型〉は、源氏物語の外からも引きすえられている。国宝源氏物語絵巻としても残る、薫が月下に姫君たちを垣間見る名高い場面、ここに伊勢物語初段のなまめいたる女はらからの垣間見が引用されている、とする見方がある。伊勢物語初段は、若紫巻の北山における光源氏の若紫垣間見にも引用されていた。橋姫巻と若紫巻に共通の引用が、遠くへだたった若紫巻と橋姫巻の主題的連繫を照らしだす。すなわち、源氏との関係の中で背負わされた紫上の主題を宇治の大君がひきついでいることを、紫上の絶望の先に大君の結婚拒否があることを、共通の引用が示しているのである（藤村潔、前掲書）。

大君の結婚拒否の背後に、日本書紀景行天皇四年の弟媛物語や記紀の木花之佐久夜毘売神話などの、姉妹で結婚を譲り合う話型が見通されている（三谷栄一「源氏物語における物語の型」『源氏物語講座　第一巻』有精堂、一九七一）。姉大君は非婚にして石女で、妹中君の方が結婚をし子孫を残す橋姫物語は、妹が姉に結婚を譲る弟媛物語よりも、美しい妹が結婚の豊穣をもたらし、姉は醜女で石女である、木花之佐久夜毘売の神話の方により近い。

この話型にそって物語が展開するのなら、恋物語の中心にすえられるのは中君ということになる。木花之佐久夜毘売神話と橋姫物語を重ね、大君と中君の容貌を比較することで、描写の焦点が大君ではなく中君にあり、中君中心の物語として橋姫物語が進められていたとする見方がある（藤本勝義「宇治中君造型」『国語と国文学』一九八〇・一二）。たしかに、姫君たちがはじめて紹介されるくだりに、母が「ただ、この君をば形見に見たまひて、あはれと思せ」（11頁）と遺言し、八宮も「この君をしもいとかなしうしたてまつりたまふ」（同上）たとあり、中君を印象づける叙述になっている。また、「容貌なむまことにいとうつくしう、ゆゆしきまでものしたまひける」（同上）と、主人公性を表徴する「ゆゆし」が中君に与えられてもいる。さらに、「をりをりほのめく箏の琴の音こそ、心得たるにや」（149頁）と、大君の琵琶ではなく中君の箏の琴を、八宮は薫にとりたてて語っている。なお、「老人の物語、心にかかりて思し出るでらる。思ひしよりはこよなくまさりて、をかしかりつる御けはひども面影にそひて」（142頁）と、薫が垣間見た姫君たちを思い起すところ、青表紙本系統の肖柏本・三条西家本や『源氏物語大成』の掲げる別本系の七本全てが、「おほどかにをかしかりつる御けはひども」となっている。「若君は、おほどかにらうたげなるさまして」（114頁）と、すでに「おほどか」の語を与えられていたのは中君であった。「おほどか」のある本文であると、「御けはひども」と二人の姫君について述べているようで、実は薫の心にきざみこまれた面影は中君であった、ということになる。「おほどか」のない本文（河内本の全て、青表紙本系大島本、池田本）の方が「御けはひども」と矛盾なく整合するが、それは後に展開する薫と大君の関係を知っている目によってなされた、合理的改訂の結果である可能性も残る。それはともかくとして、以上の諸点から、橋姫巻においては、薫の恋の相手としてむしろ中君の方に照明があてられているような書き方になっているのである。

しかし、このことは必ずしも構想の変化（薫の恋の相手が中君から大君に変った）ということを意味しない。これは書き方の問題なのである。妹の中君を印象づけることで、既成の想像の型、木花之佐久夜毘売の話型を読み手の脳裏におのずと浮かびあがらせ、物語展開に一定の予断をいだかせているのである。そして、その予断を裏切ることで読み手の興味を釣っていく。薫の目指す相手は妹中君ではなく、姉大君であった。木花之佐久夜毘売の話型のように姉である大君と薫はむすばれないが、しかし拒まれる石長比売とは違い、大君は拒む女であった。そして、薫は木花之佐久夜毘売の話型のように妹とむすばれることさえなく、姉も妹もともに失ってしまうのであった。話型からずらしていく興趣のために、あえて作者は中君を印象づけているのである。

ただし、木花之佐久夜毘売の神話が、天皇の死の起源説話であるという主題的側面から見るなら、中心は姉の石長比売であるともいえる。薫も姉大君を失うことによって、天皇の命にも匹敵する重要な何かを失ってしまう、という読み方も可能であろう。

橋姫物語の深層に木花之佐久夜毘売の話型を見通すことはできるであろう。しかし、すでにある話型や先行作品の想像力の型がある部分にひきすえられる意味は、部分部分でまちまちである。橋姫物語でも、大君の結婚拒否の生を、木花之佐久夜毘売の話型の規制力にのみ求めることはできない。大君の結婚拒否は、物語全体の主題性の流れと絡ませて考えなければならない。そして、すでに述べたように、物語全体の主題性との連関の中に立ち現れるのは、〈後見なき女君の生〉という主題の糸なのであり、この主題性のつらなりの重みの中に、大君の結婚拒否は迫りあげられてくるのである。

三　宇治の時空

光源氏が須磨・明石にさすらう貴種流離譚と同様に、橋姫物語を薫が宇治にさすらう貴種流離譚ととらえるなら、宇治の姫君たちは、光源氏に栄華をもたらした異郷の女・水の女である明石君と同じ位置にいることになる。しかし、大君も中君も薫に俗世の栄耀を与えることはない。宇治という世界は、光源氏にとっての須磨・明石（宿世の罪の贖いと栄達への転換）とは異なる意味をはらんでいるようだ。宇治という時空は、どのような主題的世界として描かれているのだろうか。

川のこなたなれば、舟などもわづらはで、御馬にてなりけり。入りもてゆくままに霧りふたがりて、道も見えぬしげ木の中を分けたまふに、いと荒ましき風の競ひに、ほろほろと落ち乱るる木の葉の露の散りかかるもいと冷やかに、

人やりならずいたく濡れたまひぬ。（128頁）

はじめて具体的に描かれた、薫の宇治行きである。俗聖八宮と出離を志す薫が邂逅する宇治は、それだけで世俗的欲望の渦巻く都と対照的な、仏教的雰囲気に満ちている。しかし、宇治は俗界に対する仏界そのものではない。小西甚一氏は、〈山〉（道心菩提の世界）、〈川〉（愛執憂苦）、〈舟〉（煩悩迷妄に漂うこと）などの仏教的イメージ分析から、宇治は「道心に徹した世界」ではなく愛執に迷妄する「道心的な世界」であるとした（「源氏物語のイメジェリ」『解釈と鑑賞』一九六九・六）。高橋亨氏は、〈川〉〈霧〉〈風〉〈しげ木〉などに、六月大祓祝詞と重ねあわせることで、神話的〈罪〉と〈流離〉のイメージをとらえた（「宇治物語時空論」『源氏物語の対位法』東京大学出版会一九八二）。

とりわけ、禊―人形《ひとがた》―入水―海という連想の上にある浮舟の生は、それを支える想像力として、六月大祓祝詞の罪を負って流離する速さすらひめのイメージを欠かすことができない。しかし、宇治は神話的〈罪〉と〈流離〉にのみに染め上げられているわけではない。そこにはやはり、深々と仏教的世界観と存在感覚も湛えられている。往生要集の表現をとおして、〈水〉〈風〉〈河〉に仏教的無常煩悩のイメージをとらえねばならない（広川勝美「源氏物語・宇治時空試論―その基層と表層」『日本文学』一九七五・一一、池田和臣「薫の人間造型」『源氏物語の探求第十五輯』風間書房、一九九〇）。〈しげ木〉も、和泉式部の歌に「よも山のしげきをみれはかなしくてしかなきぬへき秋の夕暮」（和泉式部正集）とあり、源氏物語の同時代に見いだせる（池田和臣、前掲書）。この歌について岩瀬法雲氏は、諸経論の「煩悩林」、法華経方便品「邪見ノ稠《しげ》レル林」から、「山山の繁茂する様が、同時にわが愛欲の密林に見えて来る」（「和泉式部の重厄の年を考える―出家を思うことを中心に―」『国語と国文学』一九七五・七）と論評している。〈しげ木〉には煩悩林という仏教的イメージも重ねられているのである。今井源衛氏も宇治の歴史的側面を探り、かなりの寺院が存在した仏教的雰囲気の濃い土地とする（「宇治の山里」本書所収）。宇治は仏教的迷妄、神話的〈罪〉と〈流離〉をない交ぜにした主題的時空なのである。

ちなみに、源氏物語の仏教思想について一言触れておく。八宮は往生要集に説くとおりの念仏生活を送りながら（岩瀬法雲「源氏物語と往生要集」『源氏物語と仏教思想』笠間書院一九七二）、往生することができなかった。阿闍梨は追善のため「常不軽」をすすめる。常不軽行は民間浄土信仰の世界に育まれた行業であり、ここには、貴族的な観想念仏に対する批判の芽があるという（神野志隆光「源氏物語の仏教思想の問題点」『講座日本文学源氏物語上』至文堂一九七八）。源氏物語の仏教思想は、時代の思想状況を超えているようだ。

四　出生の秘密と恋と道心

橋姫巻には、姫君垣間見ということの他に、薫にとって重大な意味をもつ事件が、もうひとつある。それは弁君による出生の秘密の明かしである。この明かしについては、藤壷との秘密を胸底に秘めて栄達の道をかけのぼった光源氏、それと同様の薫像の完成を意味すると見る論（藤村潔、前掲書）、薫の恋心にブレーキをかけるものとする論（大朝雄二『源氏物語続篇の研究』桜楓社、一九九一）などがあるが、重要なのは、恋物語の始動を意味する垣間見・大君との初対面のくだりとセットを成すかたちで、弁君の秘密のほのめかしが設定されている事実であろう。薫の恋は出生の秘密と切り離し得ないのである。また、出生の秘密は道心と固く結ばれているから、言い換えれば薫の恋は道心と切り離し得ないのである。恋へむかう情念と出生の秘密に由来する道心、この相反する心情にどう折り合いをつけていくのかということが、薫の生に負わされた課題といえる。垣間見→大君との対面→出生の秘密の明かしという一連の設定は、薫の生が背負うあやにくな課題の、明示であり確認なのである。

ところで不可解なのは、姫君達の存在を、薫が匂宮にやすやすと教えてしまうことである。匂宮の好き心を煽るという理由づけはなされているが、それまでの薫の出生の秘密に対するデリケートなあり方からすれば、不自然と言わざるをえない。「かのわたりは、かく、いとも埋もれたる身に、ひき籠めてやむべきけはひにもはべらねば、必ず御覧ぜさせばや」（145―146頁）とは、のちに薫が匂宮を中君に手引きする伏線なのであろう。「例のおどろおどろしき聖詞見はててしがな」（147頁）は、薫が大君への恋に迷妄することの伏線であろう。新たな物語展開を構えるに急で、伏線の敷き方がいささか荒っぽい。宿木巻の浮舟物語の始まりにおける、浮舟のたどる人生に対しての、鍵語を露呈させた荒あらしい伏線の敷き方に通うものがある。

それはともかくとして、出生の秘密の明かしは、薫の内面に何の変化も与えない。むしろ、姫君達に自分の出生の秘密が漏れないようにという理由で、薫を恋へと方向づけていくことになる。来たるべき薫の主題的停滞、大君との主題的葛藤の行方は、明らかであろう。

「源氏物語」五十四帖（全41冊）刊行一覧表

巻名	増補改装版	雑誌版
桐壺	★桐壺	刊行済
帚木	帚木	刊行済
空蟬	空蟬	刊行済
夕顔	夕顔	刊行済
若紫	若紫	刊行済
末摘花	末摘花	刊行済
紅葉賀 花宴	紅葉賀・花宴	
葵	葵	刊行済
賢木	賢木	刊行済
花散里	花散里	
須磨	★須磨	刊行済
明石	明石	刊行済
澪標	澪標	
蓬生 関屋	蓬生・関屋	
絵合 松風	絵合・松風	
薄雲 朝顔	薄雲・朝顔	
少女	少女	
玉鬘	玉鬘	刊行済
初音 胡蝶 螢	初音・胡蝶・螢	刊行済
常夏 篝火 野分	常夏・篝火・野分	

巻名	増補改装版	雑誌版
行幸 藤袴	行幸・藤袴	
真木柱	真木柱	
梅枝 藤裏葉	梅枝・藤裏葉	
若菜上	若菜上（前半）	刊行済
	若菜上（後半）	刊行済
若菜下	若菜下（前半）	
	若菜下（前半）	
柏木	柏木	刊行済
横笛 鈴虫	横笛・鈴虫	
夕霧	夕霧	
御法 幻	御法・幻	刊行済
匂兵部卿 紅梅 竹河	匂兵部卿・紅梅・竹河	
橋姫	★橋姫	刊行済
椎本	椎本	刊行済
総角	総角	
早蕨	早蕨	
宿木	宿木	
東屋	東屋	刊行済
浮舟	浮舟	
蜻蛉	蜻蛉	
手習 夢浮橋	手習・夢浮橋	

★印は増補改装版刊行済につき雑誌版は品切（平成13年12月現在）

監修・執筆者一覧

鈴木　一雄
十文字学園女子大学学長
雨海　博洋
二松学舎大学名誉教授
松田　喜好
東京情報大学教授
山崎　正伸
二松学舎大学教授
岡山　美樹
二松学舎大学教授
有富　裕子
横浜学園高等学校教諭

神作　光一
東洋大学教授

●論文／鼎談

今井　源衛
梅光女学院大学客員教授
吉海　直人
同志社女子大学助教授
磯　　水絵
二松学舎大学教授
松本　寧至
二松学舎大学大学院教授
高橋　和夫
群馬大学名誉教授
池田　和臣
中央大学教授

写真協力

宇治市歴史資料館
金井杜道（㊹㊺㊻）
坂本博司
藤木明夫（裏表紙⑤⑺⑻⑻）
未来のぞみ（裏表紙④⑥㊳㊴㊾⑹⑺⑺）

増補改装
源氏物語の鑑賞と基礎知識　橋姫

平成13年11月20日発行
東京都新宿区西五軒町4-2

鈴木一雄　監修
雨海博洋　編集
東京（3268）2441（代）
FAX（3268）3550

発行所　至　文　堂
発行者　川上　　潤

印刷・製本　大日本印刷
ISBN4-7843-0213-1